Kirschbuch Verlag

Zum Buch:

Skyler ist noch ein Kind, als ihr bester Freund Matthew in einem See ertrinkt. Doch er hört nie auf, sie weiter zu begleiten. Halluziniert sie oder fängt sie sogar an, verrückt zu werden, wie ihre Mitschüler behaupten?

Als Skyler durch eine Verkettung von Unglücksfällen ihre Heimatstadt verlässt, trifft sie auf Damian. Einen Jungen, der dem toten Matthew erschreckend ähnlich sieht und sie stark an ihren besten Freund erinnert. Mit nur zwei Unterschieden: Damian ist am Leben. Und: Er ist leider ein Idiot. Aber dennoch gibt es etwas, das die beiden zu verbinden scheint …

Zur Autorin:

Clara Blais ist 1999 geboren und lebt zusammen mit drei Studentinnen in einer WG in Paderborn. Sie studiert dort Soziale Arbeit und möchte später gerne mit Kindern und Jugendlichen zusammenarbeiten. Das Jugend-Mysterybuch „Dort, wo die Sterne im Wasser leuchten" ist das Debüt von Clara Blais, mit dem sie den Preis „Bestseller von morgen" gewann.

Clara Blais

# Dort, wo die Sterne im Wasser leuchten

Roman

Kirschbuch Verlag

FSC
www.fsc.org
FSC® C020637
The mark of responsible forestry

Erstauflage
veröffentlicht im Kirschbuch Verlag,
ein Imprint der QualiFiction GmbH
Hamburg, Oktober 2020

Umschlaggestaltung: Michelle Tigges
Satz: QualiFiction GmbH
ISBN 9783948736033
Herstellung: Bookpress, Olsztyn (PL)

Für Hermann und Ulla

*Wenn ich mich an dich erinnere,*
*erinnere ich mich nicht an den Jungen,*
*der wochenlang das Titelblatt unserer Zeitung geziert hat.*
*Ich erinnere mich nicht an die Stunden,*
*die wir zu Hause gesessen haben,*
*in der Hoffnung,*
*von dir zu hören.*

*Ich erinnere mich an Mehlschlachten,*
*an die Grillabende,*
*drüben bei euch im Garten.*
*Ich denke an die Nächte,*
*die wir vor unserem Haus im Zelt verbracht haben,*
*die Gruselgeschichten und unsere Schreie,*
*wenn mein Bruder uns so plötzlich erschreckt hat.*

*Wenn ich deinen Namen höre,*
*denke ich nicht an deinen Grabstein,*
*nicht an die verweinten Gesichter deiner Eltern,*
*nicht an den Schmerz,*
*den ich tief in meiner Brust gespürt habe.*

*Denn wenn ich dich so in Erinnerung behalte,*
*so lebhaft,*
*so menschlich*
*und so real,*
*dann bist du nicht fort.*
*Dann lebst du in meinem Herzen für immer.*

*Skyler*

# PROLOG

Es war schon halb sieben. Matty hatte sich noch nie verspätet. Ich saß auf der Schaukel und ließ ungeduldig meine Füße durch den hellen Staub schleifen. Schon eine Stunde hörte ich das Quietschen der Ketten, die mich hielten. Sicher würde die Sonne bald untergehen und dann säße ich hier allein im Dunkeln. Und das nur, weil Matty lieber am See bleiben wollte, anstatt mit mir zu spielen.

Die letzten übriggebliebenen Hummeln flogen in unserem Garten von einer Blume zur nächsten, bevor sie sich später in ihrem Nest in der großen Birke versammeln würden. Schon seit einigen Tagen verloren immer mehr Bäume ihre Blätter, die jetzt vom Wind getragen durch den Garten streunten. Der Sommer war vorbei. Ich hatte diese Erkenntnis schon vor ein paar Tagen gewonnen, als meine Mommy mir den ersten warmen Pullover herausgelegt und mir verboten hatte, im großen Badesee schwimmen zu gehen. Ich und Matty waren oft dort gewesen. Dieser Sommer gehörte nur uns beiden!

Wir hatten das alte Floß von Matts Grandpa aus dem

Schuppen gestohlen und daran herumgeschraubt, bis es einem echten Piratenschiff geglichen hatte.

Die Schrauben waren zu locker und das Holz war ein wenig zu morsch gewesen, aber das war uns egal. Heute sind wir das erste Mal mit dem Floß auf den See gefahren. Wir haben einsame Piraten gespielt, die auf hoher See gekentert waren, und haben uns ewige Treue geschworen, als wir unserem Schiff beim Sinken zugesehen hatten. Das bedeutete, dass wir von nun an auf ewig beste Freunde bleiben würden. Und jetzt war er einfach nicht da. Hatte er sein Versprechen etwa schon jetzt gebrochen? Ich schluckte gegen die aufsteigenden Tränen an.

»Skyler?«, hörte ich die Stimme meiner Mutter aus dem Küchenfenster rufen. »Gott, Skyler, wo bist du?«

Sofort spürte ich, wie ich wütend wurde. Sie hatte mir versprochen, mir zu vertrauen und morgen erst von ihrem Wochenendtrip mit Dad wiederzukommen. Ich war schließlich schon ganze sieben Jahre alt und Caden schon dreizehn. Wir hätten es sehr wohl ohne sie ausgehalten, zumal Tante Grace den ganzen Tag über schon auf uns aufpasste.

»Skyler?!« Ihre Stimme klang nicht mehr ruhig und fragend, etwas daran machte mich stutzig. Auch wenn ich immer noch wütend war, dass sie mich nicht wie ein großes Mädchen behandelte, rüttelte ich an den Ketten meiner Schaukel, um mich bemerkbar zu machen. »Ich bin hier, Mommy!«

Meine Mutter stieß die Tür zum Garten mit einer solchen Wucht auf, dass sie gegen die Wand prallte und ich mir vor Schreck die Hände über die Ohren hielt.

»Skyler, was machst du hier draußen? Ich habe dir gesagt, dass ihr ab sechs Uhr im Haus sein sollt!«

Die hellgrünen Augen meiner Mutter wirkten jetzt dunkel und feucht. Tränen lösten sich aus ihren Augenwinkeln und bahnten sich den Weg ihre Wangen hinab. Ich konnte ihre Sorge nicht verstehen. Ich verstand auch nicht, warum sie weinte. Sie hatte sonst nie etwas dagegen, wenn ich auf der Schaukel saß.

»Was ist denn, Mommy?«, fragte ich und musterte ihr tränenüberströmtes Gesicht.

»Nichts, meine Süße, es ist nichts«, schluchzte sie und nahm mein Gesicht in beide Hände, um mir einen Kuss auf die Stirn zu drücken. »Bitte tu mir einen Gefallen und geh hoch, um deine Sachen zu packen. Du und Caden schlaft ein paar Tage bei Granny.«

Es war nicht der richtige Zeitpunkt, um ihr zu widersprechen. Also tapste ich die Treppe hoch, warf artig ein paar Klamotten und Mattys Plüschpandabären in eine Tasche und stolperte dann im Schnellschritt die Treppe wieder herunter. Mom packte die letzten Sachen zusammen, die ich oben vergessen hatte, und schickte mich und Caden ins Auto, bevor sie einige Momente später selbst dazukam.

Ich fragte meine Mutter nicht, was sie so berührte und auch nicht, warum Matty sein Versprechen gebrochen hatte. Ich fragte gar nichts. Ich war noch ein Kind, das dachte, seine Mutter würde sich sorgen, ihre Kinder über Nacht bei einem Babysitter zu lassen. Ich fragte auch später nicht, warum Granny so viele tolle Sachen mit uns unternahm und auch nicht, warum mein großer Bruder zum ersten Mal in meiner Anwesenheit weinte.

Genauso wenig fragte ich nach, warum sich jeden Tag ein Trubel aus Polizeiautos und ein Rudel an Reportern vor dem Haus der Mayfors versammelte und ich Mattys Schwester nicht mehr lachend auf der Schaukel sah. Ich fragte nichts und mir sagte auch niemand etwas. Es schien alles schon so klar zu sein.

# KAPITEL 1

Ich lehnte meinen Kopf an die kühle Fensterscheibe und ließ meinen Blick über das vorbeiziehende Grün schweifen. Meine Kopfhörer baumelten aus meinem T-Shirt. Der Bass eines Songs von *One Republic* wummerte gedämpft durch sie hindurch.

Ich hatte mir gestern Abend eine Playlist für die Autofahrt in mein neues Zuhause erstellt. Doch jedes Mal, wenn ich mir die Kopfhörer in die Ohren steckte, begann mein Dad davon zu erzählen, wie sehr er sich auf meinen Neuanfang in Greywood freute.

*Neuanfang.* Ich konnte das Wort nicht mehr hören. Natürlich freute ich mich darauf, noch einmal von vorne beginnen zu dürfen. Ich freute mich auf den ersten Schultag an einer Schule, an der niemand die Gerüchte über mich kannte. Über Mitschüler, die sich nicht umdrehten und zu tuscheln begannen, wenn ich an ihnen vorbeilief. Doch nach Greywood zu ziehen, eine Stadt, die gerade mal zwanzig Minuten von Denville entfernt lag, war nicht gerade die Art von Neuanfang, die ich mir wünschte. Für meinen Geschmack hätte ich eher nach Island auswandern müssen, um die nötige Distanz zu meiner Heimatstadt zu bekommen, die ich brauchte.

»Grace hat für heute Abend einen Tisch beim Italiener bestellt. Du magst doch so gerne Pasta«, erzählte mir Dad und kratzte sich unbeholfen am Hinterkopf. Seine Mundwinkel zogen sich krampfhaft nach oben, als er kurz in meine Richtung schielte. Vermutlich, um meine Reaktion einzufangen. Ich sparte mir den Kommentar, dass mein Lieblingsessen wohl das einzige Detail meines Lebens war, das er noch kannte, und flüsterte: »Klingt super.«

Ich versuchte, sein Lächeln irgendwie zu erwidern, was mir mindestens so mies gelang wie ihm.

Die restlichen zehn Minuten unserer Fahrt schwiegen wir uns an und ich beschloss, mir für diesen kurzen Augenblick doch noch die Kopfhörer in die Ohren zu schieben, um damit alles in meiner Außenwelt ignorieren zu können.

Dad parkte das Auto in der Tiefgarage seines Wohnhauses und nahm mir zwei Taschen aus der Hand, in der sich hauptsächlich Kleidungsstücke befanden. Ein paar Möbel aus meinem alten Zimmer und schwere Sachen, wie Bücher oder Elektrogeräte, hatte Dad über die letzten zwei Wochen hinweg, seitdem mein Umzug festgestanden hatte, immer mal wieder bei uns in Denville abgeholt. Allerdings war Mom stets im Haus geblieben und ich hatte die Kisten komplett allein bis zur Einfahrt schleppen müssen, damit Dad sie dort abholen konnte und Mom Grace und meinem Vater bloß nicht unter die

Augen treten musste. Aber diesen Rosenkrieg war ich über die letzten fünf Jahre schon mehr als gewohnt.

Wir hatten das Auto fast vollständig entladen und ich öffnete die Wohnungstür zu meinem neuen Zuhause.

Als ich über die Türschwelle trat und meine Reisetaschen neben der Garderobe abstellte, konnte ich schon die Absätze von Grace' Sandalen auf mich zuklappern hören. Ich blickte auf und sah meine Tante mit einem breiten Lächeln und geöffneten Armen auf mich zulaufen.

»Meine Kleine«, flüsterte sie in mein Haar, als sie sich mit ihrem ganzen Körper an mich drückte und leicht hin und her wiegte. »Ich hab dich vermisst.«

»Ich dich auch«, erwiderte ich wahrheitsgemäß und versuchte mich an unsere letzte richtige Begegnung zurückzuerinnern, die mehr als fünfzehn Minuten angedauert hatte. Es war letztes Jahr an meinem siebzehnten Geburtstag gewesen. Grace und Dad waren zum Kaffeetrinken vorbeigekommen mit der frohen Botschaft, sie hätten sich in Las Vegas das »Ja«-Wort gegeben. Nachdem Mom ihre kleine Schwester und ihren Ex-Mann aus unserem Haus geworfen hatte, verbrachte ich meinen Geburtstag damit, Mom dabei zuzusehen, wie sie mit Dartpfeilen auf Dads und ihre Hochzeitsfotos zielte.

»Komm erstmal herein, ich führe dich ein bisschen rum«, sagte Grace und griff nach einer meiner Taschen. Ich legte den Kopf in den Nacken und ließ den Eindruck von Grace' und Dads neuer Wohnung auf mich wirken. Sie hatten das Loft erst vor ein paar Monaten bezogen, und auch wenn ich erwartet hatte, dass man der Wohnung das auch ansehen würde, hätte man meinen können, sie lebten hier schon seit Jahren. Die Wohnung war vollständig eingerichtet, inklusive der Dekoration an den Wänden. Sie spiegelte in jedem kleinen Detail den Geschmack meiner Tante wider. Sie liebte alles, was mit Federn zu tun hatte, sowie orientalische Lampen und gemusterte Teppiche. Dad hatte wohl versucht, sich Grace' Wünschen anzupassen. Wobei ihm auch kaum etwas anderes übrig blieb, denn viel Zeit verbrachte er nicht in dieser Wohnung. Dafür war er viel zu oft unter der Woche auf Montage in den großen Städten, und Grace hatte die Wohnung ganz für sich allein. Bis jetzt.

»Bevor ihr das Zimmer betretet: Ich habe es letzte Woche noch einmal gestrichen, also wundere dich nicht über den Geruch«, rief Dad uns aus dem Hausflur hinterher und kam wenige Augenblicke später selbst durch die Tür ins Loft herein.

Ich nickte und folgte Grace in die Richtung meines neuen Zimmers. Eine hölzerne Schiebetür trennte das Schlafzimmer vom restlichen Teil der Wohnung. Grace ließ mir den Vortritt, um die Tür zur Seite zu schieben, und ermöglichte mir damit den ersten Blick in mein neues Reich.

Dad hatte die Wände weiß gelassen, vermutlich war er sich nicht sicher, welche Farbe mir gefallen würde. *Woher sollte er das auch wissen?* An einer Wand entdeckte ich eine von Grace' Mandala-Decken, die mit ihrem blau-grünen Stoff dem Raum etwas Leben einhauchte.

»Das Bett hat dein Dad selbst gebaut. Magst du es?«, fragte Grace, die immer noch im Türrahmen stand und meine Reaktion beobachtete. Das Bett, das sie ansprach, war aus Paletten gezimmert und mit einer großen Matratze versehen worden. Ich entdeckte eine Lichterkette, die über dem Gerüst drapiert war, und musste gar nicht lange überlegen, wer sie dort platziert haben könnte.

Mit einem breiten Lächeln drehte ich mich zu Grace um und versicherte ihr: »Es sieht wahnsinnig schön aus. Danke.«

Dad erschien hinter seiner Frau in der Tür und atmete erleichtert aus, als er mitbekam, dass mich die Einrichtung des Zimmers offensichtlich ansprach.

Das tat sie wirklich. Mir gefiel der große Schreibtisch, an dem ich von nun an meine Schulsachen erledigen konnte. Mir gefiel der große Schrank, der nur dazu einlud, meine Sommerkleidung ausnahmsweise einmal ordentlich zu verstauen. Aber dennoch entdeckte ich auch eine Sache, die mir ganz und gar nicht zusagte.

»Dad?«, fragte ich mit gerunzelter Stirn und trat näher an das kleine Nachttischchen heran, auf dem ich das Notizbuch entdeckt hatte. Leises Getuschel erklang von der Tür her. Vermutlich war Dad deswegen so angespannt gewesen, mir das Zimmer zu zeigen.

Ich nahm das Notizbuch in die Hand und betrachtete dessen Vorderseite. Es war in einem dunklen Rot gehalten, auf dem in goldenem Schriftzug »Gedankensammler« stand. Jeder andere hätte dieses hübsche Buch als nettes Willkommensgeschenk aufgenommen. Aber ich nicht. Mir war von Anfang an bewusst, worauf mein Dad hiermit hinauswollte.

»Stimmt etwas nicht?«, fragte Dad, und seine Stimme klang ganz leise vor Unsicherheit. Ich drehte mich langsam zu ihm um, um sicherzugehen, dass er es ernst meinte.

»Du weißt, dass ich nicht mehr schreibe«, flüsterte ich und schaute zwischen Dad und Grace hin und her. Dad kratzte sich unbeholfen am Hinterkopf, während Grace ihre Finger vor dem Bauch verschränkte und zu Boden blickte.

»Aber wir dachten …«, begann Dad, doch ich ließ ihn gar nicht weiter ausreden. Bevor er mir auch nur den kleinsten Rat geben konnte, warum ich wieder damit beginnen sollte, über meine Begegnungen und Träume zu schreiben, ließ ich das Buch auf die Matratze meines neuen Bettes fallen und lief an den beiden vorbei und aus dem Raum hinaus.

»Wo ist das Bad? Ich will noch schnell duschen, damit wir gleich los können«, rief ich hektisch.

Dad drehte sich mit halbgeöffnetem Mund zu mir um. Vermutlich hatte er fest damit gerechnet, ich würde ihn anschreien wie ein trotziges Kind. Und vielleicht hätte ich das auch gemacht, wäre heute nicht mein erster Tag hier gewesen. Den wollte ich sicher nicht damit verbringen, Dad Beschimpfungen an den Kopf zu werfen, zumal er es war, der angeboten hatte, mich hier bei sich aufzunehmen.

»Gleich dort rechts.« Er deutete mit dem Finger auf eine Tür, auf der passenderweise auch noch ein WC-Aufkleber prangte, und rief mir etwas hinterher von Handtüchern, die ich benutzen könne.

Als ich unter dem warmen Wasser stand, wurde mir bewusst, dass ich vermutlich erst meine Sachen hätte ausräumen sollen, da mir sowohl Shampoo als auch Wechselklamotten fehlten. Aber solange ich damit einer Diskussion übers Schreiben entfliehen konnte, hatte ich auch nichts dagegen, auf Grace' Sortiment zurückzugreifen.

Ich entdeckte Grace und Dad auf dem Sofa, als ich im Handtuch eingewickelt zu meiner Reisetasche schlich und nach Unterwäsche kramte.

»Wir fahren in einer halben Stunde, Sky«, rief Grace mir zu und ich nickte, obwohl mir vollkommen bewusst war, dass sie das nicht sehen konnte, da sie mit dem Rücken zu mir saß.

Während ich mir die Haare föhnte, musste ich wieder an das rote Notizbüchlein denken, und mich überkam ein Gefühl von Übelkeit. Ich brauchte dringend eine Strategie, um dem Thema »Schreiben« aus dem Weg gehen zu können. Vielleicht könnte ich genau in den Momenten einen Hustenanfall vortäuschen oder behaupten, Mom riefe an. Aber so weit kam es gar nicht. Weder Dad noch Grace kamen auf dem Weg ins Restaurant auf das Thema zu sprechen.

Die angespannte Stimmung zwischen uns lockerte sich, als wir uns gemeinsam an einen der runden Tische setzten.

»Hier waren wir früher oft. Erinnerst du dich, Sky?«, fragte Dad mit einem breiten Lächeln im Gesicht und schnappte sich die laminierte Speisekarte.

»Ja«, erwiderte ich knapp und verkniff mir den Kommentar, dass er mit *wir* nicht ihn, Grace und mich meinte, sondern unsere Familie, bevor die Ehe meiner Eltern den Bach runtergegangen war.

Wir bestellten unser Essen – ich entschied mich wie

fast immer für Pasta Arrabiata – und Grace erzählte mir während des Wartens ununterbrochen von den neuen Platten, die heute in ihren Laden geliefert worden waren, und empfahl mir Bands, von denen ich noch nie in meinem Leben gehört hatte. Dad stimmte Grace permanent mit einem verliebten Grinsen zu, und mich überfiel ein Anflug von schlechtem Gewissen, weil ich mich kurz bei dem Wunsch ertappte, wir könnten ein weiteres Mal als heile Familie in diesem Restaurant sitzen. Nur Mom, Dad, Caden und ich.

Grace und Dad versuchten, unseren Konflikt in meinem neuen Zimmer zu überspielen, bis wir aufgegessen hatten, und gaben mir das Gefühl, eine ganz normale Jugendliche zu sein, die aus einer ganz normalen Familie kam. Ohne Probleme, ohne Sorgen. Auch wenn mir nicht entgangen war, dass sowohl Dad als auch Grace auf ihr übliches Glas Rotwein verzichtet hatten.

Dieser ganz normale Abend fand allerdings sein Ende, nachdem der Kellner unser Geschirr abgeräumt hatte und die Wangen meines Dads sich urplötzlich röteten. Er warf einen kurzen Blick zu Grace, bevor er sich räusperte und vorsichtig zu reden begann: »Skyler, ich wollte dich mit dem Thema zu Hause nicht angreifen …«

Meine Finger verkrampften sich um mein Cola-Glas. Die Strategien, die ich mir vorher noch zurechtgelegt hatte, waren wie aus meinem Kopf gesaugt. Stattdessen merkte ich, wie sich Dinge in meinem Kopf breitmachten, die da nicht hingehörten. Wie mir innerhalb von Sekunden das Jetzt entglitt, als wäre ich gar nicht mehr richtig anwesend.

»Zu Hause« hallte es in meinem Kopf nach. Und ein

weiteres Mal: »Zu Hause …«. Und ich wusste auch, dass sich nun eine andere Stimme gegen die von Dad und Grace durchsetzen würde. *Seine* Stimme.

»Hey.« Ich entdeckte Matt an einem der Bäume lehnend. Sein Blick richtete sich starr aufs Wasser, bis er mich entdeckte und seine Mundwinkel sich langsam hoben. Meine Beine kribbelten, als ich auf ihn zuging und versuchte, sein Lächeln zu erwidern. Doch allein das verbrauchte die wenige Energie, die der Tag mir noch gelassen hatte. Matt schien das zu merken, denn er runzelte die Stirn und neigte fragend den Kopf. »Erzähl mir, was los ist, Rosie.«

Ich machte neben ihm Halt und legte die Arme um meinen Bauch. »Nichts, ich hätte heute nur gerne einmal einen ruhigen Abend verbracht.«

Matt brachte ein so belustigtes Lachen über seine Lippen, dass ich mich mit einem verärgerten Blick zu ihm umdrehte. Ich hob die Augenbrauen und forderte damit eine Erklärung für seine unpassende Reaktion.

»Es ist auch schön, dich zu sehen, Rosalie.« Wenn er nicht die Abkürzung »Rosie« für meinen Zweitnamen benutzte, war es das Topsignal dafür, dass er mich ärgern wollte. Und Ärger hatte ich an diesem Tag mehr als genug gehabt. Schnaubend wandte ich mich von Matt ab und blickte auf die Kieselsteine, die das Seeufer ausmachten. Ich spürte Matts kalte Finger auf meinem Arm, als er mich aufforderte, ihn wieder anzusehen.

»Ist es wegen deiner Eltern?«, fragte er. Jede Belustigung war aus seinem Tonfall verschwunden. Er hatte also endlich verstanden, dass mir heute nicht zu spaßen zumute war.

Ich zuckte mit den Schultern. »Dad hat sich in Grace verliebt. Moms kleine Schwester, erinnerst du dich? Sie hat es Mom heute erzählt.«

»Fuck«, flüsterte Matt und schaffte es allein mit diesem kleinen Wort, mich zum Grinsen zu bringen. Hatte ich je Schimpfwörter aus seinem Mund kommen hören? Alle anderen behielten ihn als den kleinen, lieben Jungen in Erinnerung, der diese Welt so urplötzlich verlassen hatte. Und ich erhielt die Chance, zumindest eine Vorstellung davon zu bekommen, was aus Matthew Mayfor hätte werden können. Ein ganz normaler Teenager.

»Ich habe Mom noch nie so weinen sehen. Und Caden ist einfach abgehauen, um sich auf irgendeiner Hausparty abzuschießen. Ich habe gehört, wie er ins Haus getorkelt ist, als ich ins Bett gegangen bin.«

Matt sog tief die Luft ein. »Jeder hat seine eigene Umgangsweise, um mit solchen Problemen klarzukommen.«

»Ja, vielleicht, aber nicht so. Ich kenne ihn kaum noch nüchtern.« Ich schüttelte abwesend den Kopf. »Und nächsten Monat zieht er dann ins Wohnheim und lässt mich mit dem ganzen Chaos allein.« Der Gedanke daran verursachte ein scharfes Brennen in meinen Augen. »Alle lassen mich allein.«

»Ich nicht«, beteuerte Matt mit einem vollkommen überzeugten Gesichtsausdruck.

Doch, auch du. Du dürftest nicht hier sein, sondern bei deiner Familie. Deine Familie, die kurz nach deinem Tod fortgezogen war, weil sie deinen Verlust nicht mehr ertragen hatte. Du solltest mit mir zur Middle-School gehen, neben mir im Matheunterricht sitzen. Du gehörst nicht hierher.

Meine Gedanken ratterten und ich presste die Lippen aufeinander, um diese egoistischen Worte nicht wirklich laut auszusprechen. Stattdessen lehnte ich meinen Kopf an seine Schulter und versuchte es zu genießen, meinen besten Freund wenigstens hier sehen zu können. Warum beschwerte ich mich eigentlich?

»Auch wenn du das nicht glaubst, aber ich bin immer bei dir, Rosie.«

Ich blickte zu ihm auf und lächelte. Denn ich wusste, dass er die Wahrheit sagte. Ein Teil von ihm würde immer bei mir sein.

Ausdruckslos blickte ich zu Dad und nahm als Erstes wahr, wie Grace verunsichert zuerst zu ihm und dann zu mir sah. Erst dann hörte mein Vater auf zu reden, und auch sein Gesicht nahm einen besorgten Ausdruck an.

»Skyler …«, begann er flüsternd. Ich zuckte unter seinen Worten zusammen. Mit einem Mal war mir eiskalt.

»Ich …«, begann ich und bemerkte, wie heiser meine Stimme klang. »Sorry, ich war in Gedanken. Was hast du gesagt?«

Ich nahm einen Schluck von meiner Cola und versuchte das, was gerade passiert war, fürs Erste aus meinen Gedanken zu verbannen. Sie durften nicht schon wieder mitbekommen, dass ich abschweifte. Vermutlich aber war ihnen mein Zustand wenige Augenblicke zuvor nicht entgangen.

Dad legte seine Finger sanft auf meinen Unterarm und sprach weiter: »Wir haben uns da etwas überlegt. Ich und deine Mom. Dir hat die Poesietherapie damals doch so gut gefallen. Deshalb habe ich mich hier ein bisschen umgehört, und es gibt tatsächlich einen Therapeuten, der dieses Verfahren anbietet. Vielleicht nicht genau so, wie du es kennst, aber …«

»Nein«, unterbrach ich ihn. Für mehr fehlte mir die Energie. Die hatte diese plötzliche Erinnerung an Matt mir vollständig geraubt.

»Ich habe mit dieser Reaktion schon gerechnet.« Er nickte abwesend und senkte den Blick auf sein Wasserglas. »Und ich verstehe, dass nach allem, was passiert ist, es dir schwerfällt, so persönliche Dinge aufzuschreiben. Aber …«

»Dad, ich dachte, ich habe ziemlich deutlich gemacht, dass ich nicht mehr schreiben werde. Und erst recht nicht über meine Probleme.«

Wieder nickte Dad nur. Mir schien es beinahe so, als hätte er sich ebenfalls eine Strategie überlegt und als wäre meine Reaktion fester Bestandteil dieses Plans.

»Ich habe mit Mr. Wright einen Termin für morgen Nachmittag vereinbart. Dann könntet ihr euch einmal kennenlernen, und er erklärt dir, wie die Therapie ablaufen wird.«

Ich schnaubte. »Ich weiß, wie so eine Therapie abläuft.«

Dad warf Grace einen hilflosen Blick zu. Meine Tante

zuckte leicht mit den Schultern, bevor sie für Dad das Wort übernahm: »Schätzchen, dein Vater macht sich nur Sorgen. Wir wollen dir den Start hier in Greywood so einfach wie möglich machen.«

»Das macht ihr sicher nicht, indem ihr mich zwingt, zu einer Therapie zu gehen«, schoss es aus mir heraus. Beide senkten den Blick auf die Tischplatte, offensichtlich überfordert damit, was sie gegen meine Worte noch sagen konnten, um mich umzustimmen.

»Tut mir leid«, flüsterte ich.

»Schon gut«, murmelte Dad, »Vielleicht ist es wirklich keine gute Idee.« Er nahm seine Hand zurück und leerte seinen letzten Rest Wasser in einem Zug.

Grace strich sich eine ihrer braunen Strähnen hinters Ohr und beugte sich etwas näher zu mir heran. »Du würdest deinem Vater wirklich einen riesigen Gefallen tun, wenn du dir morgen anhörst, was Mr. Wrights Konzept ist. Wir verstehen, dass das, was du die letzten zwei Jahre durchgemacht hast, nicht leicht war. Aber das einfach zu ignorieren, das …«

»Ihr wollt nicht, dass ich so ende wie Caden. Hab ich recht?« Die Erkenntnis traf mich wie ein Schlag und wurde durch die schuldbewussten Gesichter der beiden bestätigt.

»Wir haben bei Caden viel zu spät die Reißleine gezogen. Diesen Fehler wollen wir nicht wiederholen«, erklärte Dad.

Ich nickte resigniert, und auch wenn mich ihr Vorschlag, erneut an einer Poesietherapie teilzunehmen, furchtbar wütend machte, konnte ich den Grund dahinter zumindest annähernd verstehen.

Wir hatten Cadens Verhalten nie als bedrohlich wahrgenommen. Und dann war es plötzlich zu spät gewesen.

Ich atmete tief durch, um den Mut zu fassen, die folgenden Worte auszusprechen: »Ein einziges Gespräch. Morgen. Aber ob ich schreibe oder nicht, entscheide immer noch ich.«

Dads Mundwinkel hoben sich, seine grauen Augen leuchteten.

»Danke«, flüsterte er, und ich war mir sicher, noch nie so etwas Aufrichtiges von ihm gehört zu haben.

Ich holte noch einmal tief Luft, bevor ich die Tür öffnete, die mich in das Bibliotheksgebäude führen sollte. Bevor ich über die Türschwelle trat, warf ich noch einen letzten unsicheren Blick zurück und sah meinen Dad, wie er mir ein aufmunterndes Lächeln aus seinem Mustang zuwarf.

Dieses Lächeln war mehr als nur eine kleine Aufmunterung für seine Tochter. Es zeigte mir, dass er wirklich daran glaubte, dieses Gespräch könnte irgendetwas besser machen. Und auch wenn ich es vor ihm niemals zugegeben hätte: Insgeheim hoffte ich es auch.

Mit langsamen Schritten betrat ich die Eingangshalle und wurde von einem Geruch begrüßt, der mich an die früheren Stunden in Bibliotheken und Schreibwarenläden erinnerte. Ich fühlte eine angenehme Wärme in meinem Bauch aufsteigen. Ein Teil von mir wollte dieses Gefühl zulassen. Er wollte das Schreiben wieder in sein Leben lassen. Ebenso wie das befreiende Gefühl, wenn alles, was in meinem Kopf herumschwirrte, auf dem Papier landete. Und doch war da diese warnende Stimme in meinen Gedanken, die mir in Erinnerung rief, dass mir das Schreiben nicht immer nur Gutes gebracht hatte.

»Skyler Thomsen?« Ich zuckte zusammen, als ich eine tiefe Stimme rechts von mir wahrnahm. Als ich mich umblickte, traf mein Blick einen großen, dunkelhäutigen Mann mit schwarzen Haaren und dunklen Augen. Er trug ein Hemd und eine graue Anzughose, und unwillkürlich fragte ich mich, ob mein Dad mich nicht doch zu irgendeinem Bewerbungsgespräch geschickt hatte. Falls das der Fall sein sollte, war ich mit meinen schlichten Jeans und dem locker sitzenden T-Shirt definitiv unpassend gekleidet.

»Ja«, bestätigte ich mit einem gepressten Lächeln. Er kam mit ausgestreckter Hand auf mich zu und umschloss meine mit seinen langen Fingern.

»Richard Wright. Freut mich, dich kennenzulernen.« Er ging in die Richtung seines Büros, und ich nahm das als Zeichen auf, ihm zu folgen.

Richards Büro erinnerte mich eher an eines, das ich in einer großen Firma erwartet hätte. Bei einem Angestellten, der tagtäglich Dokumente bearbeitete, Akten sortierte und so einen Kram erledigte. Aber sicher nicht bei jemandem, der mich therapieren wollte. Die Wände waren in einem kühlen Weißton gestrichen. Ein einsames Bild einer klassischen Obstschale war die einzige Dekoration, die ich ausfindig machen konnte. Im hinteren Teil entdeckte ich einen Schreibtisch, auf dem einige Ordner verteilt lagen. Richard führte mich dorthin und bedeutete mir, auf dem Stuhl davor Platz zu nehmen.

Als ich meine Finger auf meinem Schoß ineinander verschränkte, bemerkte ich, dass sie von einer leichten Schweißschicht überzogen waren. Dieses Gespräch machte mich definitiv nervöser, als ich es mir eingestehen wollte.

»Schön, dich nun auch persönlich kennenzulernen, Skyler. Dein Vater war vor einigen Wochen bei mir. Er hat mir schon einiges von dir erzählt. Du warst bereits in Denville in einer Poesietherapie, habe ich recht?« Richard zuppelte, während er redete, am Kragen seines Hemdes herum, und ich musste mich konzentrieren, auf seine Worte zu achten und nicht auf seine Bewegungen.

Etwas schüchtern nickte ich. »Ja, ich war ungefähr zwei Jahre in einem Kurs.« Meine Stimme klang kratzig, als hätte ich den ganzen Tag über geschwiegen und jetzt zum ersten Mal wieder ein Wort in den Mund genommen. Derselben Meinung schien Richard offenbar auch zu sein, denn er stand auf und nahm eine mit Wasser gefüllte Karaffe aus einem Regal, um mir ein Glas einzuschenken.

»Hat dir das Konzept gefallen?« Er schob das Glas über den Tisch zu mir herüber.

»Bis vor Kurzem schon«, antwortete ich wahrheitsgemäß und umklammerte das Wasserglas. Es hatte mir nicht nur gefallen, ich hatte es geliebt. Ich hatte die Atmosphäre in unserem Kurs geliebt, wenn jeder in Gedanken daran war, was er aufs Papier bringen würde. Oder die Momente, in denen ein Teilnehmer sich einen Ruck gegeben und etwas vor den anderen vorgetragen hatte. Und ganz besonders hatte ich es geliebt, für mich selbst schreiben zu können, ohne je gedrängt zu werden, etwas davon mit den anderen teilen zu müssen. Denn so war Josephine, unsere Kursleiterin, nicht. Sie zwang niemanden dazu, seine Anfertigungen vorzulesen, wenn man es nicht wollte.

Richard legte seine Stirn für einen winzigen Augenblick in Falten, nickte dann aber wissend. Mir war bewusst, dass Dad ihm erzählt haben musste, dass ich nicht mehr schrieb. Vermutlich hoffte er, Richard könnte mich umstimmen. Ich schüttelte innerlich den Kopf, als könnte ich meinem Dad telepathisch zukommen lassen, dass er sich nicht zu viel von diesem Gespräch zu erhoffen brauchte.

»Kannst du mir erklären, warum das Konzept nichts mehr für dich ist?«

Nein, wollte ich sagen, doch ich rief mir in Erinnerung, dass meine Sturheit mich hier nicht rausbringen würde. Wenn es einen Ausweg gab, dann den, dass ich ehrlich zu Richard wäre. Auch wenn ich es mit aller Kraft vermeiden wollte, über auch nur irgendetwas, das in den letzten Jahren passiert war, zu sprechen.

»Ich schreibe nicht mehr besonders gern. Daher halte ich eine andere Therapieform für passender.« Ich blickte ihm direkt in die Augen. »Oder am besten gar keine.«

Damit hatte ich ihm verdammt deutlich gemacht, was ich von Dads Idee hielt. Das bestätigte auch die Art und Weise, wie er sich mit der Hand über den Mund fuhr und vor sich hin nickte, als hätte ich ihn damit aus dem Konzept geworfen. Er lehnte sich nach vorne und setzte die Unterarme auf der Tischplatte auf.

»Skyler, ich will ehrlich zu dir sein.« Mein Herz verlor

seinen Takt in genau dieser Sekunde. Zumindest fühlte sich der Stich in meiner Brust genau danach an. Und das, ohne dass ich überhaupt wusste, womit er ehrlich sein wollte. »Ich habe mich lange mit deinem Dad unterhalten. Er teilt deinen Gedanken, du hättest keine Therapie nötig, absolut nicht.«

Ich beobachtete mit schmalen Augen Richards Finger, die damit begannen, in einem Ordner nach Dokumenten zu wühlen. Er blätterte Seite für Seite um, bis er offensichtlich das Richtige gefunden hatte und aus der Klarsichtfolie herauszog.

Er legte mir das bedruckte Papier direkt unter die Augen und ich musste gar nicht lange darüber nachdenken, um zu erkennen, um welches Dokument es sich handelte.

Kopfschüttelnd wandte ich meinen Blick von dem Bericht ab, den mir mein Hausarzt kurz nach dem Vorfall ausgehändigt hatte. Mit der Bitte, einen richtigen Psychologen aufzusuchen.

*Weil es zu viele Dinge gibt, die du nicht verarbeitet hast.*

*Weil du depressive Anzeichen aufweist.*

*Weil du nicht jemanden treffen solltest, der seit zehn Jahren tot ist.*

»Skyler. Ich möchte dir in keiner Weise diese Therapie zur Pflicht machen. Aber ich möchte verstehen, warum du dich so gegen Hilfe wehrst.«

»Sie möchten mich verstehen?«

Ich hob die Augenbrauen und ließ meinen Blick abschätzend über Richard streifen. Weil es so viele Leute in meiner Vergangenheit gegeben hatte, die mich hatten verstehen wollen. Und schlussendlich war niemand in der Lage gewesen nachzuvollziehen, warum ich Mattys Tod nie verarbeitet hatte.

*Es ist doch schon so lange her, Skyler.*

*Das vergeht mit den Jahren, ganz sicher.*

*Das sind sicher nur lebhafte Träume.*

Richard nickte, ohne sich von meiner Musterung beirren zu lassen.

»Was genau möchten Sie denn verstehen? Meine Träume? Oder warum ich nicht mehr schreiben kann, nachdem meine ganze Schule meine Tagebucheinträge gesehen hat?« Meine Hände ballten sich in meinem Schoß zu Fäusten. Warum Richard dennoch so ruhig blieb, war mir ein Rätsel. Aber etwas von seiner Ruhe begann dennoch langsam auf mich überzugehen. Ich musterte sein Gesicht und wartete auf eine Reaktion. Dann sagte er: »Könntest du mir etwas von diesen Begegnungen mit Matt erzählen?«

»*Träume*«, verbesserte ich ihn spitz. Richards Mundwinkel hoben sich leicht. »Es ist in Ordnung, wenn du diese Begegnungen so bezeichnen möchtest. Aber grundsätzlich ist es nichts Ungewöhnliches, von jemandem zu halluzinieren, den du furchtbar vermisst.«

»*Träume*. Das sind nur *Träume*.« Die Worte überschlugen sich in meinem Mund. Eigentlich gab ich nur das wieder, was ich mir die letzten zwei Jahre versucht habe einzureden. Dass diese Begegnungen mit meinem toten besten Freund nichts weiter waren als lebhafte Fantasien, die mich überfielen, sobald ich die Augen geschlossen hatte. Auch wenn es dabei nicht geblieben war. Aber alles war besser, als mir einzugestehen, dass meine Psyche mir tatsächlich Streiche gespielt hatte.

Richard musterte meinen Gesichtsausdruck und nickte dann leicht. »Okay. Du kannst es *Träume* nennen, wenn es dir damit besser geht. Seit wann hast du diese Träume?«

»Seit …« Als wollte sich etwas in mir dagegen wehren, diese allbekannten Worte auszusprechen, pressten sich meine Lippen aufeinander. Ich senkte den Blick auf meine geröteten Handballen und ließ die Worte im Raum verhallen.

»Seitdem Matthew gestorben ist?«, beendete Richard meinen unausgesprochenen Gedanken. Mein Blick zuckte wieder in seine Richtung. Einen Augenblick fragte ich mich, ob dieser Mann Gedanken lesen konnte, doch ich erinnerte mich schnell, woher er diese Information hatte. Dad.

»Ja«, hauchte ich.

Richard nickte zufrieden. »Kannst du mir von diesem Tag erzählen? Als du Matthew das letzte Mal lebend gesehen hast?«

Meine Muskeln verkrampften sich, und ich begann mich zu fragen, ob er diese Frage ernst meinte. Ob ihm nicht bewusst war, was er da von mir verlangte.

Doch als Richard nichts erwiderte, sondern mich nur ruhig anblickte, versuchte ich mich an die Zeit zu erinnern, in der ich noch glücklich gewesen war. Als noch alles so gewesen war, wie es sein sollte.

»Matt kam an diesem Tag nachmittags zu mir. Eigentlich hatte er Hausarrest, weil seine Mom uns dabei erwischt hatte, wie wir an einem Floß herumgewerkelt haben, das wir im Wasser ausprobieren wollten. Er wollte mit mir zum See fahren. Wir konnten bereits Fahrrad fahren, also haben wir uns allein auf den Weg gemacht. Das durften wir eigentlich nicht. Aber meine Eltern waren zu dem Zeitpunkt nicht da und meine Tante Grace, die den Tag über auf uns aufgepasst hat, hatte irgendeinen Typen zu uns eingeladen und war abgelenkt. Also sind wir an den See gefahren und haben dort Piraten gespielt.« Ohne dass ich es mitbekommen hatte, hoben sich meine Mundwinkel bei dem Gedanken, wie einfach unser Leben zu der Zeit erschienen war. Und dass es nur einen kleinen Moment gebraucht hatte, um diese Leichtigkeit aus unserem Leben herauszureißen. »Ich bin früher nach Hause gefahren, weil ich wusste, dass Tante Grace mich suchen würde. Aber Matt wollte dableiben. Ich habe mir nichts dabei gedacht und auch gar nicht gewusst, dass er sich in Gefahr bringen könnte. Wir waren ja erst sieben. So weit denkt man in dem Alter noch nicht.« Ich senkte den Blick. »Also bin ich nach Hause und habe Matt am See zurückgelassen.«

Erst jetzt sah ich wieder zu Richard auf, der einen Stift in der Hand hielt und sich offenbar Notizen machte. Leicht reckte ich das Kinn, in der Hoffnung, etwas von seinem Geschriebenen lesen zu können, doch da hatte er die Seite schon umgeblättert.

»Wann hast du erfahren, dass er tot ist?«

»So wirklich erst ein paar Monate später. Mom hat mir immer versichert, dass Matt bald zurückkommen würde. Aber es stand in den Gesichtern seiner Eltern, dass das nicht stimmte. Irgendwann erklärte mir Dad, dass Matt nicht mehr leben würde. Ich habe es nicht verstanden, weil …«

»Weil du diese Begegnungen mit ihm hattest«, ergänzte Richard meine Worte. Ich öffnete den Mund, um Richard ein weiteres Mal zu korrigieren, doch schlussendlich war es nichts anderes als das. Begegnungen mit meinem toten besten Freund. Also schluckte ich trocken und nickte. »Genau, weil ich Matt immer noch begegnet bin.«

»Diese Begegnungen oder diese Träume, wie sahen die aus?«

Ich zuckte mit den Schultern. »Ganz einfach, fast unspektakulär. Als würde Matt immer noch leben und ich könnte mit ihm spielen.« Vor meinen Augen erschien ein Bild von mir und Matty, kurz nachdem er im See ertrunken war. Er war zu mir gekommen und hatte meine Hand genommen, so wie immer, wenn er aufgeregt war und mir irgendetwas unbedingt sagen wollte. Er hatte mir erklärt, dass er nicht gestorben sei, sondern sich auf einer Reise befinde, wir uns aber immer noch sehen könnten, wenn ich ihn bräuchte. Ich hatte ihn darum gebeten, mir eine Postkarte von seiner Reise zu schicken.

Ja, das war meine erste Begegnung mit Matty. Alle anderen waren ähnlich. Als würde mir mein Unterbewusstsein eine riesige Spielwiese zur Verfügung stellen, um meinen besten Freund immer noch treffen zu können. »Wir haben viel am Wasser gespielt. Unser Piratenboot neu aufgebaut. Einfach unsere Tage genauso gelebt wie zuvor.«

Ich blickte unsicher auf Richards Schreibtisch umher, um seinen dunklen Augen aus dem Weg zu gehen. Es war wie jedes Mal, wenn ich jemandem von diesen Begegnungen erzählte: Ich schämte mich.

»Wie lange bist du danach Matthew begegnet?«, fragte Richard weiter.

»Bis vor zwei Jahren. Aber irgendwann waren die Begegnungen nicht mehr so regelmäßig wie zu Beginn. Als ich noch klein war, habe ich Matt fast jeden Tag gesehen. Da habe ich ihn so sehr gebraucht. Und als wir älter wurden …«

Richard warf mir einen eindringlichen Blick zu, der mich wohl dazu bewegen sollte, weiterzureden. Mom behauptete stets, man müsse mir alles aus der Nase ziehen,um an Informationen zu gelangen. Richard bewies mir um ein weiteres Mal, dass sie in dieser Hinsicht recht hatte.

»Er ist mit mir mitgewachsen, verstehen Sie? Als ich ungefähr zehn war, war er es ebenfalls. Und als ich mich langsam zum Teenager entwickelte, hat er sich in meinen Träumen auch über sein kindliches Ich hinaus entwickelt. Total verrückt.«

»Nein«, flüsterte Richard, »Das ist nicht verrückt.«

Ich pustete die Luft über meine geöffneten Lippen aus und schüttelte vorsichtig den Kopf. »Das sehen Sie offenbar als Einziger so.«

»Wann hast du begonnen, diese Träume aufzuschreiben?«, wollte Richard wissen, ohne weiter auf meine Bemerkung einzugehen.

»Na ja, wann beginnt man damit, Tagebuch zu schreiben?« Ich schob nachdenklich meine Unterlippe nach vorn. »Mit neun vielleicht.«

Ich erinnerte mich gut an den Tag, an dem Mom mir ein lila Notizbuch überreicht hatte, mit einer riesigen gelben Blume auf dessen Deckblatt.

Von dem Tag an war dieses Notizbuch jeden Tag mein treuer Begleiter gewesen. Griffbereit, falls ich Matt ein weiteres Mal begegnen sollte. Um es direkt aufschreiben und in Erinnerung behalten zu können.

»Und es hat dir geholfen?«

Ich nickte vorsichtig. »Sehr. Irgendwie hatte ich damit etwas, woran ich mich festhalten konnte. Damit ich es bloß nicht vergesse, so wie einen flüchtigen Tagtraum.«

»Und jetzt hast du diese Träume nicht mehr?«

Schnell schüttelte ich den Kopf. Die erste Antwort, die mir leicht fiel.

»Warum nicht?«

»Ich wollte es nicht mehr.« Das klang so wahnsinnig simpel. Aber eigentlich war es die Wahrheit. »Ich wollte ihn nicht mehr sehen. Ich wollte diese Begegnungen nicht mehr haben. Nicht, nachdem mir meine Mitschüler klar gemacht hatten, dass das ganz und gar nicht normal war. Damit hatten sie mir jeden schönen Moment, den ich mit Matt nach seinem Tod erlebt hatte, zunichtegemacht.«

»Erzähl mir von dem Vorfall in der Schule«, warf Richard ein, den Blick auf mein Gesicht gerichtet.

Meine Fingernägel krallten sich in die Haut meiner Oberschenkel und mein Mund klappte auf, so sehr überforderte mich diese plötzliche Aufforderung, von diesem einen Tag zu erzählen. Ich schluckte und merkte im selben Moment, dass mein Hals brannte. Unbeholfen griff ich nach dem Glas Wasser und trank einige Schlucke, um das Gefühl zu lindern.

Richard beobachtete währenddessen jede meiner Bewegungen. Das spürte ich, ohne aktiv darauf zu achten.

»Warum wollen Sie das wissen?«

»Weil es zu deiner Geschichte dazugehört«, sagte er mit einem halben Lächeln, als würden wir gerade über belanglose Dinge wie das Wetter reden und nicht über den Tag, an dem mein ganzes Leben auf den Kopf gestellt worden war. »Fang einfach ganz am Anfang an.«

Ich grub die Schneidezähne in meine Unterlippe, während ich abwägte, ob ich ihm wirklich davon erzählen oder einfach die schlechte Tochter spielen und wortlos den Raum verlassen sollte. Die zweite Option erschien mir deutlich bequemer. Aber das war wahrscheinlich auch der Grund, warum ich sie ausschließen sollte.

Ich streckte meinen Rücken durch, während sich meine Gedanken zu einem Wollknäuel verwickelten. Mein Mund klappte auf, als wäre er zum ersten Mal seit Ewigkeiten fähig, über diesen einen Tag zu reden. Aber der plötzliche Druck auf meiner Brust, das lähmende Kribbeln in meinen Händen, waren Beweis genug dafür, dass ich alles andere als bereit dazu war.

Ich schloss meine Lippen wieder und senkte den Blick auf den Tisch. Dabei überflog ich die ersten Zeilen des Arztberichtes, den Richard eben aus seinem Ordner gekramt hatte.

*Mögliches Halluzinieren durch Nichtverarbeitung der Trauer.* »Nein«, brachte ich heraus und schüttelte im nächsten Moment so hektisch den Kopf, dass bunte Lichter vor meinen Augen tanzten. »Ich kann da nicht darüber reden. Nicht jetzt.« Und nicht morgen. Nicht nächste Woche. Vermutlich nie in meinem Leben. Aber das konnte ich Richard nicht sagen.

Richard nickte leicht und schenkte mir die Andeutung eines Lächelns. »In Ordnung.«

Etwas verdutzt blinzelte ich und wiederholte: »In Ordnung?«

»Ich werde dich sicher nicht dazu drängen, mir etwas zu erzählen, wenn du es nicht selbst möchtest. Ich bin mir sicher, dass der Moment kommt, an dem du von selbst darüber reden willst.«

So sicher war ich mir da nicht. Dennoch nickte ich mit verkniffenen Lippen und spürte gleich, wie meine Brust sich wieder viel leichter hob und senkte.

»Daher halte ich es auch für ratsam, diese Therapie in Form einer Schreibgruppe fortzuführen.«

Und plötzlich war dieser beengende Druck direkt über meinen Lungenflügeln wieder da.

»Nur weil ich nicht über den Tag, der mein Leben verändert hat, reden will? Ist das Ihr Ernst?« Meine Stimme wurde laut und schrill. Sofern wir nicht die einzigen Personen waren, die sich an einem Freitagnachmittag in diesem Bibliotheksgebäude trafen, lenkte ich gerade sehr viel Aufmerksamkeit auf Richards Büro.

»Zum einen das und zum anderen wegen der Symptome, die nach diesem Vorfall bei dir aufgetreten sind.«

Meine Lippen zitterten. Ich wollte schlucken, aber dafür fehlte mir die Spucke im Mund.

»Welche Symptome?« *Und woher wusste er davon?* Wieder kramte Richard in seinen Ordnern nach einer Klarsichtfolie und zog mit Daumen und Zeigefinger einen Zettel hervor. Dabei handelte es sich dem Anschein nach nicht um ein offizielles Formular, sondern um eine

Art Schmierblatt, das in Hektik von Hand beschrieben worden war.

Richard räusperte sich und begann, die Stichpunkte, die auf dem Papier aufgelistet waren, vorzulesen: »Schlafstörungen, Antriebslosigkeit, Stimmungsschwankungen. Du bist keinen Hobbys mehr nachgegangen, hast keine Freunde mehr getroffen und dich die meiste Zeit in deinem Zimmer aufgehalten.«

Meine Zähne begannen zu knirschen, so sehr presste ich sie aufeinander, um die Worte, die mir gerade im Kopf herumschwirrten, irgendwie loszuwerden.

»Und du hast seit zwei Jahren keinerlei Unterstützung bekommen. Menschen wie du brauchen Hilfe, um das Erlebte zu verarbeiten.«

*Menschen wie ich* also. Als gäbe es reihenweise Personen, die haargenau dasselbe wie ich erlebt hatten.

»Hat mein Dad Ihnen von diesen Symptomen erzählt?«, presste ich heraus.

Richard nickte leicht, als wüsste er bereits, dass diese Antwort meine Wut zum Kochen bringen würde.

»Gut. Diese Informationen haben Sie von jemandem, der mich in den letzten zwei Jahren …« Ich neigte den Kopf zur Seite und tippte mit dem Zeigefinger auf der Tischplatte herum. »… vielleicht zehn Mal gesehen hat. Und das für ungefähr dreißig Minuten. Ja, ich war traurig. Wenn ich daran zurückdenke, bin ich es immer noch. Aber ich brauche keine Therapie. Und schon gar keine, die etwas mit Schreiben zu tun hat.«

»Die Informationen hat dein Vater sicher nicht nur aus eigener Beobachtung, Skyler.«

Ich schluckte hart. Ein brennender Schmerz schoss durch meine Kehle.

»Ich bin nicht depressiv.«

Einen kurzen Moment lang vergrub er sein Gesicht in beiden Händen, als wäre er plötzlich unglaublich müde geworden. »Okay«, sagte er, »gehen wir mal davon aus, du bist nicht depressiv. Es geht hierbei um eine Gruppentherapie. Viele meiner Klienten haben Ähnliches erlebt. Vielleicht ist es gar nicht so schlecht, sich darüber auszutauschen.«

»Aber ich schreibe nicht mehr«, sagte ich und bemerkte im nächsten Moment, wie schnippisch ich klang.

»Das tust du jetzt noch nicht und das verstehe ich. Aber vielleicht schaffen wir es gemeinsam, deine Liebe fürs Schreiben wieder zu erwecken. Meinst du nicht auch?« Zum ersten Mal in diesem Gespräch verzogen sich Richards Lippen zu einem waschechten Lächeln. Doch anstatt es zu erwidern, machte sich in mir ein ungutes Gefühl breit.

»Habe ich überhaupt eine Wahl?« Die Frage brannte schon auf meiner Seele, seitdem ich den Raum betreten hatte. Das Unverständnis, das so plötzlich in Richards Gesicht geschrieben stand, erzählte mehr als tausend Worte.

»Dein Vater …«

»Schon gut.« Ich schüttelte den Kopf und erhob mich von meinem Stuhl. Eigentlich hatte ich erwartet, Richard würde mich zurückhalten oder mindestens darum bitten, noch etwas zu bleiben, doch er ließ mich gewähren und beobachtete mich dabei, wie ich nach meinem Rucksack griff und mich auf den Weg zur Tür machte.

»Bis hoffentlich bald, Skyler. Wir treffen uns jeden Dienstag um 18 Uhr. Lern die Gruppe kennen und gib ihnen wenigstens eine Chance«, rief er mir hinterher, als ich schon fast wieder zurück in der Eingangshalle angelangt war. Seine Stimme echote im ganzen Treppenhaus und ließ einige Frauen, die vor einer Bürotür standen, sich zu Richard umdrehen.

»Na sicher«, murmelte ich und machte mich auf den Weg nach draußen.

»Nur ein Gespräch also. Dass du schon mit dem Therapeuten abgesprochen hast, dass ich von nun an wöchentliche Sitzungen haben werde, hast du nicht gesagt.« Ich knallte die Tür von Dads Mustang zu und legte mit hektischen Handgriffen den Anschnallgurt an. Alles, ohne Dad auch nur eines Blickes zu würdigen. Hätte ich jetzt dieses schuldbewusste Lächeln in seinem Gesicht entdeckt, wäre ich vermutlich hochgegangen wie eine Bombe.

»Wir haben es nicht abgesprochen, er hat mir dazu geraten.«

Fast automatisch verschränkten sich meine Arme vor der Brust. Ein aufgebrachtes Schnauben entwich meinen Lippen, als Dad den Rückwärtsgang einlegte und vom Parkplatz des Bibliotheksgebäudes herunterfuhr.

»Du machst es mir echt schwer, nicht sauer auf dich zu sein«, flüsterte ich und lehnte den Kopf an die Fensterscheibe, in der Hoffnung, sie würde meine glühenden Wangen kühlen.

Obwohl ich irgendeine Entschuldigung oder mindestens eine Erklärung erwartet hatte, schwieg Dad, bis wir in der Tiefgarage unseres Wohnhauses angekommen waren. Er zog den Schlüssel aus der Zündung und schüttelte leicht mit dem Kopf.

»Denkst du, dein Bruder hat gejubelt, als wir ihm geraten haben, sich stationär behandeln zu lassen?«

Ich drehte mich um zu Dad und nahm wahr, wie er sich ermüdet über sein Gesicht wischte. Statt zu antworten, stieg ich aus dem Auto und ging voran, in Richtung Treppenhaus.

In unserer Wohnung begrüßte mich Grace mit einem strahlenden Lächeln und ihrer Gitarre auf dem Schoß, doch als sie in mein Gesicht blickte, senkten sich ihre Mundwinkel abrupt.

»Alles in Ordnung?«, rief sie mir hinterher, doch da hatte ich schon die Tür zu meinem Zimmer geschlossen.

Erschöpft ließ ich mich auf mein Bett fallen und starrte an die weiße Decke. Auf einem Ohr hörte ich, wie Dad die Wohnung betrat und Grace meinen Vater fragte, was mit mir nicht stimme. Den Rest ihrer Diskussion erstickte ich mit einem Kissen, das ich mir auf die Ohren drückte.

Auf keinen Fall wollte ich mit meinem Verhalten bewirken, dass die beiden sich stritten. Nicht, nachdem sie sich so bemühten, mir ein Leben in Greywood zu ermöglichen. Aber diese Therapie hatte für mich nichts mit Neuanfang zu tun. Sie trat meinen geplanten Neustart quasi mit Füßen. Alles, was ich wollte, war, zu vergessen. Aber das respektierte niemand. Weder Mom noch Dad.

Den Abend verbrachte ich allein vor meinem Laptop

und zappte durch Netflix. Grace kam zwischendurch einmal herein und fragte, ob ich etwas essen wolle, doch das hätte bedeutet, mich mit Dad an einen Tisch zu setzen und ihn entweder zu ignorieren oder auf gute Miene zu machen. Nichts davon kam in Frage. Also blickte ich über meinen knurrenden Magen hinweg und kuschelte mich in meinem neuen Bett ein, bis meine Augenlider schwer wurden und ich während einer Liebeskomödie einschlief.

Die Steine unter meinen Sandalen knirschten laut, als ich auf Matty zulief. Er saß direkt am Wasser und beobachtete, wie die Sonnenstrahlen den See zum Glitzern brachten.

»Rosie«, rief er, als er mich entdeckte, und winkte mich zu sich herüber. Ich erhöhte mein Tempo und gab darauf acht, nicht mit meinen Füßen zwischen den Steinen umzuknicken.

»Du sollst mich doch nicht so nennen«, murrte ich störrisch und ging neben Matty in die Hocke. Matt war der Einzige, der mich bei meinem Zweitnamen nannte, auch wenn ich ihm vor langer Zeit schon klar gemacht hatte, dass er mich lieber Skyler nennen sollte.

»Ich mag ihn eben«, hatte er gesagt und daraufhin hatte ich klein beigegeben. Wenigstens konnte es hier niemand hören.

»Schau mal«, sagte Matt und richtete sich auf. Zwischen den Fingern hielt er einen flachen Stein, den er mit einer schnellen Bewegung ins Wasser warf. Er hüpfte zwei Mal von der Wasseroberfläche auf, so als würde er auf einem Trampolin springen. Beim dritten Mal versank er im Wasser und Matt rief laut: »Mist!«

»Ich schaffe nie mehr als einmal«, sagte ich mit einem traurigen Schulterzucken, »Caden kann das richtig gut.«

Matt hörte mir gar nicht richtig zu. Viel mehr war er damit beschäftigt, zwischen den Millionen Steinen am Seeufer den perfekten für seinen nächsten Wurf herauszusuchen.

»Wir vermissen dich alle. Warum kommst du nicht zurück?«, fragte ich mit piepsiger Stimme. »Du bist schon so lange weg.«

»Aber wir können doch hier spielen«, erwiderte Matt gelassen. »Reicht dir das nicht?« Er nahm für seinen nächsten Wurf etwas Anlauf, was offenbar sein Geheimrezept war, denn er schaffte es, den Stein dreimal über das Wasser hüpfen zu lassen. Ich beobachtete Matt, wie er seine Arme in die Luft warf und vor Freude auf und ab hüpfte. Seine dunklen Haare waren weniger lockig als beim letzten Mal, als ich ihm hier begegnet war.

»Doch«, antwortete ich und legte Matt einen weiteren Stein in die Hand, den ich vom bloßen Ansehen als perfekt empfand. »Das reicht mir.«

Mit einem lauten Japsen schreckte ich aus dem Schlaf, das Geräusch meines rasenden Herzens im Ohr. Einen Moment lang glaubte ich verlernt zu haben, wie man atmet.

Erst als sich mein Herzschlag langsam wieder einpendelte, bemerkte ich, dass ich nicht in meinem Bett in Denville lag, sondern in meinem neuen Zimmer in Greywood. Die Nachttischlampe brannte, und auf meinem Laptop leuchtete mir mein Bildschirmschoner entgegen. Ein Bild von Mom, Dad, Caden und mir in unserem Garten, als wir noch jünger waren.

Ungefähr so jung, wie ich in diesem Traum gewesen sein musste. Ein Traum von Matt. Das konnte unmöglich wahr sein.

Ich fuhr mir über die Stirn und spürte eine feuchte Schweißschicht auf meiner Haut, als hätte mich kein Traum aus meiner Kindheit eingeholt, sondern ein waschechter Albtraum. Wobei das bei mir letzten Endes auf das Gleiche hinauslief.

Dieser Widerhall einer meiner Begegnungen mit Matt, der mich so plötzlich im Restaurant überfallen hatte, war die eine Sache. Diese Begegnungen hatten die Grenze der harmlosen Erinnerung an die Tage mit meinem besten Freund gerade so gekratzt. Aber dass sie mich jetzt auch noch bis in meine Träume verfolgten, war einfach zu viel. Auch wenn diese Episode keine neue Begegnung mit meinem Freund war. Eben diesen Traum hatte es schon einmal gegeben, als ich vielleicht zehn gewesen war. Zu gut erinnerte ich mich daran, wie Matt immer und immer wieder Steine ins Wasser geworfen hatte, in der Hoffnung, sie würden mehr als nur zweimal über die Oberfläche hüpfen. Es war kein neuer Traum, keine neue Begegnung mit Matty. Dafür war er zu jung gewesen, genauso wie ich in meiner Vorstellung. Aber warum musste mich diese Erinnerung ausgerechnet jetzt im Schlaf heimsuchen? Genau in dem Moment, in dem ich eigentlich für immer mit diesem Kapitel abschließen wollte.

Ich stieg aus dem Bett und tigerte in meinem Zimmer auf und ab. Die Gedanken überschlugen sich in meinem Kopf. Das hier war kein Rückfall. Es durfte einfach keiner sein.

Ein Blick auf die Uhr versicherte mir, dass ich offenbar mindestens drei Stunden geschlafen hatte. Es war bereits nach zwölf und Grace wollte morgen früh mit mir zum Markt gehen. Eigentlich hätte ich mich wieder hinlegen und versuchen sollen, in einen traumlosen Schlaf zu finden, aber der Gedanke an diese Erinnerung von Matt hielt mich davon ab, auch nur meine Augen zu schließen.

Beklommen fuhr ich mir durch die nassen Haare, die fest auf meiner Stirn klebten, und tapste auf nackten Füßen aus meinem Zimmer heraus. Als ich die Schiebetür hinter mir zuzog, entdeckte ich den leuchtenden Fernsehbildschirm in dem sonst stockdunklen Loft. Vorsichtig reckte ich das Kinn und entdeckte Dads Kopf auf der Sofalehne liegend. Möglichst leise setzte ich einen Fuß zurück, doch da zuckte Dads Kopf schon in meine Richtung. Ein roter Abdruck klebte auf seinem Gesicht direkt über seinem dunklen Bart. Wäre ich nicht so furchtbar sauer auf ihn gewesen, hätte mich sein Anblick zum Lachen gebracht. So aber blieb ich mit emotionsloser Miene in meiner Schockstarre stehen und wartete auf seine Reaktion.

»Hey«, murmelte er verschlafen. Hundert Prozent war er auf dem Sofa eingeschlafen. Schon früher hatte er immer den richtigen Moment verpasst, ins Bett zu gehen. Das hatte zu Nächten geführt, aus denen er mit einer Nackenstarre aufgewacht war und den Tag darauf über seine eigene Dummheit geflucht hatte.

»Hi.« Ich blickte auf den Fernsehbildschirm, aus dessen Lautsprechern leise Stimmen hervordrangen. Die Kulisse der Show kam mir sofort bekannt vor. »Das läuft immer noch?«

Ich wusste sofort, was er sich da anschaute. Quizshows waren schon immer Dads und meine Leidenschaft gewesen.

Dad blickte zum Fernseher und wischte sich mit dem Handrücken über die Augen, als könnte er nur so erkennen, was ich meinte.

»Ja. Aber nicht mehr mit dem alten Mitchell.«

Ich ging näher zu der grünen Couch und lehnte mich gegen dessen Rückseite. »Was? Der war das Beste an der ganzen Show.«

Auf dem Bildschirm erschien ein junger Mann, gekleidet in Hemd und Krawatte. Er kündigte die nächsten Spieler für die neue Quizrunde an. Sie stürmten mit erhobenen Armen ins Studio und ließen sich von den Zuschauern beklatschen, als wären sie Superstars.

Dad begann zu schmunzeln. »Ja, allein dieser eine Satz.«

»So lasset die Jagd nach den Millionen beginnen«, riefen wir beide gleichzeitig und verstellten unsere Stimmen in die krächzende Raucherstimme des früheren Moderators Jonathan Mitchell.

Ich kicherte und ging um die Couch herum. Dad räumte die bestickten Kissen, die definitiv Grace dorthin verfrachtet hatte, vom Sofa und klopfte neben sich.

»Lust, eine Runde um den Spüldienst für morgen zu spielen?«, fragte Dad mit einem schiefen Grinsen. Damit bezog er sich auf die Stunden, in denen wir früher vor dem Fernseher gehockt hatten und eine Quizshow nach der anderen angesehen hatten. Irgendwann hatten wir selbst die Fragen beantwortet und unsere Punkte aufgeschrieben. Der Verlierer hatte den Spüldienst des anderen übernehmen oder die Lieblingssüßigkeit des Gewinners besorgen müssen. Da meistens ich die Gewinnerin dieser Spielrunden gewesen war, was nichts mit Allgemeinwissen, sondern nur mit purem Glück zu tun gehabt hatte, sagte ich: »Deal.« Dad schlug mit seiner Hand in meine ein und nickte herausfordernd.

Er zeigte mir, wo Grace und er Kugelschreiber und Papier verstauten und ich schnappte mir zwei Schmierzettel für die erste Runde.

Die erste Frage wurde sowohl für die Spieler als auch für die Zuschauer auf dem Bildschirm eingeblendet. Dad verengte die Augen, weil er seine Brille nicht trug und die Fragen für ihn wohl nicht mehr als Buchstabensalat waren.

»Wie viele Kugeln hat das Atomium in Brüssel?«, half ich ihm aus, »9, 15, 20 oder 32?«

Bevor der Moderator die richtige Antwort verkündete, kritzelten wir hektisch unsere Vermutungen aufs Papier.

»Was hast du?«, fragte Dad.

»9«, sagte ich und hob als Beweis meinen Zettel hoch. Im selben Moment bestätigte der Moderator, dass sowohl meine Antwort als auch die der offiziellen Spieler richtig war. Ich stieg in ihren Jubel mit ein und reckte die Fäuste in die Luft. Dad blickte auf seinen Zettel, dann wieder zu mir und presste sich das Blatt gegen die Brust. »Punkt für dich.«

»Wieso? Was hattest du denn?«, fragte ich mit einem Grinsen.

»20«, antwortete Dad beschämt und kratzte sich den Hinterkopf, von dem seine ergrauten Haare zu allen Seiten abstanden.

»Dad, das ist so etwas wie der Urvater der Quizfragen.« Ich begann zu lachen, während Dad scheinbar eingeschnappt den Kopf schüttelte. »Meine grauen Zellen arbeiten eben nicht mehr so wie deine. Aber freu dich nicht zu früh.«

Ich schob meine Unterlippe vor und nickte ungläubig, während ich mir den ersten Punkt notierte.

Doch Dad täuschte sich. Ich hätte jeden Grund gehabt, mich zu früh zu freuen. Schlussendlich gewann ich die Spielrunde mit sieben Punkten. Dad hatte immerhin drei.

»Jaja, herzlichen Glückwunsch«, sagte er trotzig und klatschte leicht in die Hände.

»Ich hab es einfach immer noch drauf«, neckte ich Dad mit einem breiten Grinsen. Er schüttelte lachend den Kopf und zerknüllte seinen Zettel zu einem Papierball, mit dem er den Bildschirm bewarf, auf dem wieder das Gesicht des neuen Moderators erschien. Er kündigte das Ende des heutigen Abends an und bedankte sich bei den Mitspielern, die immerhin knapp 10 000 Dollar gewonnen hatten. Als der Abspann lief und langsam in den ersten Werbespot überging, breitete sich Stille aus zwischen Dad und mir. Von der ausgelassenen Stimmung, die bis vor wenigen Minuten zwischen uns geherrscht hatte, war nicht mehr viel übrig geblieben. Dafür erinnerte ich mich zu sehr daran, warum ich eigentlich sauer auf Dad war.

Ihm schien es ähnlich zu gehen, denn er räusperte sich und fragte vorsichtig: »Bin ich ein schlechter Vater, Sky?«

Seine ernste Frage überraschte mich so, dass ich nicht gleich antworten konnte. Die Gelassenheit in seinen Zügen war verschwunden. Zurück blieben seine tiefgrauen Augen, die betrübt schimmerten.

»Du warst ein abwesender Vater, aber keineswegs ein schlechter.« Dad als schlechten Vater zu betiteln, widerstrebte mir zu sehr. Klar, er war in den schwierigen Zeiten unserer Familie lieber mit Grace um die Welt gereist und hatte uns gerade einmal Postkarten aus den verschiedensten Ländern geschickt. Aber unrecht hatte er mir nie getan.

»Läuft eigentlich aufs Gleiche hinaus, oder?« Er unterstrich seine Worte mit einem so verbitterten Lachen, dass sich meine Arme schlagartig mit einer Gänsehaut überzogen.

»Nein«, antwortete ich geradeheraus. »Tut es sicher nicht.«

Dad nickte vorsichtig, den Blick auf einen Werbespot gerichtet, der für Haartönungen warb. »Das mit der Therapie, damit wollte ich dir nie etwas Böses tun. Das weißt du, oder?«

Ich nickte und merkte im selben Moment, dass er meine Reaktion nicht mitbekam, weil er sich immer noch nicht traute, in meine Richtung zu sehen. »Ja.«

»Ich dachte, das würde dir irgendwie helfen«, murmelte er. »Nach dem, was mit deinem Bruder passiert ist … da konnte ich mit dem Gedanken, dass es dir vielleicht genauso gehen würde, nicht mehr umgehen. Deswegen haben ich und deine Mom beschlossen, dass es besser ist, wenn du Denville verlässt. Das Umfeld dort, deine Mitschüler, haben dir nicht gut getan. Das hätte uns viel schneller auffallen sollen. Und deshalb diese Therapie.«

Meine Finger vergruben sich in dem nächstbesten Kissen, das ich finden konnte. »Dad, das mit Caden …«

»Ist etwas anderes. Ich weiß«, beendete Dad meine Worte und atmete tief ein. »Aber dir geht es nicht gut, Skyler. Das musst du nicht ständig versuchen, vor mir zu verbergen.«

»Das weißt du doch gar nicht.«

»Doch, das weiß ich sehr wohl. Die wenigen Male, die ich euch in Denville besucht habe, bist du kaum aus deinem Zimmer herausgekommen. Ich habe es immer darauf geschoben, dass du mich nicht sehen willst. Aber als deine Mom mir sagte, dass du dich nicht nur mir gegenüber so verhalten würdest, sind bei mir alle Alarmglocken angegangen.« Er tippte mit dem Zeigefinger gegen seine Schläfe, als wollte er mir sagen, dass es dieses System tatsächlich in seinem Kopf gab.

»Ich wünsche mir einfach, dass es dir wieder besser geht, Sky. Das ist alles.« Er seufzte und legte dabei den Kopf in den Nacken. Zwei Finger presste er auf seinen Nasenrücken, als könnte er damit die Tränen aufhalten, die in seinen Augen leuchteten.

Ich beobachtete Dad mit halb geöffnetem Mund. Seine plötzliche Emotionalität raubte mir den Atem. Weder war ich in der Lage, ihn zu umarmen, um ihm Trost zu spenden, noch konnte ich auch nur ein Wort über die Lippen bringen. Also saßen wir schweigend auf der Couch, während Dad Tränen aus den Augenwinkeln rollten und mein Pulsschlag sich wie nach meinem Traum drastisch erhöhte. Ich schloss die Augen und versuchte, jeden Zweifel an den Worten, die schon auf meinen Lippen lagen, loszuwerden. Dann sagte ich leise: »Wenn du willst, dass ich zu dieser Therapie gehe, dann probiere ich es.«

Dad blickte abrupt in meine Richtung. Dann hoben sich seine Mundwinkel, welche die grauen Barthaare auf seiner Oberlippe in Bewegung brachten. Er streckte den Arm in meine Richtung aus, und ich legte meine Finger in seine Hand. Er drückte sie, und ich spürte, wie dankbar er in diesem Moment war. Zum ersten Mal seit Langem war das Lächeln auf meinen Lippen weder aufgesetzt noch gezwungen. Es war verdammt ehrlich und löste in meinem Magen eine wohlige Wärme aus. Für diesen einen Moment vergaß ich die Trennung meiner Eltern, meine Wut auf Dad, als er mit Grace zusammengezogen war, und meine Sorge um Caden. Selbst wenn all diese Dinge am nächsten Morgen wieder da sein würden, gab es wenigstens diesen einen Moment, an dem wir uns festhalten konnten. Und das machte mich mehr als nur glücklich.

# KAPITEL 2

Erste Schultage gehen immer schief. Ich wusste das aus Erfahrung. Ich erinnerte mich an das verzweifelte Irren durch die Gänge. Daran, zu jeder Stunde zu spät zu kommen und alleine zu Mittag zu essen.

Der Flur meiner neuen Schule roch nach Neuanfang. Nicht der Geruch von Neuanfang, den ich mir gewünscht hätte, aber ich gab mich auch mit dem von alten Turnschuhen und ungeduschten Schülern zufrieden.

Den Weg zum Sekretariat bewältigte ich überraschenderweise ohne jedes Problem. Ich musste niemanden nach dem Weg fragen, rannte keinen Schüler vor Nervosität um und schaffte es auch pünktlich vor dem Klingeln, meinen Stundenplan entgegenzunehmen.

»Skyler Rosalie Thomsen?«, fragte die junge Sekretärin über ihren Tisch hinweg.

»Nur Skyler«, ergänzte ich mit einem höflichen Lächeln.

»Hier ist dein Plan. Wenn du Fragen hast, melde dich

gerne bei mir. Du hast jetzt im ersten Block Mathematik bei Mr. Eagly. Wenn du willst, kannst du …« Sie sah sich nach allen Seiten um, bis ihr Blick an einem blonden Mädchen festhing, das gerade etwas in eine Liste eintrug. »Du kannst mit Lexi gehen, ihr seid im selben Kurs.«

Das Mädchen hob den Kopf. Ihr anfängliches Stirnrunzeln verwandelte sich schnell in ein helles Strahlen.

»Du bist Skyler! Ich bin Lexi«, rief sie mir zu und ließ ihren Stift aus der Hand fallen, um mit federnden Schritten auf mich zuzugehen und mich in ihre Arme zu schließen. Etwas perplex ließ ich sie gewähren.

»Und ich bin überrascht«, gestand ich. Eigentlich hatte ich nicht damit gerechnet, dass sich irgendjemand an meinem Erscheinen erfreuen würde oder auch nur wüsste, dass ich existierte.

»Ich und Grace sind im selben Yoga-Kurs, sie hat mir so viel von dir erzählt. Ich habe das Gefühl, dich schon ewig zu kennen.« Ihre Stimme überschlug sich fast vor Aufregung, und die Sommersprossen auf ihrer Nase begannen zu tanzen.

Grace hatte ihr also viel von mir erzählt. Auch die Gründe, warum ich ausgerechnet in den letzten Wochen des Schuljahres die Schule wechselte? Wenn ja, hätte sich das mit meinem Neuanfang wohl schnell wieder erledigt.

»Komm mit. Mr. Eagly wird schnell wütend, wenn wir ihn mitten im Unterricht aus dem Konzept bringen.« Sie ergriff mein Handgelenk, als wären wir schon lange befreundet. Sie schien einer dieser Menschen zu sein, die keinerlei Berührungsängste besaßen. Faszinierend und beängstigend zugleich.

Zum Glück betraten wir den Kursraum genau eine Minute vor Unterrichtsbeginn. Die Tische reihten sich in einer U-Form aneinander. Ich erklärte meinem Lehrer kurz, wer ich war und warum ich zukünftig seinen Unterricht besuchen würde, was er mit einem kurzen Nicken zur Kenntnis nahm, und ließ mich auf dem Platz neben Lexi nieder.

Ein weiterer Grund zur Freude war, dass der Stoffplan meiner neuen Schule etwas hinter dem meiner alten lag. Integralrechnung hatten wir schon vor einigen Wochen behandelt, also war ich in der Lage, meine Aufgaben hinzubekommen und Lexi gleichzeitig auf ihre unzähligen Fragen zu antworten. Keine Ahnung, warum Mr. Eagly uns kein einziges Mal ermahnte. Er war anscheinend viel zu beschäftigt damit, die Aufgaben auf seinem Arbeitsblatt fehlerfrei an die Tafel zu schreiben.

Auch wenn Lexi mich zuerst überrumpelt hatte, ich mochte sie schon jetzt. Sie fragte mich keine problematischen Dinge: Nicht, warum ich plötzlich zu meinem Dad gezogen war, und auch nichts über meine Vergangenheit. Stattdessen wollte sie wissen, welche Musik ich hörte, welchen Lippenstift ich gerne benutzte und auf welche Art von Jungs ich stand. Solche Gespräche hatte ich gefühlt seit der achten Klasse nicht mehr geführt, und das dämpfte meine Nervosität.

Lexi an meiner Seite zu haben, war das Beste, das mir an meinem ersten Schultag passieren konnte. Die Schule war mindestens doppelt so groß wie meine alte. Die Wege, die wir abliefen, versuchte ich mir genauestens einzuprägen, falls Lexi mich doch nur am ersten Tag unterstützen und ich an den nächsten Tagen wieder auf mich allein gestellt sein würde.

Die Cafeteria erstreckte sich über zwei Etagen und erinnerte mich ein wenig an die aus High-School-Musical Filmen.

Lexi leitete mich auf die zweite Etage zu einem Tisch links neben der Treppe. Mein Herz machte einen kurzen Hüpfer, als ich bemerkte, dass der Tisch schon halb besetzt war. Einen Moment lang befürchtete ich, es könnte kein Platz mehr für mich frei sein, doch die Gruppe rutschte freiwillig enger zusammen, als sie mich und mein befülltes Tablett sah.

»Du riechst so neu«, sagte der Junge neben mir mit einem breiten Grinsen im Gesicht und zuckte tatsächlich mit der Nase, als würde er mich beschnuppern wollen.

»Elliot, benimm dich!«, zischte Lexi und zog den Strohhalm für ihren Apfelsaft aus der Verpackung.

»Schon in Ordnung. Ich bin Skyler.« Ich hob meine Hand und winkte kurz in die Runde. Alle grinsten mich an, als wäre ich ein neues Spielzeug im Kindergarten, das jeder sofort ausprobieren wollte.

»Skyler. Das ist ein schöner Name. Warum konnten sich meine Eltern nicht ein bisschen mehr Mühe bei der Namenswahl geben?« Das Mädchen, das mir direkt gegenüber saß, seufzte und weitete ihre großen, hellgrauen Kulleraugen.

»Komm schon, Emily, dafür kann niemand deinen Namen falsch schreiben. Hat auch Vorteile.« Der Junge namens Elliot knuffte Emily aufmunternd gegen die Schulter.

»In meinem Englischkurs gibt es zwei andere Emilys

und eine Emma. Das ist mehr als überfordernd.« Emily fuhr sich mit einer Hand durch ihr schönes hellblondes Haar und schüttelte genervt den Kopf, als würde sie gerade eine dieser Situationen in Gedanken durchspielen.

Ich kicherte und packte mein Sandwich aus. Neben Emily saß ein weiteres Mädchen, das sich mir als Maya vorstellte. Ihre Lippen umspielte ein leichtes Lächeln, doch sie blieb weitestgehend still. Auf irgendeine Art und Weise beruhigte ihre Anwesenheit mich.

Elliot versuchte mir zu erklären, was für ein schwerer Kampf es war, ausgerechnet diesen Platz in der Mensa zu bekommen. Er bot einen direkten Ausblick nach draußen und darüber hinaus auch auf die Geschehnisse des unteren Stockwerkes. Jeder wollte diesen Tisch haben, und diejenigen, die ihn sich am ersten Schultag erkämpfen konnten, hatten bis zum Ende des Jahres Anspruch darauf.

Ich mochte Elliot. Er schien andere Menschen anzunehmen, wie sie waren, auch wenn er sie nicht im Geringsten kannte. Diese Schüler wirkten so anders auf mich als die in meiner alten Schule. Niemand drehte sich tuschelnd nach mir um, wenn ich durch die Gänge lief oder einen Raum betrat. Dass hier niemand viel mehr über mich wusste als das, was ich vom heutigen Tag an von mir preisgeben würde, war ein beruhigendes Gefühl.

»Woher kommst du eigentlich?«, fragte Emily interessiert.

»Denville«, antwortete ich, »nicht besonders weit von hier.«

»Oh, da kennst du vielleicht meinen Cousin. Er ist

dort zur Schule gegangen«, warf Maya aufgeregt ein, und ich konnte spüren, wie sich ein nervöser Druck auf meine Brust legte. »Adam Clarke?«

Ich neigte den Kopf zur Seite und dachte über den Namen nach. Aber nein, einen Adam kannte ich nicht. Solange er auch nicht wusste, wer ich war, ging das in Ordnung. Aber wenn er auch nur annähernd etwas von meinen Tagebüchern mitbekommen hatte …

»Sagt mir nichts«, entgegnete ich in einem überraschend ruhigen Tonfall, auch wenn mir das Lächeln nur schwer über die Lippen kam.

Maya kniff nachdenklich die Augen zusammen. »Aber ich glaube, er hat auch schon vor drei Jahren seinen Abschluss gemacht. Eigentlich logisch, dass du ihn nicht kennst.« Sie zuckte mit den Schultern und widmete sich weiter ihrem Mittagessen. Ich betete, dass niemand hier am Tisch mitbekam, wie ich erleichtert durchatmete.

Während ich aß, hörte ich den Gesprächen meiner neuen Bekanntschaften zu. Dabei erwähnte Emily, dass sie derzeit auf Kohlenhydrate verzichte, Lexi sprach von einer Geburtstagsparty am kommenden Freitag, zu der niemand aus ihrer Clique eingeladen worden war, und Elliot beschwerte sich über eine unglaublich zeitaufwändige Aufgabe in Biologie. Ich gab mir Mühe, ihnen zuzuhören, als wäre es nicht merkwürdig, dass ich als »die Neue« so selbstverständlich bei ihnen saß. Aber je länger ich mich mit ihnen unterhielt, desto bewusster wurde mir, dass sie sich darüber überhaupt keine Gedanken machten.

»Zeig mal deinen Stundenplan«, bat Elliot und las

sich meine Kurse ganz genau durch. Bei einigen Angaben verzog er mitleidig das Gesicht, was mich nicht gerade ermutigte.

»Mathe bei Mr. Eagly ist der Horror. Da ist meine Schwester zwei Mal durchgefallen.«

Lexi musste Elliot unterm Tisch einen Tritt verpasst haben, zumindest fuhr er sich an sein Schienbein und zischte ein »Autsch« mit einem schmalen Blick auf Lexi.

»Mach dir keine Sorgen«, sagte sie an mich gewandt, »so schlimm ist er gar nicht. Er kann nur nicht erklären. Aber zur Not übernehme ich das.« Sie zwinkerte mir zu, und Elliot ahmte sie im Hintergrund mit den Händen nach, ohne dass es ihr auffiel.

»Unser Mathegenie«, lachte Elliot und erhielt den nächsten Hieb in die Seite, diesmal von Emily.

Die Mittagspause mit den Vieren hinterließ ein wohliges Gefühl in meiner Magengrube. Ich hatte es definitiv schlimmer erwartet. Dieser Tag war nichts im Vergleich zu denen, die ich in den letzten zwei Jahren an der Schule erlebt hatte. Vermutlich wäre ich schon zufrieden gewesen, wenn ich keine neuen Leute kennengelernt hätte. Es hätte schon ausgereicht, nicht so angesehen zu werden wie von meinen damaligen Mitschülern. Voller Spott.

»Schön, dass du zu uns gestoßen bist«, raunte Lexi mit einem breiten Grinsen im Gesicht, als die Mittagspause sich langsam dem Ende neigte.

Ich brachte nur ein erleichtertes »Ja« heraus und musste mich beherrschen, dass mir nicht Tränen über die Wange liefen. *Neuanfang*.

Da Lexi, Emily und ich nach der Mittagspause eine Freistunde hatten, beschlossen wir, mit einem von Lexis Freunden in die Stadt zu fahren und uns einen Kaffee zu holen.

Schon als wir zu seinem Auto liefen und Lexi immer wieder unauffällig versuchte, ihre Haare glatt zu streichen, fragte ich mich, ob sie mit »ein Freund« nicht doch etwas untertrieben hatte. Jener Freund stellte sich als Jason vor und hatte hochgestylte, dunkelblonde Haare und warme, haselnussfarbene Augen, die zu leuchten begannen, als er Lexi erblickte.

Während der gesamten Autofahrt unterhielten sich bloß Emily und ich, da wir das Knistern zwischen den beiden vor uns überspielen wollten. Keine Ahnung, was zwischen den zweien vor sich ging, aber offensichtlich fiel es ihnen nicht leicht, ganz normal miteinander zu reden.

Weder mich noch Emily überraschte es, dass Lexi uns schon einmal ins Café schickte, während sie mit Jason im Auto sitzen blieb.

Ich fragte nicht nach, was zwischen den beiden lief. Das musste ich auch gar nicht, denn Emily erzählte es mir in der Sekunde, in der wir das Auto verließen.

»Jason ist so ein Arschloch«, zischte sie und schaute sich verstohlen zu seinem Auto um. »Er und Lexi hatten vor ein paar Wochen etwas miteinander, als sie betrunken waren. Allerdings ist seine Freundin ein Jahr in Australien, und er hat nicht die Eier in der Hose, um über Skype mit ihr Schluss zu machen.«

Beim Betreten des Cafés klingelte ein Glöckchen, und der Barista begrüßte uns von der Theke aus mit einem freundlichen Lächeln.

»Wow, das klingt wirklich nach einem Arschloch«, murmelte ich und studierte die Karte, die über dem Kopf des Baristas hing.

»Du sagst es, und sein bester Freund ist genauso. Jungs in unserem Alter kannst du vergessen!« Sie verschränkte die Arme vor der Brust und brummte etwas Undeutliches hinterher, von dem ich nur das Wort »Idiot« heraushören konnte.

»Das habe ich auch schon oft genug festgestellt.« Ja, und wie ich das hatte.

Ich nahm meinen Kaffee entgegen und versuchte mit aller Kraft, den Deckel auf meinen Pappbecher zu bekommen. Kochend heißer Kaffee schwappte mir über die Finger. Schnell stellte ich den durchnässten Pappbecher auf den Tresen zurück. Mit vor Schmerz verzogenen Lippen schüttelte ich meine verbrühte Hand, in der Hoffnung, die Hitze auf meiner Haut würde somit verschwinden. Dabei bekam ich gar nicht mit, dass mir jemand ein Taschentuch reichte. Erst als die Person sich räusperte und ich von den roten Flecken auf meinem Handrücken aufblickte, bemerkte ich ihn. »Danke, ich …«, begann ich, verstummte aber, als ich in das Gesicht eines Jungen blickte. Braune Augen, die so dunkel auf mich herunter leuchteten, dass mir schwindelig wurde. Dunkelbraune Locken, die ihm verwirbelt in die Stirn hingen.

Diese weichen Gesichtszüge, die ich so gut kannte.

Ich blinzelte mehrfach, in der Hoffnung, sein Gesicht würde verschwinden. Doch das tat es nicht. Stattdessen legte er seine Stirn in Falten. Ich konnte nicht anders, als mich zu allen Seiten umzublicken. Wir waren nicht am

See, so wie früher, wenn ich Matt begegnet war. Ein paar Schritte von uns entfernt entdeckte ich Emily, die ihren Cappuccino kaltpustete. Die Klänge eines Indie-Songs kamen aus den Lautsprechern des Cafés. Das Klingeln eines Glöckchens an der Tür kündigte das Erscheinen weiterer Gäste an. Alles hier war genau so, wie vor wenigen Minuten auch. Ich war nicht abgedriftet, ich konnte nicht schon wieder halluzinieren. Und doch stand er vor mir, live und in Farbe.

»Matty …«, murmelte ich ungläubig und spürte, wie meine Augen zu brennen begannen.

Matt schien meine Freude allerdings nicht zu teilen. Er legte seine Stirn in Falten und schwenkte das Taschentuch hin und her.

»Damian«, verbesserte er mich. »Dachte, das könntest du gebrauchen.« Mit einer mechanischen Handbewegung nahm ich sein Taschentuch an und beobachtete, wie der Junge sich umdrehte und das Café verließ. Meine Finger verkrampften sich in das Taschentuch. Ich war mir nicht sicher, ob ich in den letzten Sekunden überhaupt Luft geholt hatte. Meine Beine begannen zu zittern. Damian? Hatte er gesagt, sein Name sei Damian? Ich war mir nicht einmal mehr sicher. Das konnte nicht sein. Das hier war Matt gewesen! Er ähnelte dem Jungen, den ich so oft nach seinem Tod wiedergesehen hatte, bis ins kleinste Detail. Erst Emily riss mich aus meiner Schockstarre: »Wenn man gerade von Idioten spricht.«

Meinte sie damit etwa Matt? Dann hatte sie ihn also auch gesehen.

Emily drückte mir einen neuen Becher Kaffee in die

Hand. Die plötzliche Wärme zwischen meinen Fingern holte mich in die Realität zurück. Die Realität, in der mein bester Freund tot war und es nicht möglich sein konnte, dass er sich mal eben einen Kaffee genehmigt hatte. Alles an ihm hatte ausgesehen wie Matt. Lediglich der Dreitagebart und die kürzeren Haare hatten neu an ihm gewirkt.

»Damian Winston«, seufzte Emily und nippte an ihrem Cappuccino. »Du brauchst ihm gar nicht so verträumt hinterher starren. Dem ist keine gut genug.«

Sie zuckte mit den Schultern und senkte den Blick zu Boden, als hätte sie selbst schon Erfahrungen mit diesem Damian gemacht.

*Damian*, wiederholte ich in Gedanken. Der Name wirkte so unpassend für dieses vertraute Gesicht. Ich blickte in die Richtung, in der er verschwunden war. Emily warf mir einen Seitenblick zu, die Augenbrauen verwirrt zusammengezogen. »Alles in Ordnung?«

»Ja«, hauchte ich, auch wenn es das ganz und gar nicht war. Meine Welt drehte sich gerade viel zu schnell, bei dem Gedanken daran, was gerade passiert war.

Auf der Autofahrt zurück zur Schule starrte ich mit leerem Blick aus dem Fenster.

Der Arzt, zu dem meine Mom mich nach dem Vorfall in der Schule geschleppt hatte, hatte mir erklärt, dass der Matt, den ich jahrelang am See besucht hatte, nur ein Streich meiner Fantasie gewesen sei. Der Junge vom See war nichts anderes als mein Wunsch gewesen, Matt genau dort wiederzusehen.

Doch nur weil dieser Junge aussah wie Matt in meiner Vorstellung, hieß das noch lange nicht, dass er etwas mit Matt zu tun haben musste. Matt war tot, seit zehn Jahren bereits. Nichts auf der Welt würde ihn wieder zum Leben erwecken. Das musste ich mir klar machen.

»Ist mit Skyler alles okay?«, fragte Lexi mit einem skeptischen Blick auf meine Trance und tastete sich mit den Lippen langsam an den warmen Tee, den Emily ihr mitgebracht hatte, heran. Aus den Augenwinkeln nahm ich wahr, wie Emily mich ebenfalls kritisch musterte und mit den Schultern zuckte. »Ich glaube, sie hat sich gerade in Damian verknallt.«

Sie tat so, als wäre ich wirklich vollkommen weggetreten und würde nichts mitbekommen.

»Was? Habe ich nicht!«, rechtfertigte ich mich laut und war selbst überrascht, so schnell reagieren zu können.

»Na, das will ich dir aber auch geraten haben«, sagte Jason. »Der Typ ist schon seit der siebten Klasse mein bester Freund, und ich kann dir daher mit Sicherheit sagen: Der wird sich in seinem Umgang mit Mädchen nie ändern.« Jason löste für einen Moment seinen Blick von der Straße und blickte über die linke Schulter zu Emily herüber. Er warf ihr einen vielsagenden Blick zu.

»Schönen Dank, dass du mich als Beispiel nimmst, Jason«, murrte sie und verschränkte die Arme vor der Brust.

»Jason hat recht, Skyler, der Typ ist ein Riesen-Arschloch. Bitte versuch dich ganz schnell zu entlieben.« Lexi blinzelte mehrfach gespielt und verzog ihre Lippen zu einem Schmollmund.

»Ich kenne ihn doch gar nicht«, lachte ich und stupste ihr gegen die Schulter, worauf ihr fast der Tee aus der

Hand glitt. Im selben Moment spürte ich ein verräterisches Ziehen in meiner Brust, das mir bewies, dass ich nicht ganz die Wahrheit sagte. Ich kannte diese unglaublich dunklen Augen, diese Unmengen an Locken, dieses Grübchen in seiner rechten Wange. Diese Begegnung mit Damian fühlte sich alles andere als danach an, einem Fremden begegnet zu sein. Aber das mussten sie nicht wissen.

»Glaub mir«, seufzte Lexi, »das wird nicht mehr lange anhalten.«

Am heutigen Tag hatte ich Damian allerdings nicht mehr zu Gesicht bekommen, was vermutlich daran lag, dass unsere Stundenpläne vollkommen unterschiedlich waren. Erschöpft ließ ich mich in Grace' Auto fallen und lehnte meinen schmerzenden Kopf gegen die kühle Fensterscheibe.

»Wie war dein erster Tag, Süße?«, hakte sie nach und legte eine ihrer Achtzigerjahre-CDs ein.

»Gut.« Schon heute Morgen hatte ich gewusst, dass ich so auf ihre Frage antworten würde. Allerdings war mir nicht bewusst gewesen, dass meine Antwort der Wahrheit entsprechen würde. Ich hatte nette Leute kennengelernt, meine Lehrer wirkten halbwegs erträglich, und auch das Essen in der Cafeteria schmeckte einigermaßen. Wäre die Sache mit Matt – oder Damian – nicht gewesen, würde ich vermutlich auf Wolke Sieben schweben und mit Grace auf meinen geglückten Neuanfang anstoßen. Jetzt fühlte sich mein Start allerdings mehr wie ein Reset an, als wäre ich zurück in mein fünfzehnjähriges Ich katapultiert worden, das sich noch immer einbildete, einen toten Jungen sehen zu können.

»Hast du heute noch etwas vor?« Grace richtete ihre Sonnenbrille im Rückspiegel.

»Lexi will mir die Stadt zeigen.«

Beim Erwähnen des Namens ihrer Yogakurs-Gefährtin erhellte sich ihr Gesicht.

»Du hast sie also schon kennengelernt! Sie ist zuckersüß, nicht wahr?«

»Ja, das ist sie wirklich. Hast du ihr …?« Meine Stimme zitterte bei dem Gedanken, dass Grace Lexi wirklich erzählt haben könnte, dass es in meiner alten Heimat nicht mehr so gut für mich lief.

»Nein«, unterbrach mich meine Tante und nahm die Hand vom Schaltknüppel, um mir beruhigend über das Knie zu streichen. »Ich habe Lexi nur erzählt, dass du meine bezaubernde Nichte – Schrägstrich – Stieftochter bist und für einige Zeit bei uns wohnen wirst, weil du deinen Dad vermisst hast.«

Ich schenkte ihr ein dankbares Lächeln, das sie sofort erwiderte.

Als ich Lexi in der Stadt traf, wäre ich ihr beinahe um den Hals gefallen, so dankbar war ich, dass sie mir die nötige Ablenkung bot. Sie zog mich durch die historischen Gassen der Kleinstadt und erzählte mir von ihrer Kindheit an diesem Ort. Wir bummelten durch die Boutiquen, beschwerten uns über die unverschämten Preise und ließen uns dann in einem Eiscafé nieder.

»Gefällt dir unsere Schule bis jetzt?«, fragte Lexi mit dem Mund voller Himbeereis.

»Ja, irgendwie schon. Ihr seid alle so offen, das kenne ich gar nicht.«

»Wir freuen uns eben über jedes neue Gesicht, vor allem über so hübsche wie deines.«

Sie machte mir Komplimente, als wäre das vollkommen selbstverständlich, und ich konnte nicht anders, als zu erröten. Wann hatte mir das letzte Mal jemand ein Kompliment über mein Aussehen gemacht? »Hast du denn schon einen Jungen im Visier? Und damit meine ich, dass ich einen anderen Namen hören will als Damian, ansonsten bekommst du einen großen Löffel von meinem Eis ins Gesicht.«

Sie häufte Vanilleeis auf ihren Löffel und hob ihn grinsend hoch. Lachend schüttelte ich den Kopf und krallte die Finger um meine dampfende Tasse Kaffee. »Darauf habe ich mich tatsächlich heute noch nicht konzentriert.«

»Du lügst«, lachte sie, »aber ich kann es dir nicht übelnehmen, Damian sieht wirklich erschreckend gut aus.« Ja, da konnte man ihr nur recht geben. Der Junge in meiner Fantasie, der sich gleichzeitig mit mir zu einem Teenager entwickelt hatte, hatte schon immer gut ausgesehen, aber Damian überragte diese Erscheinung noch einmal. Er wirkte wie eine ältere Version von Matt. Reifer, männlicher. Gerne hätte ich mich selbst dafür geohrfeigt, dass ich ihn schon wieder mit Matt verglich.

»Emily behauptet, er sei ein Idiot. War das schon immer so?« Obwohl ich meinen Kaffee nicht süß mochte, tauchte ich den Löffel in den verschnörkelten Zucker-

Behälter und verrührte ihn anschließend in meiner Tasse, damit Lexi meine aufkommende Neugierde nicht bemerkte.

Einen langen Moment dachte sie nach, legte die Stirn in Falten und nickte dann. »Ja, soweit ich mich erinnern kann, schon. Er und Jason waren *die* Jungs in unserem Jahrgang, sind es immer noch und werden es auch immer bleiben. Damian ist das Ganze ein bisschen zu Kopf gestiegen. Ich könnte dir reihenweise Namen nennen von Mädchen, denen er das Herz gebrochen hat, aber das würde dir alles nichts sagen.«

Fast erleichtert atmete ich auf. Nein, das hörte sich ganz sicher nicht nach Matt an. Matt war zuvorkommend und rücksichtsvoll. Nicht so eine Art von Kerl, wie es dieser Damian zu sein schien.

»Was ist zwischen ihm und Emily passiert?«, hakte ich nach und verfluchte mich dann dafür, Emily nicht selbst danach gefragt zu haben. Hinter dem Rücken der Leute über sie zu reden war grundsätzlich etwas, das ich lieber vermied.

Lexi seufzte erschöpft. »Ach, das mit Emily ist so eine Sache. Eigentlich darf ich darüber nicht reden.«

Das »eigentlich« ließ ihre Worte nicht so überzeugend wirken, wie sie hätten sein sollen. Ich stichelte nicht und fragte nicht noch einmal nach. Dennoch lehnte sie sich weiter nach vorn und begann zu erzählen: »Na gut, sie hat dir wahrscheinlich auch von mir und Jason erzählt, also sind wir quitt.« Ich musste prompt grinsen, was ihren Verdacht bestätigte. »Vor einem Monat ungefähr war diese Hausparty bei Damian. Wir haben alle ein bisschen zu viel getrunken, na gut – viel zu viel getrunken, bis ich schlussendlich mit Jason im Bett gelandet bin und Emily mit Damian.«

Ich verschluckte mich beinahe an meinem Kaffee und hustete hilflos vor mich hin.

»Ich weiß, ich weiß. Jason hat eine Freundin. Das musste ich mir schon von Emily anhören. Ich sage nicht, dass ich stolz darauf bin, was ich getan habe. Er hat mich hingegen nicht sofort danach abserviert, wie Damian es mit Emily getan hat.« Sie schnaubte. »Damian hat sich einfach nicht mehr bei Em gemeldet. Keine Nachricht, keinen Anruf. Nicht mal auf dem Schulflur hat er sie noch gegrüßt.« Sie schüttelte verständnislos den Kopf. Ich merkte sofort, dass sie mit Emily mitfühlte.

»Was für ein Arschloch.« Ich spuckte die Worte förmlich aus. Verflucht sei meine grenzenlose Fantasie, Matty mit diesem hübschen, aber offenbar unausstehlichen Widerling in Verbindung gebracht zu haben.

»Genau das wollte ich hören!«, lachte Lexi und hob eine Hand, damit ich einschlagen konnte. »Es wäre schön, wenn du das mit Jason und mir für dich behalten könntest. Das zwischen uns ist … kompliziert. Und ich will es nicht noch schlimmer machen, indem die ganze Schule beginnt, über uns zu tratschen.«

Schnell nickte ich und verkniff mir die Frage, wem in Gottes Namen ich auf dieser Schule davon erzählen sollte. Schließlich war Lexi und ihre Clique die erste Aussicht auf etwas, das man eine Freundschaft nennen könnte.

»So, jetzt muss ich langsam nach Hause. Ich muss morgen in der Sportstunde etwas aus meinem Yoga-

Kurs vorstellen.« Sie seufzte und kramte in ihrer Tasche nach etwas Kleingeld.

»Yoga?«, wiederholte ich ungläubig. In meiner alten Schule hatten wir jede Stunde nur Fußball, Volleyball und Basketball gespielt.

»Ja, du hast schon richtig gehört. Die Mädchen sind in der Überzahl, daher haben wir gegen Ballsportarten gestimmt. Freu dich auf morgen, du bist in meinem Sportkurs.« Sie zwinkerte mir zu und rief den Kellner zu sich, damit wir bezahlen konnten.

»Kann nicht Grace für mich einspringen?«, jammerte ich scherzhaft. Mich in meiner ersten Sportstunde mit dem Sonnengruß vorzustellen, versprach nicht gerade einen tollen Start.

»Ganz sicher nicht. Wir sehen uns morgen, Süße.« Und dann verließ sie mit federnden Schritten das Café. Ich blieb fassungslos zurück und fragte mich, was für ein Glück ich haben konnte, dieses Mädchen kennengelernt zu haben.

KAPITEL

# 3

Ich kroch aus dem Bett und tapste ins Bad, um mich für meinen zweiten Schultag zurechtzumachen. Heute gab ich mir weniger Mühe als an meinem ersten Tag. Nur die dunklen Schatten unter meinen hellgrünen Augen verlangten dringend nach etwas Concealer.

Dad war bereits gestern Morgen auf eine Montage aufgebrochen, also frühstückte ich nur mit Grace und gab mir Mühe, mir nicht anmerken zu lassen, wie meine Gedanken um die Geschehnisse des vergangenen Tages kreisten. Grace fuhr mich zur Schule und wünschte mir einen schönen zweiten Tag. Als ich Lexi und Elliot schon von Weitem auf dem Schülerparkplatz entdeckte, winkte ich meiner Tante zum Abschied und lief schnell zu den beiden hinüber.

»Da ist ja unser Neuling«, begrüßte Elliot mich mit einem breiten Grinsen im Gesicht. Er trug bereits seine Sportkleidung, eine dunkle Jogginghose und ein blaues T-Shirt.

Auch Lexi begrüßte mich mit einem Lächeln, blickte

jedoch durchgehend auf die Zettel in ihrer Hand und flüsterte etwas vor sich hin.

»Sie geht ihre Yogaübungen durch. Auch wenn man es nicht von ihr erwartet: Wenn sie etwas vor einem Kurs vormachen soll, ist sie wahnsinnig nervös«, klärte Elliot mich auf, wovon Lexi, ihrer fehlenden Reaktion nach zu urteilen, tatsächlich überhaupt nichts mitbekam. Ich bewunderte es, wie sie es schaffte, auf dem gesamten Weg zur Sporthalle nicht einmal von ihren Zetteln aufzublicken, während ich sogar Schwierigkeiten hatte, mir beim Laufen einen Zopf zu binden.

Da die letzten Wochen des Schuljahres anstanden und der Sommer langsam anbrach, verlegten wir den Unterricht auf den Schulhof. Der Sportplatz war für die anderen Kurse reserviert, die die Tore und Basketballkörbe benötigten. Etwas, worüber sich Lexi gleich bei unserer Sportlehrerin beschwert hatte.

Im Gegensatz zu den drei anderen Jungs in unserem Sportkurs schien sich Elliot darüber zu freuen, dass er den Morgen mit Yoga statt mit Fußball beginnen konnte. Während er seine Yogamatte direkt neben meiner ausbreitete, erklärte er mir, dass ihm die Ausdauer für solche Ballsportarten fehle und er deswegen einen verdammt großen Bogen darum mache. In diesem Punkt waren wir uns definitiv einig.

»Dein Shirt gefällt mir. Hätte ich Brüste, würde ich es mir mal von dir leihen.« Elliot musterte meine Oberweite mit einem schrägen Lächeln. Komischerweise machte es mir bei ihm nichts aus, dass er mich so offensichtlich betrachtete. Einfach weil ich merkte, dass er es keineswegs anzüglich meinte. Jeder andere hätte eine schallende Ohrfeige kassiert.

»Ich kann dir gerne was davon abgeben.« Ich streckte die Arme über den Kopf und beugte mich zur Seite, so wie es Lexi vormachte.

»Sag nicht, du findest sie zu groß. Du willst doch nicht etwa auch so dünn sein wie Emily.« Die Ernsthaftigkeit in seiner Stimme brachte mich zum Kichern. Ja, Emily war wahnsinnig dünn, keine Ahnung, ob das angeboren war oder ob sie einfach viel Sport trieb und auf ihre Ernährung achtete. Außerdem war sie auch so unglaublich hübsch. Einmal mehr fragte ich mich, warum Damian sie hatte sitzen lassen. Obwohl mir eigentlich mehr als gleichgültig sein sollte, *warum* dieser Damian *irgendetwas* tat.

Lexi wies uns in die verschiedenen Übungen ein und nahm die ernste Haltung einer echten Lehrerin an. Alle zwei Minuten lief sie zu Elliot und befahl ihm, seine Atmung unter Kontrolle zu bringen, um sich entspannen zu können.

Elliot und ich gaben uns wirklich Mühe, das Gleichgewicht zu halten und gleichzeitig unsere Muskeln zu dehnen. Doch spätestens als Elliot bei einer Übung, die sich »der Krieger« nannte, mit einem lauten Stöhnen zur Seite kippte, konnten wir nicht mehr ernst bleiben. Lexi blickte uns tadelnd an, stieg aber in unser Gelächter mit ein. Sofort wurde sie von Mrs. Glenn ermahnt, die selbst an Lexis Übungen teilnahm. Lexi winkte daraufhin mit einem schuldbewussten Lächeln ab und führte ihre Lehrstunde fort.

Die letzte Übung gefiel mir. Wir lagen alle mit dem Rücken auf unserer Matte, während Lexi uns ihre Atemanweisungen vorlas. Endlich schaffte ich es, mich zu entspannen. Meine Lider wurden schwer und in meinem Kopf herrschte Ruhe. All das, was die letzten Tage in mir ausgelöst hatten, wurde hinter eine dicke Mauer gesperrt. Während ich Lexis Ausführungen folgte, konnte ich Vögel über unseren Köpfen singen hören. Sonnenstrahlen erwärmten mein Gesicht und ließen bunte Farben vor meinen geschlossenen Lidern tanzen.

Ich war kurz vor dem Wegdämmern, als mich plötzlich ein kalter Wasserschwall im Gesicht traf. Erschrocken erwachte ich aus meiner Trance und strich mir über meine nassen Wangen. Ein Kreischen von rechts zeigte mir, dass Elliot und Lexi ebenfalls etwas von dem Wasser abbekommen hatten.

»Sorry, Skyler! Die war für Lexi bestimmt!«, rief jemand. Ich blickte zu der Stimme hinauf und entdeckte Jason an einem Fenster in der zweiten Etage stehen. Aus der Ferne bemerkte ich sein schuldbewusstes Lächeln und dachte gar nicht lange darüber nach, dass die Wasserbombe mich mit Absicht getroffen haben könnte. Der Junge neben ihm schien sich allerdings an meiner Erfrischung zu erfreuen. Ich hätte schwören können, dass sich seine Mundwinkel zu einem spöttischen Lächeln verzogen.

»Jason, du Arschloch!«, schrie Lexi und begann, das Wasser aus ihrem T-Shirt zu kneten, »die Grundschule ist zwei Meilen weiter!«

Jason begann laut zu lachen, während Lexi weiter schimpfte.

»Mr. Prescott, sehr freundlich von Ihnen, unsere Stunde zu unterbrechen. Sie können sich gleich direkt in meinem Büro melden«, rief Mrs. Glenn, deren Wangen sich vor Wut noch dunkler gefärbt hatten als die Lexis.

Jason verschwand mit einem Grinsen hinter den Gardinen, doch Damian blickte immer noch auf den Schulhof herunter und beobachtete, wie das Wasser von meinen Klamotten auf den Boden tropfte. Unsere Blicke trafen sich. Doch im nächsten Moment verschwand auch er hinter den Vorhängen.

»Ich werde Jason umbringen. Auch wenn er ein verdammt guter Küsser ist und die beste Lasagne der Welt machen kann. Ich werde ihn umbringen.« Lexi schwenkte ihre feuchten Haare unter einem Handtrockner der Schultoilette hin und her.

Ich tat es ihr nach, wobei mein Handtrockner so langsam den Geist aufgab. Er pustete nur noch stoßweise heiße Luft heraus, und ich beließ es dabei, meine nassen Haare mit einem Handtuch trocken zu rubbeln. Ein Blick in den Spiegel bewies mir, dass meine glatten Haare Vergangenheit waren. Leichte Wellen zeichneten meine Haarstruktur, so wie jeden Morgen, wenn ich sie nicht mit einem Glätteisen beseitigte.

Als sich Lexi zu mir an den Spiegel gesellte, entdeckte ich, dass ihre Wangen immer noch gerötet waren, was entweder die Schuld des Handtrockners war oder ihre immer noch vorhandene Wut auf Jason. Sowohl Elliot als auch ich hatten das Ganze eher mit Humor genommen und ihr versichert, dass uns diese Abkühlung nichts ausmachen würde. Lexi hingegen fühlte sich augenscheinlich in ihrer Ehre verletzt, da ihre Yogastunde so schamlos attackiert worden war. Und das durch jemanden, mit dem sie gerade anbandelte.

»Ich hab Jason gestern gesagt, dass wir Freunde bleiben können. Aber so etwas habe ich damit sicher nicht gemeint.«

Sie schüttelte verständnislos den Kopf und strich sich mit den Fingern durch die Haare.

»Du willst nur mit ihm befreundet sein?«, fragte ich leise, da wenige Momente zuvor ein paar Mädchen die Toilettenkabinen aufgesucht hatten.

»Er hat eine Freundin«, erklärte Lexi und warf mir einen Blick zu, der mir die Selbstverständlichkeit dieser Worte verdeutlichen sollte.

»Aber …«

Sie machte eine abwinkende Handbewegung und stieß sich vom Waschbecken ab, um mir voraus aus der Mädchentoilette zu gehen. »Das Thema Jason ist gelaufen.«

Elliot wartete vor der Tür auf uns. Das bisschen Wasser, das er abbekommen hatte, hatte die Sonne von ganz allein beseitigt.

Als wir zurück ins Schulgebäude liefen, gab ich mir Mühe, nicht nach Damian Ausschau zu halten. Doch bei jedem, der uns auf der Treppe entgegenkam, konnte ich gar nicht anders, als nach diesen bekannten braunen Augen zu suchen.

Da ich durch unseren Zwischenfall erst kurz vor Stundenbeginn den Raum betrat, zu dem Lexi mich extra begleitet hatte, waren fast alle Plätze besetzt. Ich entdeckte Maya und Emily in der letzten Reihe. Sie winkten mir lächelnd zu, doch die Plätze neben ihnen waren alle schon belegt. Also setzte ich mich auf den Platz direkt vor ihnen und begrüßte beide mit einem »Hey.«

»Was ist mit deinen Haaren passiert?«, fragte Emily mit einem Stirnrunzeln und nahm eine noch feuchte Strähne zwischen die Finger.

»Also …«

»Jason hat Wasserbomben in seinem Schließfach gefunden. Ich schwöre, ich hatte damit nichts zu tun«, erklärte eine Stimme hinter mir, bevor ich es tun konnte. Ich musste mich gar nicht umdrehen, um zu erkennen, wem diese Stimme gehörte. Emilys verkrampftes Gesicht versicherte mir, dass es sich um den Jungen handelte, nach dem ich eben noch Ausschau gehalten hatte.

Langsam drehte ich mich auf meinem Stuhl zu Damian um. Er stand direkt vor meinem Tisch, die Hände in die Hosentaschen seiner dunklen Jeans geschoben, und blickte auf mich herunter. Ich wollte gerade den Mund öffnen, obwohl ich nicht einmal wusste, was ich auf seine Äußerung erwidern sollte, doch da sagte er schon: »Das ist übrigens mein Platz.«

Sein Finger deutete auf die Tischplatte. Hektisch drehte ich mich im Raum um, in der Hoffnung, irgendwo einen unbesetzten Tisch zu erblicken, aber da schüttelte er schon den Kopf und schnappte sich einen Stuhl, der ohne zugehörigen Tisch an der Wand des Raumes stand.

»Rutsch mal«, sagte er, als er mit dem Stuhl zurück zu meinem Platz kam, und unterstrich seine Anweisung mit einem Nicken zur Seite.

Sprachlos tat ich, was er sagte, und hörte das Quietschen der Stuhlbeine, als sie über den grauen Linoleumboden schleiften.

Er schob seinen Stuhl an meinen Tisch, sodass wir beide unsere Unterlagen auf der Platte ablegen konnten. Und damit war er mir plötzlich so nah, dass ich meine Beine so weit wie möglich zur anderen Seite ausstrecken musste, damit unsere Knie sich nicht berührten.

Während mich seine Anwesenheit komplett aus der Bahn warf, streckte Damian gelassen seine langen Beine unter dem Tisch aus und tippte auf seinem Handy herum. Aus dem Augenwinkel musterte ich sein Gesicht, in der Hoffnung, ein signifikantes Merkmal zu finden, das ihn ein für alle Mal von meiner Traumvorstellung von Matt unterschied. Doch wieder hinterließ sein Anblick nur dieses beengende Gefühl, hier nicht neben einem Fremden zu sitzen.

Und das war beängstigend.

»Sky«, zischte Emily mir über ihren eigenen Tisch gebeugt zu. Ich drehte meinen Kopf in ihre Richtung und sah sie fragend an.

»Du kannst auch zu uns kommen.« Sie gab sich wenig Mühe, leise zu sprechen. Offenbar war es ihr kein Anliegen, dass Damian nicht mitbekam, wie wenig sie seine Nähe für gut befand. Sie blickte mit schmalen Augen in seine Richtung, als wüsste ich nicht längst, warum sie mir diesen Platzwechsel anbot. Als ich ihrem Blick folgte, entdeckte ich, wie Damian mit einem Augenrollen den Kopf schüttelte. Ihm war Emilys Bemerkung also nicht entgangen.

»Schon gut«, murmelte ich mit einem leichten Lächeln und drehte mich wieder nach vorn, da gerade unsere Geschichtslehrerin zur Tür hereinkam.

Die Stunde über schaffte ich es kaum, mich zu konzentrieren, weil Damians Nähe meinen Puls auf Trab hielt. Nicht, weil ich ihn wie vermutlich jedes andere Mädchen hier im Raum attraktiv fand. Nein. Mein Herzrasen hatte ganz andere Gründe.

Er verließ den Raum, unmittelbar nachdem die Lehrerin das Ende der Stunde verkündet hatte, und ich blieb zurück, beschäftigt damit, meine Nervosität irgendwie unter Kontrolle zu bringen.

»Kommst du mit?«, fragte Maya mit einem leichten Lächeln und ihrem Geschichtsbuch unter dem Arm. Emily starrte auf die Tür, als hätte Damian einen unsichtbaren Schatten dort hinterlassen.

Ich nickte und machte mich auf den Weg zu meinem nächsten Kurs.

KAPITEL

# 4

Nach der Schule fuhr ich direkt zum Bibliotheksgebäude. Da Grace den Nachmittag über frei hatte, stellte sie mir ihr Auto zur Verfügung. Schon während der Fahrt bereute ich das Versprechen, das ich Dad gegeben hatte, an diesem Kurs teilzunehmen. Denn je näher ich dem Gebäude kam, in dem ich von nun an etwas tun sollte, das ich für den Rest meines Lebens lieber hätte vermeiden wollen, desto kribbeliger wurden meine Hände.

Als ich auf den Parkplatz abbog, waren so gut wie alle Plätze frei. Das lag vermutlich daran, dass ich fünfzehn Minuten vor der angekündigten Startzeit ankam, was ich meinem Pünktlichkeitstick zu verdanken hatte. Egal, wie wenig ich mich auf einen Termin freute: Das dumme Gefühl, irgendwohin zu spät zu kommen und als letzte einen Raum zu betreten, brachte mich jedes Mal dazu, deutlich vor der Zeit dort zu erscheinen. So eben auch heute.

Ich entschied mich dagegen, die Zeit im Auto abzusitzen und betrat das Bibliotheksgebäude. Etwas unsicher blickte ich mich in der Eingangshalle um und überlegte, in welchem Raum die Poesietherapie stattfinden würde.

Aus dem Zimmer direkt gegenüber Richards Büro ertönte ein Räuspern, gefolgt von einem Winken, als sich Richards und mein Blick begegneten. Mit einem leichten Lächeln ging ich auf den Raum zu und begrüßte ihn.

»Aufgeregt?«, fragte er, während er sich Kaffee aus einer Thermoskanne eingoss.

»Nein«, log ich, was mir, Richards kurzem Lachen nach zu urteilen, sehr schlecht gelang.

»Keine Sorge, bei uns beißt niemand.« Oh, wenn es nur das wäre. »Setz dich, wohin du willst, wir beginnen heute im Stuhlkreis.« Er nickte in die Mitte des Raumes, in der schätzungsweise zwanzig Stühle in einem Kreis angeordnet waren. Vorsichtig ließ ich mich auf einen der Stühle nieder und blickte mich im Raum um.

Meine erste Poesietherapie hatte ich mit dreizehn begonnen. Sie hatte etwas außerhalb von Denville stattgefunden, und als Mom über eine Freundin davon erfahren hatte, war sie von dieser Idee so begeistert gewesen, dass sie mich dazu angemeldet hatte.

Da ich mir sowieso gerne Geschichten ausgedacht oder Gedichte geschrieben hatte, hatte ich nichts dagegen gehabt, mich mit Poesie therapieren zu lassen. Auch wenn ich lange in Frage gestellt hatte, warum Mom eine Therapie für notwendig befunden hatte. Bis dahin hatte ich ihr, außer von den ersten Begegnungen mit Matt, nicht viel über meine Probleme erzählt. Sie hatte zwar ein paar Mal nachgefragt, ob ich immer noch so lebhaft träumen würde, aber da hatte ich mich stets herausgeredet.

»Das wird dir sicher helfen, ein bisschen besser mit deinen Gefühlen umzugehen«, hatte sie gesagt und mir dabei aufmunternd auf die Schulter geklopft. Und somit war die Poesietherapie beschlossene Sache gewesen.

Allerdings erinnerte mich die Aufmachung dieses Kurses kaum an die bei meiner damaligen Therapeutin. Josephine hatte sich immer sehr viel Mühe gegeben, eine wohltuende Atmosphäre zu schaffen. Damals hatten wir auf Sitzkissen gesessen, statt wie jetzt auf Stühlen, und in jeder Ecke waren Kerzen oder Räucherstäbchen zu finden gewesen.

Mir kam es so vor, als hielte man diese Therapie hier in einer Art Klassenzimmer ab. Zumindest erinnerte mich die Tafel, die direkt in der Mitte der Wand befestigt war, an einen Raum, in dem jemand Englisch oder Mathe unterrichtete. Auf Richards Pult entdeckte ich sogar Kreide. Wollte er uns hier therapieren oder etwas über das Schreiben beibringen?

Nach und nach füllte sich der Raum mit den ersten Personen, und ich gab mir Mühe, die anderen Mitglieder nicht zu sehr anzustarren.

Es waren überwiegend ältere Teilnehmer, so wie ich es von Josephines Kurs schon kannte. Eine weitere junge Frau entdeckte ich auf dem Stuhl mir direkt gegenüber, sie war schwanger.

Ich nahm den Bleistift, den ich in mein Notizbuch geklemmt hatte, zwischen zwei Finger und trommelte mit ihm auf dem Deckblatt meines Buches herum. Es gelang mir nur mäßig, mich von meiner Aufregung abzulenken, also hielt ich den Blick gesenkt und wartete, bis Richard die Tür hinter sich geschlossen hatte.

Richard ging in die Mitte unseres Kreises und zählte die erschienenen Personen ab. Sein Blick blieb auf dem einzigen Stuhl hängen, der unbesetzt geblieben war. Dann hob er einen Finger und machte sich an seinem Handy zu schaffen.

»Zweite Abmahnung«, war das Einzige, was er der Person sagte, bevor er wieder auflegte. Ich legte meine Stirn in Falten und blickte zum ersten Mal hoch, um nachzusehen, ob die anderen Mitglieder mit einer ähnlichen Verwirrung reagierten. Doch keiner von ihnen schien auch nur ansatzweise überrascht von Richards Verhalten zu sein. *Zweite Abmahnung?* Was in Gottes Namen meinte er damit?

»Schön, dass ihr heute wieder so zahlreich erschienen seid. Wir haben ein neues Gesicht hier, das sich uns von nun an anschließen wird.« Ich spürte, dass er meinen Blick suchte, doch ich gab mir beste Mühe, ihm auszuweichen.

»Skyler?« Erschrocken blickte ich hoch.

Er nickte in die Mitte des Sitzkreises. Ich erwiderte seinen Blick trocken, bewegte mich jedoch nicht vom Fleck.

»Würdest du uns die Ehre erweisen und dich unserem Kurs vorstellen?«

Ich seufzte. Das war so ziemlich das Schlimmste, was er mir zumuten konnte. Aber schlussendlich hatte ich auch damit gerechnet. Richard war offensichtlich niemand, der es einfach so hinnahm, wenn man nur Dekoration in seiner Therapie spielte. Also stand ich auf und begann mich vorzustellen: »Hallo.« Ich winkte schüchtern in die Runde. »Ich bin Skyler und bin vor ein paar Tagen zu meinem Dad gezogen. Ich gehe in die elfte Klasse der Greywood-High.«

Die anderen Teilnehmer schwiegen und ließen ihre Blicke über meine bebende Gestalt schweifen. Auf die Sekunde spürte ich, wie Wärme in meine Wangen kroch. Etwas unsicher sog ich die Unterlippe zwischen die Zähne und wartete auf weitere Anweisungen von Richard.

Plötzlich bemerkte ich, wie eine ältere Frau mit schwarz gefärbten Haaren die Hand hob, als wäre ich eine Lehrerin. So etwas kannte ich noch nicht.

»Ja?«, nahm ich die Frau ängstlich dran.

»Du schreibst also gerne?« Sie schickte ein interessiertes Lächeln hinterher, was mir wohl zeigen sollte, dass sie mich keineswegs bloßstellen wollte. Ich hingegen fühlte mich genau so und musste verzweifelt abwägen, ob ich die Wahrheit sagen sollte, oder nicht.

»Ich habe früher gern geschrieben. Aber seit einem Vorfall habe ich es aufgegeben. Mein Dad will, dass ich wieder anfange. Deswegen bin ich hier.«

Richard räusperte sich und legte laut seine Handflächen auf die Oberschenkel. »Ich bin mir sicher, wir werden Skyler helfen können, ihre Liebe zum Schreiben wiederzufinden. Habe ich recht?«

Als Bestätigung erhielt Richard ein zustimmendes Murmeln, begleitet von einem »Auf jeden Fall« eines blonden Mannes. Ich schenkte ihnen ein erleichtertes Lächeln, auch wenn ich nicht ganz daran glaubte, auch nur irgendwann die »Liebe zum Schreiben« wiederzuentdecken. Jedenfalls nicht so, wie ich sie einmal empfunden hatte.

Die Stunde über hörte ich gebannt den anderen Teilnehmern zu, wie sie ihre Werke, die sie während der letzten Wochen angefertigt hatten, vorlasen. Eine ältere Frau trug ein bewegendes Gedicht über den plötzlichen Tod ihres Mannes vor, was nicht nur mir beinahe Tränen in die Augen trieb.

Es war eine Stunde, die ich fast schon begann zu genießen, weil ich weder schreiben noch irgendetwas vortragen musste.

Doch sobald sich keiner mehr freiwillig meldete, sprach Richard einen Teilnehmer mit Namen an und forderte die Person auf, etwas vorzutragen. Sobald ich mir dessen bewusst wurde, krallten sich meine Finger um das leere Notizbuch in meinen Händen. Josephine hatte uns nie gezwungen, etwas vorzutragen. Letzten Endes hatte sie es uns freigestellt, ob wir uns einen Ruck geben wollten oder nicht. Richard ging die Sache anders an. Und das gefiel mir ganz und gar nicht.

Unser Therapeut beendete die Stunde und ich packte meine Sachen zusammen, um den Raum zu verlassen, als Richard mich zurückrief. »Skyler?«

Fragend drehte ich mich um. Richard kam auf mich zu. Auch er hatte sich seine Tasche schon um die Schulter gehängt.

»Ich würde dich gerne noch einmal am Freitag allein sprechen. Zur selben Zeit wie letzte Woche.« Er formulierte es nicht als Frage, zu der ich jederzeit hätte Nein sagen können. Vermutlich, weil er wusste, dass ich es auf der Stelle getan hätte.

»Aber warum denn?« Verwirrt blickte ich Richard an. Eigentlich hatte ich damit gerechnet, dass die Gruppensitzung ausreichen würde. Zumal ich nach wie vor der Meinung war, keine Therapie zu benötigen.

»Ich bin mir über einige Dinge noch nicht ganz im Klaren. Und ich denke, es ist keine schlechte Idee, die Gruppentherapie während der ersten Woche so zu begleiten.«

Ich verschluckte mich fast an der Spucke in meinem Mund.

»Versteh das nicht falsch ...«, begann Richard, doch bevor er aussprechen konnte, verließ ich mit schnellen Schritten den Raum. Meine Wangen glühten.

Er ging mir nicht nach oder verlangte von mir, zurückzukommen. Daher ließ ich mich in Grace' Auto fallen und knallte die Tür hinter mir zu, um mein Gesicht in meinen Händen zu verbergen. Was zur Hölle?

Wenn dieses eine Gespräch über Matt, das wir geführt hatten, diesen Traum ausgelöst hatte, was würde mir dann erst bei weiteren Einzelsitzungen blühen? Andererseits – ging es eigentlich noch schlimmer, als jemanden zu treffen, der meinem toten Freund bis aufs Haar glich?

Mein Kopf schmerzte zu sehr, um mir weiter darüber Gedanken zu machen. Schlussendlich blieb mir keine Wahl, als diese Sitzungen über mich ergehen zu lassen. In der Hoffnung, dass es nicht noch schlimmer kommen würde.

Die erste Woche an der neuen Schule verging wie im Flug. Ich hatte Damian ein paar Mal auf den Gängen gesehen, wenn ich mit Lexi und den anderen in die Cafeteria gegangen war. Aber dabei war es auch geblieben. Offenbar war Geschichte das einzige Fach, das Damian und ich gemeinsam belegten. Gott sei Dank.

Doch so sehr ich mich auch auf das Wochenende freute, der bevorstehende Termin mit Richard dämpfte diese Aussicht erheblich.

Mit den Fußspitzen tippte ich auf den hellen Fliesen in der Eingangshalle des Bibliotheksgebäudes herum. Wie vor jedem Termin war ich ungefähr zehn Minuten früher hierher gekommen, als es nötig gewesen wäre, doch Richards Bürotür blieb auch fünf Minuten nach unserer vereinbarten Gesprächszeit noch geschlossen. Ich nahm gedämpfte Stimmen aus seinem Büro wahr und beschloss, einfach zu warten, bis die Person, mit der Richard dort sprach, den Raum verließ. Es dauerte weitere zehn Minuten, bis sich die Tür öffnete und eine Frau erschien, die ihre honigblonden Haare zu einem edel aussehenden Dutt gesteckt hatte. Von ihrem Gesicht war keine einzige Emotion abzulesen, als sie sich zu Richard umdrehte und ihm noch einen schönen Tag wünschte. Sie umfasste ihre Handtasche mit beiden Händen, ließ den Blick nur eine Sekunde lang über mich gleiten und verließ dann auf klappernden Absätzen das Bibliotheksgebäude.

»Hallo Skyler«, sagte Richard mit einem Lächeln, in dem ich seine Erleichterung ablesen konnte. Offenbar hatte er nicht damit gerechnet, dass ich zu unserem Termin erscheinen würde.

Aber letzten Endes hatte ich Dad versprochen, mich an Richards Vorgaben zu halten, und eine weitere Diskussion mit meinem Vater wollte ich dringend vermeiden.

Ich erhob mich von meinem Stuhl und folgte Richard in sein Büro. Wie bei unserem letzten Gespräch nahm ich ihm gegenüber Platz, und er tauschte ein Glas, an dem bereits roter Lippenstift klebte, gegen ein neues aus.

»Wie geht es dir heute?«, fragte er, während er mir Wasser aus der Glaskaraffe einschenkte.

»Gut«, antwortete ich und lächelte möglichst dankbar.

»Hast du dich langsam in Greywood eingelebt?«

»Schon. Die Schule gefällt mir, ich habe nette Leute dort kennengelernt.«

»Das freut mich.« Richard unterstrich seine Worte mit einem fast herzerwärmenden Lächeln.

»Also, worüber möchten Sie noch mit mir sprechen?«, fragte ich ein wenig direkt, um zu verhindern, dass Richard mir weitere beiläufige Fragen stellte. Schließlich wollte ich dieses Gespräch so schnell wie möglich hinter mich bringen.

Richard lehnte sich in seinem Bürostuhl zurück und räusperte sich. »Ich habe noch einmal darüber nachgedacht und würde es begrüßen, wenn du mir von dem Tag erzählen würdest, an dem deine Tagebücher veröffentlicht wurden.«

Meine Augen weiteten sich.

»Ich weiß, du hast mir sehr deutlich gemacht, dass du darüber nicht reden möchtest. Aber ich brauche diese Grundlage, um damit arbeiten zu können und um brenzlige Situationen zu vermeiden.«

»Spielen Sie darauf an, dass mich eine Teilnehmerin gefragt hat, ob ich gerne schreibe?«

Er nickte. »Ja, das war natürlich harmlos. Aber wenn ich nicht deine ganze Geschichte kenne, kann ich natürlich auch nicht optimal auf dich zugehen.«

»Es reicht doch, wenn ich damit umzugehen weiß.«

Richard sog tief die Luft ein und legte leicht den Kopf in den Nacken. Ich trieb ihn an seine Grenzen, und das war mir vollkommen bewusst.

»Du willst also nicht mit mir darüber reden? Verstanden. Aber du hast mir bereits von deinen Begegnungen mit Matt erzählt. Warum fällt es dir dann so schwer, über diesen einen Tag zu sprechen?«

Träge zuckte ich mit den Schultern. Und trotzdem merkte ich, wie es mir zunehmend schwerer fiel, diese Maske an Gleichgültigkeit aufrechtzuerhalten.

»Das, was diese Schüler dir angetan haben, ist nicht deine Schuld, Skyler«, sagte Richard eindringlich. Meine Augen begannen zu brennen, ich wusste nicht einmal, was genau der Grund dafür war. Meine Lippen begannen zu zittern, und ich presste sie aufeinander, um es vor Richard zu verbergen.

»Und vor allem ist es nichts, wofür du dich schämen brauchst«, schob er hinterher. »Wir befinden uns hier in einer sicheren Umgebung. Nichts von dem, was du mir erzählst, wird diesen Raum verlassen.« Er nickte in Richtung der Tür, und nur, um seinem Blick einen Moment ausweichen zu können, drehte ich mich zu ihr um. »Okay?«, fragte er.

Mein Hals brannte, und ich griff mit mechanischen Bewegungen nach meinem Wasserglas. Richard ließ mich währenddessen nicht aus den Augen.

»Okay«, flüsterte ich kaum hörbar und stellte das Glas auf dem Tisch ab.

Ein versöhnliches Lächeln umspielte Richards Lippen, als er sagte: »Beginnen wir ganz am Anfang. Wie sind diese Jungs an deine Tagebücher gekommen?«

Ich richtete mich auf meinem Stuhl gerade auf und begann vorsichtig zu erzählen: »An dem Tag zuvor ... also vor dem Vorfall, bin ich länger in der Schule geblieben, um an einer Aufgabe für die Poesietherapie zu arbeiten. Ich habe in der Bibliothek über meinen Tagebüchern gehangen und irgendwie versucht, meine Kindheitserinnerungen mit meinen letzten Träumen in Verbindung zu bringen.« Ich räusperte mich, weil mir allein die Erinnerung an diesen Tag eine unsichtbare Schnur um meinen Hals hängte. »Ich habe völlig die Zeit vergessen. Irgendwann hat Mom mich angerufen, weil sie einen Streit mit Caden gehabt hatte. Ich solle sofort herkommen. Also habe ich meine Sachen zusammengepackt und mich auf den Weg nach Hause gemacht.«

»Und dabei hast du eines vergessen?«

Ich senkte den Blick, verärgert darüber, dass ein so kurzer Moment mein ganzes Leben beeinflusst hatte. »Ja.«

»Was ist dann passiert?«

»Nichts. Ich bin zu meiner Mom gefahren, hab mich mit ihr um Caden gekümmert, der plötzlich komplett betrunken vor der Tür gestanden hat. Ich habe mir absolut keine Gedanken mehr um diese Tagebücher gemacht. Schließlich dachte ich, ich hätte sie alle eingepackt.«

»Okay.« Richard nickte leicht. »Der Tag danach, was kam dann?«

Der Tag danach. Ich spürte einen riesigen Druck auf der Brust, als mich die Erinnerungen überfielen. Doch anstatt sie ihm zu verschweigen, wie ich es geplant hatte, sprudelten sie aus meinem Mund heraus: »Ich bin zur Schule gefahren, wie an jedem anderen Tag auch. Doch irgendetwas war anders. Eigentlich bin ich immer ziemlich unscheinbar gewesen, doch meine Mitschüler tuschelten und sahen sich mit abwertenden Blicken zu mir um. Da ist mir zum ersten Mal bewusst geworden, dass etwas nicht stimmte.« Ich atmete tief ein und wieder aus, um dieses beengende Gefühl irgendwie von meiner Brust zu bekommen. »Und dann habe ich das Schulgebäude betreten. Und sehr schnell verstanden, warum alle um mich herum tuschelten.«

Meine Augen begannen zu brennen, und ich presste weiter angestrengt die Lippen aufeinander, um die Tränen zurückzuhalten. Richard reagierte schnell und hielt mir eine Box mit Papiertaschentüchern hin, doch ich schüttelte abweisend den Kopf. Ich wollte nicht weinen. Nicht schon wieder aus demselben Grund. Deshalb erzählte ich weiter, auch wenn mir das Sprechen schwer fiel: »Die Schließfächer waren komplett mit ihnen behangen. Kopien meiner intimsten Gedanken, meiner Begegnungen mit Matt. Alle in meiner Handschrift verfasst.« Vor meinen Augen erschienen Bilder meiner Mitschüler. Wie sie sich die Einträge durchlasen, lachten, abwertend kommentierten. Bis sie mich entdeckten und plötzlich alle verstummten. Diese Stille war noch schmerzhafter gewesen, als ihre Kommentare zu hören.

»Was hast du dann gemacht?«, fragte Richard. Ich versuchte, in seinem Gesicht abzulesen, was er dachte, doch sein Ausdruck war unergründlich. Er hatte diese typische therapeutische Maske, hinter die ich beim besten Willen nicht sehen konnte.

»Ich bin gerannt. Durch das ganze Schulgebäude, ohne überhaupt zu wissen, wohin. Und dann habe ich einen von ihnen erwischt.«

»Einen von ihnen? Du meinst diejenigen, die die Kopien ausgehängt haben?«

Ich nickte energisch. Allein die Erinnerung an diesen Gesichtsausdruck, mit dem er meine Träume an den Wänden der Schule verteilt hatte, brachte meine Wangen dazu, sich vor Wut zu erwärmen.

»Er heißt Aaron. Er wohnte in meiner Straße, unsere Eltern waren befreundet. Wir sind miteinander aufgewachsen. Aber als wir älter wurden, hatten wir kaum noch etwas miteinander zu tun. Wir haben uns in verschiedene Richtungen entwickelt.« Ich befeuchtete meine trockenen Lippen mit der Zunge. »Genau das ist das Schlimme, verstehen Sie? Er kannte mich nicht mal richtig. Was für Gründe soll er gehabt haben, mein Leben zerstören zu wollen?«

Richard verschränkte seine Finger vor der Brust. Ich beobachtete, wie sein Brustkorb sich schwer hob und senkte, als würde er gerade genau überlegen, was er in meiner Gegenwart sagen konnte und was nicht.

»Aber er war nicht der Einzige, habe ich recht?«

»Nein. Er war bloß der Einzige, den ich erwischt habe. Über die nächsten Wochen hinweg haben sich zwei weitere bei unserer Schulleitung gestellt. Auch sie kannte ich nur von ein paar Kursen.« Ich sog tief die Luft ein. »Sie wurden eine Woche von der Schule suspendiert. Das war's.« Das Lachen, das ich ausstieß, hallte in Richards Büro.

»Mom hatte so lange auf die Schulleitung eingeredet, in der Hoffnung, sie könnte die Bestrafung damit irgendwie verstärken. Aber unser Direktor war der festen Überzeugung, eine Woche Suspendierung würde als Strafe genügen.«

*Sie sind noch so jung, da macht man mal Fehler.*

Dass diese Fehler meine nächsten zwei Jahre zu einer Höllenfahrt gemacht hatten, hatte er zu dem Zeitpunkt wohl noch nicht miteinbezogen.

»Hast du einen von ihnen zur Rede gestellt?«

»Aaron. Als ich ihn erwischt habe.« Ich merkte, wie ich es in diesem Moment nicht mehr schaffte, Richards Blick standzuhalten. Ich legte die Arme um meinen Bauch, weil der beengende Druck sich langsam von meiner Brust zu meinem Magen verlagerte. »Ich habe ihn angeschrien, ja beinahe auf ihn eingeschlagen. Er hat versucht, mir das irgendwie zu erklären, aber ich wollte davon nichts hören. Danach bin ich aus der Schule abgehauen und eine Woche nicht mehr hingegangen.«

»Was kam danach?«, hakte Richard vorsichtig nach.

»Für die Lehrer war diese Geschichte mit der Suspendierung der Jungs vergessen. Für die Jungs ebenfalls. Sie haben sich nicht einmal entschuldigt, dafür sind sie mir aus dem Weg gegangen. Zumindest Aaron. Die anderen beiden gehörten zu den Gruppen, die mir oft irgendetwas hinterherriefen und mich *verrückt* nannten.«

»Aber du warst weitere zwei Jahre mit diesen Mitschülern auf der Schule, habe ich recht?«

Etwas verwundert legte ich die Stirn in Falten und fragte: »Ja, was hätte ich sonst auch tun sollen?«

In Richards Mundwinkeln zuckte es, und ich fragte mich prompt, ob er sich gerade über mich lustig machte, bis er sagte: »Ich möchte nur verstehen, warum du nicht eher etwas dagegen unternommen hast.«

Ich lehnte mich wieder in meinem Stuhl zurück und strich mir mit meinen verschwitzten Fingern über den Unterarm. Es dauerte einen Moment, bis ich mich dazu bewegen konnte weiterzusprechen.

»Ich habe mich dafür geschämt, diese Begegnungen mit Matt gehabt zu haben. Mehr als das. Auf irgendeine Weise habe ich es sogar als gerecht empfunden, dass sie so etwas zu mir gesagt hatten.«

Richard schluckte hart, das bemerkte ich an seinem zuckenden Adamsapfel. »Skyler, wie ich schon bei unserem letzten Gespräch gesagt habe: Es ist normal, von jemandem zu fantasieren, den man schmerzlich vermisst. Das ist nichts, wofür du dich schämen brauchst.«

»Nein, das war alles andere als normal. Ich hatte eine Möglichkeit gefunden, meinen toten besten Freund weiter zu sehen, verstehen Sie? Und das über Jahre. Irgendwann konnte ich nicht mal mehr richtig unterscheiden, ob ich Matt in echt oder nur in meiner Fantasie getroffen habe.« Schlagartig dachte ich an Damian und spürte im gleichen Moment, wie mein Herz zu rasen begann.

»Genau das, Skyler. Das ist dein Problem. Diese Kinder haben dir eingeredet, dass du unnormal wärst, aber das stimmt nicht«, erwiderte Richard. »Ich bin mir sicher, irgendwann kommt auch der Tag, an dem du mir darin zustimmen wirst.«

Ich öffnete den Mund, fand aber nicht die richtigen Worte und zog es daher vor, zu schweigen.

»Wir sehen uns am Dienstag«, sagte er dann mit einem aufmunternden Lächeln. Auf wackeligen Beinen verließ ich sein Büro, in Gedanken spulten sich Richards Worte ab wie eine eingepflanzte Kassette.

*Ich bin mir sicher, irgendwann kommt der Tag, an dem du mir da zustimmen wirst.*

»Ich frage mich, wann du mir da endlich zustimmen wirst«, sagte Matt und streckte seine langen Beine über die Kieselsteine hinweg aus.

»Dass es an der Zeit ist, Dad zu verzeihen? Da kannst du lange drauf warten.«

»Er hat deine Mutter ja nie betrogen.«

Ich schnaubte. »Ja, dafür hat er sich ein halbes Jahr nach ihrer Trennung an ihre kleine Schwester herangemacht. Wirklich besser ist das nicht, oder?«

»Rosie ...«, flüsterte Matt und sah mich von der Seite an.

»Es gibt Dinge, die kann man nicht verzeihen. Du solltest Mom sehen. Und Caden.« Ich bohrte meine Schneidezähne in die Unterlippe. Der Gedanke an meinen großen Bruder erschütterte mich jedes Mal aufs

Neue. Seit er bei uns ausgezogen war, bekamen wir ihn kaum noch zu Gesicht. Seinen Freunden zufolge trieb es ihn von einer Party zur nächsten. Er würde es niemals zugeben, aber ich war mir sicher, dass es ihm in dieser Situation noch schlechter ging als mir.

»Eines Tages, Rosie«, murmelte er und legte seinen Arm um mich. »Eines Tages wirst du die Welt wieder mit anderen Augen sehen.«

Mein Mund klappte auf, bereit, Matt ein weiteres Mal klarzumachen, dass das niemals passieren würde. Doch ich schwieg und lehnte meinen Kopf an seine Schulter.

Erschrocken schnappte ich nach Luft. Ich blickte an mir herunter und bemerkte, dass ich den Türgriff zum Bibliotheksgebäude fest umklammerte. Hektisch sah ich mich nach allen Seiten um. Ich war allein, auch Richards Bürotür war geschlossen geblieben. Es hatte also niemand mitbekommen, dass ich für einen kurzen Augenblick nicht ganz bei mir gewesen war. Genauso wie früher, wenn ich Matt begegnet war, konnte ich auch diesmal nicht genau sagen, wie lange diese Erinnerung angedauert hatte. Aber das war es auch, was sie von meinen Begegnungen mit Matt unterschied: Es war nur eine Erinnerung.

Mit diesem Gedanken stieß ich die Tür nach draußen auf. Es war nur eine Erinnerung. Nur eine Erinnerung. Und ich hoffte, dass es dabei auch bleiben würde.

Schallendes Gelächter empfing mich, als ich die Wohnungstür aufschloss und meine Schuhe abstreifte. Ich entdeckte Grace und Dad in der Küche. Irgendein Song von Elvis Presley kam in höchster Lautstärke aus dem Plattenspieler. Grace hielt einen hölzernen Kochlöffel in der Hand, an dem schon einiges an roter Soße klebte, und hatte die Hände um Dads Nacken geschlungen. Sanft wiegten sie sich im Rhythmus der Musik. Dad imitierte währenddessen die unverkennbare Stimme des Sängers, allerdings auf eine sehr eigene Art und Weise, was Grace' Gelächter ausgelöst haben musste. Sie küsste ihn, vermutlich damit er endlich den Mund hielt, und ich empfand das als den besten Zeitpunkt, um auf mich aufmerksam zu machen: »Tochter im Haus!«

Die beiden ließen die Hände voneinander, als hätte sich ihre Haut plötzlich in glühende Kohle verwandelt.

Lachend schüttelte ich den Kopf. »Macht ruhig weiter, ich gehe in mein Zimmer.«

Dad lief mit schnellen Schritten zum Plattenspieler und stellte Elvis auf Zimmerlautstärke.

»Das Essen ist gleich fertig. Eigentlich wollten wir dich damit überraschen, aber Grace hat mal wieder getrödelt.« Er drehte sich zu seiner Frau um und zwinkerte ihr zu. Sie fixierte ihn mit schmalen Augen und hob drohend den beschmierten Kochlöffel. »Glaub unserem Fake-Elvis kein Wort!«

»Ihr wolltet mich überraschen? Warum denn?«

Dad zuckte mit den Schultern. »Einfach so. Darf ich nicht stolz auf meine Tochter sein?«

Ich legte die Stirn in Falten und ging zum Herd hinüber, wo etwas Rotes in einem Topf zu kochen begann und rote Flecken an die Wand warf. Schnell stellte ich die Temperatur herunter und rührte die Tomatensoße um.

»Weil ich zur Therapie gehe, kocht ihr mir mein Lieblingsessen?« Ich kramte in der Besteckschublade nach einem kleinen Löffel und hievte etwas Soße darauf. »Bekomme ich das jetzt jedes Mal?«

Vorsichtig steckte ich mir den Löffel zwischen die Lippen, der saftige Geschmack von Grace' Soße benetzte jede meiner Geschmacksknospen.

»Die ist super«, sagte ich, an Grace gewandt, die meine Worte mit einem dankbaren Blick erwiderte.

Wir setzten uns zusammen an den Tisch und ließen uns Grace' Pasta schmecken. Dad erzählte von den Aufträgen, die er und seine Kollegen während der Woche bekommen hatten, und Grace von einem Kunden, den sie gefühlte zwei Stunden in Sachen Jazz-Musik hatte beraten müssen. Ich genoss es, mit den beiden zusammenzusitzen, mehr als ich es je von mir erwartet hätte. Die Erinnerung an mein Gespräch mit Matt hatte mir ein weiteres Mal ins Gedächtnis gerufen, wie sehr ich damals meinen Vater für seine Beziehung mit Grace verachtet hatte. Und jetzt, fast drei Jahre später, betrachtete ich das verliebte Grinsen meines Vaters und konnte nicht anders, als mich für ihn zu freuen.

Schon als ich noch dabei war zu essen, spürte ich die Vibration meines Handys in meiner Hosentasche. Und das in einer Dauerschleife. Da ich wusste, dass Dad keine Handys während des Essens duldete, kramte ich es erst heraus, als wir die Teller abgeräumt hatten. Gegen den Küchentresen gelehnt warf ich einen Blick auf die vielen Nachrichten, die in den letzten Minuten eingetrudelt waren.

Die Gruppe, die sich *Tisch 23* nannte, weil sie so stolz auf ihren Platz in der Cafeteria war, diskutierte gerade heftig über eine Party, die heute Abend stattfinden sollte. Auch wenn ich dankbar war, dass die vier mich direkt in die Gruppe eingefügt hatten und somit deutlich gemacht hatten, dass ich von nun an zu ihnen gehörte, wagte ich nicht, die Nachrichten bis zum Ende durchzugehen. Ihnen abzusagen tat mir in der Seele weh, und eine Erklärung dafür zu finden, warum ich mich von Partys eher fern hielt, würde schwierig werden.

Eigentlich dachte ich, es würde nicht auffallen, dass ich mich noch nicht zur Party geäußert hatte. Als ich allerdings Lexis Namen auf dem Display leuchten sah, verwandelte sich dieser Gedanke in Gewissensbisse.

»Hey«, begrüßte ich sie.

»Guck in deinen Messenger, sofort!« Und da hatte sie auch schon aufgelegt.

Seufzend legte ich den Kopf in den Nacken und öffnete wieder die App. Fünfundfünfzig Nachrichten, allesamt aus derselben Gruppe. Ehe ich die Nachrichten überflog, warf ich zum tausendsten Mal einen Blick auf das Gruppenbild. Es war ein Foto von Lexi, Emily, Maya und Elliot. Elliot stand an den Metallstäben eines Geländers und breitete risikobereit die Arme aus, während Lexi direkt neben ihm stand und es ihm gleichtat. Ihre Blicke richteten sie verträumt in die Luft. Daneben standen Emily und Maya und hielten sich den Bauch vor Lachen. Direkt neben Mayas Kopf hatte Elliot seine

Bearbeitungskünste eingesetzt und mein Profilbild eingefügt. Es sah mehr als merkwürdig aus, da weder das Licht noch der Hintergrund des Bildes so richtig in das Geschehen passen wollten.

Die Nachrichten kreisten um das Thema, ob es sich lohne, heute Abend ins *Sleepless* zu gehen. Angeblich feiere dort Olivia, ein Mädchen aus meinem Jahrgang, ihren Geburtstag, zu dem wir nicht eingeladen worden waren. Und da es sich bei dem *Sleepless* um einen öffentlichen Club handele, hätten wir jedes Recht, dennoch dort aufzutauchen.

Während Lexi, Emily und Elliot einstimmig dafür waren, die Party zu besuchen, meinte Maya, dass wir uns nicht so dreist gegen Olivias Geburtstagsplanung stellen sollten. Schließlich habe sie sich dazu entschieden, uns nicht einzuladen. Auch wenn ich Mayas Argumenten zustimmte, war mir nach den ganzen Nachrichten in gewisser Weise nach Party zumute. Ich war aufgewühlt und hätte dringend Ablenkung gebraucht. Die flehenden Nachrichten und lustigen Memes, die Elliot mir zuschickte, machten mir die Entscheidung nicht einfacher. Umso mehr tat es mir leid, als ich meine Absage tippte und mein Handy danach in der Nachttischschublade meines Zimmers verstaute. Mit einem Seufzen ließ ich mich aufs Bett fallen.

Auch wenn mich die Ereignisse der letzten Tage immer noch verfolgten, gelang es mir wenigstens einige Momente lang, meine Gedanken abzuschalten und wegzudösen. Die leise Musik, die durch die Kopfhörer summte, die ich mir in die Ohren gesteckt hatte, half mir dabei. Deshalb bemerkte ich Grace gar nicht, bis sie mir einen der Stecker aus dem Ohr zog und mir zwei Scheine auf die Brust legte.

»Geh hin. Du hast ein Recht darauf, mit deinen Freunden loszuziehen.«

Überrascht blickte ich auf und fragte: »Woher …?« Doch da klingelte schon mein Handy in der Schublade. Ich kramte es hervor und entdeckte Lexis Namen auf dem Bildschirm.

»Das beantwortet deine Frage, oder?« Grace lächelte aufmunternd zu mir herunter und strich mit zwei Fingern über meinen Handrücken, ehe sie den Raum wieder verließ, damit ich den Anruf annehmen konnte.

Eine Sekunde, nachdem ich den grünen Hörer gedrückt hatte, sagte Lexi schon: »Habe ich gern gemacht.«

# KAPITEL 5

Zögernd betrachtete ich mein Spiegelbild in der Reflexion meines Cocktailglases. Die Flüssigkeit war rot, roch nach Erdbeeren und bestand laut Beschreibung aus Erdbeer- und Johannisbeersirup, Limonade, Wodka und Rum. Den Cocktail hatte Elliot extra für mich bestellt, da es sein Lieblingsdrink war und wir zusammen anstoßen wollten.

Natürlich wusste keiner von meinem gespaltenen Verhältnis zu Alkohol. Seitdem mein großer Bruder fast von diesem Rauschmittel zerstört worden war, hatte ich nicht einmal mehr an einem Bier genippt. Zu groß war die Angst, so zu enden wie er.

Ich stocherte mit dem Strohhalm durch den Haufen Eiswürfel und blickte unsicher in die rote Flüssigkeit.

»Wenn du auf süße Sachen stehst, schmeckt der super«, versicherte mir Emily. Sie machte sich wohl Gedanken, dass mir der Cocktail nicht schmecken würde. Wenn es doch nur das wäre.

»Okay, Leute, stoßen wir an«, sagte Elliot und reckte

sein Glas in die Höhe. »Auf den besten Cafeteria-Tisch der ganzen Greywood-High.«

»Auf Tisch 23«, wiederholten die anderen im Chor.

Das Klirren unserer Gläser löste ein warmes Gefühl in meinem Bauch aus. Ich kannte diese Menschen erst seit wenigen Tagen, und doch gaben sie mir ein so viel besseres Gefühl, als ich es jemals erfahren hatte. Plötzlich musste ich gar nicht mehr zögern, bevor ich den ersten Schluck versuchte. Diesen Leuten vertraute ich, und ich vertraute mir selbst. Ich würde nicht so enden wie Caden.

Erstaunlicherweise schmeckte der Cocktail kein bisschen nach Alkohol. Er schmeckte nach frisch gemachtem Johannisbeersaft, den man an einem der ersten Sommertage in der Sonne trinkt. Er schmeckte nach Freiheit, nach Glück. Das war wahrscheinlich auch der Grund, warum wir uns binnen fünf Minuten den nächsten bestellten.

Wir saßen in einer gepolsterten Sitzecke, die sich am Ende des großen Saals befand.

Das *Sleepless* lud tatsächlich dazu ein, nächtelang durchzufeiern. Während sich unten eine Lounge befand, in der man gemütlich trinken oder sich eine Grundlage schaffen konnte, indem man das kleine Restaurant nutzte, waren das erste und zweite Stockwerk mit verschiedenen Dancefloors ausgestattet. Ich konnte die Bässe der verschiedenen Musikrichtungen in den Wänden spüren, dennoch konnten wir uns ungestört unterhalten.

Bereits an meiner vorherigen Schule hatten viele meiner Mitschüler von diesem Club geschwärmt. Dabei waren die meisten von ihnen gerade einmal fünfzehn und sechs Jahre davon entfernt, Alkohol ausgeschenkt zu bekommen. Hätte ich ihnen mal Glauben geschenkt, als sie erzählt hatten, dass die Türsteher es hier nicht besonders ernst mit dem Alter ihrer Gäste nähmen. Selbst Olivia, die einen Haarreif mit einer glitzernden Achtzehn auf dem Kopf trug, rannte mit einem Tablett Shots durch den Saal. Als sie uns entdeckte, zog sie die Nase kraus und verschwand schnellstmöglich hinter dem nächsten Pfeiler, damit wir ihren Ärger nicht bemerken konnten.

»Was ist denn ihr Problem?«, fragte ich. Ich schob den rosa Strohhalm zwischen die Zähne und sog die Flüssigkeit in meinen Mund. Die Süße des Getränks breitete sich augenblicklich auf meiner Zunge aus, und meine Wangen wärmten sich.

»*Ich* bin ihr Problem.« Emily winkte, als würde sie versuchen, die Queen nachzuahmen. »Du bist jedermanns Problem, Em«, kommentierte Elliot und bekam daraufhin eine Serviette gegen die Stirn geworfen.

»Nein im Ernst, es ist Damians Schuld. Olivia hat sich eingeredet, sie würden eine Beziehung miteinander führen, nur weil er sie einmal flachgelegt hat. Ist doch nicht meine Schuld, wenn er ihr nicht die Grenzen klar macht.« Sie zuckte mit den Schultern und nippte an ihrem Drink.

»Und das Ende vom Lied war, dass Emily sich auf Damian eingelassen hat und genauso trauernd zurückgelassen wurde wie Olivia«, sagte Lexi mit einem kritischen Blick auf Emily. Diese schüttelte den Kopf, dabei konnte ich in ihrem Gesicht ablesen, dass sie die Sache mit Damian noch lange nicht verdaut hatte.

»Eigentlich müsstet ihr euch zusammentun und so etwas wie den Club der gebrochenen Herzen gründen. Ihr könntet Eier gegen sein Fenster werfen oder so.« Elliot schien von seinem Plan begeistert zu sein. Er rieb sich die Hände und strahlte wie ein Weihnachtsbaum.

»Nein, ich bevorzuge eher die Alternative.« Emily richtete sich in ihrem Sitz auf, streckte den Rücken durch und verschränkte ihre Hände miteinander, als würde sie in einem Büro bei einem wichtigen Meeting sitzen.

»Die da wäre?«, hakte ich neugierig nach. Wieder ein Schluck. Mann, dieser Cocktail schmeckte echt gut.

»Ich werde jedem Mädchen, das sich auf Damian einlassen will, klarmachen, was für einen Fehler sie da begeht.«

Ich verschluckte mich fast an dem roten Zeug. Lexi klopfte mir auf den Rücken, wirkte aber ebenso überrascht von Emilys Worten.

»Das heißt, wenn es wirklich mal ein Mädchen geben sollte, mit dem Damian es auch ernst meint … Dieser Junge muss ohne Herz geboren worden sein.«

»Also rein biologisch ist das nicht möglich, Em«, meldete sich nun auch Maya zu Wort, worauf sie sich einen bösen Blick von Emily einfing. Elliot hingegen klopfte Maya bestätigend auf die Schulter.

»Wenn man vom Teufel spricht.« Emily verdrehte die Augen und zog sich in ihren Sitz zurück, als würde sie sich verstecken wollen. Ich folgte ihrem Blick. Damian stand zusammen mit Jason und einem anderen Jungen an der Theke und nahm ein Tablett mit Shots entgegen.

Lexis plötzliche Nervosität war kaum zu übersehen. Ihre Oberschenkel zitterten in ihren kurzen Shorts und ihre Haut schimmerte rosa rund um ihre Sommersprossen. Als Jason Lexis Blick traf, zwinkerte er ihr zu, worauf sie vor Schreck fast ihr Glas umwarf.

»Warum hat Liv Damian eingeladen, aber uns nicht?«, fragte Maya und knabberte an der Erdbeere, die der Kellner am Rand ihres Glases platziert hatte.

»Vermutlich, um ihn abzufüllen und ihn erneut gefügig zu machen.« Elliot lehnte sich in seinem Sitz zurück und streckte die Arme hinter den Kopf. Sein Blick richtete sich abschätzig auf die Jungs an der Bar. Sie versuchten gerade, all die gefüllten Schnapsgläser unfallfrei zu transportieren.

»Da wird sie es bei Damian nicht schwer haben.« Lexi löste ihren Blick erst von Jason, als er in der Menschenmenge verschwunden war, worauf sie sich einen großen Schluck aus ihrem Glas genehmigte.

»Wie meinst du das?« Ich biss auf meinem Strohhalm herum. Die Neugier in meiner Stimme war kaum zu überhören. Eigentlich sollte ich nicht über Damian nachdenken. Nicht, nachdem mich diese Erinnerungen heimgesucht hatten. Eigentlich.

»Ich kann mich nicht daran erinnern, Damian mal nüchtern auf einer Party erlebt zu haben.«

»Ich auch nicht«, stimmten nach und nach Elliot, Emily und Maya zu.

»Aber Leute, von nüchtern will ich heute gar nichts hören. Ich hole uns Tequila.« Bevor ich Lexi aufhalten konnte, war sie auch schon aufgesprungen und brauste euphorisch zur Bar, um unsere Bestellung aufzugeben.

Die Bässe vibrierten in meinem Körper. Da der erste Dancefloor nicht ganz mein Ding gewesen war, waren Elliot, Maya und ich zum nächsten weitergezogen. Lexi und Emily waren irgendwo in der Menschenmenge verschwunden. Unserer Vermutung nach befanden sie sich in unmittelbarer Nähe zu Jason und Damian.

Ich tanzte. Und wie ich tanzte. Der Alkohol, den ich in den letzten Stunden in mich hineingeschüttet hatte, ließ mich jedes Gefühl von Hemmung verlieren.

Elliot schien meine plötzliche Offenheit zu gefallen, er griff nach meinen Händen und wirbelte mich lachend durch den Raum. Auch Maya tanzte wie wild mit uns in einem Kreis. Sie sah wirklich niedlich aus mit den geröteten Wangen und den leuchtenden Augen.

Gerade als *Macklemores* Lied *Glorious* angespielt wurde, war meine Stimmung auf dem Höhepunkt. Elliot jubelte anerkennend, als ich die erste Strophe fehlerfrei mitsingen konnte, und griff mir unter die Arme, um mich hochzuheben und im Kreis zu drehen. Beim Refrain hielten wir uns an den Händen und grölten hemmungslos durch den Raum. Der Großteil der Menschen hier war ohnehin betrunken und tat nichts anderes als wir. Ich fühlte jedes Wort von dem, was ich sang, als hätte ich es selbst geschrieben. Mein Herz hämmerte so heftig gegen meinen Brustkorb, dass mir bald der Atem zum Singen fehlte.

Irgendwann gestikulierte Elliot, dass er uns neue Drinks holen würde, und Maya zog mich am Arm zu den Toiletten. Einen Moment lang war ich verwirrt, aus meinem Moment der Musik gerissen worden zu sein, doch ich begriff schnell die Situation, als Maya sich vor der Kloschüssel auf die Knie warf und sich erbrach. Mein merkwürdig angenehmer Rausch legte sich für einige Momente, was mir half, Maya zu stützen und ihr die Haare aus dem Gesicht zu halten.

»Sorry, Sky, ich vertrage nicht so viel«, brachte sie atemlos hervor, ehe sie sich erneut vornüberbeugte.

»Schon okay«, murmelte ich und strich ihr beruhigend über den Rücken. Wie oft hatte ich Caden gestützt, wenn er wieder einmal vollkommen betrunken von irgendeiner Party gekommen war? Es war beinahe schon Gewohnheit.

Mit der Zeit schien sich Mayas Magen zu beruhigen. Ich bot ihr an, sie nach Hause zu bringen, aber sie lehnte ab. Sie wollte, dass ich ihr nur ein Glas Wasser organisierte, aber der Kellner war nicht so angetan von der Idee, mir Leitungswasser für lau zu servieren. Geld hatte ich keines, da ich Lexi mein Portemonnaie zum Aufbewahren gegeben hatte, weil mein Kleid keine Taschen besaß.

»Ohne Geld bekommst du nichts, da kannst du mich noch so niedlich anlächeln«, sagte der junge Kellner.

Stöhnend legte ich meinen Kopf in den Nacken und knallte eine Hand auf den Tresen. »Hören Sie, meine Freundin sitzt da oben und kotzt sich die Seele aus dem Leib. Ich bringe Ihnen die zwei Dollar, wenn ich mein Geld wiederhabe, verstehen Sie?«

Das selbstgefällige Lächeln, mit dem er meine Bitte erwiderte, machte mich noch wütender. Ich musste wirklich aufpassen, dass der Alkohol mich nicht dazu bringen würde, ihm ein paar saftige Beleidigungen an den Kopf zu werfen.

»Sag deiner kleinen Freundin, sie soll das nächste Mal weniger trinken. Und jetzt verzieh dich.« Der Kellner war im Begriff, sich von mir abzuwenden und mich stehen zu lassen, hätte eine Person neben mir nicht eine Sekunde später den gewünschten Geldbetrag auf den Tresen geknallt.

»Geht auf mich.« Die Stimme verursachte einen kalten Schauder auf meinem Rücken. *Er* hier? In Greywood? Konnte das wirklich sein? Irritiert blinzelte ich, in der Hoffnung, mich nur getäuscht zu haben. Doch als ich in diese bekannten blauen Augen sah, begannen meine Hände zu zittern. *Nein, nein, nein*. Schneller, als ich nachdenken konnte, griff ich nach dem Glas Wasser und lief los.

Jede meiner Bewegungen lief mechanisch ab, und ich musste mir verbieten, mich umzudrehen. Ich fand Maya auf einem der gepolsterten Sitze in der hinteren Ecke, Elliot hatte sich zu ihr gesetzt. Sie wirkte immer noch sehr blass, schaffte es allerdings schon wieder zu lächeln, als sie mich sah.

»Hier, ich musste dem Kellner fast Spüldienst anbieten, damit ich es bekommen konnte.« Leise stellte ich das Glas auf den Tisch. Beinahe hätten meine zitternden Hände es verschüttet.

Maya umklammerte das Glas mit beiden Händen und nahm nach und nach einen Schluck. Ich erschrak für einen Moment, als ich eine Hand auf meiner eigenen spürte, musste allerdings im nächsten Moment erleichtert feststellen, dass es nur die von Elliot war.

»Du bist ein wahrer Engel. Unser Küken weiß manchmal nicht so ganz, wo ihre Grenzen sind.«

»Haha«, murmelte Maya über ihr Glas hinweg und stützte ihren schweren Kopf auf den Händen ab. Ich brachte ein nervöses Lächeln zustande, das allerdings sofort wieder erlosch, als ich diesen ganz bestimmten Geruch wahrnahm, der mich sofort nüchtern werden ließ. Ein wohlbekanntes Parfüm, gemischt mit dem Rauch von Zigaretten.

Dieser bittersüße Geruch konnte nur zu einer Person gehören, und diese war die letzte, die ich an diesem Abend sehen wollte.

»Hi, Skyler.« Seine Stimme ließ mich erneut zusammenzucken.

Er sah immer noch genau so aus, wie ich ihn in Erinnerung hatte. Groß, schlank, hochstehende blonde Haare, die wirkten, als würde er für diese Frisur eine Stunde im Bad verbringen. Bei seinem Anblick wurde mir übel, und mich überkam das Bedürfnis, Mayas Beispiel zu folgen.

»Sky? Alles okay?« Ich hörte Elliot auf meinem rechten Ohr. Der Alkohol nahm mir jede Wahrnehmung von Zeit, daher war es mir unmöglich zu sagen, wie lange ich Aaron schon anstarrte.

»Aaron«, brachte ich träge heraus und musste schlucken, da alles in mir sich dagegen sträubte, seinen Namen in den Mund zu nehmen.

»Wir haben uns schon lange nicht mehr gesehen. Wie geht es dir?« Er entblößte seine weißen Zähne und schenkte mir ein Lächeln, mit dem er den anderen Mädchen aus meinem früheren Jahrgang reihenweise weiche Knie bereitet hatte.

»Wie es mir geht?« Meine Stimme zitterte, meine Augen brannten. Oh nein. Nein, nein, nein. Ich würde jetzt garantiert keinen Heulanfall bekommen. Nicht vor den Augen meiner neuen Freunde, nicht in einem Club, gefüllt mit meinem kompletten neuen Jahrgang.

»Mir geht es gut«, krächzte ich und zwang mich ebenfalls zu einem Lächeln. Elliot blickte neben mir auf mich herunter, schaute dann wieder zu Aaron und wieder zu mir. Erst als ich auch Elliot ein täuschend echtes Lächeln schenkte, ließ dieser seine Hände von meiner Hand gleiten.

»Hast du Lust auf einen Drink? Auf einen richtigen, meine ich.« Er ließ seinen Blick über Mayas Wasser schweifen. »Ich bezahle.«

Ich strich Maya über die Schulter und versicherte Elliot, gleich wieder da zu sein, bevor ich Aaron wortlos vorausging. Allerdings bog ich an der Bar in Richtung Tanzfläche ab.

»Sky, warte!«

»Lass mich in Ruhe!«, zischte ich. Er umklammerte meinen Oberarm, aber ich riss mich los.

»Gib mir fünf Minuten. Draußen.« Er nickte in die Richtung der Tür. Ohne auf meine Antwort zu warten, legte er eine Hand auf meinen Rücken und dirigierte mich zum Ausgang. Erst als wir uns draußen etwas vom Club entfernt hatten, blieb er stehen.

»Was machst du hier?«, fauchte ich. Am liebsten hätte ich gegen eine Wand getreten. Oder in Aarons empfindliche Zone.

»Das ist der bekannteste Club in unserer Gegend, Sky. Ich bin nicht hier, um dich zu quälen, falls du das fragst.« Sein Blick lag vollkommen ruhig auf mir.

»Du hättest mich auch einfach ignorieren können, so wie du es die letzten zwei Jahre getan hast.« Wütend verschränkte ich die Arme vor der Brust. Der Alkohol beförderte noch das Gefühlschaos, in dem ich mich befand.

»Ich habe dich und meine Schuldgefühle viel zu lange ignoriert. Jetzt ist Schluss. Ich möchte das mit dir klären.«

»Mit mir klären?«, wiederholte ich spöttisch. »Was willst du mit mir klären? Warum du meine intimsten Gedanken der ganzen Schule preisgegeben hast? Dass alles gar nicht so war, wie es aussah?«

»Ja«, antwortete er knapp, worauf ich nur wütend schnaubte und den Blick abwandte.

»Dann leg los, ich gebe dir eine Minute.«

»Okay …«

»60, 59, 58 …«

»Sky, hör auf damit.« Seine Stimme brachte mich tatsächlich zum Schweigen. Nicht, weil sie so einschüchternd klang, sondern weil sie so viel Schmerz in sich trug, dass ich nur ahnen konnte, wie sich langsam Tränen in seinen Augen sammelten.

»Es … Gott, Sky, es tut mir alles so leid.« Für einen Moment vergrub er sein Gesicht in beiden Händen, ehe er mich wieder ansah. »Ich wünschte, ich könnte dir einen genauen Grund nennen, warum ich das getan habe. Aber …« Er schüttelte schnell den Kopf. »Das kann ich nicht.«

Ich neigte fragend den Kopf zur Seite und verschränkte die Arme vor der Brust. »Was willst du dann von mir? Wenn du mir schon nicht erklären kannst, warum du die Idee hattest, meine Tagebucheinträge der ganzen Schule zu zeigen.«

Tränen tropften von seinem Kinn auf sein graues Shirt und zeichneten sich dort ab. Augenblicklich fragte ich mich, was ihm das Recht gab, vor mir zu stehen und zu weinen. Ich sollte weinen! Er hatte *mein* Leben zerstört.

Bevor er antworten konnte, machte ich auf dem Absatz kehrt, bereit, wieder zu meinen Freunden zu gehen. Doch als ich schon wenige Meter von ihm entfernt war, begann er plötzlich zu reden: »Als ich gehört habe, dass du umgezogen bist wegen der Dinge, die wir dir angetan haben, konnte ich diese Schuldgefühle nicht mehr ertragen. Und als ich dich dann eben hier gesehen habe …« Wie angewurzelt blieb ich stehen und drehte mich nur so weit um, dass ich ihm weiter zuhören konnte. »Ich will dir nur sagen, dass nichts davon an dir lag, okay? Ich hatte nie ein Problem mit dir. Die anderen auch nicht. Wir waren einfach jung und dumm und dachten, es wäre so etwas wie ein Streich. Wir haben keine Sekunde auch nur so weit gedacht, dass wir dich damit so verletzen würden.«

Mit langsamen Bewegungen drehte ich mich um und musterte Aaron mit schmalen Augen. Seine Körperhaltung war gekrümmt, als hätte es ihm wahnsinnig viel Kraft gekostet, diese Worte auszusprechen.

Ich schüttelte den Kopf. Für alles weitere fehlten mir die Worte. Einige Sekunden lang sagte ich nichts und sah ihn nur an. Erst dann sagte ich: »Nun, das habt ihr aber. Ihr habt mir einen Ruf eingebracht, den ich nie wieder losgeworden bin. Nicht in Denville …« Meine Augen brannten verräterisch, schnell senkte ich den

Blick. »Und auch nicht in meinem Kopf.« Schlagartig kamen mir Richards Worte wieder in den Sinn. *Das, was diese Schüler dir angetan haben, ist nicht deine Schuld, Skyler.* Damit hatte er verdammt nochmal recht. Ich hatte keine Schuld daran, dass drei unreife Teenager mein Tagebuch genommen und mich dermaßen bloßgestellt hatten. Ich trug keine Schuld an dem Mobbing, das ich danach Tag für Tag zu spüren bekommen hatte. Der Schuldige stand direkt vor mir. Zumindest einer von ihnen. Und nahm sich das Recht zu weinen und mich um Verzeihung zu bitten.

»Skyler, es …«, begann er schluchzend, doch da streckte ich abweisend die Hand nach ihm aus. »Hör auf, Aaron. Nichts, was du sagst, könnte das wieder gut machen.« Und dann nahm ich all meinen Mut zusammen und ließ Aaron stehen. Er rief meinen Namen, bat mich, ihm zuzuhören, doch dafür reichte meine Kraft nicht mehr aus. Ich musste aus seiner Nähe verschwinden.

Gerade, als ich die Eingangstür des *Sleepless* erreicht hatte und der Türsteher mir die Tür zum Club aufhielt, entdeckte ich Lexi, die mit einem breiten Lächeln und in Jasons Arm gelehnt auf mich zukam.

»Skyyyyy!«, quietschte Lexi und löste sich aus Jasons Griff, um mir in die Arme zu springen – mit so viel Schwung, dass ich gegen eine Säule stolperte.

»Du riechst wie eine einzige Cocktailbar.« Ein Atemzug in ihrer Nähe hatte genügt, um das festzustellen. Hatte ich mich selbst gerade eben noch als betrunken angesehen, zeigte mir Lexi, dass ich das nicht einmal annähernd war. Sie konnte nicht einmal mehr gerade stehen und schwankte mit jedem Schritt ein bisschen mehr.

Lexi kicherte wie ein kleines Mädchen und lehnte sich in Jasons Arm zurück. Dieser legte seine Lippen an Lexis Schläfe.

»Jason«, rief eine Stimme hinter uns, die sofort jeden meiner Muskeln verkrampfen ließ. Nein, ich brauchte nach diesem Gespräch mit Aaron nicht auch noch Damian Winstons Nähe. Das war einfach zu viel. Ich ballte meine Hände zu Fäusten und atmete tief durch.

Damian erschien in unserer Runde, fokussierte sich jedoch auf seinen besten Freund und schenkte Lexi und mir keine Aufmerksamkeit.

»Alter, der ganze Club ist voll mit Leuten aus unserem Jahrgang. Mit Leuten aus *Bethanys* Jahrgang. Verzieht euch lieber, wenn ihr rummachen wollt.«

Während Lexi mir kichernd ins Ohr flüsterte, wie betrunken sie sei, beobachtete ich Jason, wie er sich aufrichtete und seine Finger langsam von Lexi gleiten ließ. Sie schien es nicht zu bemerken. Vielmehr war sie damit beschäftigt, in ihrer Handtasche nach etwas zu kramen, das sich als Zigarettenschachtel entpuppte. Sie hielt die Schachtel in die Runde, und sowohl Jason als auch Damian zogen wie selbstverständlich eine Zigarette heraus und steckten sie sich zwischen die Lippen. Schlussendlich machte die Schachtel bei mir halt, als würde Lexi schon davon ausgehen, dass auch ich eine wollte.

Möglichst gleichgültig zuckte ich mit den Schultern und zog eine aus der Schachtel. Ich hatte mal gelesen, dass Zigaretten beruhigen sollten. Und Beruhigung war genau das, was ich jetzt brauchte.

Ohne recht die Kontrolle über meine Bewegung zu

haben, drehte ich mich in diesem Moment zu der Stelle um, an der ich Aaron zurückgelassen hatte. Er war nicht mehr dort, aber an uns vorbeigegangen war er auch nicht. Hoffentlich hatte er beschlossen, nach Hause zu fahren und mich zumindest für den Rest des Abends in Ruhe zu lassen. Das hier sollte die Party sein, mit der ich meinen Neuanfang feiern wollte. Und jetzt hatte ich erst einmal denjenigen getroffen, der für das Chaos der letzten zwei Jahre verantwortlich war, und stand nun auch noch direkt neben dem Jungen, der aussah wie mein toter Kindheitsfreund. Guter Anfang.

Lexi hielt die kleine Flamme an das Ende meiner Zigarette und ich nahm den ersten Zug. Nur mit Mühe konnte ich das aufkommende Husten unterdrücken. Mein ganzer Hals kratzte, und meine Augen tränten von dem plötzlichen Rauch, aber das war mir für den Moment egal.

»Also.« Jason räusperte sich und blickte auf Lexi herunter. »Alexandra, habe ich dir nicht gerade eben noch von dem platten Reifen meines Autos erzählt?«

»Dein Auto? Du bist nicht einmal mit dem Auto hier.« Lexi legte die Stirn in Falten und nahm einen tiefen Zug von der Zigarette, ehe sie ihm den Qualm ins Gesicht pustete und zu lachen begann.

Auch Damian lachte, allerdings über Lexis alkoholisierte Naivität.

»Lexi.« Jason weitete die Augen und sah sie so eindringlich an, dass selbst ich begriff, was er meinte.

»Achso, ohhh.« Sie kratzte sich verlegen an der Stirn und fuhr sich mit einer abrupten Bewegung durch die Haare. »Deine Reifen, klar, zeig mir deine Reifen.« Wieder kicherte sie. Diesmal konnte auch ich nicht an mich halten und begann zu lachen. Gott sei Dank hatte ich nicht mehr als nötig getrunken. Wer weiß, wie ich am Ende des Abends ausgesehen hätte.

»Bis später, Leute«, rief Lexi und wuschelte mir mit einer übertriebenen Bewegung durch die Haare, bevor sie sich zusammen mit Jason von uns entfernte.

»Aber bleib nicht zu lange draußen, Kumpel, das Geburtstagskind wartet«, rief Jason Damian zu, begleitet von einem neckenden Lachen.

»Jaja, du mich auch«, murmelte Damian kaum hörbar. Ich beobachtete, wie Lexi aus meinem Sichtfeld verschwand.

Am liebsten hätte ich ihr hinterhergerufen, dass sie bitte bei mir bleiben solle. Denn als nur noch Damian und ich zurückblieben und ich hilflos den Stängel zwischen den Fingern drehte, wurde mir erst bewusst, in welche Situation ich hier geworfen worden war. Hätte ich diese doofe Zigarette nicht angenommen, hätte ich wenigstens reingehen und Damian draußen stehen lassen können. Aber jetzt fand ich keine Ausrede, ohne ihm damit deutlich zu zeigen, dass ich nicht in seiner Nähe sein wollte. Also nahm ich einen weiteren Zug. Ich musste nicht husten. Dafür pustete ich den Rauch so schnell wie möglich aus, damit er nicht in meiner Lunge kratzen konnte.

»Gib mal her.« Damian lehnte sich von seiner Position an der Wand nach vorne und streckte die Hand nach meiner Zigarette aus. Zögernd reichte ich sie ihm, worauf er sie zu Boden fallen ließ und mit einem Fuß darauf herumtrat.

»Hey!«, rief ich empört und verschränkte demonstrativ verärgert die Arme vor der Brust. Eigentlich war ich sogar erleichtert, das stinkende Ding los zu sein.

»Kannst mir später danken.«

Verwirrt runzelte ich die Stirn. »Danken?«

»Du rauchst doch gar nicht«, erwiderte Damian, als wäre seine Aktion gerade völlig selbstverständlich gewesen. »Dein Gesicht hat Bände gesprochen.«

Mein Mund klappte auf, vermutlich sollte ich genau jetzt etwas dagegen sagen und ihm klarmachen, dass es immer noch meine Entscheidung war, was ich tat oder bleiben ließ. Aber im Prinzip hatte er meine Situation vollkommen richtig gedeutet. Selbst bei dem Geruch, den Damians Zigarette von sich gab, wurde mir beinahe schlecht.

Ein wissendes Grinsen lag in Damians Gesicht, bevor er einen langen Zug nahm. »Was war da eben los?«

»Was meinst du?«

Damian nahm sich Zeit, mir zu antworten, und während dieses Moments des Wartens drehte sich fast mein Magen um.

»Dieser Typ, ihr habt euch offenbar gestritten. Hat er dir was getan?«

Ich schluckte trocken. Warum in Gottes Namen musste Damian ausgerechnet in dem Moment, in dem ich mich mit Aaron auseinandersetzte, draußen sein und davon mitbekommen?

»Nein«, sagte ich und senkte den Blick. *Ich habe ihn nur dafür zur Rede gestellt, dass er Tagebucheinträge veröffentlicht hat, in denen ich über einen Jungen schreibe, der aussieht wie du.*

Der Gedanke hätte mich beinahe zum Lachen gebracht, wenn er nicht so verdammt gruselig gewesen wäre.

»Okay. Geht mich ja auch nichts an.« Er zuckte mit den Schultern und trat seine Zigarette auf dem Boden aus. »Ich sollte wieder reingehen.«

»Ja, beeil dich«, verabschiedete ich mich mit einem schiefen Grinsen, »das Geburtstagskind wartet!«

Die Steine knirschten unter meinen Füßen. Ich schmiss meine Tasche auf den Boden, ließ meine Tagebücher achtlos in den Dreck fallen.

»Skyler ...« Ich hörte seine Stimme nur auf einem Ohr, in dem anderen konnte ich nur meinen Herzschlag rasen hören. Er stand hinter mir, das sah ich, als ich mich zu der kleinen Hütte umdrehte, die Matts Grandpa vor vielen Jahren am Ufer des Sees gebaut hatte. Ich stapfte auf sie zu und trat die morsche Tür rücksichtslos auf. Die Bilder an den Wänden machten mich wütend. Da gab es welche von Matty und mir, von uns und seiner Schwester Sally. Eines von Caden und mir. Jahre nach dem Tod meines Freundes hingen sie noch hier, als wäre dies vollkommen selbstverständlich. Sie sollten ihn nicht hier festhalten. Ich riss sie ab, eines nach dem anderen.

»Sky, was machst du da?« Er hielt mich an beiden Armen fest, hinderte mich daran, die Bilder zu zerstören. Ich stieß ihn von mir, so hart, dass er gegen die Wand prallte.

»Rosie«, versuchte er es nun mit meinem Kindheitsspitznamen. Seine Stimme war so ruhig, dass sie mir eine Gänsehaut verschaffte.

»Nenn mich nicht so!«, kreischte ich und machte mich weiter an die Arbeit, die Bilder von der Pinnwand zu lösen. Jede Schublade schaute ich durch, bis ich etwas Nützliches fand. Eine Packung Streichhölzer.

»Sky, erzähl mir doch, was los ist.« Seine Hand klammerte sich um mein Handgelenk. Gelassen betrachtete er die Tränen, die in meinen Augen glitzerten.

»Sie haben es gesehen, okay?«, schrie ich und deutete auf die Tagebücher, die achtlos im Dreck lagen. »Jede verdammte Seite! Sie wissen, dass ich dich hier treffen kann. Die ganze Schule. Ich bin verrückt.«

»Du bist nicht verrückt, Skyler, ich bin hier.«

»Doch! Du hast mich verrückt gemacht. Ich drehe durch, weil ich dich so sehr vermisse. Aber damit ist jetzt Schluss!« Ich riss mich von ihm los und ließ ihn perplex im Türrahmen stehen. Ich stolperte zwischen den Steinen, rappelte mich jedoch wieder auf. Ich ließ die Fotos auf den Boden fallen und zückte in der anderen Hand die Streichhölzer. Die Fotos brannten gut und boten eine perfekte Grundlage für den Rest.

»Mach das nicht.«

Ich griff nach meinem ersten Tagebuch, riss eine Seite heraus und ließ sie in die Flammen fallen. Die anderen folgten nach und nach. Jede Seite, auf der ich Matts Namen erwähnt hatte, verwandelte sich in Asche.

»Sky, bitte denk darüber nach.«

Ich wollte nicht nachdenken. Ich wollte alles um mich herum zerstören.

Jede schmerzliche Erinnerung verschwand in den Flammen, genauso wie alles Schöne, das ich dank unserer Begegnungen hatte erleben dürfen. Die Nacht, die ich mit ihm zusammen am See verbracht hatte, wir die Sterne gezählt hatten und ich mit den Geräuschen des rauschenden Wassers im Ohr am nächsten Morgen aufgewacht war. Sie entzündete ich als nächstes.

»Sky, ich –«

»Nein!«, schrie ich, ohne mich zu ihm umzudrehen. Du bist tot, Matt! Wie kann ich eine Chance haben, dich zu vergessen, wenn wir uns so oft wiedersehen?«

»Willst du das? Mich vergessen?« Seine Stimme war kaum hörbar. Der Qualm des kleinen Feuers brannte in meinen Augen.

»Ja.« Meine Wut zitterte in meinen Armen und hatte nun auch die Macht über meine Zunge übernommen.

»Rosie …« Seine Stimme klang gebrochen, ich ließ ein paar weitere Seiten in das Feuer fallen. Ein weiteres Mal wiederholte er meinen Namen, diesmal war es nur noch ein hilfloses Schluchzen. Zögernd drehte ich mich zu ihm um.

»Matty, du weinst.« Ich konnte es selbst kaum glauben. Bei all unseren bisherigen Begegnungen hatte ich Matt nie weinen sehen. Nicht, wenn ich von seiner Familie sprach oder davon, wie sehr ihn alle vermissten. Die Wut verschwand mit der Erkenntnis, dass ich zum ersten Mal sah, dass er tiefe Gefühle empfand.

»Matt, du …« Seine Haut schimmerte nur noch. Ich griff nach seinem Arm, doch packte ins Leere.

»Matt!«, schrie ich panisch.

Er schlug die Hände über die Ohren, als würde ihm etwas schreckliche Schmerzen bereiten. Seine Haut wirkte fast durchsichtig, die Umrisse feuerrot.

»Matt, ich habe das nicht so gemeint. Bitte bleib bei mir«, flehte ich und stürzte auf die Knie. Doch nichts von dem, was ich sagte, schien auch nur annähernd etwas zu bewirken. Seine Gestalt wurde immer durchsichtiger, bis er schlussendlich verschwand und ich allein an dem zweiten Todesort meines Freundes zurückblieb.

»Matt, nein«, hörte ich mich selbst wimmern, kurz bevor ich begriff, dass mein Traum längst zu Ende war. Mein Traum. Mein Traum von der letzten Begegnung, die ich je mit Matt gehabt hatte. Warme Finger lagen auf meiner Haut und ließen mich heftig aufschrecken. Ich fuhr hoch, die Augen weit aufgerissen. In dem einfallenden Licht des anbrechenden Morgens entdeckte ich die hellen Augen meiner Tante, die auf meiner Bettkante saß und mir über den Arm strich. Erst einen Moment später nahm ich auch ihre Worte wahr: »Alles gut, Sky, alles gut.« Sie murmelte diese Worte wie in einer Dauerschleife. Keine Ahnung, wie lange sie hier schon saß.

Mein Brustkorb hob und senkte sich sichtbar. Ich fuhr mir mit den Händen durch mein Gesicht und spürte Nässe auf meinen Wangen. Hatte ich geweint? Oder weinte ich gerade immer noch? Grace besorgtem Blick nach zu urteilen, traf Letzteres zu.

»Das war nur ein Traum, Süße«, flüsterte sie und legte ihre Hand an meine Wange. Und auch wenn mich ihre Berührung für einen Moment beruhigte, erstarrte ich plötzlich.

»Das … das war keine neue Begegnung mit ihm, Grace. Mehr eine Erinnerung. Ich …«

»Du musst mir absolut gar nichts erklären, Skyler«, unterbrach mich Grace und nickte verständnisvoll mit dem Kopf.

Aber dennoch hatte ich das Gefühl, dass ich ihr genau dies erklären sollte. Dass ich nicht etwa schon wieder von meinem toten Freund halluzinierte, sondern von etwas träumte, das ich bereits erlebt hatte. Dieses Mal war es das Erlebnis gewesen, nachdem meine Tagebücher in der Schule die Runde gemacht hatten. Ich hatte mich in den Schlaf geweint, und als ich mich plötzlich am See befunden hatte, war alles in mir durchgebrannt. Und als Matt mich dann zum zweiten Mal verlassen hatte, war ein Loch in mir aufgerissen, das so unbeschreiblich wehtat.

»Sag Dad bitte nichts davon«, bat ich mit krächzender Stimme. Meine Kehle brannte, ich brauchte dringend etwas zu trinken.

»Natürlich nicht«, sagte sie, »Hast du Lust, ein paar

alte Filme anzuschauen? So, wie wir es früher gemacht haben, wenn ich auf euch aufgepasst habe?«

Diese Frage reichte aus, um mein Unwohlsein etwas zu vertreiben. Mit einem dankbaren Lächeln nickte ich und folgte Grace samt meiner Bettdecke ins Wohnzimmer. Ein Blick auf die Küchenuhr zeigte mir, dass es erst sieben Uhr morgens war. Das Taxi hatte mich erst gegen halb drei hier abgesetzt, also konnte ich kaum geschlafen haben. Aber Weiterschlafen kam für mich ohnehin nicht in Frage.

Grace fragte nicht weiter nach, wovon ich geträumt hatte. Sie machte uns Kakao mit Sahne und Schokosoße, und wir suchten eine DVD für uns beide aus. Wir entschieden uns für Grease und schafften es somit knapp zwei Stunden lang, mich abzulenken. Grace' Gesangsimitationen der Songs waren schon immer ein Grund gewesen, warum ich es liebte, mit ihr Musicalfilme zu schauen. Sie fühlte jedes Lied tief im Inneren und schaffte es kein einziges Mal, ruhig sitzen zu bleiben, auch wenn es für jeden anderen Menschen komplett ausgeschlossen gewesen wäre, um diese Uhrzeit gute Laune zu haben.

»Das hält doch kein Mensch aus«, ertönte es irgendwann von der Schlafzimmertür meines Vaters aus, als Grace gerade zu *You're the One That I Want* im Wohnzimmer herumhüpfte und sowohl den weiblichen als auch den männlichen Part in Perfektion nachahmte.

»Sagt unser Möchtegern-Elvis«, raunte Grace und ließ sich mit einem lauten Rums zurück aufs Sofa fallen.

Dad bereitete uns Frühstück zu, dabei behielt ich für mich, dass allein der Geruch des Rühreis meinen Magen zum Umdrehen brachte. Schlussendlich schaffte ich es, einen halben Toast herunterzubekommen, ohne gleich Richtung Toilette sprinten zu müssen, und ich erzählte Grace und Dad, was für einen tollen Abend wir gestern erlebt hatten. Dabei ließ ich zwar die wichtigsten Details aus, aber von Aaron zu erzählen, wollte ich sowohl ihm als auch mir ersparen.

Gegen Nachmittag brachen Grace und Dad zu einem Spaziergang auf, und ich wartete auf Lexi, die mir eine Nachricht geschickt hatte, dass sie gleich unbedingt vorbeikommen wolle. Schon als sie zur Tür hereinkam, ahnte ich, dass es ihr mindestens so mies ging wie mir. Wir verkrümelten uns in mein Bett und redeten über den letzten Abend.

»Oh Gott«, stöhnte Lexi in mein Kissen hinein, »ich habe mich so unendlich blamiert.«

Der weiche Stoff dämpfte ihre Worte, dennoch war nicht zu überhören, wie sehr sie sich für die letzte Nacht schämte.

»Ach was, da wird sich niemand mehr daran erinnern. Die Hälfte aller Gäste wurde von der Security aus dem Laden getragen, weil sie nicht mehr stehen konnte.« Nicht zuletzt auch Olivia, die ihren Geburtstag wohl etwas übertrieben gefeiert hatte. Damian war ihr kurz danach gefolgt und hatte ihr das schwarze Handtäschchen hinterhergetragen.

»Ich schwöre, mir muss jemand etwas ins Getränk gekippt haben! Sonst bin ich so trinkfest wie ein Felsen.« Sie hob ihren Kopf aus dem flauschigen rosa Kissen, nur um ihr Gesicht zwei Sekunden später wieder in ihren Händen zu verbergen. Ihre Wangen waren gerötet, ihre Stirn gezeichnet von einer leichten Schweißschicht.

»Na ja, nachdem du mit Jason wiedergekommen bist, hast du dir mit Emily eine ganze Flasche Sekt geteilt«, erklärte ich ihr mit einem gespielt kritischen Blick, worauf sie sich rücklings in mein Bett fallen ließ.

»Ich habe mich einfach so geärgert, es schon wieder getan zu haben. Jason und ich sind Freunde, das haben wir Montag noch geklärt, und dann? Dann fallen wir wieder übereinander her, sobald wir auch nur einen Tropfen Alkohol intus haben.«

»Ich denke nicht, dass er keinen Gefallen daran gefunden hat.«

»Nein.« Sie richtete sich wieder auf und ließ trostlos die Arme über ihre überkreuzten Beine baumeln. »Aber seine Freundin wird keinen Gefallen daran haben. Ich bin einfach eine Katastrophe auf zwei Beinen«, murrte sie und seufzte. »Hast du Eis da?«

Ihre Augen leuchteten so hoffnungsvoll, dass ich lachen musste. Den restlichen Nachmittag über schaufelten wir genüsslich Eiscreme direkt aus der Packung in uns hinein. Nachdem Grace und Dad von ihrem Spaziergang nach Hause gekommen waren, gesellte sich auch Grace mit einem großen Löffel zu uns auf mein Bett.

Lexi erzählte Grace die ganze Story von letzter Nacht, wobei sie sich immer wieder unterbrach, um sich einen großen Löffel Eiscreme in den Mund zu schieben.

»Und dann habe ich völlig hemmungslos losgetanzt, einfach, weil mir danach war, und dieser Idiot aus meinem Jahrgang hat Fotos gemacht.«

»Damian«, seufzte ich und verdrehte die Augen. Er und Olivia hatten einen Heidenspaß daran gehabt, Lexis Tanzeinlage zu verewigen. Ich war kurz davor gewesen, ihnen die Handys aus der Hand zu schlagen, hatte es dann aber doch nicht über mich gebracht. Dafür war ich einfach nicht betrunken genug gewesen.

»Damian ist Jasons bester Freund, er wird die Fotos niemandem zeigen.«

Grace nickte, während Lexi einen riesigen Berg Eiscreme auf ihren Löffel häufte und sich in den Mund schaufelte.

Während Grace versuchte, Lexi ein besseres Gefühl zu geben, indem sie ihr von ihren eigenen peinlichen Party-Erlebnissen erzählte, tapste ich zu meinem Handy und checkte nebenher meine E-Mails. Eine war von Richard. Seufzend tippte ich auf *Öffnen* und überflog den Inhalt. Es war eine Rundmail, Gott sei Dank also nicht ausschließlich an mich gerichtet. Er hatte eine kleine Aufgabe für uns, die wir bis Dienstag erledigen sollten. Dazu hatte er uns einen Anhang geschickt, der sich angeblich von allein erklären würde. Stirnrunzelnd tippte ich auf den beigefügten Anhang, woraufhin sich ein Dokument öffnete. Es erschien ein unausgefüllter Steckbrief.

Richard musste offenbar ein Gespür dafür haben, wann seine Aufgaben im genau falschen Moment eintrudelten.

Hastig legte ich mein Handy zurück und setzte mich wieder zu Lexi und Grace aufs Bett. Auch wenn mein Magen komplett voll war, öffnete ich die nächste Eispackung.

# KAPITEL 6

| | |
|---|---|
| *Name*: | Skyler Rosalie Thomsen |
| *Alter*: | 17 |
| *Sternzeichen*: | Waage |
| *Freunde*: | … Alexandra Holmes (?), Elliot Raji (?), Emily Evans (?), Maya Collin (?) |
| *Hobbys*: | ~~Schreiben~~ |
| *Lieblingsessen*: | Pasta |
| *Erste Kindheitserinnerung*: | Caden, der mit dem Kopf im Gatter eines Hühnerstalls steckengeblieben ist |
| *Lieblingsblumen*: | Lilien |
| *Inspirierender Musiker*: | Tom Odell |
| *Schlechte Angewohnheiten*: | Überpünktlichkeit |
| *Stärken*: | Gefühle verbergen |
| *Schwächen*: | Gefühle verbergen |
| *Vorstellung von einem perfekten Tag*: | Ein gutes Buch, unendlich viel Kaffee, Sommerregen und Pfefferminz-Schokolade |
| *Was bringt mich zum Weinen?* | ~~Matt~~ Zwiebeln |

Wieder und wieder las ich mir meinen Steckbrief durch, bis ich einen dunklen Kugelschreiber zur Hand nahm und erneut über die durchgestrichenen Wörter fuhr.

Diese kleinen Stichwörter waren das Einzige, was ich seit fast zwei Jahren aufs Blatt gebracht hatte, wenn man mal von dem nötigen Schulkram, Spickern und Einkaufszetteln absah. Nichts davon verriet etwas über meine Persönlichkeit. Ich hatte den Steckbrief so wortkarg wie möglich gehalten, und doch fühlte ich mich entblößt. Der Gedanke, jemand anderes könnte auch nur ein Wort über mich lesen, löste ein Gefühl der Unruhe in mir aus.

»Skyler, was machst du denn schon hier?«, fragte Richard, der gerade mit einem Aktenkoffer in der Hand durch die Tür spaziert kam. Ein leichtes Lächeln umspielte seine Lippen.

»Meine Tante hat mich hergebracht, sie musste zur Arbeit«, log ich und mied seinen forschenden Blick. Richard wirkte auf mich, als könnte er jede Lüge auch nur anhand eines einzigen Blinzelns erkennen. Die Wahrheit lautete nämlich so:

Nachdem ich in der Schule eine weitere quälend lange Geschichtsstunde neben Damian Winston hatte verbringen müssen, hatte ich zu Hause die Stille in unserer Wohnung nicht mehr ausgehalten. Sie hatte mich zum Grübeln gebracht. Warum hatten diese Erinnerungen an meine Begegnungen mit Matty genau zur selben Zeit begonnen, als ich auf Damian getroffen war? Hatte mir mein Kopf etwa erneut Streiche gespielt und ähnelte Damian Matt in Wahrheit überhaupt gar nicht? Allein fünf Minuten darüber nachzudenken, hatte meinen Kopf zum Qualmen gebracht. Also war ich fast eine halbe Stunde zu früh zur Poesietherapie aufgebrochen, auch wenn ich heute Morgen noch daran gezweifelt hatte, überhaupt je wieder hinzugehen. Aber das Gefühl, wieder in einer Runde von Leuten zu sitzen, die ebenfalls kein problemfreies Leben führten, hatte mich auf eine Art und Weise beruhigt, die ich lange vermisst hatte. Also hatte ich beschlossen, nicht den Therapiesitzungen, sondern der ständigen Konfrontation mit Damian Winston die Schuld für meine Erinnerungen und Träume zu geben und mir deshalb vorgenommen, Damian so weit wie möglich aus dem Weg zu gehen. Das erschien mir deutlich angenehmer, als mich erneut mit Dad wegen der Therapie anlegen zu müssen oder noch anderen Leuten von diesen verwirrenden Erlebnissen zu erzählen.

»Nun, du kannst dich schon einmal setzen, die anderen müssten auch gleich kommen.« Richard schloss die Tür zu dem großen Nebenzimmer neben der Bücherei auf.

Heute begannen wir die Sitzung nicht im Stuhlkreis. Zumindest machte Richard keine Anstalten, den Raum noch umzuräumen, und die Stühle befanden sich vor Tischen, deren Anordnung mich an die in einem Klassenzimmer erinnerte. Tische konnten eigentlich nur eins bedeuten: Heute würde ich zum ersten Mal schreiben müssen.

Um mich von diesem Gedanken abzulenken, blickte ich im Raum umher. Erst jetzt bemerkte ich in der hinteren Ecke den kleinen abgetrennten Bereich, der mit Kissen, Decken und Plüschtieren gefüllt war und als Vorleseecke für Kinder diente. Grace hatte mir berichtet, dass dort jeden Freitagabend Vorlesestunden stattfänden, die ihre Freundin Heather organisierte.

Während ich auf die anderen Mitglieder des Kurses wartete, skizzierte ich einen Pandabären, der auf einem großen Kissen saß, in mein Notizbuch. Es war leer – einzig und allein der kleine Steckbrief füllte einen Teil davon aus.

Meine Finger krampften sich um den Stift beim Gedanken daran, es bald mit meinen intimsten Erinnerungen und Gefühlen füllen zu müssen.

»Skyler, richtig?«, fragte eine ältere Frau mit kinnlangen blonden Haaren vorsichtig. Ich war so in meine Zeichnung vertieft, dass ich gar nicht mitbekommen hatte, wie schon einige der Teilnehmer den Raum betreten hatten.

»Ja, genau.« Auch wenn ich immer noch überrascht war, dass man mich angesprochen hatte, hob ich meine Mundwinkel zu einem Lächeln.

»Ich bin Sylvia.« Sie streckte mir nicht nur ihre Hand entgegen, sondern ergriff meine eigene regelrecht, damit ich sie ja nicht abwimmeln konnte. »Schön, einmal einen weiteren jungen Hüpfer in unserer Gruppe zu haben.«

Sylvia setzte sich auf den Platz zu meiner Rechten und musterte mein heutiges Outfit – ein längeres, gemustertes Sommerkleid, das ich mir aus Grace' Schrank geborgt hatte. Einen Moment lang dachte ich, ihr würde meine Kleidung missfallen, doch dann lächelte sie. »Du hast einen sehr schönen Kleidungsstil. Erinnert mich an mich, na ja, in den Siebzigerjahren zumindest.«

Ich folgte ihrem Blick und schaute an mir herab. »Es gehört meiner Tante. Sie würde wohl alles dafür tun, um eine Zeitmaschine zu bauen und zurück in die Zeit reisen zu können, in der jeder so herumgelaufen ist.«

Wenn Richard nicht die Tür geschlossen und seine Tasche etwas zu nachdrücklich auf dem Tisch abgestellt hätte, hätte ich mich sicher noch weiter mit Sylvia unterhalten, doch an seinem Gesicht konnte ich ablesen, dass er mit der Sitzung beginnen wollte.

Er ging durch den Raum. Sein Blick blieb an dem einzigen leeren Tisch hängen, und er schüttelte ganz leicht den Kopf, als würde er hoffen, dass niemand anderes seine Reaktion bemerkte.

»Ich hoffe, ihr habt alle meine Mail erhalten und die kleine Aufgabe bearbeiten können. Diese dient als Grundlage unserer heutigen Stunde.« Er hob den Zeigefinger und deutete auf einen Mann in der zweiten Reihe, der aussah, als hätte er seine Haare seit Wochen nicht mehr gewaschen. Er hob ergeben die Hände, als hätte Richard ihn ertappt.

»Ich habe mir einige Gedanken dazu gemacht, wie ich das Gruppengefühl stärken kann.«

Er schrieb das Wort *Hineinversetzen* an die Tafel. Ich blickte mich im Raum um und sah, dass ich nicht die Einzige war, die die Stirn runzelte.

»Ja, viele von euch wissen mit diesem Wort nichts anzufangen.« Ein geschockter Laut kam mir über die Lippen. Hatte er das gerade wirklich gesagt? »In den meisten Therapieformen, vor allem aber in Einzelgesprächen, wird den Patienten vorgegeben, selbstbezogener zu sein, um sich nicht von den Problemen anderer runterziehen zu lassen.« Richard blickte sich im Kurs um, um sich zu vergewissern, dass ihm auch jeder zuhörte.

»Das ist ein großer Fehler, meiner Meinung nach. Ihr könnt nicht durch euer Leben gehen, indem ihr nur auf euch achtet und keine Ahnung habt, was in den Menschen um euch herum vorgeht. Deswegen«, er unterstrich das Wort an der Tafel, »wird eure Empathie heute ein wenig auf die Probe gestellt werden.«

Die Falten auf meiner Stirn vertieften sich, und ohne es zu merken, hatten meine Hände begonnen zu zittern. Josephine hatte uns nie dazu gedrängt, etwas so öffentlich vor dem Kurs vorlesen zu müssen. Nachdem Richard sein neues Projekt so angepriesen hatte, wusste ich genau, dass dies der Start in meine Höllentour sein würde. Nie würde er mich davonkommen lassen, nicht nach den Gesprächen, die ich bisher mit ihm geführt hatte. »Schaut euch eure Steckbriefe an, nur ein paar Minuten. Dann möchte ich etwas darüber hören, wie ihr euch selbst einschätzt, wenn ihr euch von außen betrachten würdet.«

Einen kurzen Augenblick später zeigte Richard mit dem Kreidestück in der Hand auf mich, da ich die Einzige war, die ihn immer noch anstarrte, anstatt seiner Aufforderung nachzukommen.

Auch wenn ich meinen Steckbrief noch vor wenigen Minuten durchgelesen hatte, gehorchte ich ihm und senkte meinen Blick. Im Augenwinkel beobachtete ich ihn jedoch weiter. Er zückte sein Handy aus der Tasche, fuhr mit dem Daumen über dessen Bildschirm und hielt es sich dann ans Ohr. Prompt kam mir die Erinnerung an Richards Anruf zu Beginn der letzten Sitzung. *Zwei-*

*te Abmahnung*. Ich erinnerte mich so gut wie an jedes Gesicht hier in diesem Raum. Jeder von ihnen war auch letzten Dienstag anwesend gewesen. Die Person, die Richard da gerade versuchte anzurufen, würde also ihre dritte Abmahnung bekommen. Was auch immer das zu bedeuten hatte.

Gerade als Richard mit einem Kopfschütteln das Handy zur Seite legte, da er offensichtlich niemanden erreicht hatte, riss jemand die Tür auf und knallte sie direkt wieder hinter sich zu.

»Damian, darf ich dich daran erinnern, dass unser Kurs pünktlich um sechs Uhr beginnt?«

Ich musste gar nicht aufsehen, um zu wissen, dass Richard auf seine Armbanduhr deutete.

»Ich hatte Training, sorry.« Mit diesen Worten wimmelte Damian Richard ab und ließ sich auf den einzig leeren Platz schräg vor mir fallen. Ich starrte auf meinen Steckbrief, während ich spürte, wie Hitze in meine Wangen kroch. Sie brachte meinen Kopf zum Glühen und ließ bunte Funken vor meinen Augen tanzen. Ich konnte nicht anders, als mich zu fragen, ob ich das gerade wirklich erlebte. Aber wie bei unserem ersten schockhaften Aufeinandertreffen im Café war um uns herum alles normal. Die anderen Teilnehmer betrachteten ihre Notizbücher, hinter mir hörte ich das Gemurmel zweier Frauen. Ich war nicht abgedriftet – nein, ich war genau im Hier und Jetzt. Und mit dieser Erkenntnis musste ich mir eines bewusst machen: Damian Winston, der Junge, der mich so schmerzhaft an Matt erinnerte, ging zur Poesietherapie.

»Und? Was sagen Sie?« Richards Worte richteten sich

wieder an den Kurs. Ich blickte ihn zwar an, versuchte aber, meine Augen daran zu hindern, in Damians Richtung zu blicken.

»Skyler?« Oh, großer Gott. Ich hatte ganz vergessen, wie genau Richards Frage gelautet hatte und sogar, was im Detail in meinem Steckbrief stand. Noch viel schlimmer war allerdings, dass ich reflexartig zu Damian hinübersah.

Einen Moment lang glaubte ich, er würde zusammenzucken. Als wäre ich das Monster aus dem Film *The Ring*, den ich mir mit Caden angesehen hatte, wenn Mom nicht da gewesen war, als mein Alter noch nicht einmal annähernd den Richtlinien entsprochen hatte.

Es war, als würden seine Blicke eine erstickende Hitze verursachen, die mir die Spucke aus dem Mund ziehen wollte. Ich konnte beim besten Willen nicht mehr schlucken. Oder reden.

»Skyler, was würdest du über dich sagen, wenn du nur diese wenigen Informationen über dich hättest? Ein Schlagwort reicht.« Richard hatte also bemerkt, wie leergefegt mein Kopf war. Hoffentlich sah man mir den Grund dafür nicht auch noch an.

»Verschlossen«, brachte ich trocken heraus, ohne in der Lage zu sein, jemand anders anzusehen als Damian.

»Nun, bist du das denn auch? Verschlossen?« Ich hätte ihm am liebsten gegen das Schienbein getreten, dafür, dass er auch noch nachhaken musste.

»Manchmal.« Ich zuckte mit den Schultern und musste mich förmlich dazu zwingen, endlich meinen Blick Richard zuzuwenden.

»Aber nur in bestimmten Situationen, nicht bei deinen engsten Verwandten und Freunden, oder?«

Ich nickte nur stumm.

»Seht ihr. Die Menschen geben nur das über sich preis, was sie wollen. Die wenigen Angaben, die wir über viele Menschen haben, reichen uns aus, um uns ein Bild von ihnen zu machen. Wir verurteilen sie, obwohl wir selber nicht verurteilt werden wollen. Schlicht und ergreifend, weil wir zu faul sind, um uns wirklich zu bemühen, weil wir zu selbstbezogen sind.«

Ich fragte mich, was ihn zu diesem schlechten Menschenbild bewegte, verwarf den Gedanken dann aber, weil ich merkte, dass ich seine Meinung teilte. Er sagte nichts als die Wahrheit.

»Das Projekt wird in Partnerarbeit verlaufen.« Richard schwieg einige Sekunden, um die verschiedenen Reaktionen einzufangen. Einige zuckten gleichgültig mit den Schultern, andere stöhnten genervt, während ein paar schon ihrem zukünftigen Projektpartner zuwinkten. »Ich möchte, dass ihr euch Gedanken über euren Partner macht. Nichts Oberflächliches. Ihr sollt euren Partner emotional so durchforsten, dass ihr mir eine Biografie über ihn hinlegen könnt. Ich will etwas über Erinnerungen hören, Gefühle, Gedanken. Nichts über die Freizeitaktivitäten, das Lieblingsessen oder den Hund, soweit das nichts Wahrhaftiges mit der Persönlichkeit eures Partners gemacht hat. Versetzt euch in die Person hinein. Lernt, seine Handlungen nachzuvollziehen und zu begreifen, warum euer Partner zu diesem Menschen geworden ist. Verstanden?«

Richard blickte fragend in die Runde. Während andere nickten, blieb ich nur stumm sitzen und starrte auf das dunkle Holz meiner Tischplatte.

»Gut, dann teilt euch bitte ein.«

Mein Blick richtete sich weiter nach unten. Der kleine Hoffnungsschimmer, Sylvia würde mich fragen, ob ich ihr Partner sein wollte, erlosch Sekunden später, als ich hörte, wie eine Frau erfreut ihren Namen rief. Die Stimmen im Raum überschlugen sich. Während sich alle im Raum umblickten und zulächelten, da sie den richtigen Partner gefunden hatten, zählte ich die Sekunden, die mir noch übrigblieben, bis ich wohl oder übel aufsehen musste. Dies geschah schließlich in dem Moment, als ich Richards Hände auf meinem Tisch sah und ich im nächsten Moment an Damians genervtem Stöhnen hörte, dass mein Verdacht sich bestätigt hatte.

»Ich wollte euch sowieso als Partner haben«, sagte Richard mit einem Lächeln, ehe er wieder zu seinem Pult nach vorne ging.

Jetzt saßen wir da. Damian und ich.

Und obwohl wir heute bereits eine Stunde im Unterricht nebeneinander gesessen hatten, war diese Situation hier eine ganz andere. Die Anspannung stand sowohl in meinem als auch in Damians Gesicht geschrieben. Damit hatte definitiv niemand von uns gerechnet.

»Du bist neu in der Stadt und hast gleich eine Therapie nötig? Respekt.« Er hob eine Augenbraue.

Mein Mund klappte auf. Emily hatte mir ja schon deutlich gemacht, dass sich Damian gerne mal wie ein Arschloch verhielt. Aber bis zu diesem Zeitpunkt war er noch vergleichsweise nett zu mir gewesen. Heute war offenbar der Tag der Tage, an dem ich Damian Winstons wahres Gesicht kennenlernen durfte.

»Du bist ebenfalls hier, also spuck nicht so große Töne.« So unauffällig wie möglich schob ich meinen Arm über die aufgeschlagene Seite meines Notizbuchs. Als hätte Richard dies von seinem Pult aus mitbekommen, verkündete er uns die nächste Aufgabe: »Als nächstes möchte ich, dass ihr eure Steckbriefe austauscht und euch Gedanken darüber macht, was ihr zu dieser Person anhand dieser wenigen Informationen sagen könntet.«

Ich wollte Damian nicht ein Wort über mich erzählen, geschweige denn, ihm etwas von meinen Notizen zeigen. Aber hatte ich eine Wahl?

»Jetzt zeig schon her«, seufzte er genervt und griff nach meinem Arm, um das Buch darunter wegziehen zu können. Ich ließ ihn gewähren, da ich wusste, dass mir in einer Therapie, die sich ums Schreiben drehte, sowieso nichts anderes übrig blieb, ohne mich vor den anderen als Zicke zu entpuppen. Solange er nur einen Blick auf die minimal gehaltenen Informationen warf, konnte ich damit leben.

»Wo ist deiner?«

Auf meine Frage hin schnitt er nur eine Grimasse und begann zu lesen.

»Du bezeichnest Lexi und Co. schon als deine Freunde? Sag mal, kennt ihr euch denn nicht gerade mal eine Woche?«

»Deswegen ist da ja auch ein Fragezeichen dahinter.« Ich verdrehte die Augen und deutete auf die besagte Stelle. Lange hatte ich darüber nachgedacht, das Feld einfach unausgefüllt zu lassen. So gesehen hatte ich keine Freunde, zumindest niemanden, den ich schon ewig kannte und mit dem ich alles durchlebt hatte. Aber diese Menschen, die ich erst seit wenigen Tagen kannte, zeigten mir zum ersten Mal in meinem Leben, was richtige Freundschaft bedeuten konnte. Sie ließen mich spüren, dass ich zu ihnen gehörte. Es wäre nicht richtig gewesen, ihre Namen nicht hinzuschreiben.

»Und wer ist dieser Matt? Dein Ex-Freund? Etwa dieser Clown von Freitagnacht?« Als ich Damian Matts Namen aussprechen hörte, verkrampfte sich alles in mir. Es fing an in meinen Armen, zog sich weiter bis in meine Brust und schlussendlich auch in meinen Magen. Mir wurde schlecht. Unglaublich schlecht.

Ich griff nach meinem Notizbuch. Damians Reflexe waren allerdings bedeutend schneller als meine. Er zog das Buch aus meiner Reichweite und las weiter.

»Netter Versuch, Süße, aber man kann auch durchgestrichene Wörter lesen, solange man sie ins richtige Licht hält.« Sein verächtliches Lächeln machte mich unglaublich wütend. Am liebsten hätte ich geschrien, so wie damals, als Caden mir meine Bücher geklaut hatte.

»Heißt das, du bist wegen Liebeskummer hier? Wegen Liebeskummer?« Er begann zu lachen. So amüsiert und kaltherzig zugleich, dass ich eine Gänsehaut am ganzen Körper bekam. »Du bist also ernsthaft eines der Mädchen, das denkt, ihre Welt geht unter, weil irgendein Typ sie verlassen hat.«

Er verzog seinen Mund zu einem Schmollmund.

»Gib mein Buch wieder her«, flüsterte ich nun gefährlich leise.

Er knallte es achtlos auf den Tisch und ignorierte die anderen Gruppenmitglieder um uns herum, die uns neugierig zu mustern begannen. »Da hast du es.«

Auf der Stelle riss ich die Liste aus meinem Notizbuch, zerknüllte sie und warf sie gegen Damians Brust. Ich griff blind nach meiner Tasche und schob den Stuhl so heftig zurück, dass die Stuhlbeine über den Boden quietschten.

»Hey!« Richard hatte also endlich etwas von unserem Streit mitbekommen. Er erhob sich und kam auf uns zu. Ich blieb jedoch nicht stehen, zu sehr zitterten meine Beine. Ich musste hier raus.

»Skyler, warte bitte draußen auf mich. Damian, mit dir wollte ich sowieso noch ein Wörtchen reden.«

Ich hörte Damian hinter mir genervt stöhnen, der Rest des Kurses begann zu murmeln.

Auch wenn ich nichts lieber getan hätte, als abzuhauen, in Grace' Auto zu springen und einfach loszubrausen, blieb ich in der Eingangshalle stehen und versuchte irgendwie, meinen rasenden Puls unter Kontrolle zu bringen. Ich setzte mich auf einen der Stühle und vergrub meine Finger im Stoff des Sitzes. Die Tür zum Kurs ging auf und Richard warf mir einen erleichterten Blick zu, als hätte er nicht erwartet, dass ich geblieben wäre. Hinter ihm trottete Damian aus der Tür, den Blick zu Boden gerichtet, damit er mich bloß nicht ansehen musste. Die beiden gingen in Richards Büro. Kurz bevor er die Tür hinter sich schloss, nickte mir Richard zu. »Warte bitte hier.«

Ich tippte mit der Fußspitze auf dem Marmorboden herum. Da ich nur halboffene Schuhe trug und die Steine unter mir eine eisige Kälte ausstrahlten, begann ich zu zittern.

Nur gedämpft hörte ich, wie die beiden sich anschrien. Richard so zu erleben, wo er in meiner Gegenwart immer so ruhig geblieben war, war ein merkwürdiges Gefühl. Hatte er etwa einen bösartigen Zwillingsbruder?

Einige Augenblicke später rief Richard mich herein. Meine Beine fühlten sich vollkommen betäubt an, als ich mich auf den Weg in sein Büro machte und mich neben Damian auf einen Stuhl fallen ließ.

»Skyler, Damian hat dir etwas zu sagen.«

Abwartend neigte ich meinen Kopf, bekam aber auch einige Momente später nichts zu hören.

»Damian.« In Richards Stimme lag ein gefährlicher Unterton, eine versteckte Drohung.

»Tut mir leid«, murrte Damian und vergrub seine rechte Hand in seinen dunklen Locken. Er sah mich immer noch nicht an, was die Bedeutung seiner Worte deutlich widerlegte.

»Als Nächstes werde *ich* mich bei dir entschuldigen müssen, Skyler.«

Bei Richards Worten begann mein Herz so schnell gegen den Brustkorb zu schlagen, dass es schmerzte. Ich krallte meine Finger in den weichen Stoff meines Kleides.

»Ich habe soeben einen Kompromiss mit Damian abgeschlossen, der auch dich betreffen wird. Du wirst von nun an sehr viel Zeit mit ihm verbringen müssen.«

Damian schnaubte verärgert, blickte jedoch immer noch zu Boden.

»Da ich Damian heute seine dritte Abmahnung verpassen wollte, gebe ich ihm eine letzte Chance.« Da war wieder dieses Wort: Abmahnung. Was zur Hölle meinte er damit? Doch bevor ich fragen konnte, sprach er bereits weiter: »Er wird bis zum Beginn der Sommerferien ein Projekt über dich verfassen. Es kann eine Kurzgeschichte sein, ein Monolog, ein Tagebucheintrag, ein Gedicht. Wie ich dem Kurs eben schon erklärt habe, will ich nichts Oberflächliches hören. Er soll sich wirklich Mühe geben, dich kennenzulernen, das will ich in seinem Projekt lesen können.«

Mein Mund klappte auf. Hatte ich mir nicht gerade noch vorgenommen, Damian Winston aus dem Weg zu gehen? Zu ignorieren, dass er aussah wie die Fantasievorstellung Matts, und so zu tun, als würde ich mir nicht Tag und Nacht den Kopf über ihn zerbrechen?

In meiner Vorstellung hatte das alles wunderbar funktioniert. Und jetzt erwartete Richard ernsthaft, dass ich Damian den Gefallen tat und Zeit mit ihm verbrachte. Und das nur, damit er nicht in Ärger geriet?

Richards Blick schweifte einmal über Damian, obwohl dieser immer noch keine Regung zeigte. »Also, Skyler, mach es ihm nicht zu leicht. Ich habe schon Erfahrung mit Menschen wie Damian. Sie denken, sie könnten mit ihrem Charme alles bekommen. Lass dich von ihm nicht zu irgendetwas überreden, das du nicht willst. Dieses Projekt soll ihm Mühe bereiten.«

Wieder schnaubte Damian.

»Es liegt also in meiner Hand, ob Damian durchfällt oder nicht?« Meine Stimme war ein einziges Piepsen. So viel Verantwortung für einen anderen Menschen auf meinen Schultern bereitete mir fürchterliche Angst.

»Ganz genau.« Richard nickte und in seinen Mundwinkeln zuckte ein zufriedenes Lächeln.

»Das ist nicht fair!«, keifte Damian und schlug mit der flachen Hand auf den Tisch.

»Du hast dich auch nicht immer fair verhalten, Damian, es wird Zeit, dass du aus deinen Fehlern lernst.« Ich fragte mich, wie Richard es schaffte, nun wieder so ruhig zu bleiben, während Damians Kopf sich so rot färbte, dass man glauben konnte, er würde platzen.

Damian sprang blitzartig von seinem Platz auf und warf mir einen wütenden, zugleich aber auch verzweifelten Blick zu, ehe er mit schnellen Schritten den Raum verließ.

»Ich weiß nicht ganz, was Sie meinen«, murmelte ich. Verstohlen blickte ich mich in Richtung Tür um. Als ich Damian weder sah, noch etwas von ihm hörte, fragte ich: »Was meinen Sie mit Abmahnungen?«

Richard atmete einmal tief ein. »Es gibt Patienten, die sich gegen die Therapie sträuben oder gar nicht erst auftauchen. Damian ist so ein Fall. Ich habe seinen Eltern geraten, ihn anderswo unterzubringen, aber sie beharrten darauf, dass ich ihm helfen soll.« Er zuckte mit den Schultern. »Also habe ich mit seinen Eltern abgesprochen, dass ich Abmahnungen verteilen darf, wenn er hier nicht erscheinen würde. Bei seiner dritten Abmahnung ist das Maß voll und er fliegt hier raus. Dann werden sich seine Eltern nach einer Alternative umsehen müssen.«

Ich schluckte trocken und ließ Richards Worte sacken. Das klang verdammt hart. Dabei hatte ich schon gedacht, Dad würde mich zu dieser Therapie zwingen. Er hätte sicher keine Alternative für mich im Hinterkopf, sollte *ich* mich dagegen stellen.

»Aber wenn er diese Therapie sowieso nicht ernst nimmt, was ist dann so schlimm daran, wenn er rausfliegt?«

»Nun, das hier ist eine Gruppentherapie. Eine sehr effektive, aber doch eben milde Form, um Menschen zu helfen. Bei Problemen wie denen von Damian –« Er brach ab und schüttelte fast unmerklich den Kopf, vermutlich um zu verhindern, dass er mir zu viel erzählte. »Sagen wir es so: Es gibt therapeutische Angebote, die deutlich mehr in das Leben der Klienten eingreifen. Ich bin mir sicher, dass Damian unsere Poesietherapie – so wenig er sie auch leiden mag – nicht gegen eine andere Therapieform eintauschen möchte.«

Ich senkte den Blick und seufzte. »Ihnen ist hoffentlich bewusst, dass Sie mit diesem Projekt nicht nur ihn bestrafen, sondern auch mich. Oder?« Tatsächlich ahnte er gar nicht, wie sehr er mich damit bestrafte. Für ihn war Damian nur ein Teenager, der gerne Regeln brach. Für mich bedeutete dieses Projekt weitaus mehr, als nur mit einem verwöhnten Jungen zusammenarbeiten zu müssen.

»Du darfst das nicht als Strafe sehen, Skyler. Du hast ein großes Vertrauensproblem, das du in den Griff bekommen musst. Und dieses Projekt ist der erste Schritt auf diesem Weg.«

Jeder Muskel in meinem Gesicht verkrampfte sich. »Da hätten sie sich einen anderen Partner für mich aussuchen müssen. Das mit uns wird niemals funktionieren. Sie haben doch gesehen, wie er mich behandelt hat.« Und das nur, weil wir dieselbe Therapie besuchten. Wovor hatte er Angst?

»Gib ihm eine Chance. Ich bin mir sicher, dass Damian im tiefen Inneren kein übler Kerl ist.«

Ich stand auf und schnaubte. »Da wäre ich mir nicht so sicher.« Doch ich verabschiedete mich und verließ den Raum, ohne mich gegen Richards Arbeitsauftrag zu wehren. Was ich Damian von mir erzählte und was nicht, blieb ja Gott sei Dank noch mir überlassen.

# KAPITEL 7

Das ist jetzt schon das zwanzigste Mal, dass du auf dein Handy schaust und so dämlich grinst«, sagte Lexi und lächelte provozierend, während sie Elliot unaufhörlich in die Seite stieß.

»Lass mich in Ruhe, Blondie, mein Handy fällt mir gleich runter«, zischte Elliot und schnappte mit der freien Hand nach Lexis Arm, wobei er damit viel eher den Sturz seines Handys riskierte.

»Nun sag schon, wer hinter den geheimnisvollen Nachrichten steckt.«

»Nein, Alexandra.«

»Sonst zeige ich Skyler das Bild.« Lexi wackelte mit beiden Augenbrauen und zückte ihr eigenes Handy, worauf sich Elliots Griff panisch verstärkte.

»Das wagst du nicht!«

»Dein Loverboy bekommt es direkt im Anschluss. Vor mir kannst du nichts geheim halten, Elly.«

Sie legte vor Lachen den Kopf in den Nacken und wäre dabei fast zur Seite getaumelt, wären da nicht

Jasons Hände gewesen, die gerade aufgetaucht waren und sie davon abhielten.

»Habe ich da tatsächlich das Wort Loverboy aus deinem Mund kommen hören?« Jason hob fragend die Augenbrauen, worauf Lexis Lachen in der Luft verhallte. Ich konnte auf die Sekunde beobachten, wie sich ihr sonst so vorlautes Mundwerk schloss und zu einem einzigen Strich zusammenpresste.

»Keine Sorge, damit meint sie nicht dich, Prescott, normalerweise bezeichnet sie dich als –« Elliots Worte endeten in einem schmerzvollen Zischen. Lexi hatte Elliot in die Hüfte gezwickt, damit er seine Worte bloß nicht aussprach. Nun konnte auch ich ein Lachen nicht mehr unterdrücken, worauf Jason direkt mit einstieg. Er hatte ein schönes Lachen, nicht makellos, da eine kleine Lücke zwei seiner Schneidezähne voneinander trennte. Aber es passte zu seinem Gesicht.

»Nun will ich aber das Foto sehen, das Lexi meinte.« Ich streckte meine Hand nach Lexis Smartphone aus, doch bevor sie mir es mit einem breiten Grinsen geben konnte, schlug mir Elliot auf die Finger. »Ihr seid Biester, alle beide!«

»Das dürfte dir bei mir zumindest längst bekannt sein.« Lexi hatte also langsam ihre Stimme wiedergefunden. Sie klang zwar weniger selbstsicher, seit Jason aufgetaucht war, aber das schien wohl nur mir aufzufallen. Die anderen beiden begannen zu lachen. Elliot lachte eher mordlüstern und Jason mit leuchtenden Augen, die nur auf Lexi gerichtet waren.

»Oh, er schreibt schon wieder«, sagte ich und deutete auf sein Handy, das im selben Moment aufleuchtete.

Ertappt verbarg Elliot das helle Display zwischen den Handflächen und kniff provozierend die Augen zusammen. Er sagte mir also den Kampf an. Kichernd stürzte ich mich auf ihn, griff nach seinem Handgelenk und versuchte mit der anderen Hand, ihm das Handy aus den Fingern zu reißen. »Na, Raji, doch noch ans andere Ufer gewechselt?« Mein Lachen erlosch, sobald ich seine Stimme hörte. Sie steckte mittlerweile so in meinem Kopf fest, dass ich nicht lange nachdenken musste, wer sich da zu uns gesellt hatte. Mein pochendes Herz und der plötzliche Schweiß auf meinen Handflächen waren Beweis genug dafür, dass sich mein Verdacht bestätigen würde.

Damian stand neben Jason, in der einen Hand eine Zigarette, in der anderen Hand das dazu passende Feuerzeug. Seine Haare sahen aus, als wäre er in einen Sturm geraten, und auch seine Augen wirkten dunkler als sonst. Unterstrichen wurden sie durch die roten Ränder rund um seine Lider.

»Mann, das ist der Schulhof. Bereite uns nicht schon wieder Ärger.« Jason nahm Damians gerade entzündete Zigarette zwischen zwei Finger und trat sie gleich darauf auf dem Boden aus.

»Und wenn schon«, zischte Damian und fuhr sich mit einer abrupten Bewegung durch sein wirres Haar. Einen Moment lang streifte sein Blick meinen. Gleichzeitig entfernte er sich wieder von uns. Seine Schuhe schlurften laut über den Asphalt, und ich hörte ihn fluchen.

Jason lehnte sich zu Lexi. Wären die beiden offiziell ein Paar gewesen, hätte ich geschworen, er wollte sie küssen.

»Ich muss wohl mal hinter ihm her. Kein guter Tag«, seufzte er. Im nächsten Moment verschwand auch er zwischen der Menge an Schülern.

»Kein guter Tag für Damian Winston? Ist das etwas Neues?« Elliot imitierte ein gelangweiltes Gähnen.

»Vermutlich ist wieder eine seiner Ex-Freundinnen zum Stalker mutiert«, kicherte Lexi.

»Oder Mrs. Mansberry hat ihn in Chemie durchfallen lassen«, tippte Elliot.

Die beiden philosophierten weiter darüber, weshalb Damian so niedergeschlagen gewesen sein könnte, während ich schweigend daneben stand und mir jeden Kommentar verkniff. Ich wusste genau, was ihn so aus dem Konzept gebracht hatte. Ich. Besser gesagt – das Projekt über mich, das seine letzte Chance sein sollte, um in der Poesietherapie bleiben zu dürfen.

»Jetzt aber mal Schluss mit deinem unauffälligen Ablenkungsmanöver, wer ist der Typ?«, hakte Lexi unerbittlich nach.

»Wer?«, fragte Elliot verwirrt.

Sie seufzte und schlug mit einer Hand auf die Hosentasche, in der sich sein Handy verbarg. »Der Typ, der dich ständig zum Lachen bringt.«

Elliot verzog nachdenklich die Lippen. Einen Moment lang wirkte er unentschlossen.

»Wir treffen uns heute. Ich werde euch nichts erzählen, bevor ich mir nicht sicher bin, ob er Interesse hat.«

Lexi hatte beim zweiten Teil seiner Aussage längst aufgehört zuzuhören. Sie quiekte aufgeregt und fächerte sich Luft zu, als hätte Elliot ihr gerade einen Heiratsantrag gemacht.

»Ich bin so stolz auf dich.« Sie seufzte zufrieden und schlang ihre Arme um Elliots Hals. »So, so stolz auf dich, Elly.«

Elliot klopfte Lexi mehrfach gezwungenermaßen auf den Rücken, ehe er langsam versuchte, sich aus Lexis festem Griff zurückzuziehen. Sein Blick traf meinen, und für einen Augenblick verzog er seinen Mund zu einem Grinsen. »Sicher, dass du mit der da befreundet sein willst?« Seine Stimme klang gepresst, als würde Lexi ihm jede Luft abdrücken.

Ich begann zu lachen. »Absolut.«

Am Nachmittag war ich allein zu Hause. Dad hatte sich am Montag bereits auf den Weg nach Seattle gemacht, und Grace hatte von ihrer Kollegin eine Schicht im Plattenladen übernommen. Keinerlei Ablenkung, keinerlei Beschäftigung.

Meine nötigen Schulaufgaben erledigte ich in knapp einer Stunde, danach legte ich mich aufs Sofa und zappte durch das Nachmittagsprogramm im Fernsehen. Doch als ich nur auf Reality-TV-Shows traf, schaltete ich den Fernseher wieder aus und kramte meine Kopfhörer aus der Jackentasche.

Die Sonne schien und lud nur dazu ein, Greywood zu erkunden. Also steckte ich den Haustürschlüssel ein und machte mich auf den Weg Richtung Stadtrand.

Heute war Mittwoch und Markttag, weswegen die kleinen engen Gassen mit vielen Menschen gefüllt waren. Ich bog in jede kleine Seitenstraße ein, die ich finden konnte und erhoffte mir, irgendwann einen Weg ins

Grüne zu finden. Die Landschaft hier war schön, das hatte ich auf der Autofahrt zu meinem neuen Zuhause bereits wahrgenommen, allerdings hatte ich keine Ahnung, wie ich die Wanderwege und Wälder finden sollte. Zwischendurch warf ich einen Blick auf Google Maps, jedoch verwirrten mich die eingezeichneten Wege mehr, als dass sie mir halfen. Nach zwanzig Minuten hilflosen Herumirrens landete ich in einem noblen Wohngebiet. Die Häuser in dieser Straße waren allesamt hinter hohen Hecken versteckt, allerdings bemerkte ich schon an den Toren und den Dachterrassen, dass hier die wohlhabenden Familien Greywoods lebten.

Ich warf einen weiteren Blick auf die Karte, doch ich merkte schnell, dass ich wieder einmal falsch abgebogen war. Seufzend drehte ich die Lautstärke meiner Musik weiter auf. Dann spazierte ich eben ein bisschen durch Greywoods Elite-Viertel. Sollte mir recht sein.

Mittlerweile ersetzte Musik das Gefühl, das bis vor zwei Jahren nur das Schreiben in mir auslösen konnte. So gelang es mir, mich vollkommen wegzuträumen und mich den Geschichten der Songs hinzugeben. Ab und an erwischte ich mich selbst dabei, wie ich mit den Händen das Schlagzeug nachahmte oder ohne es zu merken den Text mitsang. Normalerweise blieb ich in diesen Momenten von Zuschauern verschont. Aber als ich mich heute peinlich berührt zu allen Seiten umblickte, bemerkte ich schnell, dass mich jemand bei meiner Tanzeinlage beobachtet hatte. Dieser Jemand stand direkt hinter mir, die Hände tief in den Hosentaschen vergraben und mit einer Zigarette in seinem Mundwinkel.

Damian Winston wirkte immer noch so aufgebracht wie heute in der Schule. Seine Haare standen ihm zu allen Seiten ab, und sein Hemd war an einer Stelle falsch zugeknöpft.

»Nette Tanzeinlage« sagte er mit einem spöttischen Lachen, das ihm fast seine Zigarette gekostet hätte.

»Sag mal, bist du mir gefolgt?«, fragte ich, bevor mein Blick zu der Kamera wanderte, die an einem Band um Damians Hals hing. »Und hast mich dabei auch noch fotografiert?«

Er nahm sich die Zigarette aus dem Mund und pustete eine kleine Rauchwolke in die Luft. Langsam kam er ein paar Schritte auf mich zu. »Also, erstens bin ich dir nicht gefolgt, und zweitens …« Er machte direkt neben mir halt und nahm die Kamera in eine Hand. Einen Moment lang drückte er auf ihren Knöpfen herum, bis er mir den Bildschirm vorhielt und die letzten Fotos in der Galerie durchging. Es waren Fotos von Wäldern, von Tieren, Blumen. Dem Datum nach zu urteilen vor zwei Tagen geschossen. »Ich habe an einem Projekt gearbeitet, als ich dich gesehen habe.«

»Du hast mich gesehen?«

Er hing sich die Kamera zurück um seinen Hals. »Jep. Ich wohne dort.« Er deutete auf ein Haus, das so wie alle anderen hinter einer hohen Hecke versteckt lag. Das Tor zur Einfahrt war allerdings geöffnet und entblößte einen Blick auf einen riesigen Garten, in dem ich ein kleines Spieleparadies entdeckte. Schaukel, Klettergerüst, Rutsche. Gleich daneben ein Pool.

Ich seufzte. War ja klar, dass Damian aus genau einer solchen Familie kommen musste.

»Und was willst du *jetzt* von mir?« Ich versuchte, meine Frage so ruhig wie möglich klingen zu lassen, was mir jedoch nur mäßig gut gelang.

Er zuckte lässig mit den Schultern und nahm einen weiteren Zug aus seiner Zigarette. »Na ja, wir sollen doch Zeit miteinander verbringen, also dachte ich …« Er ließ seine Worte verhallen. Ich neigte fragend den Kopf, worauf er tief durchatmete und weiterredete: »Hör zu, wir wissen doch beide, dass dieses Projekt Schwachsinn ist. Deswegen dachte ich, du erzählst mir, was ich wissen muss, um Richard zufriedenzustellen, und die Sache ist beendet.«

Mein Mund klappte auf. »Du meinst, ich soll dir hier mal eben auf dem Bürgersteig alles über mein Leben erzählen?«

»Na ja … Ja, so in etwa hatte ich mir das vorgestellt.«

Ich suchte in seinem Gesicht nach Anzeichen, dass er spaßte, doch traurigerweise war da nichts. Er meinte es wirklich ernst. Augenblicklich verschränkte ich die Arme vor der Brust und blickte aus schmalen Augen zu ihm auf. Gedanklich bereitete ich mich darauf vor, ihn hier und jetzt für diesen unglaublich dummen Plan zur Schnecke zu machen, aber dafür fehlten mir die Worte. Also machte ich auf dem Absatz kehrt, steckte mir die Kopfhörer zurück in die Ohren und lief weiter.

Er hastete mir hinterher, und es dauerte keine drei Sekunden, bis er mich eingeholt hatte.

»Komm schon, zehn Minuten, und ich bin mit dem Projekt durch«, rief er mir hinterher. Dummerweise hatte ich es nicht schnell genug geschafft, die Musik einzuschalten, um seine Worte zu überhören. Wie angewurzelt blieb ich stehen und versuchte, meine Beine in ihrem Bewegungsdrang zu beruhigen. »Zehn Minuten? Ich soll dir alles über mich erzählen, in zehn Minuten?! Ich kenne dich doch gar nicht!« Sprachlos schüttelte ich den Kopf. »Und schönen Dank auch, dass du denkst, meine Lebensgeschichte wäre so unspektakulär, dass sie in wenige Minuten passt.« Wie sehr wünschte ich, dass dem tatsächlich so wäre.

»Komm schon, Skyler, dann haben wir es beide hinter uns.« Er hob hilflos die Arme und gab mir augenblicklich das Gefühl, als wäre es das Normalste der Welt, was er da von mir verlangte.

»Ich rede einfach nicht gern über meine Gedanken und Gefühle. Erst recht nicht, nachdem du mich gestern vor allen anderen bloßgestellt hast.« Wieder drehte ich mich um und lief ein Stück weiter. Wieder holte er mich ein, doch diesmal blieb ich nicht stehen.

»Okay, gestern hatte ich einen scheiß Tag. Das war nicht cool von mir«, sagte er. »Aber was denkst du von mir? Dass ich Flugblätter in der Schule verteile, auf denen deine Gedanken abgedruckt sind?«

Seine Worte brachten alles in mir dazu, sich zu verkrampfen. Ich wusste, dass er seine Worte nicht provozierend meinte. Er hatte keine Ahnung, was diese Jungs mir vor zwei Jahren angetan hatten und wie wenig ich deswegen anderen Menschen vertraute. »Du hast gar keine Ahnung!«, rief ich und erhöhte mein Tempo.

»Dann klär mich auf!«, schrie er zurück. Er musste nicht noch zwischen seinen Worten nach Luft schnappen so wie ich, damit ich nicht ohnmächtig wurde. Noch ein weiterer Umstand, der meine Wut steigerte.

»Weißt du was, Damian Winston?« Jetzt blieb ich doch stehen, und das so abrupt, dass er gegen mich stieß. Langsam drehte ich mich zu ihm um, sodass ich den Kopf in den Nacken legen musste, um ihm in die Augen sehen zu können. »Ich werde dir nichts erzählen. Für dich mag es vielleicht nichts bedeuten, über deine Vergangenheit zu reden, aber ich kann das nicht so einfach. Wenn du dir als Ziel gesetzt hast, jede noch so kleine Information über mich in zehn Minuten herauszubekommen, kannst du dich verziehen!«

Sein Blick ruhte auf mir. Ruhig, beinahe zu ruhig. Dann blinzelte er mehrfach und schüttelte ungläubig den Kopf.

»Skyler, komm schon.« Seine Worte klangen flehend.

Da lag so viel auf meiner Zunge. So viel Wut. Aber anstatt all das herauszulassen, sagte ich nur: »Ich vertraue dir nicht«. Ich musste an Richards Worte denken.

*Mach es ihm bloß nicht zu leicht.*

Das würde ich nicht. Entschlossen ballte ich meine Hände zu Fäusten und ließ Damian stehen. Diesmal folgte er mir nicht, dafür konnte ich seinen Blick auf meinem Rücken kribbeln spüren, bis ich in die nächste Straße einbog.

Laut ließ ich meine Zimmertür hinter mir ins Schloss fallen. So erschöpft wie an diesem Tag war ich seit Langem nicht mehr gewesen. Im Sportunterricht hatte uns unsere Lehrerin gequält, indem sie uns drei Meilen durch den Wald joggen ließ. In Englisch hatten wir einen Test über eine Lektüre geschrieben, die wir in meiner Schule gar nicht gelesen hatten, und den Einstieg in unser neues Mathethema hatte ich auch verträumt. Meine Euphorie über meinen vermeintlichen Wissensvorsprung war endgültig erloschen.

Zunächst hatte ich mich auf die breite Fensterbank im Wohnbereich gesetzt und den Regentropfen bei ihrem Wettrennen gegeneinander zugeschaut. Es regnete bereits seit zwei Stunden ununterbrochen. Die Sonne hatte sich heute kein einziges Mal blicken lassen, und das, obwohl wir bereits Juni hatten.

Als sich dann auch noch Grace' Buchclub auf unserer Couch versammelte und begann, die Beziehung von Anastasia und Christian im dritten Teil von *Fifty Shades of Grey* mit den Beziehungen zu ihren eigenen Partnern zu vergleichen, flüchtete ich mich in mein Zimmer, bevor meine Tante anfangen konnte, von ihren Nächten mit meinem Dad zu erzählen.

Ich setzte mich an die Hausaufgaben, formulierte meine Aufsätze so ausführlich wie möglich und musste am Ende enttäuscht feststellen, dass ich meine Pflichten für die Schule dennoch binnen zwei Stunden erfüllt hatte. Müde ließ ich den Kopf auf die Tischplatte fallen und sank in einen unruhigen Halbschlaf. Das wilde, charakteristische Klopfen an meiner Tür, das von meiner Tante stammte, ließ mich aufschrecken. Träge wischte ich mir durchs Gesicht und rief sie zu mir herein.

»Bitte versuch nicht, mich zu überreden, mich in eure Diskussion über Fesselspielchen einzubringen.«

Grace lachte. »Keine Sorge, das Thema ist schon durch. Nächste Woche könntest du dich zu uns setzen, da werden noch ganz andere Themen auseinandergenommen.« Sie zwinkerte mir mit einem breiten Grinsen zu. »Ein Junge ist für dich an der Tür.«

»Ach, das ist nur Elliot. Sag ihm, er soll hochkommen.« Elliot hatte mir versprochen, heute noch bei mir vorbeizuschauen, um mir bei meinen Matheproblemen zu helfen. Die nächste wichtige Prüfung stand schon in zwei Wochen an, und ich wollte es mir einfach nicht erlauben, jetzt schon meine erste schlechte Note zu kassieren.

»Okay.« Grace ging zurück in den offenen Teil unseres Lofts, um Elliot durch die Freisprechanlage mitzuteilen, dass er hochkommen konnte.

Ich zupfte an meinem Zopf herum und blickte an mir herab. Die Leggins, die ich trug, hatte schon einige lichte Stellen, und das Sweatshirt ging mir fast bis zu den Knien. Aber da ich mir bei Elliot wenig Gedanken um mein Outfit machte, beschloss ich, mich nicht extra umzuziehen, und kramte meine Notizen heraus. Mit einem Gähnen ließ ich mich auf der Fensterbank im Wohnbereich nieder. Sie war breit genug, um als perfekter Sitzplatz zu dienen, wenn man sie mit Decken und Kissen auspolsterte.

Mit müden Augen ging ich die letzten Schritte durch, um ein fieses Integral zu lösen, und begrüßte Elliot mit einem »Hey«, ohne aufzusehen.

»Ähh, hey«, begrüßte mich nicht die Stimme, mit der ich gerechnet hatte. Als ich aufsah und Damians Gesicht erblickte, das nicht mehr ganz so mitgenommen aussah wie gestern, glitten mir meine Notizen aus den Fingern und fielen zu Boden. Damian bewegte sich, bevor ich es konnte, und reichte mir die Zettel zurück.

»Du bist nicht Elliot«, sagte ich benommen.

»Offensichtlich nicht.« Seine Mundwinkel hoben sich. »Ich habe eben noch mit ihm gesprochen und soll dir ausrichten, dass er es heute nicht schafft zu kommen.« Ich konnte meinen Blick immer noch nicht von ihm abwenden. Er wirkte verändert. Das konnte entweder an dem ungewöhnlich hellen Funkeln in seinen braunen Augen liegen und dem Lächeln, das er aufgesetzt hatte, oder an der Tatsache, dass er einen Strauß Blumen neben sich gelegt hatte, als er nach meinen Zetteln gegriffen hatte. Er beugte sich herunter und nahm den Strauß in die Hand. Lilien, um genau zu sein. Eine bunte Mischung aus weißen, pinken und hellrosa Blüten leuchtete mir entgegen.

»Was soll das?«, fragte ich mit schmalen Augen.

»Ich wollte mich bei dir entschuldigen.« Sein Lächeln vertiefte sich.

»Falsch. Du willst dich bei mir einschleimen.« Ich nickte auf die Blumen in seiner rechten Hand.

Er wollte sie mir geben, aber ich nahm sie nicht an. Also legte er sie neben mir auf der Fensterbank ab.

»Ist das so offensichtlich?« Er kratzte sich am Hinterkopf.

»Na ja, du schenkst mir meine Lieblingsblumen und in deiner Jackentasche befindet sich eine Tafel Pfefferminz-Schokolade. Du musst meinen Steckbrief studiert haben.«

Er schien vollkommen überrumpelt zu sein. Verwirrt zog er die Tafel Schokolade aus seiner Tasche und legte auch sie auf der Fensterbank ab. »Läuft Entschuldigen und Schleimen nicht auf dasselbe hinaus?«

»Nein. Wenn du dich entschuldigen wolltest, würdest du dein Verhalten bereuen. Das tust du aber nicht. Du willst nur das Gleiche wie gestern. Und das bekommst du nicht.«

Er kam einen Schritt näher, sein Blick lag unverändert auf der mit Geschenken überdeckten Fensterbank, auf die er sich im nächsten Moment selbst niederließ.

»Was ist, wenn ich meine Meinung geändert habe? Wenn ich dich wirklich kennenlernen will?«

Ich wusste nicht, was mein Herz mehr aus dem Konzept brachte – seine plötzliche Nähe oder das, was er gerade gesagt hatte.

»Willst du nicht«, erwiderte ich trocken und senkte meinen Blick auf die Blumen. Sie waren wirklich schön zusammengebunden – Blumen von ganz unterschiedlichen Farbnuancen, damit der Strauß interessanter wirkte.

»Für jemanden, der selbst nicht gern verurteilt wird, bildest du dir ganz schön schnell eine Meinung.«

»Du anscheinend auch.«

»Verbring den Tag mit mir.«

Beinahe wäre ich auf ihn hereingefallen. Die Weise, wie er mich ansah, wie er seine Worte betonte, konnte jedem Mädchen weiche Knie bereiten. Er musste ganz schön Übung darin haben.

»Warum sollte ich?«

»Na ja, zunächst einmal, weil ich zum ersten Mal in meinem Leben in einem Blumenladen war, die Verkäuferin mich unaufhörlich ausgefragt hat, welchen Rosaton ich passender fände, und ich dann noch einer meiner Ex-Freundinnen …« Er ahmte mit den Fingern Gänsefüßchen nach. »... begegnet bin, die mich angeschrien hat, weil sie glaubte, ich würde den Strauß meiner neuen Freundin mitbringen. Dann bin ich in den Supermarkt gelaufen, habe ewig nach diesem ekelhaften Zeug von Schokolade gesucht und bin dann durch das ganze Viertel hier geirrt, auf der Suche nach einer Familie Thomsen, weil Elliot mir nur euren Straßennamen gesagt hat. Sind das genug Gründe?«

»Pfefferminz-Schokolade ist kein ekelhaftes Zeug. Das sagen nur Menschen, die sie noch nicht probiert haben«, entgegnete ich ihm mit dem Erstbesten, was mir einfiel, und biss mir gleich darauf auf die Zunge.

Damians Lachen veränderte sich. Es wirkte nicht mehr aufgesetzt und gespielt, sondern echt. Sogar ein kleines Grübchen auf der rechten Seite seiner Wange kam zum Vorschein.

»Na gut, ich probiere das Pfefferminz-Zeug und du gehst mit mir spazieren, einverstanden?«

Abwägend blickte ich zwischen den Blumen und der Tafel Schokolade hin und her. Das *Nein* lag mir schon auf der Zunge. Doch bevor ich es aussprechen konnte, schob Damian hinterher: »Ich kenne ein paar gute Wanderwege. Dann musst du nicht mehr durch meine Straße spazieren.« Ich blickte zu ihm hoch und nahm sein schräges Grinsen wahr.

»Haha«, murmelte ich, konnte allerdings nicht anders, als ebenfalls zu grinsen.

Meine Neugier auf die Natur um uns herum besiegte meine letzten Zweifel. Damian lebte hier und kannte sich bestens aus. Er wusste, welche Runden ich laufen konnte, ohne mich zu verirren. Ich musste ihm nichts über mich erzählen, wenn ich das nicht wollte, aber ein bisschen spazieren? Frische Luft würde mir definitiv nicht schaden.

»Okay«, sagte ich leise und hielt ihm die Schokolade hin.

Wie versprochen öffnete er die Verpackung und brach ein kleines Stück ab. Die Pfefferminz-Füllung quoll aus der dunklen Schokolade heraus, was Damian mit gerümpfter Nase begutachtete. Es war durchaus amüsant, ihm dabei zuzusehen, wie er die Süßigkeit von allen Seiten inspizierte, ehe er sie sich zwischen die Zähne schob. Er kaute, kaute und verzog sein Gesicht.

»Nein, ich hatte ganz und gar nicht unrecht«, presste er heraus und räusperte sich, als hätte ich ihn dazu genötigt, Seife zu essen.

Ich wandte meinen Blick in Richtung Fenster, damit er mein Grinsen nicht bemerkte, und entdeckte, dass sich die ersten Sonnenstrahlen zwischen den dunklen Wolken hervorkämpften. Es hatte aufgehört zu regnen, und ich nahm das als Zeichen, mir einen Ruck zu geben.

»Na gut, du hast es über dich gebracht. Mir bleibt wohl keine andere Wahl.« Ich zuckte möglichst gleichgültig mit den Schultern, rutschte vom Fenstersims und lief Damian voraus zur Tür. Während ich nach meinem Hausschlüssel kramte, folgte er mir mit einem zufriedenen Lächeln im Gesicht. Plötzlich war ich mir nicht mehr so sicher, ob dieser Spaziergang eine gute Idee war.

»Als du sagtest, du würdest mir ein paar Wege zeigen, dachte ich nicht daran, dass wir Berge erklimmen wollten«, keuchte ich und stützte mich auf meinen Oberschenkeln ab.

»Ich bin hier schon so oft mit meiner kleinen Schwester hochgelaufen. Wenn sie das mit ihren sieben Jahren schafft, dann sicher auch du«, erwiderte Damian mit einem Lachen. Lässig schob er sich die Hände in die Taschen seiner Collegejacke. Ihm schienen die Höhenmeter, die wir gerade überwanden, überhaupt nichts auszumachen. Was vermutlich daran lag, dass er im Football-Team unserer Schule spielte und meine Lieblingssportart … nun ja, noch nicht erfunden worden war.

»Du hast eine Schwester?« Schlagartig erinnerte ich mich an den kurzen Anblick der Spielgeräte im Vorgarten der Winstons. Und damit beantwortete sich meine Frage auch schon fast von selbst.

»Sonst hätte ich das nicht gesagt, oder?« Damian drehte sich mit einem Schmunzeln zu mir um. »Sie heißt Abby.«

Für die letzten Meter des Hügels kratzte ich meine letzte Ausdauer zusammen und machte erst Halt, als wir auf einen Feldweg stießen, der offensichtlich in einen Fichtenwald führte.

»Hast *du* Geschwister?«, fragte Damian und musterte mich dabei, wie ich mir die Jeansjacke um die Hüften band und die Ärmel meines Sweatshirts hochschob. Da es eben noch geregnet hatte, klebte die schwüle Luft auf meiner Haut.

»Ich habe einen Bruder«, antwortete ich und setzte

mich langsam wieder in Bewegung. »Er ist dreiundzwanzig.«

»Und, kommt ihr klar?«

»Meistens«, presste ich heraus und verschwieg dabei, dass ich das letzte Mal mit meinem Bruder gesprochen hatte, als Mom und ich ihn überredet hatten, sich stationär behandeln zu lassen. Als er dann irgendwann zugestimmt hatte, weil er wusste, dass wir damit keine Ruhe geben würden, hatte er aufgehört, mit mir zu reden. Er strafte mich für meine Sorge mit purer Ignoranz.

Während ich versuchte, die Gedanken an meinen großen Bruder abzuschütteln, machte Damian vor einem Feld Halt. Er nahm den Rucksack von seinen Schultern, öffnete ihn und zog eine Kamera hervor, dessen Band er sich um den Hals hing, und schaltete sie ein. Er war so fokussiert auf die richtige Einstellung seiner Kamera, dass er meinen fragenden Blick gar nicht wahrnahm.

Dann richtete er das Objektiv auf ein Gestrüpp aus Gebüsch, Unkraut und verwelkten Blumen und drückte auf den Auslöser.

»So etwas findest du schön?« Ich betrachtete seine Arbeit mit gerunzelter Stirn. Er fotografierte sein Motiv von mehreren Seiten, ging extra vor und zurück, um es richtig einzufangen.

»Muss denn alles schön sein, um festgehalten zu werden?«, sagte er irgendwann, als er mit seiner Arbeit fertig war und sich das Band der Kamera wieder um den Hals hing.

»Wow. So etwas Tiefgründiges hätte ich nicht von dir erwartet.« Ich konnte mein Lachen nicht unterdrücken. So viel Ernsthaftigkeit passte gar nicht zu ihm. Überraschenderweise fiel er in mein Gelächter mit ein.

»Spielen wir ein Spiel«, sagte er und setzte sich langsam wieder in Bewegung. »Du beantwortest mir drei Fragen.«

»Das ist kein Spiel, wenn du es nur allein spielen darfst.«

»Du bekommst eine Gegenleistung.«

»Eine Gegenleistung?«

»Alles, was du willst.« Er drehte sich mit einem verstohlenen Grinsen zu mir um und hob eine Augenbraue.

»Du löschst die Fotos von Lexi, und ich beantworte dir eine Frage.«

»*Eine* Frage? Drei.«

»Zwei.« Ich hob den Zeigefinger, um ihm zu signalisieren, dass ich nicht weiter verhandeln würde.

»Okay.« Er kratzte sich seufzend am Hinterkopf und ließ mich aufholen.

»Warum verlangst du ausgerechnet das als Gegenleistung?«

»Weil Lexi meine Freundin ist und sie es nicht verdient, dass du solche Fotos von ihr auf deinem Handy hast. Und das war Frage Nummer Eins.«

»Shit«, murmelte Damian kaum hörbar, »du bist clever.«

Meine Mundwinkel hoben sich unwillkürlich. Irgendwie lief dieser Spaziergang mit Damian besser ab, als ich es erwartet hatte. Das dachte ich zumindest, bis er zu seiner Frage ausholte: »Warum gehst du zur Poesietherapie?«

Mein Mund wurde mit einem Mal staubtrocken.

»Mein Dad hat mich gezwungen.« Das war zumindest die halbe Wahrheit.

»Aber das muss doch Gründe haben. Wir alle sind wegen irgendwelcher Probleme dort«, entgegnete er genervt, da ihm meine Antwort wohl nicht genügte.

»Was ist denn *dein* Problem?«

»Gegenfragen zählen nicht.« Er fuhr mit der Hand durch die Sträucher rechts von ihm und pflückte einige Blüten ab, um sie im nächsten Moment wieder auf dem Boden zu verstreuen.

Unsicher zuckte ich mit den Schultern. Damian von meinen Begegnungen mit Matt zu erzählen, stand gar nicht zur Debatte. Genauso wenig wie die Tagebücher, die erst dazu geführt hatten, dass ich überhaupt nach Greywood gezogen war.

»Du hattest deine Antwort. Mehr bin ich dir nicht schuldig.«

»Dann lass mich dich etwas anderes fragen: Warum schreibst du nicht mehr?«

»Wer sagt, dass ich nicht mehr schreibe?«, entgegnete ich so ahnungslos wie möglich, damit er nicht mitbekam, wie ertappt ich mich fühlte. Wir bogen in einen weiteren Weg ein, der in ein ausgedehntes Waldstück führte. Die Sonne versteckte sich hinter den hohen Fichten und warf Schatten auf meinen erhitzten Kopf.

»Ich habe deinen Steckbrief gelesen. Das Wort Schreiben unter deinen Hobbys war durchgestrichen.«

»Ich mag es einfach nicht mehr, meine Gefühle auf einem Blatt Papier preiszugeben.«

»Aber du bist in einer Poesietherapie.«

»Wie gesagt: nicht meine Idee«, erwiderte ich trotzig und musste schlagartig wieder an den Streit mit meinem Dad denken.

Wir wanderten eine kurze Strecke durch den Wald und erreichten schließlich eine Lichtung. Die Sonne stand tief und erhellte den Himmel in einem gedämpften Orangerot, das von Kondensstreifen durchzogen war.

Meine Augen wollten sich gar nicht mehr von diesem Anblick lösen.

Erst das laute Geräusch von Damians Kamera ließ mich wieder Regung zeigen. Er machte mehrere Fotos hintereinander, wieder aus unterschiedlichen Perspektiven. Ich fragte mich, ob irgendein technisches Gerät überhaupt in der Lage war, diesen Anblick in seiner Schönheit festzuhalten.

Nachdem er die Kamera wieder verstaut hatte, ließ er sich auf einem flachen Fels nieder.

»Bist du oft hier?«, fragte ich vorsichtig und setzte mich an die andere Ecke des Felsens.

»Immer wenn Richard uns wieder eine seiner dämlichen Aufgaben aufdrückt. Hier kann ich nachdenken.«

Mit dieser Natur um uns herum, den verschiedenen Gerüchen, den zwitschernden Vögeln und den leuchtenden Farben war das wirklich kein Wunder.

»Ich dachte, du machst die Aufgaben nicht.«

»Falsch gedacht.«

»Das heißt, du hattest auch einen Steckbrief?«, fragte ich leicht verärgert. Wobei ich genau wusste, dass ich ihm meinen auch nicht gegeben hätte, wenn ich die Chance gehabt hätte, ihn rechtzeitig zu verstecken.

»Ich zeige Menschen nicht gerne, was genau ich aufschreibe. Das ist einfach zu privat.«

Ich presste meine Lippen aufeinander und ließ meine Zustimmung mit den Vögeln über unseren Köpfen davonziehen.

Ein Schmetterling flog seine Linien direkt vor uns und landete auf meinem Oberschenkel. Ich betrachtete ihn. Er war gelb mit einem leichten Orangestich. Bevor ich ihn mir weiter ansehen konnte, flatterte er davon.

Damian kramte in seinem Rucksack nach etwas, das sich als Notizbuch entpuppte. Er riss einen Zettel heraus, kramte in seiner Jackentasche und förderte einen Stift zutage. Er gab mir beides und stand dann von seinem Platz auf.

»Was soll das?« Panik durchflutete meine Stimme. Ich musste mich anhören, als würde ich gleich hyperventilieren.

»Na, was wohl? Ich gebe dir Zeit zu schreiben.«

»Ich brauche keine Zeit, um zu schreiben«, presste ich heraus. Zeit hatte ich genug. Nur fehlte mir die nötige Überwindung.

»Ich weiß, dass du denkst, du bräuchtest das Schreiben nicht. Aber tief im Innern willst du es doch. Ansonsten hättest du *Schreiben* nie als dein Hobby bezeichnet.« Er blickte zu mir herüber und sah mich auf eine Art und Weise an, als wüsste er genau, dass ich mich selbst von etwas abhielt, das ich eigentlich liebte. Und damit traf er vollkommen ins Schwarze.

Ich öffnete meinen Mund. Allerdings fiel mir absolut nichts ein, was ich auf seine Worte hin sagen könnte. Also beobachtete ich sprachlos, wie Damian sich nur wenige Meter von mir entfernte und mit dem Rücken an einen Baum lehnte.

»Du musst nicht«, sagte er und zog aus seinem Rucksack eine Zigarettenschachtel samt Feuerzeug hervor. »Aber ich bin mir sicher, dass du willst.«

Daraufhin widmete sich Damian seiner Zigarette und drückte mit der freien Hand auf den Knöpfen seiner Kamera herum. Ich beobachtete ihn ein paar Augenblicke lang, während ich davon ausging, dass er mir weitere Argumente vorsetzen würde, warum ich wieder schreiben sollte. Aber er sah gar nicht erst von seiner Kamera auf. Ich blickte auf das leere Blatt in meiner Hand. Die Finger, mit denen ich automatisch nach dem Stift gegriffen hatte, zitterten unruhig. Aber diesmal nicht vor Angst. Nein. Sie konnten es gar nicht abwarten, dieses Blatt mit Worten zu füllen. Wäre da nicht mein Kopf gewesen, der mich wieder und wieder ermahnte, meine Gefühle nicht mehr in dieser Form auszudrücken, hätte mich nichts mehr davon abhalten können.

Ich schloss die Augen und hielt mein Gesicht den Sonnenstrahlen entgegen. Vor meinen Lidern tanzten bunte Farben, als erschufen sie ein eigenes Kunstwerk. Und als ich die Augen wieder öffnete und Damians Blick begegnete, sah ich in ihm so viel von Matt, dass ich gar nicht anders konnte, als meinen Stift anzusetzen und zu schreiben zu beginnen. Selbst wenn ich das Papier zu Hause verbrannte, zerriss, was auch immer. Dieser Moment war wie dafür gemacht, meine Gefühle endlich wieder herausfließen zu lassen. Und diese Worte widmete ich nur ihm.

Der Stift fuhr über die blanke Seite, als hätte er ein Eigenleben entwickelt. Ich musste gar nicht nachdenken, was ich niederschrieb. Es war, als würden sich die

Worte bereits in meinen Fingern befinden. Als wären sie immer da gewesen, hinter den Mauern meiner Angst, die ich jetzt zum ersten Mal seit Ewigkeiten niederriss.

Als ich das letzte Wort hinterlassen hatte, blickte ich auf. Ich holte tief Luft, als hätte ich während des Schreibens vollkommen vergessen zu atmen. Und dann las ich, was ich geschrieben hatte:

*Sterne sind nicht mehr*
*als ein paar selbstleuchtende Himmelskörper.*
*Niemand hat sie je berührt,*
*niemand hat sie je gespürt,*
*niemand hat je nach ihnen greifen können.*

*Und doch dienen sie als Wunschgedanke,*
*sind die Vertrauten von Verirrten,*
*die sie auf dem Weg begleiten.*
*Niemand hat je einen Stern in den Händen gehalten,*
*aber wir sehen sie jeden Abend,*
*unter klarem Himmel,*
*alle dieselben.*

*Doch du,*
*mein Wegbegleiter,*
*mein engster Vertrauter,*
*du sollst nicht existieren.*
*Niemand hat dich je berührt,*
*niemand hat dich je gespürt,*
*niemand hat je nach dir greifen können.*
*Deshalb leuchtest du, als mein Stern, für immer nur an meinem eigenen Horizont.*

Ein zufriedenes Lächeln umspielte meine Mundwinkel. Wann hatte ich mich das letzte Mal so befreit gefühlt? Und das nur, weil Damian mir in Erinnerung gerufen hatte, wie sehr ich mich eigentlich nach diesem Gefühl gesehnt hatte.

Vorsichtig drehte ich mich zu ihm um. Hätte nicht dieser Geruch von Nikotin in der Luft gelegen, hätte ich schwören können, er wäre nicht mehr da gewesen, so ruhig, wie er die letzten Minuten gewesen war. Doch er lehnte immer noch in seiner vorherigen Position am Baum, während er mich mit einem leichten Lächeln beobachtete. Hatte er das etwa die ganze Zeit über getan? Wenn ja, war es mir definitiv nicht aufgefallen. Doch er wirkte nicht ertappt, als er, ohne den Blick von mir abzuwenden, zurück zum Felsen kam und sich neben mir niederließ.

»Ich habe noch nie jemanden gesehen, der sich so von einem einzigen Blatt Papier hypnotisieren lassen kann«, sagte er, ohne auf die Worte zu sehen, die ich geschrieben hatte. Aber bevor das doch noch geschehen würde, faltete ich das Papier zusammen und steckte es in die Brusttasche meiner Jeansjacke.

»Hat es sich gut angefühlt?«, fragte er, als ich nichts auf seine Worte erwiderte.

Ich nickte, vollkommen fassungslos, dass jemand wie Damian Winston mich dazu bringen konnte, wieder zu schreiben.

»Gut«, murmelte er und erhob sich, »dann können wir ja zurück.«

Ich brauchte diesmal nur wenige Augenblicke, bis ich es schaffte, ihm zu folgen.

Während wir zurück in die Stadt liefen, fragte mich

Damian nichts weiter über meine Vergangenheit. Wir liefen schweigend nebeneinander her, während die Sonne langsam hinter den Bäumen verschwand und dennoch eine Wärme in mir hinterließ, die ich seit Ewigkeiten nicht mehr gespürt hatte.

»Gott, Skyler, da bist du endlich!«, rief Lexi, als sie mich auf der Treppe in der Cafeteria entdeckte.

»Ich wusste nicht, dass du mich so vermisst hast«, begrüßte ich sie neckend und ließ mich auf der rotgepolsterten Sitzbank direkt neben Elliot nieder.

»Elliot hat uns was zu sagen, und wir mussten warten, bis alle da sind«, klärte mich Emily auf, worauf Elliot seinen Mund zu einem breiten Grinsen verzog.

»Jetzt seht mich nicht so an, ich werde nicht nach Indien auswandern oder so etwas.«

Elliot verschränkte die Hände hinter seinem Nacken. Lexi zischte genervt.

»Nun mach es nicht so spannend«, sagte nun auch Maya.

»Na gut, also … ich habe mich die letzten zwei Tage mit diesem Jungen getroffen und … ich denke, da ist etwas zwischen uns.«

Eine Sekunde schwiegen wir alle, dann fiel Lexi Elliot begeistert um den Hals, während wir anderen drei erfreut lachten.

»Moment, Moment.« Elliot hob die Hände, worauf wir für einen Moment verstummten. »Ich hoffe, ihr habt heute noch nichts vor, denn ich würde euch gerne zum Essen einladen. Mit ihm zusammen.«

Nun war jeder Rückhalt verschwunden. Wir kreischten so laut, dass sich fast die Hälfte unserer Mitschüler mit genervten, verwirrten oder auch neugierigen Blicken zu uns umdrehte.

»Oh Elly, ich freue mich so für dich«, quietschte Lexi.

»Freut euch nicht zu früh, vielleicht gefällt er euch gar nicht.«

»Wenn du ihn toll findest, werden wir es auch tun«, versicherte Emily euphorisch.

Den Schultag verbrachten Lexi und ich ausschließlich damit, uns Elliots Date vorzustellen. Wir erträumten uns einen gebräunten Italiener mit pechschwarzen Locken und einem Akzent, der jedes andere Lebewesen verrückt machen könnte. Als wir nach unserer letzten Stunde gemeinsam in dem kleinen Restaurant direkt neben dem Hauptbahnhof saßen und auf Elliot warteten, der seine Bekanntschaft abholen wollte, hielten wir es vor Aufregung kaum noch aus. Alle redeten durcheinander und warfen immer wieder flüchtige Blicke in Richtung der Tür, in der Hoffnung, sie würden endlich eintreten.

Ich war gerade dabei, mir bei der jungen Kellnerin eine Cola zu bestellen, da hörte ich Emily leise neben mir fiepen. »Sie kommen.«

Während die anderen sich wahnsinnig Mühe gaben, ihre Vorfreude nicht zu deutlich zu äußern, kramte ich in meiner Jackentasche nach meinem Kleingeld.

»Hey, Elly«, quietschte Lexi freudig. Ich hörte Stühle rücken und verstaute das restliche Geld wieder in meiner Tasche, ehe nun auch ich mich Elliot und seinem Freund zuwandte.

Während die anderen aufstanden und den Jungen begrüßten, blieb ich wie angewurzelt auf meinem Platz sitzen und starrte gebannt in diese vertrauten hellblauen Augen. Auf der Stelle wurde mir schlecht. Am liebsten wäre ich rausgerannt, hätte ich nicht im nächsten Moment Elliots leuchtende Augen gesehen, wie sie sich einzig und allein auf Aaron richteten.

»Sky, ich glaube, du kennst Aaron schon.«

Aarons Lächeln vertiefte sich, und er hob kurz seine rechte Hand, um mich zu grüßen. »Hey, Sky.«

Jeder meiner Muskeln spannte sich unter seinem Blick, und nichts in der Welt hätte mich dazu bringen können, ihn zurückzugrüßen. Stattdessen klammerte ich meine klammen Finger um das kühle Cola-Glas und presste ein mehr als unnatürliches Lächeln heraus.

Die anderen schienen kaum zu bemerken, wie still ich in Aarons Umgebung geworden war. Sie löcherten ihn mit unzähligen Fragen, lachten pausenlos und hatten ihn scheinbar schon nach zehn Minuten ins Herz geschlossen. Lediglich Elliot warf mir gelegentlich einen abschätzenden Blick zu.

Ich bestellte das Erstbeste auf der Karte – Tomaten mit Mozzarella – und kaute mein Essen, ohne etwas zu schmecken. Meine Zunge war betäubt. Ich hatte sowohl die Fähigkeit zu sprechen verloren als auch meinen Geschmackssinn.

Die Stunde, die wir zum Essen verabredet waren, zog sich wie Kaugummi. Als die anderen noch auf die glorreiche Idee kamen, zusammen ins Kino zu gehen, kramte ich die erstbeste Ausrede heraus, die ich finden konnte, wonach ich Grace beim Kochen helfen müsse.

Sie kauften mir den Schwindel ab, auch wenn ich die schlechteste Lügnerin der Weltgeschichte war.

Ich wartete, bis ich zu Hause war und niemand mich mehr sehen konnte, ehe ich in Tränen ausbrach. Da weder mein Vater noch Grace zu Hause waren, schluchzte ich mit mir selber um die Wette, bis ich wieder in der Lage war, einen klaren Gedanken zu fassen.

Elliot hatte sich in Aaron verliebt.

Keine große Sache.

Bis auf die Tatsache, dass Aaron nur ein falsches Wort über mich verlieren müsste und ich auch hier wieder zum Einzelgänger werden würde.

*Skyler Thomsen ist verrückt. Skyler Thomsen gehört in eine Anstalt.* Wie oft hatte ich diese Schriftzüge an meinem Spind kleben sehen? Sie hatten immer neue Gerüchte über mich erfunden. Aaron hatte stets stumm daneben gestanden, wenn mich wieder einmal jemand beleidigt hatte, aber er hatte mich auch nie verteidigt. Und schließlich war er der Auslöser für die schlimmsten zwei Jahre meines Lebens gewesen. Er war der Schmetterling, der meinen persönlichen Hurrikan ausgelöst hatte.

Es dämmerte bereits, als ich es endlich schaffte, aufzustehen, und ich begann, in unserem Wohnzimmer auf und ab zu laufen. Ich überlegte, ob ich Essen bestellen sollte, ließ es aber bleiben. Ich würde sowieso nichts herunterbekommen.

Ich zappte die Fernsehsender durch und blieb an einer Quizshow hängen. Diese kannte ich noch nicht, und ich musste erst einmal begreifen, wie genau die Sendung aufgebaut war.

Auch wenn mich die Fragen beinahe langweilten,

lenkte mich die Show doch immerhin für knappe zwei Stunden ab. Ich verbot mir, daran zu denken, was für tolle Momente meine neuen Freunde gerade mit dem Menschen erlebten, der mein Leben ruiniert hatte, und fokussierte mich stattdessen auf das Gejubel der Spieler, die gerade zweitausend Dollar gewonnen hatten.

Das Display meines Handys leuchtete auf und zog meine Aufmerksamkeit auf sich. Eine Nachricht von einer unbekannten Nummer:

> Komm bitte nach draußen, ich muss mir dir reden. Aaron.

Ich musste schlucken. Aaron Williams stand also wirklich vor meiner Haustür.

Meine Beine zitterten mit einem Mal so sehr, dass ich kaum aufstehen konnte. In den Minuten, die ich damit verbrachte, meinen Herzschlag zu beruhigen, flog eine weitere Nachricht auf mein Handydisplay:

> Ich gehe nicht, bevor wir nicht geredet haben.

Das hatte ich mir fast schon gedacht. Und eigentlich war der Gedanke, ihn einfach draußen stehen zu lassen, wahnsinnig verlockend. Doch wenn Grace später nach Hause kommen und ihn vor unserer Haustür entdecken sollte, würde es nicht lange dauern, bis auch mein Dad zurück wäre und Aaron mit einem Tritt wieder nach Denville verfrachten würde. Und so wenig ich Aaron auch leiden konnte: Es genügte, wenn dieses Problem nur zwischen uns beiden stand.

Ich torkelte zur Haustür und musste mich am Geländer festhalten, um nicht zu stürzen. Meine Handflächen waren so schwitzig, dass sie abrutschten.

Es dauerte eine Ewigkeit, bis ich im Erdgeschoss angekommen war und die letzte verbliebene Tür aufstieß, die mich von Aaron trennte. Einen letzten Augenblick lang zog ich in Erwägung, einfach umzudrehen und wieder hochzulaufen, doch ich schüttelte über diesen Gedanken den Kopf, bevor ich ihn umsetzen konnte. Ich brauchte diese Erklärung. Verdammt, er sollte mir endlich verraten, warum er immer und immer wieder in meinem Leben herumspukte.

Also wagte ich den Schritt ins Freie. Sofort kroch mir der Geruch von Zigaretten in die Nase. »Hey.«

Die aschblonden Haare standen ihm zu Berge, als hätte er zu viel Gel benutzt. Er schaute mich an, als wäre ich das achte Weltwunder. Was ich vermutlich in diesem Moment auch für ihn war. Schließlich hatte ich mir geschworen, nie wieder ein Wort mit Aaron zu wechseln. Doch das war, bevor er Elliot kennengelernt hatte.

»Woher hast du meine Nummer?«, fragte ich die beiläufigste Frage, die mir in dem Moment einfiel.

»Von derselben Person, die mir auch deine Adresse verraten hat.« Elliot. Natürlich.

»Hattest du einen schönen Tag mit meinen Freunden?« Diese kleine Frage zu stellen, kostete mich eine Wahnsinnsüberwindung.

»Ich bin nicht hier, um dich neidisch zu machen.«

Die Zigarette zwischen seinen Fingern war der einzige kleine Lichtpegel, der neben einer Laterne am Anfang unserer Straße die Dämmerung erhellte.

»Ach nein?«

»Nein.«

»Ich habe nicht angefangen, mich mit Elliot zu treffen, um dich zu ärgern, Sky.« Sein Blick wurde so eindringlich, dass ich mich umdrehen musste. Weg von ihm, weg von diesen leuchtenden Augen, die mir so viel Kummer bereitet hatten.

»Ach nein?«, brachte ich erneut krächzend heraus.

»Es mag vielleicht so aussehen, aber das war nie so geplant. Als du mich an dem Abend im *Sleepless* so abgewiesen hast, war ich vollkommen fertig. Ich bin erst wahllos durch Greywood gelaufen, einfach, um irgendwie einen klaren Kopf zu bekommen. Aber das hat nicht funktioniert, also bin ich zurück ins *Sleepless* und hab mich betrunken. Irgendwann ist Elliot gekommen und hat sich zu mir gesetzt. Er hat mich gefragt, was mich so bedrücke, und wir haben geredet, eine ganze Stunde lang.«

Jetzt drehte ich mich doch wieder zu ihm um. Die Panik in meinen Augen schien er sofort zu bemerken, denn er hob beschwichtigend die Hand. »Ich habe ihm nichts von dir und mir erzählt, keine Sorge.« Er fuhr sich durch die Haare und ließ sich auf der ersten Treppenstufe unseres Hauses nieder. Auch wenn sich alles in mir dagegen sträubte, in Aarons direkter Nähe zu sein, schuldete ich es meinen wackeligen Beinen, mich ebenfalls auf eine Stufe zu setzen. Allerdings setzte ich mich demonstrativ ans andere Ende, damit ich Aaron bloß nicht zu nahe kommen würde.

»Elliot ist Wahnsinn«, redete Aaron weiter. Sein Blick veränderte sich. Aaron war verliebt. Dem Funkeln seiner Augen nach zu urteilen sogar Hals über Kopf. Wie konnte ich ihm das übel nehmen?

»Der Moment, in dem ich ihn kennengelernt habe, da …« Er schüttelte hilflos den Kopf, als wären die Worte, die er eigentlich sagen wollte, nichtig. Als würden sie Elliot nicht gerecht werden.

»Meine Eltern wissen nicht, dass ich auf Jungs stehe, weißt du. Eigentlich weiß es niemand.« Er räusperte sich. »Bis auf Logan.«

Ein scharfer Stich zog durch meine Brust, als er den Namen des anderen Jungen, der an der Verbreitung meiner Tagebucheinträge beteiligt gewesen war, in den Mund nahm.

Vorsichtig drehte ich mich in seine Richtung. Seine Haltung war gebeugt, sein Blick auf seine schwarzen Sneakers gerichtet, als würde er nur zu sich selbst sprechen.

»Ich habe es ihm erzählt, da waren wir noch auf der Middle-School. Und das war vollkommen okay für ihn. Doch als wir dann auf die High-School wechselten, entwickelte er sich plötzlich zu einem dieser beliebten Sportler, der jedes Wochenende ein anderes Mädchen abschleppte. Irgendwann fing er an, mich zu überreden, ebenfalls ins Footballteam zu kommen. Er sprach von den heißen Cheerleadern, die sich nur so um mich reißen würden.« Aaron schnaubte und vergrub eine Hand in seinen Haaren. »Die einzige Person, die von meiner Sexualität wusste, wollte mich plötzlich bekehren.« Er nickte, als würde er gerade versuchen, sich diese Worte erneut bewusst zu machen. »Und ich Idiot bin da auch noch mitgezogen, aus Angst, er würde mich von sich stoßen. Plötzlich hatte ich das Gefühl, es ist nicht okay, in wen ich mich verliebe. Und ich habe so vieles versucht, um irgendwie Interesse an Mädchen zu gewinnen, weil ich dachte, alles andere wäre unnormal. Logan konnte es ja auch, genauso wie die anderen Jungs im Team. Aber ich habe es nicht geschafft.«

»Und das ist auch gut so«, flüsterte ich. »Du musst dich doch für niemanden verstellen.« Es war das erste Mal, dass ich mich traute, etwas zu sagen. Verblüfft blickte er auf. In seinen Augen glänzten Tränen.

Er sah mich einen langen Moment an, dann holte er tief Luft. »Die Sache mit den Tagebüchern. Ich bin da mitgezogen, weil ich Logan gefallen wollte. Und weil ich mich nicht getraut habe, etwas dagegen zu sagen, aus Angst, er könnte den anderen von mir erzählen.«

»Aaron …« Meine Kehle brannte, als hätte ich glühende Kohle geschluckt.

»Nein …« Er schüttelte abwehrend den Kopf, um zu verhindern, dass ich noch etwas Weiteres sagte. »Ich habe dir im *Sleepless* nichts davon erzählt, weil ich mich nicht rausreden wollte. Natürlich hätte ich sie aufhalten müssen. Aber ich habe es nicht getan, weil ich meine eigenen Bedürfnisse über deine gestellt habe.« Er fuhr sich mit beiden Händen durchs Gesicht, als wollte er den Ausdruck in seinen Augen vor mir verbergen. »Weil ich selbst nicht zum Opfer werden wollte, habe ich zugelassen, dass das mit dir gemacht wird. Und das kann ich mit nichts auf dieser Welt wieder gut machen.« Dieser gebrochene Klang in seiner Stimme. Es brauchte nicht mehr als das, um mir zu beweisen, wie ernst er diese Worte meinte. Und wie wenig er mir damit etwas vorspielen wollte.

Zögernd fuhr ich mit den Handflächen über den Jeansstoff meiner Hose. Und dann, als ich mich innerlich dazu überreden konnte, stand ich auf und setzte mich neben ihn. Aaron beobachtete meine Bewegungen mit halbgeöffnetem Mund, als hätte er nicht erwartet, dass ich mich ihm je wieder nähern würde. Geschweige denn nur wenige Tage, nachdem ich ihm zu verstehen gegeben hatte, ihm das nie zu vergeben.

»Ich will ehrlich sein, Aaron. Ich weiß nicht, ob ich das je verzeihen kann.« So sehr ich mich bemühte, seinem Blick standzuhalten, ich konnte es nicht. Denn als ich das verständnisvolle Nicken bemerkte, das mir zeigte, dass er mit nichts anderem gerechnet hatte, zog es tief in meiner Brust. »Aber ich werde es versuchen.« Ich atmete tief durch. »Für Elliot und dich.«

Er erwiderte meinen Blick mit glasigen Augen. Es dauerte ein paar Augenblicke, in denen es mir vorkam, als würde er meine Worte wieder und wieder gedanklich abspulen, bis er ein erleichtertes »Danke« herausbrachte. Ich lächelte leicht und merkte im selben Moment, dass mein Lächeln keineswegs aufgesetzt war. Das, was zwischen uns passiert war, hatte nichts mit dem zu tun, was zwischen Elliot und ihm war. Und wenn ich Elliot weiter in meinem Leben haben wollte, musste ich mich an den Gedanken gewöhnen, auch Aaron einen Platz darin zu geben. Vorerst vielleicht auf Probezeit, aber das war immerhin ein Anfang.

»Elliot ist ein guter Mensch. Verletz ihn nicht«, flüsterte ich.

Aarons Mundwinkel hoben sich leicht, er schüttelte den Kopf. »Glaub mir, das werde ich nicht.«

Und auch wenn ich über die Jahre so viel Misstrauen gegenüber Aaron Williams empfunden hatte, glaubte ich ihm. In diesem einen Punkt hatte er mein vollstes Vertrauen.

# KAPITEL 8

Das Plopp-Geräusch eines Korkens weckte die Spießerin in mir.

»Leute, ich hab euch gesagt, dass ihr im Auto nichts trinken sollt. Dad bringt mich um«, murrte ich und musterte meine Freunde im Rückspiegel. Da Grace ihr Auto benötigt hatte, um zum Plattenladen am anderen Ende der Stadt zu fahren, hatte sie mir ausnahmsweise erlaubt, Dads Mustang zu nehmen, der ihm über sein Leben ging. Bevor Grace mir die Schlüssel überreicht hatte, hatte sie mich schwören lassen, dass ich ihn ohne Kratzer, Flecken oder sonstige Schäden zurückbringen würde. Das war auch der Grund, warum ich nicht wie meine Freunde am See übernachtete, da das Auto sonst unbeaufsichtigt in freier Wildbahn stehen würde und das etwas wäre, was das Herz meines Vaters einfach nicht verkraften würde.

Die Aktion meiner Freunde hatte die Grenze der Harmlosigkeit bereits in den ersten fünf Minuten unserer Fahrt an den See überschritten.

»Das ist furchtbar teurer Wein, der würde den Wert des Wagens vermutlich eher steigern, als ihn zu vermindern«, erklärte Lexi und nahm den ersten Schluck direkt aus der Flasche.

Ich hörte auf einem Ohr, wie Elliot wild auf seinem Handy herumtippte und dann einen überraschten Laut ausstieß.

»Der kostet nicht wirklich 500 Dollar, oder?« Elliot nahm Lexi die Weinflasche ab und studierte das Etikett. Seine Mundwinkel zuckten ungläubig und ich musste grinsen. Manchmal erinnerte mich Elliot wirklich an einen Welpen, der ein neues Spielzeug bekommen hatte.

»Keine Ahnung, hab ihn aus dem Weinkeller meines Vaters.«

Elliot schlug sich theatralisch die flache Hand auf die Brust und rang nach Luft. »Alexandra, mit ein paar von den Flaschen könntest du dir ein Auto finanzieren.«

Sowohl Emily, die direkt hinter mir saß, als auch Maya auf dem Beifahrersitz kreischten ein aufgebrachtes: »Das gibt's doch nicht!«

Lexi blieb davon jedoch vollkommen ungerührt, nahm Elliot die Flasche ab und trank schulterzuckend noch einen Schluck. »Der ganze Keller ist voll damit.«

Wieder ging ein aufgebrachtes Keuchen durch den Wagen. »Ich denke, dein Vater und ich sollten uns mal kennenlernen«, raunte Emily, kickte Lexi ihren Ellbogen in die Seite und wackelte mit den Augenbrauen. Lexi verzog das Gesicht und reichte die Flasche herüber zu Elliot, der grinsend einen Schluck nahm.

Ein lautes Klingeln ertönte – Lexis Handy.

»Jason kommt später auch noch«, sagte Lexi, die dessen Mitteilung gerade überflog.

»Na super, dann ist mit Damian wohl auch zu rechnen«, stöhnte Emily genervt. Ich beherrschte mich und richtete den Blick starr auf die Straße.

»Reg dich nicht gleich auf, die haben sowieso erst Training, und ich kann Jason immer noch sagen, dass er Damian abwimmeln soll.« Lexi reichte Emily den teuren Wein, was wohl als kleines Friedensangebot gelten sollte, und Emily verdrehte zwar die Augen, nahm die Flasche jedoch an.

»Dieser Wein gibt mir das Gefühl, Wasser aus einem Jungbrunnen getrunken zu haben. Seht ihr schon, wie meine Falten langsam, aber sicher verschwinden?«, alberte Elliot und strich sich mit beiden Händen über seine imaginären Falten. Lexi nahm mit einem Grinsen die Flasche wieder an sich und ließ sich ein wenig Wein auf die Handfläche tropfen. Dann fing sie an, Elliots Stirn zu betatschen. »Soll auch als Creme ganz hilfreich sein.« Elliot gab einen angewiderten Laut von sich, griff nach ihren Handgelenken und wies Emily an, auch Lexi etwas von dem teuren Getränk auf die Wangen zu schmieren. Mein aufgebrachtes: »Leute, bitte nicht!« ging in ihrem Gelächter unter.

Der See, von dem die anderen mir versprochen hatten, dass es der schönste sei, den ich je zu Gesicht bekommen hätte, war nur wenige Minuten von Greywood entfernt. Lexis Vater besaß ein kleines Bootshaus, in dem die anderen übernachten konnten, da sie am nächsten Tag erst spät zur Schule mussten.

Die Vier hatten mir nicht zu viel versprochen. Der See war schön. Und das machte mir zugleich auch Angst.

Seit meiner Kindheit hatte ich mich von Gewässern ferngehalten. Meine Eltern hatten es erst gar nicht dazu kommen lassen, dass ich nach Matts Unfall noch einmal in die Nähe des Sees in Denville kommen würde. Nachdem ich langsam begriffen hatte, dass mein Kindheitsfreund durch dieses Gewässer ums Leben gekommen war, war für mich jeder See, jeder Pool, ja fast schon jede Pfütze eine rote Zone. Nie würde ich so hemmungslos ins Wasser springen können wie meine Freunde.

Ich hatte mir meine Ausreden sorgfältig zurechtgelegt. Zuerst hatte ich mir keine Schwimmsachen eingepackt, worauf die anderen mich zwingen wollten, in Unterwäsche zu schwimmen. Danach schob ich es auf mein Kreislaufproblem, das mich schon seit früh morgens quälte. Sie kauften mir beides nicht ab, beließen es aber dabei, dass ich am Rand des Ufers saß und sie bei ihrer Wasserschlacht beobachtete. Hin und wieder reichte ich ihnen ihr Bier oder kümmerte mich um das Lagerfeuer, das wir vorbereitet hatten. Meine Freunde hatten Mitleid mit mir, doch ich fand es nicht einmal schlimm, nicht mitten im Geschehen sein zu können. Ihr unbeschwerter Anblick machte mich glücklicher, als es das Wasser jemals vermocht hätte.

Nach zwei Stunden gesellte sich auch Aaron zu uns. Zwar begrüßten wir uns nur mit einem angespannten »Hey«, aber ich gab mir Mühe, Elliot nicht zu zeigen, was Aarons Anwesenheit in mir auslöste. Auch wenn ich gehofft hatte, Elliot wäre meine Anspannung bei unserem ersten Kennenlernen mit Aaron verborgen geblieben, erwischte ich ihn viel zu oft dabei, wie er uns ein paar abschätzende Blicke zuwarf. Doch während die anderen im Wasser Ball spielten, versuchte Aaron mit mir Gespräche außerhalb unserer gemeinsamen Vergangenheit zu führen.

Elliot schien ganz entzückt von unserem freundschaftlichen Umgang und konnte gar nicht mehr aufhören zu grinsen. Allein für diesen Anblick lohnte es sich, über meinen Schatten zu springen und Aaron in unserer Clique willkommen zu heißen.

Während meine Freunde nach dem Essen noch einmal ins Wasser liefen, um sich abzukühlen, blieben Aaron und ich am Rand zurück.

»Sky, komm mit rein!«, rief Lexi, die sich bereits bis zur Brust im kalten Wasser befand.

Ich stand neben Aaron am Seeufer, die kleinen Kieselsteine bohrten sich in meine Füße. Der Anblick des Wassers und das leichte Rauschen lösten einen Druck in meiner Brust aus. Der Gedanke daran, auch nur einen Fuß hineinzusetzen, brachte mich fast um.

Mit zusammengepressten Lippen schüttelte ich den Kopf. »Mir ist immer noch ziemlich schwindelig.«

Ich bemerkte, wie Aaron mich von der Seite betrachtete. Er sagte nichts, aber ich ahnte, dass er gedanklich gerade eins und eins zusammenzählte. Schließlich hatte auch er mitbekommen, was mit Matt passiert war. Er öffnete den Mund, doch bevor er zu sprechen beginnen konnte, lief Elliot die letzten Meter aus dem Wasser bis zum Seeufer, nur um Aarons Arm zu umfassen und ihn unter Protest mit ins Wasser zu ziehen.

»Deine Haare sind mir sowas von egal«, lachte Elliot, bis er es endlich geschafft hatte, Aaron samt seiner Kleidung bis zu den Knien ins Wasser zu bekommen. Ich beobachtete lächelnd, wie Aaron sich mit einem Grinsen rücklings ins Wasser fallen ließ und den Kopf untertauchte.

»Zufrieden?«, fragte er, als er mit dem Kopf wieder hochkam.

»Mehr als das«, erwiderte Elliot mit einem verliebten Grinsen.

Dankbar dafür, nicht ebenso von meinen Freunden ins Wasser gezogen worden zu sein, beobachtete ich Elliot bei seinen verrückten Wasserhebefiguren mit Lexi und bewertete diese mit einer Punktzahl von null bis zehn. Für mich hätte es in diesem Moment keine bessere Art geben können, den Tag zu verbringen.

»Deine Ausreden kannst du dir sonst wohin stecken, ich habe noch eine im Bootshaus«, lachte Lexi und stand von ihrer Decke auf. Sie rannte zum Bootshaus, um gleich darauf mit einer Gitarre wiederzukommen.

»Tada.« Sie hob die Gitarre freudig über den Kopf und gab sie an Aaron weiter, der sie widerstrebend annahm.

»Ich bin total aus der Übung«, erklärte er.

»Komm schon, ich will dich unbedingt mal spielen hören.« Elliot verzog die Lippen zu seinem bekannten Schmollmund und lehnte sich so nahe an Aaron, dass dieser irgendwann gezwungen war, nachzugeben. Er zupfte ein bisschen an den Saiten herum, ehe er das erste Lied anstimmte. Es kam mir kein bisschen bekannt vor, was auf eine Eigenkomposition hindeutete. Wir alle lauschten gebannt. Maya lehnte sich verträumt an meine Schulter. Sie hatte vor zehn Minuten ihr Bier zu viel getrunken.

Irgendwann löste Aaron seinen Blick von seinen Fingern und sah zu Elliot.

Es war ein ungewohntes Gefühl, die beiden so zu sehen. Nicht, weil es zwei Jungs waren, die einander anhimmelten, sondern weil es Aaron war, den ich damals für den Mädchenschwarm unserer Schule gehalten hatte. An einem Ausflug in der neunten Klasse hatte er ebenfalls für uns am Lagerfeuer gespielt und war kurz darauf mit Rachel Coleman hinter einer Hütte verschwunden. Hätte ich da doch schon gewusst, was Realität gewesen war.

Aarons Musik zog uns so in seinen Bann, dass wir Damians Mercedes erst bemerkten, als Jason die Tür zuschlug. Lexi drehte sich um, sprang auf und rannte in Jasons Arme, um ihn direkt zu küssen.

»So viel zum Thema *nur Freunde*«, murmelte Maya mit einem Grinsen.

Während Aaron weiter auf seiner Gitarre klimperte, lagen sich Lexi und Jason in den Armen.

Zu Emilys Ärger hatte sich auch Damian zu uns ans Feuer gesellt, wobei er allerdings nur schweigend auf einem Holzstück saß und ins Feuer starrte. Ein wenig schien es mir, als würde er meinem Blick nicht begegnen wollen. Nicht einmal begrüßt hatte er mich. Nicht, dass mich das störte – okay, vielleicht doch. Denn ohne, dass ich die Kontrolle darüber hatte, kam mir die Erinnerung zurück an den Tag, an dem er mich tatsächlich dazu gebracht hatte, etwas aufs Papier zu bringen. Wie gerne hätte ich ihm verraten, dass sich das ausgerissene Blatt aus seinem Notizbuch immer noch in meiner Nachttischschublade befand. Weil ich es schlicht und ergreifend nicht über mich gebracht hatte, das Erste, was ich seit zwei Jahren geschrieben hatte, zu zerstören. Und weil es sich wahnsinnig gut angefühlt hatte, das Schreiben wieder in mein Leben zu lassen. Ich schüttelte den Gedanken ab und redete mir ein, dass es besser war, vor unseren Freunden nicht zu zeigen, dass wir mehr miteinander zu tun hatten, als sie ahnten.

Emily, die Damians Ignoranz eindeutig zu stören schien, starrte ihn mit vor der Brust verschränkten Armen durchgehend an, was ihn allerdings nicht sonderlich zu berühren schien. Es wirkte, als wäre er vollkommen in seine Gedanken abgetaucht. Ab und an erwischte ich ihn dabei, wie er mehrfach blinzelte, als müsste er sich beherrschen, nicht ganz abzuschweifen.

»Warum ist er überhaupt mitgekommen, wenn er so gar nicht hier sein will?«, flüsterte Emily mir und Maya genervt zu.

»Jason hat morgen, soweit ich weiß, Biologie bei Mr. Stone. Er wird nicht über Nacht bleiben können und Damian …«, sie nickte in seine Richtung, » … ist seine Mitfahrgelegenheit.«

Ein genervtes Schnauben war Emilys einzige Reaktion, bevor sie sich ein neues Bier öffnete.

Mit Damians Auftauchen war auch meine Stimmung plötzlich angespannt, und ich musste mich zwingen,

Smalltalk mit Maya zu führen. Erst als Lexi und Jason sich ins Bootshaus zurückzogen, bildete sich zwischen uns wieder ein Gespräch.

»Lasst uns ein Spiel spielen«, schlug Emily vor und gab jedem eine Bierflasche, außer Damian und mir. »Wahrheit oder Pflicht.«

»Oh, Emily, wir sind doch nicht mehr in der Middle School«, seufzte Elliot und legte den Kopf in den Nacken.

»Kommt schon. Du darfst anfangen, Elly.«

Emily platzierte eine leere Bierflasche auf die abgeflachte Erde direkt neben dem Lagerfeuer und bedeutete Elliot, diese zu drehen. Die Flasche zeigte auf Maya, die augenblicklich errötete.

»Wahrheit oder Pflicht, Maya?«, fragte Elliot mit hochgezogenen Augenbrauen.

»Pflicht«, antwortete Maya selbstsicher.

»Du bist mutiger, als ich gedacht hätte, Küken.« Elliot nickte anerkennend. »Das wird dir jetzt allerdings zum Verhängnis. Schau mal im Bootshaus nach unseren beiden Turteltäubchen, nicht dass sie sich gegenseitig aufessen.«

Mayas Kopf sah aus, als würde er gleich explodieren. »Ich kann die beiden doch nicht einfach so stören.«

»Du kannst nicht, du musst«, erwiderte Elliot mit einem Grinsen.

Maya rüttelte hilfesuchend an meinem Arm, ich konnte ihr nur ein mitfühlendes Lächeln schenken.

Irgendwann überwand sie sich dann doch und trottete auf das Bootshaus zu, nur um wenige Minuten später wieder zurückgerannt zu kommen.

Ihr verschreckter Blick ließ nicht nur mich in Gelächter ausbrechen, sogar Damian sah zum ersten Mal an diesem Abend auf und stieß selber ein leichtes Lachen heraus.

»Das wirst du so was von bereuen, Elliot.« Maya schüttelte sich, was unser Lachen nur verstärkte. Ihre sonst so blasse Haut schimmerte im gedämpften Licht des Feuers rötlich. »Die beiden werden mich hassen.«

Aaron willigte gerade ein, seine Pflichtaufgabe zu erledigen und zwei Bier in weniger als fünf Minuten zu trinken, da kamen Lexi und Jason mit verschämten Blicken zu uns zurück und ließen sich stumm auf ihren Plätzen nieder. Gerade einmal eine Sekunde gelang es uns, unser Lachen zu verkneifen. »Jetzt guck nicht so, Maya, so etwas sieht man heutzutage ständig in Filmen«, rechtfertigte sich Lexi.

»Ja, in Pornos vielleicht«, lachte Emily, worauf Lexi sie mit einem ungerösteten Marshmallow bewarf.

Ein paar Pflichtaufgaben später war Emily diejenige, die drehen durfte. Und als hätte es eine höhere Macht so gewollt, zeigte die Flasche auf Damian. Er selbst schien es erst mitzubekommen, als Jason ihm den Ellbogen in die Seite stieß.

»Also, Damian, Wahrheit oder Pflicht?« Emilys Augen loderten nur so von Hass, was mich vermuten ließ, wie schlimm Damians Pflichtaufgabe ausfallen würde. Als hätte Damian das Gleiche gedacht, antwortete er im selben Moment: »Wahrheit.«

Emily sog verärgert die Unterlippe zwischen die Zähne.

»Warum hast du mich damals nie angerufen?«

Lexi, Maya, selbst Aaron, der die Geschichte der beiden nicht kannte, richteten sich gespannt auf.

»Was soll der Blödsinn?«, entgegnete Damian genervt.

»Du hast Wahrheit gewählt. Beantworte die Frage«, zischte Emily so gefährlich, dass sich auf meinen Armen eine Gänsehaut bildete.

Damian hingegen zuckte nur gleichgültig mit den Schultern. »Mangelndes Interesse.«

In Emilys Gesicht war zu beobachten, wie sich jeder Muskel anspannte. Ihre Augen waren voller Wut.

»Sagst du das zu all deinen Frauenbekanntschaften?«, presste sie nach einer kurzen Zeit des Schweigens zynisch hervor.

»Jetzt reicht's«, raunte Damian und lehnte sich vor, um nach einem Bier zu greifen. Jason hielt ihn zurück. »Lass gut sein, Mann, wir sind mit dem Auto hier.«

»Stimmt, Damian, denk an dein kleines Alkoholproblem.« Emily unterstrich ihre Worte mit einem halb hysterischen Lachen, das in der Dunkelheit der angebrochenen Nacht hallte.

Damians Gesicht verzog sich vor Wut, jedoch richtete er es nicht auf Emily, sondern nur auf das knisternde Lagerfeuer. Seine Arme bebten, und ich meinte, seine Unterlippe zittern zu sehen.

Dann stand er plötzlich auf und stampfte davon. Er schwang sich in sein Auto, knallte die Tür hinter sich zu, ignorierte Jasons hysterisches: »Hey! Du bist meine Mitfahrgelegenheit!« und brauste davon.

Er ließ uns in einem Schweigen zurück, das ich nicht deuten konnte.

»Schönen Dank auch, Em«, sagte Elliot mit einem Kopfschütteln. Doch Emily machte nicht den Eindruck, als hörte sie ihn. Viel zu sehr starrte sie auf den Boden, ohne auch nur irgendetwas zu sagen, das ihre unpassende Fragerei rechtfertigen könnte.

»Na toll«, murmelte Jason mit einem Kopfschütteln. »Meine Eltern sind heute Abend nicht zu Hause. Ich werde mir wohl ein Taxi rufen müssen.«

»Ich kann dich fahren«, beteuerte ich und nickte auf Dads Mustang. Jason schickte mir ein dankbares Lächeln zu.

»Bleibst du über Nacht?«, fragte Elliot, an Aaron gewandt.

»Ich muss morgen früh eine Präsentation vorstellen. Busse fahren um diese Zeit nicht mehr nach Denville, oder?«

Maya kramte ihr Handy hervor und öffnete eine App, in der sie nach einer Busverbindung für Aaron suchte. »Der letzte ist vor einer Stunde gefahren.«

»Kannst du nicht deine Eltern anrufen? Mit dem Auto sind es doch nur zwanzig Minuten von hier.«

Aaron ließ sich nur einen winzigen Augenblick lang anmerken, wie sehr ihn diese Frage traf. Mit Sicherheit war es den anderen entgangen. Aber da mir Aaron erzählt hatte, dass er sich noch nicht vor seinen Eltern geoutet hatte, konnte ich ahnen, was in seinem Kopf vorging. Also sagte ich schnell: »Ich kann dich fahren.«

Aarons Augen weiteten sich überrascht. Mir war vollkommen klar, dass er als Nächstes einwenden würde, dass ich ihn auf keinen Fall fahren müsse, deshalb schob ich hinterher: »Ich kenne die Strecke nach Denville schließlich in- und auswendig.«

»Okay«, erwiderte Aaron mit einem verzögerten Lächeln.

Nachdem wir Jason bei sich zu Hause abgesetzt hatten, bog ich in die nächste Straße ein, die nach Denville führte.

»Du musst das nicht tun. Ich kann mir auch ein Taxi rufen«, wiederholte Aaron nun zum wohl tausendsten Mal.

»Blödsinn«, wiederholte auch ich.

Daraufhin breitete sich ein Schweigen zwischen uns aus, das ich mit Radiomusik zu übertönen versuchte. Um diese Uhrzeit lief allerdings nur basslastige Technomusik, und ich musste lange herumzappen, bis ich einen Sender fand, der meinen Wünschen entsprach. Er spielte Oldies aus den Achtzigern. Das Lied, welches gerade lief, kannte ich nur vom Hören von einer von Dads Platten.

»Weiß Elliot nicht, dass du dich noch nicht geoutet hast?«, fragte ich vorsichtig, ohne den Blick von der Straße abzuwenden. Ich hörte Aaron neben mir seufzen. Gleich darauf sagte er: »Nein.«

»Warum sagst du es ihm nicht?«

»Weil …« Er verstummte und setzte wenige Momente später neu an: »Elliot fällt es irgendwie so verdammt leicht, zu zeigen, wer er ist. Ich beneide ihn darum.« Aaron atmete tief ein. »Und irgendwie schäme ich mich dafür, dass ich das nicht kann.«

Vorsichtig schielte ich in seine Richtung. Seine Haltung war gekrümmt, sein Blick aus dem Fenster gerichtet.

»Hast du schon versucht, es ihnen zu sagen?«

Ein kühles Lachen ertönte aus seiner Richtung. »Mehrere Male. Sobald sie merken, dass es auch nur in die Richtung gehen könnte, blocken sie ab. Sie wollen es nicht hören, verstehst du?«

Ich nickte traurig.

»Dann bietet Mom plötzlich ihren Freundinnen an, dass ich ja mal mit ihren Töchtern ausgehen könnte.« Er schluckte hörbar. »Eigentlich wissen sie es längst, aber solange ich es ihnen nicht zeige, können sie damit leben.«

»Denkst du nicht, dass sie es akzeptieren würden, wenn sie Elliot erst einmal kennenlernen?«

Aus dem Augenwinkel heraus bemerkte ich Aarons schnelles Kopfschütteln.

»Niemals. Das passt nicht in ihr Weltbild.«

Ich setzte den Blinker auf die Straße, die uns auf direktem Weg in unsere Heimatstadt führen würde.

»Erinnerst du dich an unseren Klassenlehrer in der dritten Klasse?«, fragte Aaron.

»Meinst du Mr. Wood?« Meine Mundwinkel hoben sich bei der Erinnerung an den jungen Lehrer, der damals unsere Klasse übernommen hatte. Er war frisch von der Universität gekommen und total motiviert gewesen, uns Kindern etwas beizubringen.

»Genau«, bestätigte Aaron, »ich fand ihn toll. Und das habe ich meiner Mom auch so erzählt. Erst fand sie es süß, einfaches Kindergerede eben. Aber als ich dann davon sprach, Mr. Wood einmal zu heiraten, ist sie total ausgeflippt. Ich musste ihr versprechen, so etwas nie wieder zu sagen. Da verstand ich noch nicht einmal, warum.«

»Scheiße. Das ist hart«, murmelte ich und hörte einen Moment später Aarons bestätigendes Brummen. Im Scheinwerferlicht entdeckte ich das Ortsschild von Denville und merkte auf die Sekunde, wie meine Muskeln sich anspannten.

»Scheiße, wieder hier zu sein, hm?«

»Kann man so sagen«, bestätigte ich mit einem gepressten Lächeln. Auch wenn erst wenige Wochen seit meinem Auszug vergangen waren, hatte ich das Gefühl, Jahre nicht mehr hier gewesen zu sein. Dabei kannte ich die Häuser und die Personen, die darin lebten, seit meiner Kindheit. Denville war keine große Stadt, und das hatte ich immer geliebt. Aber jetzt wünschte ich mir fast, nie wieder einen Fuß in meine Heimat setzen zu müssen.

Ich hielt vor Aarons Haus. Er blieb noch einen Moment sitzen und hörte dem Radiomoderator dabei zu, wie er das nächste Lied ankündigte.

»Warum *musst* du dich eigentlich outen?«, fragte ich genau die Frage, die mir die ganze Zeit schon im Kopf herumschwebte. »Ich habe mich auch nicht geoutet, dass ich auf Jungs stehe.«

Aaron lachte leise. »Das ist etwas anderes, Sky.«

Ich zuckte mit den Schultern und schickte ihm ein aufmunterndes Lächeln zu. »Finde ich nicht.«

Aaron umfasste den Türgriff. »Vielleicht hast du recht.« Er stieß die Autotür auf und beugte sich ein letztes Mal ins Auto zurück. »Danke.«

»Kein Problem. Bevor du hundert Dollar für ein Taxi bezahlen musst, hab ich dich lieber gefahren.«

Seine Mundwinkel hoben sich. »Das habe ich nicht gemeint.«

Und dann ließ er die Tür hinter sich zufallen und ging die Stufen zur Veranda seines Hauses hinauf.

»Hey.« Damian ließ sein Notizbuch direkt neben mir auf den Tisch fallen. Ich betrachtete meine Pandabär-Zeichnungen von letzter Woche und fuhr mit meinem Bleistift die Konturen nach.

»Hi«, erwiderte ich und blickte nur kurz auf. Es war das erste Mal, dass wir uns heute sahen, da Geschichte ausgefallen war. Und tatsächlich war in seinem Gesicht nicht mehr viel von der Anspannung zu sehen, die ich gestern noch in jedem seiner Muskeln erkennen konnte.

»Hattet ihr noch einen schönen Abend?«, fragte Damian, was eigentlich eine nett gemeinte Frage hätte sein können. Allerdings war sein Tonfall eher so, als würde er die Antwort bereits kennen.

Ich schnaubte. »Nach eurem Streit war die Stimmung so ziemlich im Keller.«

»Das war kein Streit«, beteuerte Damian und zuckte gleichgültig mit den Schultern. »Sie hat gefragt, und ich war einfach nur ehrlich.«

Ich rollte mit den Augen, was Damian allerdings nicht mehr mitbekam, da er sich bereits zu Richard umgedreht hatte, der unsere heutige Therapiesitzung eröffnete.

»Leute, was macht ihr noch hier drin? Wir haben super Wetter, und ihr habt ein Projekt zu erledigen. Sucht euch einen ruhigen Ort und kommt am Ende kurz wieder, damit ich eure Anwesenheit überprüfen kann.«

Das ließ sich unser Kurs nicht zweimal sagen. Nach und nach verließen die Kursteilnehmer in Zweiergruppen den Raum. Damian und ich allerdings ließen uns Zeit. Wir würden wieder einmal allein sein. Etwas, womit ich heute nicht gerechnet hatte.

»Wie kommt ihr voran?«, fragte Richard, als wir gerade drauf und dran waren, den Raum zu verlassen.

Ich blickte hilfesuchend zu Damian. Dieser sah mir allerdings nicht einmal in die Augen.

»Ganz gut, schätze ich«, antwortete Damian monoton.

»Kannst du das bestätigen, Skyler?« Richard musste sehen, wie nervös ich plötzlich wurde, denn er legte seine Stirn in Falten.

»Ich denke schon«, antwortete ich schnell. Richard nickte nur und winkte uns nach draußen. Wir befolgten seine Anweisung und öffneten die Tür ins Freie.

Nur aus der Ferne konnte ich Richard hinter mir rufen hören: »Und denk daran, Skyler, nur wenn du dich dabei wohl fühlst.«

Ich atmete tief durch. Es war erschreckend, wie sehr er sich offenbar darauf freute, Damian durchfallen zu lassen.

»Irgendwelche Wünsche?«

»Hm?«

»Na, wohin wir gehen sollen.« Damian wischte sich mit der Hand über die Stirn. Gleichgültig zuckte ich mit den Schultern. »Ich kenne mich noch nicht besonders gut in Greywood aus, wie du bereits weißt.«

Damian erwiderte meine Worte mit einem Grinsen, in Gedanken offensichtlich wieder bei dem Tag, an dem er mich durch sein Wohngebiet spazieren sehen hatte.

»Stehst du auf Kuchen?«, fragte er.

»Wer steht nicht auf Kuchen?«

Damian schob nachdenklich die Unterlippe vor. »Hast recht. Doofe Frage.« Er ging mir voraus in Richtung Stadtmitte. Irgendwann hielten wir vor einem kleinen Café, das ich im bloßen Vorbeigehen mit Sicherheit übersehen hätte.

*Teacup*, stand auf einem Schild oberhalb der Eingangstür in verschnörkelter Schrift.

Gegen das Grinsen, das mir plötzlich im Gesicht stand, konnte ich beim besten Willen nichts tun.

»Was?«, fragte Damian mit gerunzelter Stirn. Ihm war meine Reaktion auf das Café, zu dem er mich geführt hatte, offensichtlich nicht entgangen.

»Du siehst nicht gerade wie jemand aus, der in ein Café geht, das sich *Teacup* nennt.«

Mit einem schiefen Lächeln öffnete Damian die Tür und sagte währenddessen: »Warte erst mal ab, bis du die Torten probiert hast. Jeder Kuchen, den du danach isst, wird dir wie ein trockenes Stück Pappe vorkommen.«

Unmittelbar nachdem ich den ersten Schritt in das Café gesetzt hatte, umarmte mich eine wohltuende Mischung aus Kaffee-Aroma und dem Geruch von frisch gebackenem Kuchen. Ich blickte mich um und bemerkte, dass das *Teacup* nur wenige Sitzgelegenheiten hatte. Vier Tische entdeckte ich im Innenraum, ein Sofa mit einem kleinen Beistelltisch am Fenster und zwei weitere Tische auf einer Empore. Das *Teacup* sah von innen genauso aus, wie es der Name schon vermuten ließ. Liebevoll gestaltet, mit kleinen Details versehen und in einem gewissen Vintage-Look gehalten.

»Ich nehme einen Cappuccino, und sie …« Damian blickte abwartend zu mir, was ich erst einen Augenblick später wahrnahm, da ich so mit meiner Musterung des Cafés beschäftigt war.

»Ähm … Kaffee. Schwarz bitte.« Ich ließ meinen Blick über die Regale hinter der Bedienung schweifen und entdeckte mehrere Flaschen verschiedener Sorten Kaffeesirup. »Oh, oder haben Sie Pfefferminz-Sirup? Dann bitte damit.«

Damian verzog als Reaktion auf meine Bestellung angewidert das Gesicht. »Du trinkst deinen Kaffee also entweder schwarz oder mit Pfefferminzgeschmack? Warum wundert mich das gar nicht?« Eine ältere Frau, die hinter der Theke stand und unsere Bestellung aufnahm, lachte zustimmend und begann damit, unsere Getränke zuzubereiten. Hinter einer Glasscheibe, direkt neben der riesigen Kaffeemaschine, versteckten sich die Torten, Cupcakes und das Gebäck. Allein der Anblick reichte aus, damit mir das Wasser im Mund zusammenlief.

Damian reichte mir unsere Getränke und nickte in die Richtung des Innenraums. »Setz dich schon mal, ich suche uns etwas aus.«

Ich nahm unsere Bestellung an und gab mein Bestes, nichts davon überschwappen zu lassen. »Ach, und da habe ich kein Wörtchen mitzureden?«

»Ich fürchte, du musst dem Meister vertrauen«, rief er, während er bereits die süßen Teile studierte.

Ich setzte mich an einen Tisch in der Nähe des Fensters und wartete auf Damian, der ausgesprochen lange für seine Auswahl brauchte. Irgendwann hörte ich das Klappern einer Gabel und sah Damian mit einem Teller auf unseren Tisch zulaufen.

Auf dem Teller befand sich ein Stück Schokotorte, das aussah wie einem Rezeptbuch entsprungen. Die Sahnetupfer waren akkurat angeordnet und an den Seiten bemerkte ich den genauen Verlauf der Schokocreme.

»Ich glaube, das ist das schönste Stück Torte, das ich je in meinem Leben gesehen habe«, staunte ich mit Blick auf den Teller. Damian setzte sich mir gegenüber und schob die Torte in die Mitte.

»Wo ist das zweite Stück?«, fragte ich mit gerunzelter Stirn. Im selben Moment zückte Damian eine zweite Gabel hinter seinem Rücken hervor und reichte sie mir.

»Wir teilen ihn uns«, antwortete er gelassen. Verwirrt blickte ich von dem Stück Torte zu Damian und wieder zurück.

»Wir tun was?«

»Wir spielen unser Spiel weiter. Mit jeder Frage, die du beantwortest, bekommst du ein Stück vom Kuchen.«

Mein Mund klappte auf. »So was nennt man Erpressung.«

Mit einem tiefen Grinsen lehnte sich Damian auf seinem Stuhl zurück. »Ach ja?« Ich nickte wild. »Wer hat den Kuchen denn bezahlt?«

Sein wissender Gesichtsausdruck ließ mich verstummen. Ertappt brummte ich und tippte mit der Gabel nachdenklich an meine Lippen. »Dann machen wir es aber richtig. Du bekommst auch nur ein Stück, wenn du eine Frage beantwortest.«

Damian neigte nachdenklich den Kopf. Dann sagte er »Deal« und stieß seine Gabel einschlagend gegen meine.

»Okay.« Er verzog nachdenklich den Mund und ließ den Blick über den Kuchen schweifen. »Was ist deine Lieblingsfarbe?«

Meine erste Reaktion war nichts anderes, als ihn fragend anzustarren und auf das »War nur ein Witz« zu warten, mit dem ich fest rechnete. Doch als nichts dergleichen von ihm kam, prustete ich los, und das so laut, dass sich ein älterer Herr, der mit der Nase tief in einer Zeitung steckte, mit schmalen Augen in unsere Richtung drehte.

»Was?«, fragte Damian, der meine Belustigung augenscheinlich nicht nachvollziehen konnte.

»Du willst wissen, was meine Lieblingsfarbe ist. Meinst du das ernst?«

»Ja«, antwortete Damian trocken, »und du schuldest mir immer noch eine Antwort.« Er nickte mit geweiteten Augen auf das Stück Torte, das mich schon entzückend anlächelte.

»Orange«, antwortete ich gelassen. Da hatte Damian die Chance, mich über meine Vergangenheit auszufragen, und tat es doch nicht. Vermutlich war ihm so langsam bewusst geworden, dass diese forsche Methode keineswegs bei mir zog.

»Warum orange?«

Ich zuckte mit den Schultern. »Ich mag Sonnenaufgänge, Sonnenuntergänge. Eigentlich alles, was mit Sonne zu tun hat.« Mit einem fragenden Blick hob ich meine Kuchengabel an und wartete darauf, dass Damian mir ein ergebenes Nicken zuschickte. Hastig brach ich die Spitze der Sahnetorte ab und schob sie mir in den Mund. Die Schokofüllung belegte augenblicklich jede meiner Geschmacksnerven. Die Torte war so süß, so cremig, dass ich ein verträumtes Seufzen nicht unterdrücken konnte.

Als ich wieder zu Damian aufblickte, bemerkte ich, dass er gerade dabei war, sich ein Grinsen zu verkneifen, was ihm jedoch nur mäßig gelang. Ich entdeckte das Grübchen auf seiner rechten Wange, das ich bereits aus so vielen meiner Begegnungen mit Matt kannte, und schluckte den Kuchen schnell herunter, bevor er mir im Hals stecken bleiben konnte.

Verlegen räusperte ich mich und legte die Gabelspitze auf dem Tellerrand ab. Damians Gabel befand sich bereits in seiner Hand.

»Bist du hier in Greywood aufgewachsen?«

»Nein, ich bin zugezogen«, sagte er ruhig. Sein Blick senkte sich gleich daraufhin. »Aber seit ich mich erinnern kann, lebe ich in Greywood.«

Ohne abzuwarten, schob Damian sich etwas Schokotorte in den Mund und kaute zufrieden.

Kurz vor jeder Frage, die ich Damian erlaubte, mir zu stellen, zuckte ich innerlich zusammen, aus Angst, er könnte etwas Verletzendes fragen. Aber alles, was er wissen wollte, war, welche Serien ich mir auf Netflix ansah und auf welche Musik ich abfuhr. Keine seiner Fragen ging auch nur einen Zentimeter zu tief unter die Oberfläche. Von ihm erfuhr ich, dass er fotografierte, seit er dreizehn Jahre alt war, er Football zwar spielte, aber sich selbst keine Spiele ansah, und dass er in seinem Leben in jedem Land ein Foto schießen wollte.

Unser Stück Torte neigte sich langsam dem Ende zu und hinterließ kaum mehr als etwas Schokocreme und ein winziges Stück Biskuitteig.

»Okay, die letzte Frage.« Damians Mundwinkel hoben sich. In seinem rechten entdeckte ich ein klein bisschen Schokolade und musste den Impuls unterdrücken, sie ihm nicht wegzuwischen.

Abwartend blickte ich ihn an. Die Finger schon fest um die Kuchengabel geklammert.

Damian trank den letzten Schluck seines Cappuccinos in einem Zug und stellte die Tasse laut auf ihren Teller zurück. »Wirst du weiter schreiben?«

Während ich über meine Antwort nachdachte, wandte Damian nicht eine Sekunde seinen Blick von meinen Augen ab. Langsam begann ich zu nicken, und gleich darauf verzogen sich meine Lippen zu einem Lächeln. Damian erwiderte es und schob mir den Teller zu.

»Genieß es«, sagte er, während ich mir das letzte Stück Biskuitboden auf der Zunge zergehen ließ. Gleich darauf kramte er in seinem Rucksack nach etwas, das sich als sein Notizbuch entpuppte und in dem bereits ein Kugelschreiber zwischen den Seiten klemmte. Er schlug es auf und kritzelte etwas auf eine leere Seite. Ich streckte den Hals, um einen Blick darauf erhaschen zu können, doch da hatte er das Buch schon wieder geschlossen.

»Hast du donnerstags Termine?«

Ich neigte den Kopf zur Seite. »Nein, nichts Regelmäßiges.«

Er nickte knapp und steckte sich das Buch zurück in seinen Rucksack.

»Wieso? Was hast du geschrieben?«, fragte ich und wischte mir mit einer Serviette über den Mund. Vielleicht sollte ich ihm raten, dasselbe zu tun, aber die Schokolade in seinem Mundwinkel war einfach ein viel zu niedlicher Anblick.

»Nur eine Erinnerung«, sagte er.

»Eine Erinnerung?«

»Dass wir von heute an jeden Donnerstag Kuchen essen werden«, sagte er, als wäre dies etwas vollkommen Selbstverständliches.

Ich starrte ihn an, ohne in der Lage zu sein, etwas zu erwidern. Damian ließ sich davon nicht beirren, zog sich seine Jacke über und stand auf, um sich den Rucksack über die Schulter zu hängen. Als ich es ihm nicht gleich nachtat, fragte er: »Kommst du? Der Captain wartet sicher schon« und ging mir voraus, hinaus aus dem *Teacup*.

# KAPITEL 9

Ich hatte es schon am Donnerstagmorgen in der Schule gehört. Das Footballteam würde sowohl heute als auch morgen extra Trainingseinheiten einlegen, da in der kommenden Woche wichtige Sponsoren der Mannschaft zusehen würden. Ich rechnete also nicht damit, dass Damian sein Versprechen, jeden Donnerstag mit mir Kuchen zu essen, wahr machen würde.

Ich nahm mir deshalb an diesem Tag vor, ein neues Buch anzufangen, mir jeden noch so kitschigen Film bei Netflix anzusehen und früh ins Bett zu gehen, damit ich am nächsten Tag ausgeruht Mathe lernen könnte. Irgendwann, als ich gerade vor einem Nicholas-Sparks-Film eingedöst war, klopfte Grace an meine Tür.

»Ich bin mir nicht ganz sicher, wie das so schnell möglich ist, aber ich glaube, du hast einen heimlichen Verehrer.«

Mein müder Kopf konnte ihre Worte gar nicht richtig aufnehmen und meine Ohren erst recht nicht begreifen, was genau sie da sagte. Erst als Grace einen Teller mit einem großen Stück Apfelkuchen hinter ihrem Rücken hervorholte, wusste ich, was sie meinte.

»*Ich habe dich nicht vergessen*«, las Grace mir den dazugelegten Zettel vor und hob eine Augenbraue. »Willst du mir von ihm erzählen?«

»Besser nicht«, murmelte ich, ohne Kontrolle über das Grinsen zu haben, das mir kurz später im Gesicht stand.

»Ich denke doch«, sagte Grace mit einem strahlenden Lächeln und setzte sich mit dem Kuchen in der Hand zu mir aufs Bett.

Ich klappte den Laptop zu und legte ihn zur Seite.

Grace brach ein kleines Stück des Kuchens ab und schenkte mir ein fragendes Lächeln.

»Du darfst«, erwiderte ich kichernd. Schließlich war ich es bereits gewohnt, meinen Kuchen teilen zu müssen.

Grace zückte die Gabel, die sie bereits dabei hatte, und schob sich ein Stück des Kuchens genüsslich in den Mund. Sie legte den Kopf in den Nacken und seufzte verträumt.

»Dieser Typ weiß, was gut ist«, erklärte sie mit erhobenem Finger. »Kennst du ihn aus der Schule?«

»Ja.« Eigentlich war das ja nicht mal gelogen.

»Und ist da etwas zwischen euch?« Die grünen Augen meiner Tante leuchteten vor Neugierde.

»Ist es nicht«, behauptete ich felsenfest und nahm ihr die Gabel aus der Hand, um mir selbst ein Stück Kuchen in den Mund zu schieben. Sofort breitete sich eine Mischung aus süßem Apfel und Zimt auf meinem Gaumen aus. Damian hatte definitiv ein Gespür für guten Kuchen.

»Okay, aber sobald sich das ändert, will ich die erste sein, die davon erfährt.« Grace schickte mir einen warnenden Blick zu.

»Das wird sich sicher nicht ändern«, murmelte ich, als Grace gerade aufgestanden war und mich mit meinem Stück Kuchen zurückließ. Und auch wenn ich diese Worte verdammt ernst meinte, bewies mir das leichte Ziehen in meiner Brust, dass mir mein Herz das nicht ganz abkaufte.

Der Freitag verlief wieder einmal anstrengender als erhofft. Im Sportunterricht spielten wir Hockey, bis meine Schienbeine voller blauer Flecken waren. In meiner letzten Mathestunde vor der Prüfung verstand ich mal wieder nichts und war schlussendlich dazu gezwungen, mich zu Hause gleich nach dem Essen hinter mein Mathebuch zu klemmen.

Nach einer geschlagenen Stunde qualmte mir der Kopf. Keine einzige Aufgabe hatte ich bis jetzt richtig bearbeiten können. Nicht einmal einen Lösungsansatz bekam ich hin.

Verärgert legte ich meinen Kopf auf der Tischplatte ab und scrollte in meinem Handy nach Elliots Nummer. Als ich zuletzt mit ihm gelernt hatte, hatte das ganz passabel funktioniert. Er hätte mich zwar fast mit seinem Buch erschlagen, weil ich ein und dieselbe Aufgabe drei Mal in Folge falsch angegangen war, aber ich hatte zumindest schon einmal eine leise Ahnung bekommen, worum es sich bei dem Thema eigentlich gehandelt hatte.

Nach zwei Minuten bekam ich die enttäuschende Antwort, dass Elliot etwas mit Aaron unternahm. Ich wünschte den beiden viel Spaß und suchte weiter nach Lexis Nummer. Ich schrieb ihr eine Nachricht. Eine zweite. Eine dritte. Auch nach zwanzig Minuten bekam ich keine Antwort, was äußerst ungewöhnlich war für Alexandra Holmes.

Ich beschloss, bei ihr vorbeizufahren. Lexi war wirklich meine letzte Hoffnung. Auch wenn man es ihr nicht zutraute, begriff sie mathematische Strukturen verdammt schnell, ganz im Gegensatz zu Maya, Emily und mir.

Das Haus – oder besser gesagt, das Anwesen –, in dem Lexi wohnte, war unglaublich. Es war so groß, dass man mehrere Familien hätte unterbringen können. Die Tür stand offen. Ich klopfte mehrfach an das kühle Metall, doch als niemand sich meldete, beschloss ich, einfach hineinzugehen. Lexi hatte das schon so oft bei mir getan, sie würde es mir nicht übelnehmen.

Ich stand in einem riesigen Korridor, der mehrere Zimmer voneinander trennte. Alles leuchtete in Weiß und wirkte beinahe so steril, dass ich darüber nachdachte, meine Schuhe auszuziehen.

»Hallo?«, rief ich in das Haus hinein. Ich bekam keine Antwort, dafür hörte ich Stimmen von oben.

»Das gehört hier nicht mehr hin, Alexandra!«, schrie eine männliche Stimme so laut, dass sie im Treppenhaus hallte.

»Ach ja? Wer hat das beschlossen? Der Kerl, der sie bereits ein Jahr nach ihrem Tod ersetzt hat?« Lexi. Ihre

Stimme war schriller als sonst. Die Wut in ihr war kaum zu überhören.

»Wage es nicht, in diesem Ton mit mir zu reden.« Die Stimme des Mannes wurde leiser, fast bedrohlich.

Etwas schepperte zu Boden. Dem Klang nach zu urteilen, etwas aus Glas. Ich konnte förmlich durch die Decke spüren, wie die Scherben sich auf den Fliesen verteilten.

»Das kannst du gleich wegräumen.« Dann ertönten Schritte, und ich war schon drauf und dran, einfach aus dem Haus zu verschwinden. Doch der Mann kam nicht die Treppe herunter, sondern verschwand in einem Raum im Obergeschoss.

Einzig und allein Lexis Schluchzen blieb zurück, das sich mit jedem Mal ein bisschen verstärkte.

Etwas hilflos stellte ich mich auf die erste Treppenstufe, abwägend, ob ich lieber fliehen und mich nicht in ihre Probleme einmischen, oder ob ich zu ihr gehen sollte. Ich entschied mich für Letzteres und rief »Lexi?« ins Obergeschoss. Ihr Schluchzen verstummte.

»Ich bin es. Skyler.«

Plötzlich ertönten hektische Schritte, bis ich ihre Füße entdeckte, die sich ihren Weg die Treppenstufen herunter bahnten.

»Sky«, rief sie mit einem ungläubigen Unterton. »Was machst du hier?« Auf ihren Wangen zeichneten sich Flecken von verlaufener Mascara ab. Ihre Finger klammerten sich um ein Foto, und ich entdeckte rötliche Flecken auf dem Fotopapier.

»Du blutest«, sagte ich und stieg die letzten Stufen, die mich von Lexi trennten, hoch, um mir ihre Hand anzusehen. Ein kleiner Schnitt zog sich über ihre Fingerkuppe. Offenbar nicht tief, aber das Blut tropfte bereits auf die weißen Treppenstufen.

»Ist von einer Scherbe. Das geht schon.« Sie entzog mir ihren Finger und blickte auf die Flecken, die sich auf dem Boden ausbreiteten. »Mist«, fluchte sie, »Dad wird mich umbringen.«

Der Kerl, der Lexi angeschrien hatte, war also ihr Vater. Oh Gott.

»Habt ihr irgendwo Verbandszeug?«

Sie nickte müde und strich das Bild glatt, um es sich in die Hosentasche zu schieben. »Im Bad.«

Sie ging an mir vorbei die Treppe herunter und hielt sich eine Hand unter den blutenden Finger, um die Tropfen abzufangen. Im Bad kramte ich in den Schränken nach einem Notfallset, tupfte Lexis Wunde ab, was sie mit einem schmerzhaften Zischen kommentierte, und klebte ein Pflaster auf den Schnitt.

»Danke«, murmelte sie, ohne mich anzusehen.

Vorsichtig blickte ich mich um, um sicherzugehen, dass niemand in der Nähe war. »Was war bei euch los?«

Ihre Gesichtsmuskeln verkrampften sich und in ihren Augen schimmerte eine weitere Ladung Tränen. Sie biss sich auf die Unterlippe und senkte die Lider, als würde sie nicht wollen, dass ich sie so verletzlich sah.

»Lexi …«, flüsterte ich und legte eine Hand auf ihren Oberarm.

Sie wandte sich ab und schüttelte den Kopf. »Es war meine Schuld«, schniefte sie. »Ich habe ein Bild von Mom im Flur aufgehängt. Ich habe es in einem alten Album meiner Grandma gefunden und fand es unglaublich schön.« Sie griff sich mit einer Hand in ihre hintere Hosentasche und zog das Foto wieder hervor, auf dem ich eine blonde Frau mit wilden Haaren entdeckte. Ihre Arme waren bedeckt von Tattoos, und ihre Kleidung war schwarz und eng.

Hätte ihr Gesicht dem von Lexi nicht wie ein Ei dem anderen geglichen, hätte ich definitiv daran gezweifelt, dass es sich hier um ihre Mutter handelte. Aber die großen blauen Augen, die Stupsnase und das spitze Kinn ließen keinen Zweifel offen, dass Lexi die Tochter dieser Frau sein musste.

»Das ist deine Mutter?«, fragte ich erstaunt.

Sie nickte.

»Sie ist wunderschön.«

Lexis lächelte traurig. »Das war sie.«

Mein fragender Gesichtsausdruck ließ sie weiterreden. »Sie hat sich das Leben genommen, da war ich gerade einmal sechs.«

Bestürzt schaute ich ein weiteres Mal auf das Bild von Lexis Mom. Sie hatte ein Lächeln im Gesicht, in dem ich pure Lebensfreude lesen konnte. Es war kaum vorstellbar, dass diese Frau so unglücklich mit ihrem Leben gewesen war.

»Warum will dein Dad nicht, dass du dieses Foto von ihr aufhängst?«

Sie senkte beschämt den Blick. »Dad hat sehr schnell mit ihr abgeschlossen. Eigentlich schon vor ihrem Tod. Er hat sie betrogen, mit seiner jetzigen Ehefrau.« Lexi zuckte leicht mit den Schultern. »Alles, was Mom angeht, ist hier tabu. Ich darf nicht einmal über sie sprechen. Und wenn …«

»Alexandra«, ertönte die zornerfüllte Stimme ihres Vaters von oben und brachte Lexi sofort dazu, zu verstummen. »Ich habe dir doch gesagt, dass du das wegräumen sollst.«

Schritte ertönten, hektisch und laut.

»Du musst gehen«, flüsterte Lexi und schob mich eilig aus der Badezimmertür heraus. Leider schafften wir es nicht rechtzeitig, bevor Lexis Vater im Erdgeschoss angekommen war. Vor mir stand ein großer, aber eher schlaksiger Mann mit Halbglatze. Seine grauen Augen waren schmal, was aber auch daran liegen konnte, dass er meinen Anblick nicht für wünschenswert empfand.

»Dad …«, brachte Lexi krächzend heraus. Er kam auf uns zu und baute sich direkt vor mir auf. Herablassend musterte er mich von Kopf bis Fuß und rümpfte dann die Nase.

»Und du bist?«, fragte er ungeduldig, als würde er von mir erwarten, dass ich mich unverzüglich vorstellte.

»Skyler Thomsen, ich …«

»Es wäre schön, wenn du gehen könntest, Skyler. Alexandra und ich haben ein Gespräch zu führen.«

Lexi sah aus wie ein verschrecktes Huhn. Sie nickte mir zu.

Auch wenn sich alles in mir dagegen sträubte, sie in dieser Situation zurückzulassen, lächelte ich Lexi noch einmal aufmunternd zu und ging zur Tür hinaus, ohne ihren Vater dabei auch nur eines Blickes zu würdigen.

Gerade als ich die Tür hinter mir geschlossen hatte, begann er erneut damit, sie anzuschreien.

Lexi drückte jeden meiner Anrufe weg. Einzig und allein eine Nachricht erreichte mich, wonach es ihr besser gehe und sie mir dankbar sei, dass ich für sie da gewesen war.

Seufzend ließ ich mich auf das Sofa fallen. Grace bereitete gerade Smoothies für uns beide zu und machte mit dem Mixer unheimlichen Lärm, der sofort gegen meinen Schädel drückte.

Nach dem Gespräch mit Lexi war ich nicht mehr in der Lage gewesen, an Mathe zu denken. Meine Hände wurden schwitzig bei dem Gedanken, sie allein mit diesem Mann in diesem riesigen Haus zu wissen, und mich plagte das schlechte Gewissen, sie im Stich gelassen zu haben. Ich wollte gerade erneut Lexis Nummer wählen, als Grace sich neben mir auf die Couch fallen ließ und mir ein Glas mit einer dickflüssigen, hellroten Flüssigkeit in die Hand drückte.

»Banane, Apfel, Himbeeren, Erdbeeren und etwas Joghurt«, erklärte sie und tippte dabei auf ihrem eigenen Glas herum, als könnte sie anhand der Schichten des Smoothies dessen Zutaten ablesen.

»Danke.« Ich nippte an meinem Glas. Die Kreation war überraschend lecker.

Grace' Handy vibrierte und sie stand vom Sofa auf, um sich zum Telefonieren auf die Fensterbank zu setzen.

Während sie mit jemandem sprach, den sie mit »Süße« begrüßte, tippte ich eine kurze Nachricht an Lexi, dass sie sich jederzeit melden könne, wenn sie heute Abend nicht alleine sein wollte.

»Sky?« Grace schob ihr Handy wieder in die Tasche ihrer lockeren Chino und ließ sich auf der Lehne des

Sofas nieder. »Würdest du mir einen riesigen Gefallen tun?«

Mit einem skeptischen Blick nippte ich an meinem Smoothie. »Sag mir erst, was das für ein Gefallen ist.«

»Würdest du heute die Lesestunde übernehmen können? Heather ist ganz verzweifelt, weil die Aushilfe für heute abgesagt hat und sie selber auf einer Hochzeit ist.« Grace Blick war so flehend, als würde sie selbst gerade in der Klemme stecken und nicht ihre Freundin Heather. Sie hatte sich schon immer gut in die Gefühlslage anderer hineinversetzen können. Bis auf die meiner Mutter vielleicht.

»Vorlesen? Kindern?«

Grace nickte mit großen Augen.

Ich hätte Nein sagen können. Ich hätte Grace verklickern können, dass ich zu beschäftigt mit meinem Matheproblem wäre, um mich vor eine Gruppe quengelnder Kinder zu setzen und ihnen Märchen vorzulesen. Doch ich tat es nicht. Und nun saß ich da, auf einem riesigen Stuhl, der den Größenunterschied zwischen mir und meinen Zuhörern nur noch mehr vergrößerte.

Zehn Augenpaare starrten mich an.

»Also, habt ihr einen Wunsch?«, fragte ich schüchtern.

»Die Geschichte über den roten Hund!«, rief ein zierliches Mädchen mit braunen Locken.

»Neeeein! Avery will immer über den roten Hund lesen«, stöhnte der Junge neben ihr genervt.

»Das Dschungelbuch!«, rief ein anderes Mädchen und »Eine Pferdegeschichte!« ein anderer Junge.

Das schrille Stimmengewirr wirbelte sich zu einem riesigen Knäuel auf, das den ganzen Raum ausfüllte. Die Kinder schrien mir weiterhin Namen von Büchern zu, die eines der anderen Kinder wieder verneinte. Einzig ein kleines Mädchen in der ersten Reihe brachte sich nicht in die hitzige Diskussion ein. Sie hatte honigblonde Löckchen, die sie zu zwei Zöpfen gebunden trug. Unter einer rosafarbenen Latzhose trug sie ein weißes Shirt mit einem Pferdekopf darauf. Niedlich.

»Hast du keinen Wunsch?«, fragte ich sie leise und beugte mich dabei weit nach vorne. Das Mädchen schüttelte den Kopf und schaute mit großen Augen zu mir herauf.

»Kannst du uns eine eigene Geschichte erzählen?«, fragte sie dann irgendwann ganz schüchtern und senkte im nächsten Moment wieder den Blick zu Boden.

»Jaa, eine eigene Geschichte!«, rief der Junge neben ihr und klatschte freudig in die Hände.

»Worüber soll es in der Geschichte denn gehen?«

»Ritter!«

»Drachen!«

»Piraten!«

»Pferde!«

Sofort bereute ich, überhaupt nachgefragt zu haben. Erneut brach eine Diskussion aus, an der jedes Kind teilnahm, mit Ausnahme des kleinen Mädchens.

»Worauf hast du denn Lust?«, fragte ich sie leise. Das Mädchen kaute auf ihrem Zeigefinger herum und schaute an die Decke. Ich war mir nicht sicher, ob sie mich nicht verstanden hatte oder ob sie nachdachte.

»Rosa«, war das erste Wort, das aus ihrem Mund kam. »Eine rosane Prinzessin.«

»Eine rosane Prinzessin?«, hakte ich nach.

»Meine Lieblingsfarbe ist rosa.« Sie nickte eifrig und begann schüchtern zu lächeln.

»Okay, Leute, wir hören eine Geschichte über eine rosa Prinzessin.«

Die Jungs stöhnten genervt und rauften sich die Haare, während die Mädchen jubelten und in die Hände klatschten. Ich beschloss, nicht lange darüber nachzudenken, was ich genau erzählen wollte.

Die Prinzessin, von der ich erzählte, hieß Rosa. Sie lebte im Königreich *Blue*, dem Land des Eises und der Kälte. Jede andere Farbe als Blau war hier verboten, was Rosa sehr traurig machte. Lange konnte sie nie die sein, die sie wirklich sein wollte. Erst als Rosa den mutigen Schritt hinaus aus dem Königreich *Blue* wagte, offenbarte sich für Rosa eine neue Welt. Sie durfte rosafarbene Kleider tragen und ihr neues Schloss ganz in Rosa gestalten. Doch ihrem Volk, das immer noch im Königreich *Blue* weilte, gefiel das gar nicht. Die Menschen versuchten, Rosas Leben zu zerstören, indem sie über all ihre rosafarbenen Besitztümer blaue Farbe kippten. Für Rosa ging die Welt erneut unter. Erst, als sie bemerkte, dass die blaue Farbe sich mit Wasser ganz leicht entfernen ließ, wusste sie, dass niemand sie mehr zurückhalten konnte. Rosa war frei von *Blue*, wer auch immer ihr blaue Farbe ins Leben kippen wollte.

»Aber Blau ist doch so viel schöner als Rosa. Warum wollte sie das denn nicht?«, fragte ein Junge, der sich eben noch durchgehend in der Nase gebohrt hatte.

»Na ja, nicht jeder mag Blau. Rosas Wunsch war es, ihre Träume auszuleben, und das konnte sie nicht, da es ihr immer verboten wurde.«

»Das war eine schöne Geschichte«, quietschte Avery. »Besser als der rote Hund.«

Die anderen begannen zu lachen. Auch das kleine Mädchen in der ersten Reihe lächelte mich an, als hätte die Geschichte ihre Schüchternheit etwas vertrieben. Im nächsten Moment starrte sie zur Tür und verzog ihren Mund zu einem breiten Grinsen. Plötzlich sprang sie auf und rannte mit ausgebreiteten Armen zu der Person im Türrahmen.

»Dami, Skyler kann viel schönere Geschichten erzählen als du.«

Ich musste aussehen wie ein Schaf vor der Rasur. So belustigt schaute mich Damian zumindest an, als er meinen Blick sah.

»Dann sollte ich ihr meinen Job wohl öfter überlassen«, sagte er dem Mädchen, von dem ich nun wusste, dass es seine Schwester Abby war.

»Du?«, fragte ich verblüfft. »*Du* übernimmst die Lesestunde der Kinder?«

»Warum so erstaunt?« Er hob Abby auf seinen Arm und lehnte sich an einen Tisch. Die restlichen Kinder sprangen auf und liefen in die Arme ihrer Eltern, die an die Tür klopften und sie zu sich winkten. Ich war so in meine Geschichte vertieft gewesen, dass ich gar nicht mitbekommen hatte, dass die Eltern sich bereits zur Abholung vor der Tür versammelt hatten. Mit einem »Tschüss, Prinzessin Rosa!« verabschiedeten sich zwei der Jungs von mir und verschwanden durch die Tür.

»Na ja, ich hätte dich nicht für jemanden gehalten, der seine Zeit mit Kindern verbringt.«

Bislang zumindest. Jetzt, mit Abby auf dem Arm, machte er auf mich schon einen ganz anderen Eindruck.

»Und *du* siehst nicht wie jemand aus, der Geschichten über eine Prinzessin Rosa erzählt«, gab er zurück und grinste mich schief an.

Ich schüttelte lächelnd den Kopf und griff nach meiner Tasche.

Damian ließ Abby zu Boden, damit sie ihre Jacke holen konnte, und kam auf mich zu.

»Danke, dass du für mich eingesprungen bist. Heather wäre fast durchgedreht, als ich so plötzlich abgesagt habe.« Seine Worte waren warm und herzlich.

Ich neigte den Kopf. Spaßte er? Wenn ja, dann sah ich es ihm nicht an.

»Schon gut. Ich verteile keine Abmahnungen«, erwiderte ich, was Damian zum Lachen brachte.

Abby tauchte an Damians Seite auf und umklammerte mit beiden Händen seinen Arm. Ihre großen blauen Augen blickten schüchtern zu mir herauf.

Die sanfte Vibration in meiner rechten Jackentasche ließ mich meinen Blick von Damians kleiner Schwester abwenden. Eine Nachricht von Lexi. Sie würde mit Jason ins Kino gehen. Ihr ging es also wieder besser. Das war gut.

Im selben Moment dachte ich an mein Matheproblem, das ich nun ganz allein lösen musste. Seufzend schob ich mein Handy zurück in meine Tasche.

»Was ist los?« Damian hatte anscheinend nicht vor, einfach zu gehen, so wie es all die anderen Angehörigen taten. Er betrachtete meinen verzweifelten Blick mit einem halben Lächeln und schien sich wenig darum zu scheren, dass seine kleine Schwester ungeduldig an seinem Shirt herumzupfte.

»Mathe bei Mr. Eagly. Meine erste Prüfung ist am Montag.« Wieder seufzte ich.

»Ouuh.« Damian presste die Lippen aufeinander und nickte mitfühlend. »Den hatte ich auch letztes Jahr. Hibbelig wie ein Eichhörnchen auf Crack und mit dem Erklärungsvermögen eines Kleinkindes.«

»Ganz genau«, stimmte ich lachend zu. Mr. Eagly war wirklich ein Fall für sich. Er redete so schnell und so wirr, dass ich mir wirklich einen Zeitentzerrer wünschte, um seine Worte überhaupt verstehen zu können. Noch dazu hatte er ununterbrochen ein Lutschbonbon im Mund, das bei jedem Satz unschön gegen seine Zähne klirrte.

»Zählen deine Prüfungsergebnisse denn überhaupt? Du bist schließlich in den letzten Wochen des Jahres gekommen.«

Ich zupfte meine Jacke zurecht und ging langsam Richtung Tür, weil ich Abbys Ungeduld nicht mehr ertrug. Damian schien es nicht einmal mitbekommen zu haben.

»Die Noten meiner alten Schule wurden den Lehrern übermittelt, damit sie daraus ein Endergebnis errechnen können. Mein Direktor hätte es unfair gefunden, wenn ich mich in den letzten Wochen einfach auf die faule Haut hätte legen können.« Damals war ich mit einem ähnlichen Gedanken wie Damian zu unserem Schulleiter gegangen, um ihm die frohe Botschaft zu überbringen, wonach er mich, das Daueropfer der Schüler, endlich loswerden würde. Leider hatte er wenig

Mitleid mit mir gehabt und mir ein stressiges Ende der elften Klasse versprochen, was ich dank Mr. Eaglys mangelnder pädagogischer Fähigkeiten auch hatte.

»Und Mathe ist nicht so dein Ding?« Damian folgte mir bis in den Flur, wo er nach seiner Collegejacke suchte und sich diese über den Arm legte.

Ich schnaubte. Nicht so mein Ding? Es war mein Untergang. »Deins etwa?«

»Kann man so sagen. Ich kann dir helfen.«

Ich musste mir Mühe geben, meine Kinnlade nicht herunterklappen zu lassen.

»Was? Ich belege einen Leistungskurs,« erklärte mir Damian sachlich.

Jetzt konnte ich mich nicht mehr beherrschen. Mit halboffenem Mund starrte ich Damian an. Abby begann zu kichern.

»Wir treffen uns um sieben im *Teacup*. Ich fahre Abby nach Hause.« Dann verschwand er mit Abby an der Hand aus der Tür, ohne dass ich auch nur ein Wort dazu sagen konnte.

Damian erschien mit einer großen Tasse Cappuccino, einer Tasse schwarzem Kaffee und einem großen Teller mit einem Stück Himbeertorte am Tisch.

Meine Lernzettel belegten bereits die Hälfte der Tischplatte, wobei ich noch nicht einmal alle zusammengekramt hatte.

Ich betrachtete den rosa Kuchen, der wieder einmal wie gemalt aussah. Wie letztes Mal entdeckte ich nur einen Teller.

»Wir können heute nicht dieses Fragespiel spielen«, sagte ich und schwenkte einen meiner Lernzettel durch die Luft.

»Nein«, stimmte er zu, während er sich auf den Stuhl niederließ. »Aber ich dachte, wir können dich so ein bisschen motivieren.«

Ich runzelte die Stirn.

»Ich versuche, dir das Thema so gut wie möglich zu erklären. Danach stelle ich dir Aufgaben. Für jede Aufgabe, die du richtig bearbeitest, bekommst du ein Stück vom Kuchen. Wenn du es allerdings nicht schaffst, tja …« Mit einem schelmischen Grinsen deutete er auf sich selbst. Keine Ahnung, was ihn dazu brachte, mich immer wieder mit Kuchen zu erpressen. Aber heute war ich mir fast sicher, nicht ein einziges Stück abzubekommen.

Nach einer Stunde war die Hälfte des Kuchens bereits von Damian vernichtet worden. Aber bei dieser einen Aufgabe war ich mir fast sicher, dass ich sie richtig gelöst haben musste. Damian hielt das Blatt mit meiner bearbeiteten Aufgabe in der Hand und ging die Schritte durch. Betend schloss ich die Augen, um Damians Reaktion nicht mitzubekommen. Mein Lösungsweg bei der vorherigen Aufgabe war tatsächlich in so eine falsche Richtung gegangen, dass es ihn sogar zum Lachen gebracht hatte.

Ich spürte den leichten Luftstoß, als Damian das Papier zurück auf meine Seite schob. Kein Lachen, keine doofen Kommentare. Das konnte nur eins bedeuten.

Schnell schlug ich die Augen auf. Das gespannte »Und?« lag mir schon auf den Lippen.

Damian erwiderte meinen Blick einen Moment lang vollkommen emotionslos, bis sich das kleine Grübchen auf seiner rechten Wange zeigte und er ergeben auf den Kuchen nickte.

»Ja!« Ich reckte die Faust in die Luft und trennte mit der Gabel mein erstes Stück von der traumhaft aussehenden Torte ab. Eine kleine Explosion aus Himbeeren und Sahne traf meinen Gaumen.

»Du bist wahrscheinlich der einzige Mathelehrer, der sich mit Kuchen bezahlen lässt«, schmatzte ich.

»Ich kann dich auch gerne mit anderen Diensten bezahlen lassen.«

Ich verschluckte mich und hustete. Wie wild klopfte ich mir auf die Brust, um die Kuchenkrümel aus meiner Luftröhre herauszubekommen. Doch auch wenn mir Tränen in die Augen stießen, begann ich zu lachen. Und das halb hysterisch, halb atemlos. Als Damian dann auch noch mit einem neckenden Grinsen nach seinem Gürtel griff, war es ganz um mich geschehen. Ich griff nach einem unbeschriebenen Blatt Papier, zerknüllte es und warf es gegen seine Brust.

Als wir bei der letzten Aufgabe ankamen und Damian gerade die dritte Tasse Kaffee für jeden von uns bestellte, war ich mir einer Sache sicher: Damian war wirklich ein Genie. Sobald er eine mathematische Funktion vor Augen hatte, wusste er sich diese räumlich vorzustellen. Er hatte mir das letzte Thema, von dem ich zuvor rein gar nichts verstanden hatte, erklärt wie ein gelehrter Professor und hatte sich anschließend mit mir noch an ein weiteres Thema gesetzt, von dem ich ursprünglich gedacht hatte, es verstanden zu haben, was aber offenbar doch nicht der Fall gewesen war. Alles, was er sagte, ergab Sinn. Großer Gott, Mathe ergab Sinn.

»Komm schon, das ist nicht so schwer«, murmelte er mit dem Mund voller Kuchen und tippte auf den Knöpfen seiner Kamera herum. Er trug sie beinahe wie ein Accessoire. Ich wusste nicht, wann ich ihn das letzte Mal außerhalb der Schule ohne gesehen hatte.

»Ich weiß nicht einmal, welche Regel ich anwenden muss«, seufzte ich und vergrub meine Hände in den Haaren. Wir waren offiziell bei der schwierigsten Funktion angekommen. Sie beinhaltete so viele Zahlen und Buchstaben, so viele verschiedene Zeichen, dass sich das Weiß des Papiers vor mir drehte.

»Jede. Du musst nur wissen, mit welcher du anfängst.« Er hielt sich die Kamera vors Gesicht und blickte mit einem Auge durch die Linse, ehe er das Objektiv auf mich richtete und abdrückte.

»Hey!«, rief ich und hielt mir mein Mathebuch als Schutzschild vors Gesicht.

»Komm schon, dein Gesicht ist ein Meisterwerk der Verzweiflung.« Wieder drückte er auf den Auslöser.

»Nett verpackte Beleidigung, Winston.«

Doch er bahnte sich seinen Weg um meinen Schutzschild herum und drückte dann fast ununterbrochen auf den Auslöser.

»Du lenkst mich ab!« Ich wedelte mit meinem halb beschriebenen Blatt und ließ das Buch laut auf die Tischplatte knallen.

»Du weißt die Antwort sowieso nicht.« Damian hob wissend eine Augenbraue. Auch wenn ich ihm gerne das Gegenteil bewiesen hätte, seufzte ich ertappt und schob den Teller mit dem letzten Stück Himbeertorte zu ihm herüber. Mit einem gewinnenden Grinsen schob er es sich zwischen die Lippen und begann dann, mir die ersten Anwendungsschritte zu erklären. Grübelnd versuchte ich das, was er mir gezeigt hatte, umzusetzen. Als ich die letzte Rechnung in meinen Taschenrechner eintippte und das Ergebnis auf dessen Bildschirm erschien, drehte ich ihn mit einem unsicheren Lächeln zu Damian um. Damian musterte das Ergebnis mit schmalen Augen und blickte dann auf seinen Zettel, auf dem er die Ergebnisse für mich notiert hatte.

»Ich kann nichts mehr für dich tun«, sagte er und lehnte sich in seinem Stuhl zurück.

»Schon wieder falsch?« Ich seufzte enttäuscht.

Doch überraschenderweise schüttelte Damian den Kopf.

»Sie ist richtig?«, fragte ich etwas übermütig. Sein Nicken ließ mich sogleich laut jubeln. Erleichtert legte ich meine Lernzettel wieder zu einem Stapel zusammen und bemerkte im selben Moment, dass Damian mich beobachtete.

Ein zufriedenes Lächeln lag auf seinen Lippen, und seine Augen leuchteten einen Funken heller als sonst. Er sah mich auf eine Art und Weise an, die sich nur schwer beschreiben ließ. War er stolz, dass ich nach zwei Stunden Lernen die ersten Fortschritte zeigte? Wollte er mich etwa mit einer weiteren Aufgabe quälen? Keine Ahnung. Er sah mich einfach nur an.

Die meisten würden als den besten Tag ihres Lebens vermutlich ihren Hochzeitstag nennen oder vielleicht auch die Geburt ihres ersten Kindes. Für mich war dieser Tag der, an dem ich meinen Mathebogen mit einem siegessicheren Lächeln auf Mr. Eaglys Pult fallen ließ und mit schnellen Schritten den Raum verließ.

Damian hatte das ganze Wochenende mit mir gelernt. Wir hatten uns dazu immer im *Teacup* getroffen, weswegen ich zu glauben begann, dass ich mindestens zwei Pfund zugenommen haben musste.

Lexi verließ kurz nach mir den Raum. Ich hörte ihr erfreutes Lachen, schon bevor ich sie gesehen hatte. »Er hat dieselben Aufgaben genommen wie in dem Kurs von Jasons Bruder vor zwei Jahren!«

In ihrem Gesicht war kein Funken der Angst vom Freitagnachmittag mehr zu sehen. Sie wirkte wieder ganz wie die Lexi, die ich kennengelernt hatte.

»Geht es dir besser?«, fragte ich, ohne mich von ihrer guten Laune beirren zu lassen. Das, was sie mir am Freitag erzählt hatte, bereitete mir immer noch Kopfschmerzen. Erstaunlicherweise schenkte sie mir ein breites Lächeln. »Mir geht's super.«

Ich presste die Lippen zusammen und überlegte, ob sie meine Frage nicht verstanden hatte, oder ob sie die wahre Bedeutung hinter dieser gekonnt ignoriert hatte.

»Ich meine wegen deines …«

»Ach so«, unterbrach Lexi mich schnell und umfasste die Träger ihrer Tasche mit einer Hand. Abrupt blieb sie stehen und sagte etwas leiser: »Hör zu, er ist eigentlich nicht so.« Sie drehte sich zu allen Seiten um, als würde sie damit rechnen, jemand könnte uns belauschen. »Das war nur ein dummer Streit. Bitte sprich das nicht vor den anderen an.« Sie schickte mir ein zuckersüßes Lächeln. Etwas perplex murmelte ich »Okay«, auch wenn mich ihre Worte noch lange nicht überzeugt hatten. Aber ich wollte sie auch nicht zwingen, mit mir über etwas zu reden, mit dem sie sich offensichtlich nicht auseinandersetzen wollte. Also liefen wir gemeinsam durch den Schulflur, während Lexi begann, von dem Actionfilm zu erzählen, den sie sich gemeinsam mit Jason angesehen hatte.

Auf dem Weg zur Cafeteria entdeckte ich Damian an einem der Spinde, innig in ein Gespräch mit einem anderen mir unbekannten Typen vertieft. Wie gerne wäre ich jetzt zu ihm gegangen und hätte ihm von meiner Leistung in der Prüfung erzählt, aber ich tat es nicht. Wir redeten nirgendwo miteinander, wo es jemand hätte mitbekommen können. Und so lief ich einfach an ihm vorbei, ließ meinen Blick nur kurz zu ihm schweifen und ignorierte den fragenden Blick, den er mir unauffällig zuwarf.

Beim Mittagessen sprachen meine Freunde über eine Party, die an diesem Abend anstand. Ich redete mich damit heraus, dass ich mit meinem Dad zu Abend essen würde, da ich ihn viel zu selten sehe und er am nächsten Tag schon wieder abreisen würde. Das war nicht einmal ganz gelogen.

Mittlerweile war jeder Funken Ärger, den ich noch vor wenigen Wochen Dad gegenüber empfunden hatte, verflogen. Denn die Poesietherapie war bei Weitem nicht so schlimm, wie ich es erwartet hatte. Und ohne Dad wäre ich niemals freiwillig auf die Idee gekommen, mich nach einer neuen Therapie umzusehen. Ich hätte Damian nie kennengelernt und in ihm bis zu unserem Abschluss nichts anderes als diese merkwürdige Erinnerung an Matt gesehen. Und ich hätte vermutlich nie wieder damit begonnen zu schreiben.

Denn das tat ich. Kleinigkeiten. Aber ich gab mir Mühe, einige Dinge über Damian festzuhalten, die mir an ihm auffielen.

Damian war nicht Matt. Er hatte seine eigene Persönlichkeit und redete auf völlig andere Art und Weise mit mir, als es Matt in meiner Fantasie getan hatte. Und ich begann ihn zu mögen. Nicht nur, weil er meine Mathenote gerettet hatte, sondern weil er sich langsam, aber sicher vor mir als Mensch offenbarte. Ein Mensch, der kleinen Kindern vorlas. Ein Mensch, der sich wahrlich für mich interessierte, ohne aufdringlich zu sein.

Den Abend verbrachte ich mit Grace und Dad in der Küche. Grace probierte verschiedene mexikanische Gerichte aus, durch die wir uns durchtesteten, bis uns der Bauch schmerzte. Es war ein schöner Abend, auch wenn die beiden mich mit ihrer jugendlichen Liebe fast neidisch machten und mir meine Freunde nach und nach Bilder schickten von den Dingen, die mir entgingen.

Eines zeigte Elliot, der auf dem Dachfirst eines Gartenhauses stand und eine riskante Yogaübung nachahmte. Ein anderes zeigte Maya, die es mit Hilfe von bunten Schnäpsen geschafft hatte, einen Regenbogen auf ihrer Zunge zu malen. Mit Sicherheit würde sie den Abend über der Kloschüssel verbringen.

Nachdem die beiden mich über die Therapie ausgefragt hatten, Grace Dad gesteckt hatte, dass ich mich regelmäßig mit einem Jungen traf und ich mich der Rechtfertigung in Windeseile entzogen hatte, indem ich in mein Zimmer verschwunden war, schlug ich mein Notizbuch auf und las mir meine letzten Einträge durch.

*Damian Winston:*

- *Mathe-Ass*

- *Vergleicht After Eight mit Seife (Er hat sowas von keine Ahnung.)*

- *Wäre der schlechteste Paparazzo Hollywoods.*

- *Notiz an mich selbst: Sobald er mehr als zwanzig Sekunden an den Knöpfen seiner Kamera herumspielt, heißt es in Deckung gehen!*

Mit einem leichten Lächeln fuhr ich die geschriebenen Worte mit dem Zeigefinger nach. Ich wollte mir gar nicht ausmalen, wie viele Fotos Damian bereits von mir auf seiner Kamera haben musste. Er fand immer wieder einen neuen Grund, mich zu fotografieren. Mal wirkte ich unglaublich verzweifelt, wenn er mich wieder einmal mit einer viel zu schweren Matheaufgabe quälte, mal musste er meinen Stolz festhalten, wenn ich eine knifflige Aufgabe verstanden hatte.

Als hätte Damian gespürt, dass ich an ihn dachte, leuchtete eine Nachricht auf meinem Handydisplay auf:

Ich bin ein schlechter Nachhilfelehrer.

Ich überflog seine Worte und wartete auf eine Erklärung, doch da nichts mehr kam, tippte ich:

???

Ich hätte dir einfach die Lösungen vom letzten Jahr geben können.

Ah. Das meinte er also.

Das hätte doch niemand ahnen können. Allerdings brauche ich demnächst keinen Mathelehrer mehr, sondern einen Fitnesstrainer. Drei Tage Torte haben es in sich.

Wie von selbst fuhr meine Hand zu meinem Bauch, der sich weitaus gefüllter anfühlte, als er es sonst tat. Was allerdings auch an Grace' Gerichten liegen konnte.

Drei Tage? Du glaubst doch nicht etwa, unsere Kuchen-Dates wären überstanden.

Ich las seine Nachricht nochmal. Und nochmal, und nochmal, und nochmal. Das Wort *Date* strahlte mir förmlich entgegen. Mir war nie bewusst gewesen, dass man unsere Treffen als eine Art Date bezeichnen konnte.

Noch da?

Er konnte sich wohl genau vorstellen, wie mich seine Nachricht aus der Bahn geworfen hatte. Schnell tippte ich:

Du zahlst die neue Kleidung.

Binnen zwei Minuten kam die Antwort.

Kleiung wird vollkommen überbew
ertet.

Seine Rechtschreibfehler ließen mich stutzen. Erst jetzt kam mir wieder der Gedanke in den Sinn, dass eine Party in vollem Gange war. Auch wenn wir Montag hatten, würde sich Damian Winston sicher keine Party entgehen lassen.

Bist du betrunken?

Jein.

???

Vielleicht ein bisschen.

Lachend schüttelte ich den Kopf. Dafür, dass er auf einer Party war, war er daueronline.

Ich gehe schlafen, trink nicht mehr so viel.

Erst nachdem ich meine Nachricht abgesendet hatte, merkte ich, wie gluckenhaft sich meine Empfehlung anhören musste. Mist.

Okay, Mama.

Er konnte tatsächlich Gedanken lesen.

Die Party ist mies.
Hätte Lust auf ein Stück Kuchen.

Mit dir.

Nach und nach vibrierte mein Handy vor lauter weiteren Nachrichten von Damian. Ich konnte sie gar nicht so oft lesen, wie ich seine Worte hören wollte. Das warme Gefühl in meinem Bauch breitete sich langsam, aber sicher in jede Zelle meines Körpers aus. Schnell schaltete ich mein Handy auf lautlos und schloss die Augen. Sollte mein Herz weiterhin so stark gegen meinen Brustkorb schlagen, wäre an Schlaf wohl nicht mehr zu denken.

KAPITEL

# 10

Die Vibration meines Handys auf dem Holz meines Nachttisches ließ mich aus dem Schlaf schrecken. Müde wischte ich mir übers Gesicht und griff blind nach meinem Telefon. Es dauerte einige Sekunden, bis ich Lexis Nummer auf dem Display erkannte. Verwirrt tippte ich auf den grünen Hörer und hielt mir das Handy ans Ohr.

»Sky, oh mein Gott. Leute! Sie ist drangegangen!« Lexis Stimme hallte mir so ungewöhnlich laut und schrill entgegen, dass ich mir den Hörer sofort wieder von meinem Ohr weghalten musste.

»Hey, Sky!«, quietschten meine Freunde mir wild entgegen.

»Hey.« Meine Stimme hörte sich an wie die meiner Grandma, wenn sie aus ihrem Mittagsschlaf geweckt wurde.

»Du musst uns abholen«, rief eine Stimme, von der ich mir nicht ganz sicher war, ob es Emilys war.

»Ich muss?«

»Maya hat sich übergeben, bevor wir ins Taxi gestiegen sind. Jetzt will sie kein Fahrer mehr mitnehmen, und wir können sie hier nicht allein lassen.« Lexi klang tatsächlich verzweifelt.

»Klar hole ich euch, ich lasse mir nämlich gerne ins Auto kotzen«, entgegnete ich so ironisch, dass jeder andere meinen Widerwillen verstanden hätte. Nicht so meine betrunkenen Freunde.

»Leute, sie holt uns!«, rief Lexi aufgeregt, worauf die anderen wild aufbrausend durcheinanderriefen. Ich schielte auf die Uhr. Zwei Uhr nachts! Auch wenn ich es am nächsten Morgen mehr als bereuen würde, meine Freunde unter der Woche von einer Party abgeholt zu haben, ließ ich mir von ihnen den Weg erklären, nahm unauffällig die Schlüssel von Grace' Auto und machte mich auf den Weg zu der relativ abgelegenen Waldhütte am Stadtrand von Greywood.

Die Party war noch in vollem Gange, zumindest hallte mir der Bass der Musik schon von Weitem entgegen. Meine Freunde entdeckte ich am Rande des Waldweges, wo es sich auch schon andere Partygäste auf einer Bank bequem gemacht hatten.

»Wäre ich hetero, ich würde dich heiraten!« Elliots Grinsen ging von einer Wange zur anderen, und seine Augen waren gerötet. Ich gab Maya den Müllbeutel, den ich ihr mitgebracht hatte, und drehte mich weg, damit ich sie nicht dabei beobachten musste, wie sie sich darin erbrach.

Dann sah ich ihn. Er war dunkel gekleidet, deshalb dauerte es einen Moment, bis meine müden Augen seine Umrisse erkannten. Erst als ich den Motor anstellte und Emily im Sitz neben mir versank, entdeckte ich Damian mit Olivia im Arm vor einem großen Nadelbaum. Olivia nagte an seinem Hals herum, als wäre sie die Maus und er der Käse. Er hielt sie zwar an ihrer Hüfte fest, blickte dabei allerdings abwesend an ihr vorbei und sah eher danach aus, als bräuchte er dringend eine Aspirin. Bevor meine Freunde bemerken konnten, wie meine Wangen erröteten, als sein Blick plötzlich in meine Richtung ging, legte ich den Gang ein und brauste davon.

Der Rückweg war schrecklich. Bei jedem noch so kleinen Schlagloch wurde Maya erneut schlecht, und ich musste jedes Mal fürchten, dass etwas von ihrem Mageninhalt auf Grace' Sitzpolstern landen würde. Noch dazu fand Elliot beim Herumtippen auf den Knöpfen meines Radios einen Sender, der Countrymusik spielte. Während meine betrunkenen Fahrgäste sich freuten wie kleine Kinder, schüttelte ich nur ermüdet den Kopf. Am liebsten wäre ich direkt wieder umgekehrt, um Damian und Olivia mit Mayas Spucktüte zu bewerfen.

Als ich dann im Bett lag, prasselten die Ereignisse ungefiltert auf mich ein. Es war kurz vor drei Uhr, und jede Müdigkeit war aus meinen Gliedern verschwunden. Ersetzt wurde sie durch Wut. Und Enttäuschung. Hatte mein naives Herz sich wirklich eingebildet, Damian könnte außerhalb dieses Projektes Interesse an mir und meinem Leben haben?

Richard hatte recht behalten. Damian war ein Charmeur, der genau wusste, wie er bekam, was er wollte. Und er war ein guter Schauspieler. Tatsächlich war mir nie der Gedanke gekommen, dass seine nette Art und sein Verständnis nur aufgesetzt sein konnten. Damian Winston war ein Idiot. Ein frauenverführender, ignoranter Idiot, der mit weniger als ein paar netten Worten schon Herzklopfen bei mir ausgelöst hatte. Aber so schnell, wie er es geschafft hatte, mich auf seine Seite zu ziehen, würde ich es auch schaffen, mich wieder von ihm zu lösen.

Am nächsten Morgen bekam ich weder Emily noch Maya und Gott sei Dank auch nicht Damian zu Gesicht. Einzig und allein Elliot und Lexi hatten sich in die Schule gewagt, obwohl sie von Kopfschmerzen geplagt wurden. In meinen Kursen fehlten jeweils mindestens vier meiner Mitschüler, von denen ich genau wusste, dass sie gestern ebenfalls auf der Party gewesen waren.

Auf der einen Seite bereute ich, wieder der Langweiler unserer Gruppe gewesen zu sein und die Party verpasst zu haben, auf der anderen Seite fühlte es sich wahnsinnig gut an, eine der wenigen zu sein, die nicht so aussahen, als müssten sie sich in den nächsten Sekunden übergeben.

Den ganzen Tag über spielte ich in meinem Kopf die Szene durch, wie ich Damian am Nachmittag gegenübertreten sollte. Ich war sauer. Nicht zu Recht, aber ich war es. Nein, nicht sauer, sondern enttäuscht.

Damian sollte niemals den Eindruck gewinnen, ich wäre gekränkt oder eifersüchtig auf Olivia, aber gleichzeitig hatte ich auch nicht das Bedürfnis, gute Miene zum bösen Spiel zu machen.

Ich watete in einem See aus mieser Laune, aus dem

ich den Weg heraus einfach nicht fand. Erst recht nicht jetzt, da ich wieder einmal fünf Minuten zu früh an meinem Platz im Therapieraum saß.

Mein letzter Hoffnungsschimmer war, dass es Damian so mies ginge, dass er sich eine gute Ausrede einfallen lassen und den Kurs schwänzen würde. Ihm hätte ich den schlimmsten Kater seines Lebens gegönnt und mir selbst eine kleine Auszeit von den ständigen Glücksgefühlen, die durch meinen Körper schossen, sobald er mich anlachte. Dieser kleine Hoffnungsschimmer erlosch, als Damian putzmunter den Raum betrat, sich auf den Platz schräg vor mir fallen ließ und sich mit einem breiten Lächeln zu mir umdrehte.

»Ist Mrs. Morrison meine Abwesenheit aufgefallen? Die Sekretärin hat mir heute Morgen kein Wort geglaubt, als ich angerufen habe. Dabei habe ich meinem Dad wirklich erschreckend ähnlich geklungen.«

»Sie hat nichts gesagt«, antwortete ich knapp.

»Habe ich viel verpasst?« Er hob lächelnd eine Augenbraue, als würde er keine ernst gemeinte Antwort auf seine Frage erwarten. Wie konnte er nur nach einer durchzechten Nacht beinahe noch besser aussehen als an guten Tagen ohnehin schon? Seine Augen leuchteten einen Funken heller als zuletzt, und seine dunklen Locken hingen ihm verwuschelt in die Stirn. Das Grübchen auf der rechten Seite seiner Wange ließ mich fast vergessen, warum ich überhaupt wütend auf ihn war.

»Nein.«

»Nicht? Keinen der spannenden Schwarz-Weiß-Dokumentarfilme aus Mrs. Morrisons Wunderkiste?«

Bevor ich antworten musste, ließ Richard seine Aktentasche laut auf den Tisch fallen. Damian schien sich in keiner Weise für Richards Erscheinen zu interessieren. Erst als unser Therapeut ihn ermahnte, löste er seinen Blick von mir und drehte sich nach vorn um.

Ich hatte Glück. Statt uns in Partnerarbeit nach draußen zu schicken, wie er es das letzte Mal getan hatte, widmeten wir uns heute einem anderen Thema. Wir sollten all unsere Erfolge der letzten Wochen zusammenfassen.

Mit einem leichten Lächeln schrieb ich auf, dass ich das Schreiben wieder in mein Leben gelassen hatte. Und merkte noch im selben Moment, dass ich diesen Erfolg genau einem zu verdanken hatte: Damian. Genau wie auch die Leistungen in meiner Matheprüfung.

Nach beinahe jedem Wort, das ich schrieb, ging mein Blick hinüber zu Damian, der die rechte Hand in sein Haar vergraben hatte und mit gesenkten Lidern auf das Blatt vor sich starrte. Er setzte seinen Bleistift immer wieder an und legte ihn dann wieder auf dem Tisch ab. Überlegte er gerade, ob er Olivia aufschreiben sollte? Konnte man das überhaupt als Erfolg bezeichnen, wenn er sich doch überhaupt keine Mühe machen musste?

Ich war so in Gedanken vertieft, dass ich Richard erst neben mir bemerkte, als er sich räusperte. Langsam hob ich den Kopf und ließ ihn einen Blick auf meine Einträge gewähren. Seine Mundwinkel hoben sich, als er den ersten Punkt las. Er schickte mir ein Zwinkern zu. Der Stolz in seinem Gesicht war kaum zu übersehen.

Als er gefährlich langsam an Damians Tisch vorbeilief und dessen Einträge musterte, schüttelte er nur den Kopf und drehte sich zu den anderen Teilnehmern um.

Ich musterte Damian, der wie versteinert in derselben Position verharrte, in der ich ihn eben schon beobachtet hatte. Wie sehr wünschte ich mir, jetzt in sein Gesicht sehen zu können. Wie würde er es nennen? Es wäre ein »Meisterwerk der Verzweiflung«.

Auch wenn ich erwartet hätte, dass Richard mich vor dem gesamten Kurs nach meinem Erfolg fragen würde, streifte er mich nur mit einem versteckten Lächeln. Er ließ zwei Frauen vorlesen, die in der ersten Reihe ihren Platz hatten. Sowohl Damian als auch ich blieben für dieses Mal verschont.

Als Richard das Ende der heutigen Stunde verkündete, sprang ich in derselben Sekunde auf. Etwas verärgert musste ich vor der Tür meinen Halbsprint stoppen, da Sylvia und eine andere ältere Frau mir den Weg versperrten. Ich spürte ihn schon hinter mir, da hatte er noch gar nichts gesagt. »Ich weiß ja nicht, wie es dir geht, aber ich hätte heute furchtbare Lust auf ein Stück Kirschkuchen im *Teacup*.« Sein Atem kitzelte an der empfindlichen Stelle unter meinem Ohr, und ich musste mich beherrschen, nicht zu erschaudern.

»Habe zu tun.« Endlich schaffte ich es, Sylvia zu überholen, die mir ein entschuldigendes Lächeln zuwarf. Auch wenn ich genau wusste, dass ich keine große Distanz zwischen Damian und mich bringen konnte, gab ich dennoch mein Bestes. Binnen zwei Sekunden fühlte ich seine Hand auf meiner Schulter. »Okay, was ist los?«

Fassungslos machte ich halt und blickte auf seine Finger, die mich noch mehr darum baten, mit ihm zu reden, als es seine Worte getan hatten. Zögernd wand ich mich aus seinem Griff, doch anstatt wegzulaufen, verschränkte ich die Arme vor der Brust und starrte auf meine Füße.

Ja, was war eigentlich los? Wie sollte ich ihm erklären, dass mich unser Chat gestern erst völlig aus der Bahn geworfen und mich unmittelbar danach der Anblick von ihm und Olivia in das tiefste Loch dieser Erde katapultiert hatte?

»Es ist nichts.« Schlechteste Ausrede aller Zeiten.

»Das kannst du deiner Grandma erzählen.« Erst jetzt traute ich mich wieder aufzusehen. Sein Blick blieb standhaft auf meine Augen gerichtet. Unbeholfen umfasste ich das Medaillon, das mir Caden zu meinem sechzehnten Geburtstag geschenkt hatte, und schob es auf dem Band hin und her.

»Du bist nervös«, stellte er fest und hob provozierend eine Augenbraue.

»Wie kommst du darauf?«, zischte ich und umklammerte das Medaillon noch fester.

»Du spielst mit deiner Kette, das machst du oft. Generell machst du echt merkwürdige Dinge, wenn du nervös bist. Manchmal ziehst du dir Knoten in die Haare und löst sie im selben Moment wieder, oder du krempelst die Ärmel deiner Blusen hoch und gleich wieder runter.«

Ich konnte gar nicht anders, als ihn mit halboffenem Mund anzustarren. Tatsächlich hatte ich meine Angewohnheiten noch nie so ausgiebig beobachtet, wie er es offenbar getan hatte. Dass es ihm so ein Leichtes war, meine Gefühle an meinen Handlungen abzulesen, erschreckte mich.

»Ich bin nicht nervös«, sagte ich lahm und ärgerte

mich im nächsten Moment über meine fehlende Schlagfertigkeit. Damian seufzte und stieß die Tür nach draußen auf. »Schön, dann verschweig mir heute, was dein Problem ist. Donnerstag kommst du mir nicht davon.«

Donnerstag. Oh Gott.

»Da kann ich nicht.« Meine Stimme war ein einziges Piepsen. Erst heute Morgen war mir wieder bewusst geworden, dass Donnerstag der Tag war, vor dem ich mich so lange gefürchtet hatte. Dieser Tag war rot umkreist in meinem Kalender. Rot für Gefahr. Für Ausbrüche. Für Schmerz.

So abrupt wie Damian stehen blieb, stieß ich prompt gegen seine Brust.

»Was?« Seine Stimme hatte sich verändert. Er klang nun ernsthaft sauer.

»Ich habe Donnerstag schon etwas vor«, wiederholte ich nun so standfest, dass ich mir beinahe selbst auf die Schulter geklopft hätte.

»Donnerstag ist unser Tag, schon vergessen?«

»Nein, du etwa, als du mich wegen deines Trainings versetzt hast? Ich habe einen Termin, warum stellst du dich so an?«

»Warum ich mich so anstelle? Vielleicht weil dieses beschissene Projekt in ein paar Wochen fällig ist und du mir immer noch nichts über deine Vergangenheit erzählt hast. Vielleicht weil unser werter Therapeut mich sowieso auf dem Kieker hat und schon die Torte für den Tag bestellt hat, an dem er mich endlich los sein wird.« Mit jedem seiner Worte hob sich seine Stimmlage, bis sich einige der Kursteilnehmer, die sich noch vor ihren Autos versammelt hatten, zu uns umdrehten.

»Wenn du heute nichts mit mir unternehmen willst und auch Donnerstag nicht, dann geht uns eine ganze Woche verloren. Also was auch immer du vorhast, sag es ab.«

Seine Worte waren wie Messerstiche, ausgeführt mit einer stumpfen Klinge, die sich mehrmals nacheinander in mein Herz bohren musste, bis ich den Schmerz spürte. Merkte er denn nicht, was er da sagte? Dass ich immer noch nichts weiter als ein beschissenes Projekt für ihn war? Für die Tränen in meinen Augen schämte ich mich ungemein. Für die Sprachlosigkeit ebenfalls. Wortlos kehrte ich ihm den Rücken zu und machte mich auf den Weg zu Grace' Auto.

Er folgte mir nicht. Zumindest nicht unmittelbar. Da ich ärgerlicherweise am Ende des Parkplatzes geparkt hatte, stand mir noch ein viel zu langer Weg bevor, bei dem Damian mich einholen konnte, sobald er sich wieder gefangen hatte. Es dauerte tatsächlich nicht lange, bis ich seine Schritte hinter mir hörte. »Sky…«

»Lass mich!«, fauchte ich, ohne mich umzudrehen. Die erste Träne rollte bereits meine Wange herunter. Na super.

»Das war so nicht gemeint.« Er klang ernsthaft verzweifelt. Wahrscheinlich zog diese Nummer bei jedem anderen Mädchen, aber ich war nicht jedes andere Mädchen. Und ich war leicht zu verletzen.

Damian schaffte es, mich einzuholen, und stellte sich mir in den Weg. Am liebsten hätte ich mir die Hände vor die Augen geschlagen, doch ich widerstand dem Bedürfnis und starrte ihm entgegen. Seine Augen taxierten die feinen Linien, welche die Tränen auf meiner Haut hinterlassen hatten. Sein Blick war sanft und schuldbewusst, aber dennoch fordernd.

»Ich besuche meinen Bruder in der Entzugsklinik, okay?« Das wütende Fauchen, das ich ihm eigentlich entgegenschleudern wollte, endete in einem hilflosen Schluchzen. »Ich habe den Termin schon vor zwei Wochen ausgemacht.«

Mit diesen Worten ging ich an Damian vorbei, weiter auf Grace' Auto zu. Auch wenn ich fest damit gerechnet hatte, dass er mir folgen oder mindestens irgendetwas hinterherrufen würde, blieb er stumm auf der Stelle stehen. Ich knallte die Tür hinter mir zu und fuhr vom Parkplatz, ohne mich zu ihm umzudrehen. Hätte ich das getan, wären die Tränen, die mir immer noch in den Augen standen, nicht mehr aufzuhalten gewesen.

Am frühen Abend war ich immer noch viel zu aufgewühlt, um mich an meine Hausaufgaben zu setzen. Selbst Richards Aufgabe, unsere Erfolge in ein literarisches Werk umzusetzen, wollte mir nicht gelingen, obwohl ich mich darauf merkwürdigerweise sogar gefreut hatte. Jeder meiner Erfolge hatte mit ihm zu tun. Mit ihm und seiner unausstehlichen Art, mir den Kopf zu verdrehen.

Nachdem auch Grace meine Laune erkannt hatte, dauerte es nicht lange, bis wir gemeinsam auf der Couch saßen und Vanille-Eiscreme aus einem riesigen Behälter löffelten. Da im Fernsehen nichts Erträgliches lief, zappte ich durch die Kanäle und entdeckte eine Quizshow, die ich mir schon vor einiger Zeit mit Dad angesehen hatte. Die Fragen waren schwierig, umso mehr versuchte ich mich auf die möglichen Antworten zu konzentrieren.

»Wie können die ihre Fragen in zehn Sekunden beantworten? Die spielen um zehntausend Dollar«, staunte Grace und schob sich einen weiteren Löffel Eiscreme in den Mund.

Gerade als die Finalrunde begann und ich mit den Spielern mitfieberte, klingelte es an der Tür. Grace opferte sich und kroch unter der bestickten Wolldecke hervor. Ich hingegen grub weiter Löcher in den Batzen Eiscreme und starrte wie hypnotisiert auf den Bildschirm, ganz ohne auch nur einen Gedanken an Mr. Lass-alles-für-mich-stehen-und-liegen zu verschwenden.

Hätte ich das doch nur getan, denn als Grace zurückkam, sich aber nicht mehr zu mir setzte, sondern sich in ihr Zimmer verkroch, wurde mir bewusst, wer uns da am Abend störte. Ich roch sein Parfüm, noch bevor ich ihn gesehen hatte, und mein Herz fing heftig an zu klopfen.

*Einatmen, ausatmen.*

»Was willst du?«, flüsterte ich in meinen Eisbecher hinein. Mich zu ihm umzudrehen, wagte ich nicht. Zu sehr befürchtete ich, mich bei seinem Anblick wieder in ein heulendes Wrack zu verwandeln. Jetzt hörte ich seine Schritte auf unserem Parkettboden. Ich zählte sie, und als der Klang seiner Schuhe stoppte, ahnte ich, dass er unmittelbar hinter dem Sofa stehen musste.

»Es tut mir leid.«

Ich schnaubte und vergrub den Löffel vor Wut in dem Haufen Eiscreme. »Was tut dir denn leid?«

»Alles«, sagte er mit fester Stimme, »Das eben … das war nicht ich.«

»Da bin ich mir nicht so sicher«, flüsterte ich. Vor meinen Augen erschien abermals Damians wutverzerrtes Gesicht, als ich ihm gesagt hatte, dass ich mich am Donnerstag nicht mit ihm würde treffen können. So hatte ich ihn noch nie gesehen. Und das war wahnsinnig beängstigend.

»Nimm mich mit.«

Der Löffel Eis, den ich mir gerade noch in den Mund geschoben hatte, musste erst noch schmelzen, bevor ich mich traute, etwas zu erwidern.

Langsam drehte ich mich um. Wie ich vermutet hatte, stand er wenige Schritte von unserer Couch entfernt, die Hände in den Jackentaschen vergraben und die Haare so wirr, als hätte ihn auf dem Weg hierher ein Wirbelsturm erwischt. Ich öffnete den Mund, nur um ihn im selben Moment wieder zu schließen. Hatte ich das gerade richtig verstanden? Bat er mich wirklich, ihn in eine Entzugsklinik mitzunehmen?

»Ich meine es ernst, Skyler, nimm mich mit. Es tut mir leid, wie ich mich dir gegenüber verhalten habe, und ich will am Donnerstag für dich da sein.«

Meine Finger um den Eisbecher fühlten sich mit einem Mal klamm und erfroren an. Ich wusste nichts zu erwidern, wusste nicht, wo ich hinblicken sollte, und schon gar nicht konnte ich mir bewusst machen, was genau er da von mir verlangte.

Das Wort »Nein« lag mir schon auf der Zunge. Aber wieso brachte ich es nicht über mich, es auszusprechen? Vielleicht, weil ich mir immer jemanden gewünscht hatte, der mich zu Caden begleitete? Jemand anders als meine Mutter, die schon in Tränen ausbrach, wenn wir nur über meinen Bruder sprachen.

Eine Begleitung wäre vermutlich eine unglaubliche Erleichterung. Und doch wollte das »Nein« nicht von meiner Zunge verschwinden.

Nein, ich würde ihn nicht näher an mich heranlassen. Nein, ich wollte die Schmetterlinge ganz schnell aus meinem Bauch herausbekommen. Nein, ich würde ihm nicht diesen Gefallen tun.

»Okay«, sagte ich, als hätte ich nur auf ihn gewartet.

# KAPITEL 11

Sicher, dass wir hier richtig sind?«, fragte Grace, als wir gerade in die Straße einbogen, in der die Familie Winston lebte.

»Jap«, antwortete ich.

Die Kinnlade meiner Tante sackte nach unten. »Lass mich zusammenfassen: Der Junge bringt dir Kuchen vorbei, hilft dir beim Lernen und will dich heute zu Caden begleiten. Und dann ist seine Familie auch noch steinreich?« Grace lachte. »Süße, meinen Segen hast du!«

Mit einem Grinsen verdrehte ich die Augen und deutete auf die Einfahrt, die zum Haus der Winstons führte. »Da ist es.«

Grace hielt am Straßenrand an und nahm mich zur Verabschiedung in ihren Arm. »Meine Kleine, lass dich bloß nicht unterkriegen«, flüsterte sie in mein Haar. Ich war den ganzen Tag über so nervös gewesen, dass sie nur ahnen konnte, wie sehr mich dieser Besuch bei meinem Bruder beschäftigte.

»Drück Caden von mir. Naja, wenn er es zulässt.«

»Ich versuche es«, sagte ich und hoffte in diesem Moment inständig, dass er überhaupt erst einmal *mir* eine Umarmung erlauben würde. Ich warf Grace ein letztes Lächeln zu, bevor ich ausstieg und mich auf den Weg zu Damians Haus machte.

Schon bei meinem Spaziergang damals hatte ich erahnen können, in was für einem Luxus diese Familie leben musste. Aber der Gesamteindruck des Anwesens, das nun vor mir lag, übertraf meine Erwartungen nochmals. Eine Garage von der Größe unseres Lofts, ein Pool mit einem Jacuzzi und ein Garten, ausgestattet mit allem möglichen Kinderspielzeug.

Damian entdeckte ich in der Garage an das vorderste Auto gelehnt. Er beobachtete mein Staunen mit einem stillen Lächeln. Wahrscheinlich war er es gewohnt, dass jedes Mädchen, das er mit nach Hause brachte, diese großen Augen machte.

»Hast du es bald?«, fragte Damian neckend und ließ den Schlüsselbund von einer Hand in die andere fallen. Auch wenn er versuchte, lässig zu wirken, fiel mir auf, dass seine Finger ein wenig zitterten. Sein Lächeln erschien mir eher gepresst, und unter seinen Augen lagen dunkle Schatten. Während ich mich ermahnte, nicht weiter nachzufragen, ob etwas nicht stimmte, löste ich mich vom Anblick seines Familienhauses und ging zu Damians Auto. Von meiner selbstverständlichen Absicht, auf der Beifahrerseite einzusteigen, hielt Damian mich mit einer leichten Berührung ab und ließ im selben Moment die Schlüssel vor meiner Nase baumeln.

»Was?«, fragte ich verwirrt und drehte mich zu ihm

um. Leicht panisch schielte ich auf den Wagen, von dem er augenscheinlich erwartete, dass ich ihn würde fahren können.

»Ich fahre ungern fremde Strecken, du hast heute das Kommando.« Und da hatte er auch schon die Schlüssel in meine Hände fallen lassen und war um sein Auto herumgegangen, um selbst auf der Beifahrerseite einzusteigen.

»Und wenn ich es kaputtfahre?« Zusehends wuchs meine Panik. In meiner neuen Heimat das Auto einer der wohlhabendsten Familien der Stadt zu beschädigen, wäre wahrscheinlich kein guter Start.

»Wir sind versichert, es wäre also nicht allzu schlimm.« Stirnrunzelnd beäugte ich erst die Schlüssel, dann ihn und schließlich meine Uhr. Meinem unruhigen Blick auf Letztere verdankte Damian, dass ich wortlos einstieg und es mir auf dem Fahrersitz bequem machte. Auch wenn ich zwanzig Minuten zu viel für die Fahrt eingeplant hatte, würde eine unnötige Diskussion mit Damian, bei der ich so oder so nicht gewinnen würde, nur unnötig Zeit kosten.

»Das ist wohl das Schwachsinnigste, was ich jemals gehört habe«, murmelte ich und suchte den richtigen Schlüssel an dem Bund.

»Was?«

»Dass du keine fremden Strecken fährst, ist doch Quatsch. Ich könnte dich lotsen und außerdem –«

Damian nahm mir den Schlüsselbund aus der Hand und legte ihn auf der Mittelkonsole ab. »Du musst ihn nirgendwo reinstecken. Drück einfach auf den Knopf«, erklärte er mir und deutete auf einen kleinen, unauffälligen Knopf direkt neben dem Lenkrad. Ich tat, was er sagte und … nichts passierte.

Damian begann neben mir heiser zu lachen und griff nach meiner Hand, um sie von dem Knopf zu entfernen. Das plötzliche Kribbeln, das sich von meinem Arm bis hin zu meiner Brust zog, versuchte ich zu ignorieren.

»Das Auto fährt mit einer Start-Stopp-Automatik, du musst die Bremse treten, während du ihn drückst.«

Ich sah mich auf dem Boden unterhalb des Lenkrads um und runzelte die Stirn, als mir ein bedeutendes Detail ins Auge fiel. »Keine Kupplung?«

»Keine Kupplung«, bestätigte Damian und verzog den Mund zu einem leichten Grinsen, als er meine Verzweiflung bemerkte.

Es dauerte fünf weitere kostbare Minuten, bis Damian mir die Bedienung seines Autos komplett erklärt hatte und wir endlich losfahren konnten. Innerlich kribbelte alles in mir, da mein Pünktlichkeitsdrang Alarm schlug. Trotz alledem hielt ich mich an das vorgegebene Tempolimit, verzichtete sogar in zwei Fällen auf meine Vorfahrt und überholte auch nicht den nervigen älteren Herrn vor mir, der nicht einmal annähernd an die Grenze des Limits kam. Damian seufzte ungefähr alle fünf Minuten.

»Ich fahre nicht so gerne fremde Strecken«, äffte ich ihn dann jedes Mal nach, woraufhin er nur brummte.

Als wir auf den Highway fuhren und ich nicht mehr allzu viel falsch machen konnte, breitete sich Stille zwischen uns aus. Mit zitternden Händen drückte ich auf einigen Knöpfen herum, in der Hoffnung, ich würde den treffen, der das Radio anschaltete.

»Damian?«, fragte ich. Er reagierte nicht. Vorsichtig blickte ich zur Seite. Damian starrte aus dem Fenster, jeder seiner Muskeln angespannt. Langsam begann ich mich zu fragen, ob denn ich *seine* Unterstützung benötigte oder eher er meine. Ich wiederholte seinen Namen ein weiteres Mal. Diesmal drehte er sich mit einem »Hm?« zu mir um. Er blinzelte mehrfach, als hätte ich ihn gerade aus dem Schlaf gerissen.

»Kannst du das Radio einschalten?«

Er nickte und suchte mit dem Zeigefinger nach dem richtigen Knopf. Der Radiomoderator kündigte gerade das nächste Lied an. Ein klassischer Popsong, der vielleicht aus zwanzig Prozent Text und achtzig Prozent Beat bestand und mit der Stimme einer bekannten Sängerin gekrönt wurde. Über dieses Stöhnen, das im selben Augenblick sowohl aus Damians Mund als auch aus meinem kam, hätte ich beinahe gelacht.

Ich überließ es Damian, sich durch die Sender zu zappen. Erst jetzt fiel mir auf, dass er einen furchtbar kritischen Musikgeschmack hatte. Jeden Sender, der auch nur annähernd das aus seiner Sicht falsche Lied abspielte, drückte er sofort weg. Erst als er an einem der hinteren Kanäle angekommen war, hielt er inne. Auch ich hatte nichts zu meckern, was ihn zum Weiterschalten bewegt hätte. Der Sender spielte *Wonderwall* von *Oasis*.

Endlich gelang es mir durchzuatmen und mich von den Klängen der Musik wegtragen zu lassen. Das nervöse Kribbeln in meinem Bauch zog sich nach und nach zurück, und ich konzentrierte mich nur noch auf den

Liedtext. Und auf den Straßenverkehr natürlich. Auch Damian schien sich langsam zu entspannen.

Die Fahrt verlief gut. Wir standen nicht im Stau, gerieten in keine brenzlige Situation, und die Musik übertönte das beklemmende Schweigen zwischen uns. Die Klinik lag im Vorort einer größeren Stadt und sah auf den ersten Blick aus wie eine Farm.

Das erste und letzte Mal war ich hier gewesen, als Mom und ich Caden hierher gebracht hatten. Damals hatte er die gesamte Fahrt über kein einziges Wort mit uns geredet. Er hatte sich von uns helfen lassen, seine Sachen in sein Zimmer einzuräumen, und uns dann weggeschickt.

Vermutlich würde er auch dieses Mal kein Wort mit mir wechseln. Oder er würde mich anschreien. Vielleicht würde er mich sogar hinauswerfen. Und wenn er dann erst bemerken würde, dass ich einen Fremden mitgebracht hatte … in eine Entzugsklinik. Er würde mich nie wieder auch nur ansehen und …

»Alles in Ordnung?« Damians Stimme drang nur langsam in mein Knäuel aus Gedanken.

Wir standen auf dem Parkplatz der Klinik. Ich nahm wahr, wie ich meine Hände um das Lenkrad gekrallt hatte, meinen Blick panisch auf die Fassade des rot-braunen Backsteinhauses gerichtet, in dem mein Bruder lebte. Mein Atem war viel zu laut, viel zu japsig. Kein Wunder, dass Damian meine plötzliche Panik nicht verborgen geblieben war.

»Ich denke schon.« Meine Stimme klang unsäglich dünn. Mir fehlte die Luft, um mehr zu sagen. Aus dem Augenwinkel beobachtete ich, wie Damian sich abschnallte und sich zu mir herüberbeugte. Seine Hand fuhr zu meiner Schulter und glitt meinen Arm herunter, immer wieder.

»Du musst mich nicht mit reinnehmen. Vielleicht war das doch eine dumme Idee.«

»Nein«, wisperte ich. Eilig stieß ich die Autotür auf, bevor es mir doch noch gelingen würde, mich vor diesem Besuch zu drücken. Damian folgte mir wenige Augenblicke später.

Die Klinik glich kein bisschen einem Krankenhaus. Auf der Website hatte ich gelesen, dass nur wenige Patienten hier betreut wurden, um dafür auf jeden Einzelnen besonders eingehen zu können. In der Mitte des weitläufigen Geländes stand ein großes Backsteinhaus. Auch ein kleiner Stall lag in direkter Nähe des Hauses. Als wir auf die Eingangstür zuliefen, kroch mir der Geruch von Heu in die Nase, und das Gackern von Hühnern ertönte aus der Richtung des Stalls.

Ich ging Damian voraus und betrat die Eingangshalle. Schon am Empfang konnte ich sehen, wie liebevoll die Klinik eingerichtet worden war. Kleine Sofas standen im Raum verteilt, in einigen saßen Patienten oder Angehörige, die sich unterhielten oder lasen. Überall standen Blumen, und der Geruch von Sommer lag in der Luft.

Am Empfang begrüßte uns ein junges Mädchen mit roten Locken und strahlenden blauen Augen.

»Caden Thomsen?«, fragte sie. »Du bist seine Schwester, habe ich recht?«

Beklommen nickte ich.

»Er hat mir erzählt, du würdest ihn heute besuchen kommen.«

Caden hatte von mir erzählt? Sprach sie da gerade wirklich von meinem Bruder?

Sie zeigte uns den Weg und winkte uns freundlich hinterher. Cadens Zimmer lag im zweiten Stock. Mein Herz schlug bereits nach den wenigen Stufen so heftig, wie ich es ihm niemals zugetraut hätte. Damian sprach auf dem Weg bis zu Cadens Zimmer kein Wort. Stattdessen kaute er wie verrückt auf einem Kaugummi herum, was mir in diesem Moment fast den letzten Nerv raubte.

Als wir vor Cadens Tür standen, hatte mein Herz seine maximale Schlagzahl erreicht. Was würde er sagen? Würde er überhaupt etwas sagen?

Meine Hand ließ sich in diesem Moment unmöglich zum Klopfen bewegen. Sobald ich sie hob, zitterte sie so sehr, dass ich sie gleich wieder fallen ließ. Damian schien das zu bemerken. Nach meinem dritten Versuch legte er seine Hand um meine und zog sie von der Tür weg. Seine warmen Finger lagen noch wenige Momente auf meiner kribbelnden Haut, bevor er sie wegzog und selbst an der Tür klopfte.

»Ja?« Einen letzten Atemzug und dann würde ich hineingehen. Wirklich. Doch Damian nahm mir auch diese Aufgabe ab, indem er die Tür aufstieß, eine Hand auf meinen Rücken legte und mich vor sich ins Zimmer schob.

Caden lag auf seinem Bett, eine Zeitschrift in der Hand, gekleidet in einer Jogginghose und einem schlichten T-Shirt. Er wirkte gepflegter, wacher, strahlender als das letzte Mal, als ich ihn gesehen hatte. Einen langen Moment lang starrten wir uns einfach nur an. Sein Blick flog kein einziges Mal zu meinem Begleiter herüber.

Es dauerte quälende Sekunden, bis er sich endlich bewegte. Er legte die Zeitschrift weg, stand auf und kam mit langsamen Schritten auf mich zu. Auch wenn ich ihm entgegenlaufen wollte, ich konnte es nicht. Meine Beine waren wie in Beton gegossen.

Erst, als er direkt vor mir stand, lächelte er. Und dann fiel ich ihm um den Hals und drückte ihn so fest an mich, als würde ich ihn im nächsten Moment wieder verlieren. Wer wusste schon, ob das nicht der Fall war?

»Wann bist du so stark geworden, Schwesterchen?«, murmelte Caden mit gepresster Stimme an mein Ohr, sodass ich zu lachen begann.

»Ich habe heimlich trainiert.« Erst jetzt traute ich mich, ihn loszulassen. Zu sehr hatte ich befürchtet, dass seine Laune im nächsten Moment wieder umschwenken und ich mich auf dem Flur wiederfinden würde. Doch stattdessen hielt er mich an den Schultern fest und begutachtete mich von oben bis unten.

»Du siehst gut aus«, sagte er dann. »Viel besser.«

»Mir geht es auch besser«, antwortete ich etwas leiser. »Wie geht es dir?«

Caden ließ mich sachte los und nickte zu der kleinen Couch mit Ausblick auf die Felder.

»Gut, denke ich.« Er selbst setzte sich auf sein Bett und zog die langen Beine an seinen Körper.

»Wer ist dein Freund?« Er deutete mit einem leichten Lächeln auf Damian. Ja, wie sollte ich meinem großen Bruder erklären, dass ich meinen Projektpartner aus der Poesietherapie zu einem Besuch in die Entzugsklinik mitgenommen hatte?

»Ich bin Damian«, hörte ich ihn neben mir sagen. »Ein Freund von Skyler.«

»*Ein* Freund oder …« Caden brach sofort ab, als ich ihm einen Schweig-oder-stirb-Blick zuwarf.

»Wir sind nur Freunde, Caden«, sagte ich und betonte jede Silbe. Ich kannte meinen Bruder gut genug, um zu wissen, dass er mir kein Wort davon abkaufte. Dass er genau wusste, dass Damian mir etwas bedeuten musste, wenn ich ihn schon mit zu ihm nahm. Zu meiner Verwunderung gab er sich dennoch damit zufrieden, konnte sich ein schelmisches Grinsen allerdings nicht verkneifen.

Nachdem Caden mich über die neue Schule ausgefragt und auch das Nötigste von Damian zu hören bekommen hatte, um ihn einschätzen zu können, beschloss mein Bruder, uns im Haus herumzuführen.

Da die obersten Etagen mit den Wohnräumen der Patienten belegt waren, liefen wir zurück zum Empfang, um von dort aus in den Flur mit den Behandlungsräumen zu gehen.

Ich erzählte Caden gerade von meiner Matheprüfung, als ich plötzlich bemerkte, dass er mir gar nicht mehr zuhörte.

»Caden?«, fragte ich, doch da zwickte mir Damian schon in die Seite und deutete unauffällig auf das rothaarige Mädchen am Empfang, der Caden seine gesamte Aufmerksamkeit schenkte. Er blickte permanent in ihre Richtung, wovon sie allerdings nichts mitbekam, da sie gerade telefonierte und währenddessen etwas auf einem Zettel niederschrieb.

Als sie das erste Mal aufblickte, verzogen sich ihre

Lippen zu einem strahlenden Lächeln. »Hey«, rief sie, »habt ihr euch schon umgesehen?«

Als hätte Caden nicht bereits die letzten zwei Minuten damit verbracht, die junge Frau anzusehen, lief er lässig auf ihren Tresen zu und erwiderte ihr Lächeln. »Wir sind gerade dabei.«

Damian und ich blieben allein zurück und beobachteten die beiden aus der Ferne.

»Sie scheint deinen Bruder zu mögen«, flüsterte Damian mit einem schelmischen Zwinkern.

Ich brummte. »Wenn sie bloß wüsste, worauf sie sich da einlässt.« Damian stieß mir spielerisch den Ellbogen in die Seite, was ich mit einem theatralischen »Autsch« kommentierte.

Caden lehnte sich an den Empfangstresen der Frau und erzählte ihr etwas, das sie zum Kichern brachte. Sie begann damit, eine ihrer roten Locken um den Finger zu wickeln, während sie auf Cadens Lippen starrte, die seine Worte formten. Irgendwann blickten beide in unsere Richtung. Ich hörte, wie die Frau Caden viel Spaß wünschte und sich mit erröteten Wangen wieder ihren Unterlagen widmete.

»Was?«, fragte Caden, als er wieder bei Damian und mir ankam und mein breites Grinsen bemerkte.

»Ach nichts«, sagte ich mit einem Schulterzucken, auch wenn mein Grinsen dennoch nicht aus meinem Gesicht weichen wollte. Caden warf mir ein paar weitere abschätzende Blicke zu, fuhr dann aber damit fort, uns herumzuführen. Als wir nach knapp einer halben Stunde in dem kleinen Café der Klinik Halt machten, besorgten Caden und Damian uns Kaffee und Kuchen, während ich uns einen Platz in der Nähe des Fensters aussuchte.

Die Sonne strahlte durch die Fensterscheibe. Von hier aus hatte ich die perfekte Sicht auf meinen Bruder und Damian, die sich gerade über die Kuchenauswahl beugten. Entgegen meiner Befürchtungen schien Caden überhaupt kein Problem damit zu haben, dass ein Fremder mich zu dem ersten Besuch bei ihm begleitete. Gerade klopfte er Damian freundschaftlich auf die Schulter, als Reaktion auf etwas, das er gesagt hatte.

Jeder von ihnen hielt ein Tablett in der Hand, als sie zu mir an den Tisch kamen. Damian verteilte die Getränke und kommentierte sowohl meine als auch Cadens übliche Auswahl – schwarzer Kaffee – mit einem »Das liegt wohl in der Familie.«

Caden schob mir über den Tisch hinweg einen Teller mit einem Stück Streuselkuchen zu.

»Bekomme ich heute etwa mein eigenes Stück?«, fragte ich an Damian gewandt.

»Ausnahmsweise«, erwiderte er, bevor er den ersten Bissen nahm. Caden musterte uns mit einem Stirnrunzeln. »Sollte ich nachfragen?«

Ich schüttelte den Kopf und beobachtete Damian dabei, wie er sich ein Grinsen verkniff.

»Du schläfst mit der Empfangsdame?«, fragte ich meinen Bruder mit halbvollem Mund.

»Empfangsdame?«, wiederholte Caden mit einem Kopfschütteln, »bitte nenn sie nicht so.«

»Wie heißt sie denn?«

»Nora.« Seine Mundwinkel zuckten leicht. »Und sie hilft hier nur donnerstags im Büro aus. Sie studiert in der Nähe. Und zu deiner Frage: Ich schlafe nicht mit ihr«, erklärte Caden überzeugend und kratzte die Krümel seines Kuchens mit der Gabel zu einem Haufen zusammen.

Mit erhobenen Augenbrauen betrachtete ich meinen Bruder, bis er die Gabel fallen ließ und mit den Schultern zuckte. »Na gut, wenn sie mir die Chance geben würde, würde ich es tun.« Das klang deutlich mehr nach dem Caden, den ich kannte.

»Verständlich«, stimmte Damian mit einem neckenden Blick in meine Richtung zu, woraufhin er einen bösen Blick von mir erntete und ein High-Five von Caden.

»Aber das steht gar nicht zur Debatte. Nora ist zu gut für einen trockenen Alkoholiker und das ist auch richtig so.«

Meinen Bruder so von sich reden zu hören, versetzte mir einen Stich in die Brust. Caden war absolut von sich überzeugt, egal, worum es ging. Gab ein Mädchen ihm einen Korb – was bisher fast nie vorgekommen war – war er eben zu gut für sie. Dass er nun tatsächlich in Erwägung zog, dass er nicht gut genug für eine Frau sein könnte, war mir absolut neu.

»Redet ihr von Nora?«, meldete sich der Mann am Tisch hinter uns zu Wort. Er hatte ergrautes, gelocktes Haar und wettergegerbte Haut. Er trug ein grau kariertes Flanellhemd und eine grüne Latzhose, als wäre er kein Patient, sondern ein Arbeiter auf der Farm.

»Nein, Earl, wir reden nicht von Nora.«

Doch Earl schien ihm kein Wort abzukaufen. Er stieß ein grummeliges Lachen aus, das seine vollen Wangen zum Beben brachte. »Ich habe dem Jungen schon so oft versucht klarzumachen, dass sie sich in ihn verknallt hat. Wenn ich donnerstags unten sitze und mein Buch lese, kann ich sie dabei beobachten, wie sie nach ihm Ausschau hält. Sobald er dann an ihr vorbeiläuft, tut sie so, als hätte sie ihn gar nicht gesehen, nur damit er sie anspricht«, erklärte Earl. Ich kicherte. Das klang wirklich wie aus einem waschechten Liebesfilm und so gar nicht nach dem Leben meines Bruders, der sich sonst nur für Partys und lockere Frauengeschichten interessierte.

»Du bist bald hier raus, bitte das Mädchen doch um ein Rendezvous, bevor du gehst, ansonsten wirst du es dein Leben lang bereuen.«

Ich bekam die letzten Worte von Earls Rede schon gar nicht mehr mit. Viel zu überrascht war ich von dem, was er zuvor gesagt hatte. »Du kommst raus?«

»Danke, Earl«, seufzte Caden, ohne auf meine Frage einzugehen.

»Ich dachte, das Mädchen wüsste es bereits. Entschuldige, Junge.« Damit drehte sich Earl wieder zu seinem eigenen Stück Kuchen um und ließ uns in Schweigen zurück.

Abwartend blickte ich meinen Bruder an. Er zuckte mit den Schultern, als hätte Earl nicht gerade verkündet, dass er schon bald nach Hause zurückkehren würde. »Du hast es gehört.«

»Das ist toll. Gott, Caden, das ist unglaublich.« Endlich gelang es mir, meine verkrampften Arme um ihn zu legen. Zwar hatte ich nicht vergessen, wie gespannt unser Verhältnis in den letzten Monaten gewesen war, aber von diesem Zustand schien mein Bruder plötzlich ganz weit entfernt zu sein. »Herzlichen Glückwunsch«, sagte auch Damian mit einem leichten Lächeln. Mir kam es beinahe so vor, als würde er es eher zu mir, als zu Caden sagen.

Nach Cadens – oder besser gesagt Earls – Verkündung war das Eis zwischen uns allen gebrochen. Während wir einen Kaffee nach dem anderen tranken, erzählte Caden detailliert die peinlichsten Episoden meiner Kindheit. Statt ihn davon abzuhalten, konterte ich mit meinen mindestens genauso beschämenden Erinnerungen an ihn. Bei einigen der Geschichten lachten wir beide so hemmungslos, dass man uns kaum noch verstand und einige der anderen Café-Besucher sich schon mit fragenden Blicken zu uns umdrehten.

Als es dann um Football ging, war ich außen vor. Es störte mich aber nicht, schließlich war es viel zu schön zu beobachten, wie unbefangen sich Caden und Damian unterhielten. Auch Earl schien das Thema zu interessieren. Die ein oder andere Bemerkung wie auch eine etwas langatmige Geschichte aus seiner eigenen Football-Vergangenheit konnte er sich nicht verkneifen. Irgendwann schweifte Earl jedoch von Football ab, hin zu der Liebesgeschichte zwischen ihm und seiner Frau, was nun mich mehr berührte als meinen Bruder und Damian. Caden versteckte sein Grinsen hinter seiner Tasse Kaffee, was Earl allerdings nicht entgangen war.

»Was?«, fragte er erstaunt, »Auch wenn man mir das nicht mehr ansieht, ich war ein begehrter Bursche. Die Cheerleader lagen mir damals zu Füßen.«

»Ich kenne das Problem«, murmelten sowohl Caden als auch Damian im selben Moment, woraufhin ich Damian einen leichten Tritt gegen sein Schienbein verpasste und Caden einen Hieb in die Seite. Selbstbewusst waren sie, so viel war sicher.

Earl seufzte und fuhr sich durch sein volles, lockiges Haar. Als er einen Blick auf seine Armbanduhr warf, zuckte er erschrocken zusammen. »Herrje, so spät schon. Ich muss noch nach dem Fohlen schauen.«

Meine Augen weiteten sich wie von selbst.

»Ihr habt ein Fohlen?« Caden seufzte neben mir, doch auf Earls Gesicht machte sich ein freudiges Strahlen breit.

»Das schreit nach einem Besuch im Pferdestall«, stellte er erfreut fest und rieb sich die Hände. Im nächsten Moment schob er seinen Stuhl nach hinten und bedeutete uns, ihm zu folgen.

»Warum habt ihr so viele Tiere hier?«, fragte Damian auf dem Weg in den Stall. Viele der anderen Patienten verteilten sich auf dem Hof und verrichteten ihre Aufgaben. Einige fütterten die Hühner, andere misteten den Stall der Ziegen aus, und wieder andere kümmerten sich um den Rasen und die Blumen, die überall angepflanzt worden waren.

»Nun, Tiere sind manchmal bessere Therapeuten, als es jeder noch so gut ausgebildete Mensch sein könnte.« Es war sofort zu bemerken, dass Earl dieses Thema sehr am Herzen lag. Plötzlich ergab auch seine äußere Aufmachung vollkommen Sinn. Anders gekleidet würde er definitiv falsch aussehen.

»Außerdem ist es schön, wieder Verantwortung für etwas übernehmen zu können. Das macht einem wirklich Hoffnung auf einen Neuanfang, nicht wahr, mein Junge?« Er klopfte Caden auf die Schulter, wie ein stolzer Vater seinem Sohn.

»Hm«, machte Caden abwesend.

Im Pferdestall standen drei Boxen nebeneinander. Zwei der Boxen waren leer, da die Pferde auf der Wiese grasten, wie Earl erzählte. Die dritte Box allerdings war besetzt. Besetzt von einem kleinen Fohlen, das beinahe durchdrehte, als Earl mit der Flasche die Box betrat, die er zuvor in der Küche der Klinik vorbereitet hatte. Bei dem Anblick dieses kleinen Wesens verwandelte ich mich augenblicklich in die Art von Mädchen, die ich früher nie war. Alle zwei Minuten ließ ich eine Bemerkung über die Niedlichkeit des Tieres fallen und konnte nur mit Mühe ein entzücktes Quieken unterdrücken. Caden und Damian zogen mich auf, als wären sie ein eingespieltes Team und hätten ihr Leben lang nichts anderes gemacht.

»Sie muss mit der Flasche aufgezogen werden. Ihre Mutter ist kurz nach der Geburt gestorben«, erklärte Earl, während er den Kopf des Fohlens stützte, das gierig an der Flasche saugte.

»Oh nein«, wisperte ich, »hat sie einen Namen?«

»Dein Bruder hat sie Rosie genannt. Mir ist nichts anderes eingefallen. Klingt eigentlich ganz schön, nicht?«, sagte Earl, der offenbar keine Ahnung hatte, was er mir da verkündete. Mein Mund klappte auf. Gleich darauf begannen meine Augen zu brennen, und ich drehte mich um nach Caden, der sich gerade vor dem Stall mit Damian unterhielt. Mein Herz drückte gegen meinen Brustkorb. Es fühlte sich plötzlich furchtbar schwer an.

Es dauerte einige Minuten, bis ich mich gefangen

hatte und bereit war, Caden unter die Augen zu treten, ohne ihm dabei heulend um den Hals zu fallen. Als Earl dann aber Rosie versorgt hatte und sich daraufhin von uns verabschiedete, liefen wir eine letzte Runde über die Anlage der Klinik. Irgendwann ließen wir uns auf einer Bank nieder und betrachteten die Getreide- und Maisfelder, die vor uns lagen.

»Wie geht es Grace und Dad?«, fragte Caden so plötzlich, dass es in meiner Brust zog.

»Gut«, antwortete ich. Bislang hatten wir nicht über meinen Vater geredet. Zu sehr hatte ich Angst davor, dass Cadens Stimmung darunter leiden könnte. »Mist, ich habe Grace' Geschenk zu Hause liegen lassen.« Verärgert fuhr ich mir durch die Haare. Plötzlich wurde ich wahnsinnig nervös. »Aber ich kann es dir zuschicken lassen, wenn du möchtest. Grace hat so viele Süßigkeiten reingestopft, dass du ein Jahr davon leben kannst. Und sie hat dir Socken gestrickt, die wahrscheinlich wahnsinnig kratzen werden und nicht einmal annähernd deine Größe sind, aber sie sind lila und das fand sie cool. Außerdem …«

»Und Dad?«, fragte Caden tonlos, ohne mich dabei anzusehen.

Beinahe verschluckte ich mich an meinen Worten. Ich setzte immer wieder zu einem Satz an, scheiterte dann aber an meinen Gedanken, die mich zwangen, nicht zu lügen. Denn was Caden anging, war Dad furchtbar stur. Er konnte nicht so einfach über Cadens verletzendes Verhalten hinwegsehen, wie Mom und ich es konnten. Schließlich hatte er nach der Trennung meiner Eltern auch am meisten von Cadens gemeinen Worten und Vorwürfen abbekommen. Für Dad war Caden zwar krank, aber seiner Meinung nach waren Cadens Probleme allesamt selbstverschuldet. Dass er aus dem Wohnheim geflogen und durch seine Prüfungen gerasselt war und schlussendlich auch sein Studium abgebrochen hatte. Dass mein Vater, nachdem er bei uns ausgezogen war, einen riesengroßen Teil zu diesen Problemen beigetragen hatte, wollte er nicht hören. Deshalb redeten Dad und ich auch so gut wie nie darüber. Aber wie sollte ich Caden erklären, dass Dad nicht ein einziges Mal nach meinem Bruder gefragt hatte, seit ich bei ihm eingezogen war? Das konnte ich nicht. Stattdessen flüsterte ich nur leise: »Du weißt, wie er ist.«

Caden, der die ganze Zeit auf seine Schuhe gestarrt hatte, begann zu nicken, als würde er sich vor Augen führen wollen, was das für ihn bedeutete. Dann passierte es. Bevor ich mich versah, hatte Caden sein Gesicht in den Händen vergraben und brach in Tränen aus. Es dauerte einige Augenblicke, bis ich begreifen konnte, was da gerade vor sich ging. Unbeholfen umfasste ich seine Schulter, strich immer wieder seinen Rücken herunter und murmelte beruhigende Worte, die ihre Wirkung jedoch zu verfehlen schienen.

»Es tut mir so leid«, schluchzte er irgendwann. Ich lehnte meine Stirn an seine Schulter und beobachtete, wie meine Tränen sich auf dem hellen Stoff seines T-Shirts abzeichneten. Meinen großen Bruder so gefühlvoll zu sehen, warf mich vollkommen aus der Bahn.

Nur am Rande bekam ich mit, wie Damian etwas murmelte und sich langsam von uns entfernte.

»Du musst dich nicht entschuldigen«, flüsterte ich.

»Ich muss mich nicht entschuldigen?«, fragte er mit belegter Stimme, als er zum Reden wieder in der Lage zu sein schien. »Ich war das Arschloch, das dir nicht geholfen hat, als sich alle gegen dich stellten. Der, der sich lieber auf Partys betrank und es ignorierte, wenn sich jemand über meine Schwester lustig machte. Dass ich mich so gegenüber Mom und Dad verhalten habe, ist die eine Sache. Aber dich … nein, du bist meine kleine Schwester, ich hätte dich beschützen sollen, ich …«

»Du bist für nichts davon verantwortlich.«

»Aber ich hätte es erträglicher für dich machen können. Stattdessen habe ich dir ein weiteres Problem geliefert.« In seinen grauen Augen war nichts als Verzweiflung und Schuldgefühl zu lesen. Keines seiner Worte hätten seine Reue über sein Verhalten stärker zum Ausdruck bringen können als diese Augen.

Mit fehlten die Worte. Ihm vorzugaukeln, er hätte mir die schlimmste Zeit meines Lebens nicht tatsächlich noch erschwert, brachte ich nicht über mich. Stattdessen saß ich einfach nur neben ihm. Den Kopf an seine Schulter gelehnt und die Hände um seinen Oberarm geschlungen. Da war nichts, wofür er sich entschuldigen brauchte. Ich hatte ihm schon längst verziehen, als er mich das erste Mal wieder in den Arm genommen hatte. Als ich gemerkt hatte, dass der Caden, mit dem ich aufgewachsen war, wieder zurückgekehrt war.

Erst nachdem ich mich endgültig von Caden verabschiedet hatte, fiel mir wieder ein, dass Damian vorhin das Weite gesucht hatte. Während ich mir den Rest meiner

Tränen aus dem Gesicht wischte, lief ich zurück zum Besucherparkplatz und hielt nach Damian Ausschau. Die Autoschlüssel befanden sich in meiner Tasche, also konnte er unmöglich schon im Auto sitzen. Das tat er auch nicht. Ich entdeckte ihn an der Seite seines Autos kauernd. Die Beine angezogen, die Stirn auf den Kniescheiben abgelegt.

»Entschuldige, dass du warten musstest. Wir können sofort los, wenn du willst«, murmelte ich abwesend und kramte den Schlüssel hervor.

»Ich denke, wir schaffen es noch nach Hause, bevor es dunkel wird …« Leise verklangen meine letzten Worte in der Luft, als mir bewusst wurde, dass etwas nicht stimmte. Damian hatte sich immer noch nicht vom Fleck gerührt, und das, obwohl ihn eigentlich nichts davon abhalten dürfte, endlich nach Hause zu fahren. Sein Kopf blieb auf seinen Knien liegen. Einen Augenblick fragte ich mich, ob er mich gar nicht erst gehört hatte.

»Alles in Ordnung?«, fragte ich vorsichtig und ließ mich langsam neben ihn auf den Boden sinken.

Er sah immer noch nicht auf. Seine Schulter zuckte sachte, auch wenn ich mir das vielleicht nur einbildete.

»Willst du darüber reden?«

Wieder dieses Zucken. Ich hatte es mir also nicht eingebildet.

Beklommen stand ich auf und streckte Damian meine Hand entgegen. Wenn ich eines aus eigener Erfahrung wusste, dann dies, dass man niemanden zum Reden zwingen sollte, der sich nicht bereit dazu fühlte. Als er jedoch auch meine Aufforderung, mir zu folgen, ignorierte, griff ich nach seinem Arm und zog ihn von seinem Platz hoch. In dem Moment, in dem er sich versuchte zu wehren, geschah alles auf einmal. Ich sah das silberne Metall nur aus dem Augenwinkel auf den Boden fallen. Mit einem lauten Geräusch prallte es auf dem Beton auf, und seine durchsichtige Flüssigkeit ergoss sich auf dem Boden.

»Damian? Was ist das?« Meine Stimme zitterte so sehr, dass ich meine Worte selbst kaum verstand. Den Blick richtete ich auf den ausgeleerten Flachmann, da ich es nicht wagte, Damian jetzt in die Augen zu schauen. Wie konnte er nur?

Als er schwieg, wiederholte ich meine Frage: »Was ist das?«

Erst, als er seinen Arm aus meiner Hand riss, fiel mir auf, dass ich ihn immer noch umklammert hatte. »Erwartest du wirklich eine Antwort, wenn du es sowieso schon weißt?«, fragte er zynisch und lief ein paar Schritte an der Seite des Autos entlang.

Mein Herz schlug mir bis in den Kopf, als die Erinnerung meine Gedanken überflutete. *»Was ist das?«* Genau das hatte ich Caden damals gefragt, als ich die ganzen geleerten Schnapsflaschen in seinem Schrank gefunden hatte. Auch er hatte mir zunächst nicht geantwortet.

Meine Hände ballten sich von selbst zu Fäusten, bis ich meine Fingernägel scharf in meiner Handfläche spürte.

»Du nimmst Alkohol mit in eine Entzugsklinik?!«, schrie ich und biss mir im nächsten Moment auf die Zunge. Egal, wie sauer ich auf ihn war, es sollte keiner aus der Klinik mitbekommen.

»Ich habe Caden nichts gegeben, falls du das denkst.

Ich schwöre es.« Er drehte mir den Rücken zu, was die Glaubhaftigkeit seiner Worte nicht gerade unterstützte. »Ich fahre nicht besonders gern fremde Strecken«, ahmte ich ihn abermals nach und schnaubte im selben Moment. »Du hast heute früh schon getrunken. Deswegen kaust du auch die ganze Zeit diese beschissenen Kaugummis und …«

»Würdest du mal für einen Moment den Mund halten?«, keifte er so laut, dass ich auf die Sekunde verstummte. Erst jetzt konnte ich wieder in sein Gesicht sehen. Seine Wangen waren vor Wut gerötet, die Augen glasig. Sogar Schweißperlen entdeckte ich auf seiner Stirn.

»Dann erklär mir, warum.« Meine Stimme klang vollkommen gebrochen. »Warum trinkst du? Warum heute? Warum …«

»Weil *das* …«, er deutete mit dem Zeigefinger auf das rot-braune Backsteinhaus, in dem Earl, mein Bruder und so viele andere Menschen wegen ihrer Suchtprobleme behandelt wurden, » … meine Alternative ist.«

Für einen langen Augenblick musste ich seine Worte sacken lassen. Beschämt wurde mir bewusst, dass ich Damian nie gefragt hatte, warum genau er zur Therapie ging, und mich dementsprechend auch nie nach der Alternative erkundigt hatte, von der Richard immer sprach. Ich hatte sowieso nie damit gerechnet, dass er es mir erzählen würde, aber jetzt … jetzt ergab alles Sinn. Seine extremen Stimmungsschwankungen. Und auch der Umstand, dass er überhaupt mit mir hatte hierherkommen wollen.

»Du wolltest gar nicht mit, um mich zu unterstützen,

habe ich recht? Du wolltest dir nur einen Eindruck von deiner Alternative machen.«

Ich beobachtete, wie sein Kiefer sich anspannte. Leicht schüttelte er den Kopf. »Nein. Ich meine, ja. Ich … Ich wollte beides.«

»Damian …«, begann ich so leise, dass ich nicht damit rechnete, er würde mich hören.

Er schüttelte den Kopf und brachte mich mit einer Geste zum Schweigen. »Sag nichts, ich weiß es ja selbst.« Mit einer schnellen Bewegung strich er sich die Haare zurück. Im nächsten Moment bückte er sich nach dem silbernen Flachmann, warf ihm einen angewiderten Blick zu und schob ihn dann zurück in die Innentasche seiner Jacke.

»Bist du …«

»Nein«, unterbrach er mich schnell, »ich bin nicht … abhängig.«

»Und warum ist deine Alternative dann eine Entzugsklinik?«

Damian legte den Kopf in den Nacken und sog einen tiefen Zug der Abendluft ein.

»Ist sie nicht direkt. Meine Eltern wollen mir nur Druck machen, damit ich mich an Richards bescheuerte Regeln halte. Und weil Richard …«, er sprach seinen Namen aus wie eine Beleidigung, »… meinen Eltern geraten hat, mein Problem so schnell wie möglich richtig behandeln zu lassen. Bevor …«

Bevor er so endete wie mein Bruder damals. Vollkommen am Boden.

Ich schluckte und überwand mich dazu, einen Schritt auf ihn zuzugehen.

»Erzähl mir davon.« Meine Stimme war nicht mehr als ein Flüstern. Ich war mir nicht einmal sicher, ob er mich richtig hören konnte. Aber plötzlich sah er mir direkt in die Augen. Und in seinem Gesicht entdeckte ich so viel Hass, so viel Zorn. Nicht auf mich. Sondern auf etwas anderes.

»Da gibt es nicht viel zu erzählen.«

Ohne mich anzusehen ließ er sich mit mechanischen Bewegungen gegen die Seite seines Autos sinken und legte die Stirn erneut auf seine Knie. Langsam ließ ich mich neben ihm nieder. Der Beton unter uns strahlte die Wärme des vergehenden Tages aus.

Ich rechnete nicht damit, dass er tat, worum ich ihn gebeten hatte. Deshalb war ich überrascht, als er tatsächlich begann, zu erzählen: »Vor vielen Jahren hatte ich einen Unfall.« Er blickte auf, jedoch starrte er geradeaus, als würde er zu sich selbst reden und nicht zu mir. »Einen Autounfall. Meine Großeltern sind dabei ums Leben gekommen. Ich bin aufgewacht, ohne auch nur die kleinste Erinnerung an mein Leben zu haben. Ein Schädel-Hirn-Trauma, so hatten es die Ärzte genannt. Sie waren optimistisch, dass ich überleben würde und dass meine Erinnerungen irgendwann zurückkommen würden.« Er bohrte die Schneidezähne in die Unterlippe und schüttelte ganz leicht den Kopf. »Aber das kamen sie nicht.«

Mein Herzschlag erhöhte sich. Kurz hob ich die Hand, weil das Bedürfnis, Damian zu berühren, plötzlich übermächtig war. Doch ich hielt mich in letzter Sekunde davon ab.

»Und so blieb ich der Junge ohne Kindheit.« Er zuckte

die Schultern. »Das war auch okay. Eigentlich. Aber seit ein paar Jahren, da …« Er schüttelte hilflos den Kopf, als fände er nicht die passenden Worte. »Da sind diese Erinnerungen, ganz undeutlich. Als würden sie unter einer dicken Eisfläche festsitzen. Sie wollen so sehr an die Oberfläche schwimmen, aber in meinem Kopf ist es zu kalt, als dass das Eis schmelzen könnte.« Erneut atmete er tief ein. »In diesen Momenten, da … da hab ich das Gefühl, als würde sich die Welt plötzlich zu schnell drehen. Als hätte ich nicht mehr die Kontrolle über das, was ich tue. Und wenn ich dann schlafe, dann … dann entstehen plötzlich kleine Risse in der Eisdecke. Nicht mal groß genug, um auch nur mit irgendeiner handfesten Erinnerung aufzuwachen. Es ist eher so, als würde mein Unterbewusstsein all diese verschwundenen Erinnerungen nehmen und sie mit meinen Ängsten vermischen. Das Resultat daraus sind Albträume, die … die mich verfolgen, bis ich mich das nächste Mal wieder schlafen lege.«

Meine Kehle brannte, als ich versuchte, auch nur irgendetwas an Worten herauszubringen. Und auch wenn ich es mir eben noch verboten hatte, konnte ich jetzt nicht anders, als meine Hand auf seinen Arm zu legen. Er betrachtete meine Berührung. Einen Moment lang glaubte ich, dass ihm diese plötzliche Nähe zu viel sein könnte, doch dann hoben sich seine Mundwinkel ganz leicht.

»Hast du deshalb angefangen zu trinken?«

Er leckte sich über die Lippen und nickte zögernd. »Es war das Einzige, was mir geholfen hat.« Er räusperte sich. »Zunächst habe ich nur auf Partys getrunken, um wenigstens ein paar Nächte ohne diese Träume auszukommen. Aber irgendwann hat mir das nicht mehr gereicht. Dann trank ich vor der Schule, um den Vormittag zu überstehen. Nach ein paar Wochen war auch das nicht mehr genug, und ich trank auch am Nachmittag. Der Coach hat mich ein paar Mal betrunken beim Training erwischt und es der Direktorin gemeldet. Sie hat mit meinen Eltern gesprochen, und die haben die Verantwortung an Richard abgegeben.«

»Scheiße«, flüsterte ich, weil mir einfach kein treffenderes Wort einfiel, um das, was Damian mir da erzählte, zu beschreiben.

»Physisch geht es mir gut. Nach meinem Unfall hat keiner daran geglaubt, dass ich so schnell wieder ins Leben zurückfinde. Für meine Eltern war die Sache damit gegessen. Die Schäden, die dieser Tag in meinem Kopf hinterlassen hat, waren für sie ja nicht sichtbar.«

Ich drehte mich in seine Richtung und suchte seinen Blick.

»Danke.« Das Wort rutschte mir ohne jeden Zusammenhang heraus. Am liebsten hätte ich es im selben Moment wieder zurückgenommen, aber dafür war es zu spät. Damian blickte mit müden Augen zu mir und wartete auf eine Erläuterung. Als ich seinen Blick schweigend erwiderte, fragte er: »Wofür?«

»Dass du mir davon erzählt hast.«

Damian presste die Lippen aufeinander, was mir als Antwort genügte. Mit einem Mal sah ich in ihm nicht mehr nur diesen Idioten, der jede Party betrunken mit irgendeinem Mädchen im Arm verließ. Für alle anderen war er das immer noch. Damian Winston, Herzensbrecher der Greywood-High. Arrogant, egoistisch. Dabei ahnte niemand, was wirklich hinter Damians Fassade steckte.

Mit einer ruckartigen Bewegung stieß er sich von der Autotür ab und kniete im nächsten Moment direkt vor mir. Sein Atem kam so hektisch und war mir so nahe, dass ich ihn an meiner Haut kleben spürte. »Ich will nur, dass du weißt, dass ich bei unseren Treffen nicht einen Tropfen Alkohol intus hatte. Keinen einzigen.«

Mein ganzer Körper begann unter seinem eindringlichen Blick zu kribbeln. Oh Gott, diese Augen. Hatte ich je etwas Schöneres gesehen?

Lange saßen wir uns gegenüber und blickten uns einfach nur an. Ich weiß nicht, wann genau er meine Hand genommen hatte, und ich weiß auch nicht, wie es dazu gekommen war, dass ich ihm durch seine Locken fuhr. Erst als ich die kleine Wölbung unter meinen Fingern spürte, konnte ich wieder klar denken.

»Spürst du sie?«, weckte mich seine raue Stimme aus meiner Trance. »Ich kann sie nicht einmal sehen, aber ich spüre, dass sie da ist. So ist das auch mit meinen Erinnerungen. Sie sind alle wie weggesaugt, aber ich weiß, dass dort irgendwo noch etwas sein muss.«

Seine Worte ergaben so viel Sinn, dass mir schwindelig wurde. Vorsichtig zog ich meine Finger zurück, weil ich ahnte, dass, wenn ich ihn noch eine Sekunde länger berühren würde, ich nicht mehr dazu in der Lage wäre, ihn je wieder loszulassen.

»Lass uns zurückfahren«, flüsterte er und erhob sich.

Es dauerte einen kurzen Moment, bis ich ihm folgen konnte.

Die Autofahrt über tat Damian so, als würde er schlafen. Zumindest dachte ich das während der ersten halben Stunde, danach war ich mir sicher, dass er tatsächlich schlief.

Erst, als wir in die Einfahrt seines Hauses einfuhren, wachte er wieder auf. Mit den Händen wischte er sich übers Gesicht, fuhr sich durch sein Haar und blinzelte. Er öffnete das Handschuhfach und kramte seine Kamera heraus. Wusste ich es doch, dass er sie irgendwo versteckt hatte.

Ohne mich auch nur anzusehen, drückte er auf den Knöpfen der Kamera herum, fuhr das Fenster herunter und lehnte seinen Oberkörper hinaus. Im nächsten Moment schaute er mit einem Auge durch die Linse, das Objektiv auf die Sonne gerichtet, die den Himmel in einem sanften Orangeton erhellte. Meine Lieblingsfarbe.

»Du fotografierst all das, um es in Erinnerung zu behalten.« Die Worte verließen meinen Mund, ohne dass ich Kontrolle darüber hatte. Und das, wo er doch gerade nicht so aussah, als würde er sich weiter mit mir über dieses Thema unterhalten wollen.

Einen Moment glaubte ich sogar, er würde mich ignorieren. Er machte ein paar weitere Fotos und schaute sie sich auf seinem Display an. »Wenn dir einmal dein ganzes Leben aus deinem Kopf gelöscht wurde, wird dir erst klar, wie wertvoll Fotos sein können. Seitdem halte ich alles fest, da ich nie weiß, ob es nicht einen Moment später wieder verschwunden sein wird.«

Er hängte sich das Band seiner Kamera um den Hals und umfasste den Türgriff mit beiden Händen. »Was meinst du, warum ich dich ständig fotografiere?«

# KAPITEL 12

Der Tag, an dem Damian mir von seiner Vergangenheit erzählt hatte, war mittlerweile fünf Tage her. Seitdem gab es von ihm keine Nachricht, keinen Anruf.

Wenn ich in der Schule an ihm vorbeilief, blickte er auf sein Handy oder starrte durchgehend auf den Boden. Als ich in Geschichte neben ihm hätte sitzen sollen, war er nicht zum Unterricht erschienen. Genauso, wie er anscheinend nicht vorhatte, zur Poesietherapie aufzutauchen.

Jeder Platz war bereits besetzt – außer der eine schräg vor mir. Als Richard den Raum betrat, begann mein Herz zu rasen. Damian hatte bereits zwei Abmahnungen. Seine dritte hatte er nur begleichen können, indem er dieses Projekt über mich angenommen hatte. Würde er heute ohne Ausrede fehlen, einfach nur, um mir aus dem Weg zu gehen, wäre er geliefert.

»Ich soll Damian entschuldigen. Seine Mutter hat sich verletzt, er fährt sie gerade ins Krankenhaus«, brabbelte ich drauflos, ohne auch nur eine Sekunde darüber nachzudenken, wie billig sich meine Ausrede anhören musste. Richard blickte auf Damians Platz, neigte ungläubig den Kopf und sah dann wieder zu mir.

»Wenigstens hat er einen bleibenden Eindruck bei dir hinterlassen, dass du ihn schützt. Richte ihm aus, er soll sich bei dir bedanken.«

Erleichtert atmete ich aus. Damian war mir wirklich etwas schuldig.

Den restlichen Abend verbrachte ich mit Lexi. Als sie mir wie nebenbei mitteilte, dass sie am Freitag Geburtstag habe, hätte ich mich fast dafür geohrfeigt, nie nachgefragt zu haben.

Über die Frage, ob sie den Tag mit ihrem Vater verbringen würde, lachte sie nur. Sie erstellte eine Liste der Leute, mit denen sie ihren Geburtstag feiern wollte. »Es soll etwas Kleines werden und keine Party«, meinte sie und kaute an dem Ende ihres Bleistiftes herum. »Am besten unternehmen wir was, oder wie siehst du das?«

»Klar, wir könnten …«

»Kanu fahren!«, rief Lexi aufgeregt, als hätte sie gerade ein Geistesblitz getroffen. »Wir könnten Kanu fahren. Hier in der Nähe gibt es eine Kanustation. Dort bin ich früher oft mit Grandma und Mom gewesen.«

Meine Gesichtszüge verkrampften. Die Kanustation. Wir würden Lexis Geburtstag also auf genau dem See verbringen, an dem mein Kindheitsfreund damals ums Leben gekommen war.

Ich gab mir wirklich Mühe, Lexi unzählige andere Möglichkeiten zu nennen, wie sie ihren Geburtstag verbringen könnte, doch ich scheiterte letztlich an ihrer Begeisterung über ihre eigene Idee. Als sie mir dann noch die Liste der Leute unter die Nase hielt, mit denen wir den Tag verbringen würden, musste ich mir endgültig auf die Zunge beißen. Der Gedanke, mit Damian Winston den Tag zu verbringen, war alles andere als mein Traum. Der Ausdruck in Lexis Augen, dieses kleine Funkeln, das jedes Mal mein Herz erwärmte, wenn sie sich wirklich freute, ließ mich allerdings den Mund halten. Lexi hatte einen Geburtstag verdient, wie *sie* ihn sich wünschte. Selbst wenn ich dafür meine größte Angst überwinden musste. Und das auch noch mit dem Jungen, der mich immer wieder an den Grund meiner Furcht erinnerte.

Am Freitag war es dann so weit. Da der Unterricht für uns alle zeitig beendet war, trafen wir uns bereits um zwei Uhr vor Lexis Haus. Emily, Maya und ich hatten den ganzen Donnerstagnachmittag damit verbracht, bei mir zu Hause eine Schokoladentorte für Lexi zu backen. Unsere Küche hatte danach ausgesehen, als hätte eine Mehlbombe eingeschlagen, aber die Ablenkung von dem Gedanken darüber, mit wem ich diesen Tag sonst planmäßig verbracht hätte, hatte mir gut getan.

Lexi drückte uns nacheinander fast die Luft ab, so fest umarmte sie jeden von uns, als sie die Torte und unser Geschenk sah. Elliot hatte ein Fotobuch zusammengestellt, in dem die Geschichte unserer Freundschaft in Bildern erzählt wurde. Zwar erschien mein Gesicht erst gegen Ende, aber das störte mich nicht. Es war viel zu schön, die ganzen Kindheitsbilder meiner Freunde zu betrachten. Eine Freundschaft, die ein ganzes Leben halten würde. So hätte es zwischen Matty und mir werden können …

Damian und Jason verspäteten sich. Lexi schimpfte, freute sich dann aber doch über das kleine Päckchen, das Jason ihr in die Hand drückte. Sie musste Jason versprechen, es erst auszupacken, wenn sie allein war, was für eine neugierige Person wie Lexi die reinste Qual bedeutete.

Auch heute streifte Damian nicht einmal meinen Blick. Am Mittwoch hatte ich ihm geschrieben, dass er haarscharf an seiner Alternative vorbeigeschrammt sei. Keine Antwort.

Glücklicherweise erwischte ich einen Platz in Aarons Auto, sodass Damian mir wenigstens während der zehnminütigen Fahrt bis zum Kanuverleih am Rande Greywoods erspart blieb. Lexi plante ungefähr zwei Stunden für die Tour von Greywood bis zu der Kanustation in Denville ein, sodass wir danach den Nachmittag gemütlich zusammen ausklingen lassen konnten.

Während der letzten Tage hatte ich mir durchgehend verboten, über die Kanutour nachzudenken. Aber nun, da wir direkt am See angekommen waren und die anderen bereits die Kanus ins Wasser schoben, wurde mir vor Angst beinahe schwarz vor Augen.

»Sky? Kommst du?«, rief Aaron mir zu, während er sich seine Schwimmweste überzog. Ich hatte gar nicht gemerkt, dass ich die Einzige war, die noch am Ufer stand. Alle anderen saßen entweder schon in ihren Kanus oder schoben gerade welche ins Wasser.

»Du kannst bei uns mitfahren«, bot Elliot an und deutete auf das rote Dreierkanu vor seinen Füßen.

Ich nickte beklommen und setzte mich zwischen Elliot und Aaron. Mit zitternden Fingern schnallte ich meine Schwimmweste so stramm wie möglich. Langsam schloss ich die Augen.

*Ich muss das durchziehen, mich endlich meinen Ängsten stellen.*

»Alles ist in Ordnung, Sky, ich passe auf, dass dir nichts passiert«, flüsterte Aaron mir von hinten zu. War meine Anspannung so offensichtlich? Oder hatte er bereits an unserem Tag am See eins und eins zusammengezählt und war sich meiner Wasserphobie bewusst geworden?

Aaron hielt Wort. Die ersten fünf Minuten der Fahrt waren die Hölle für mich. Jede Sekunde befürchtete ich, mich übergeben zu müssen. Doch dann begann ich langsam, die Umgebung um mich herum zu betrachten, und das flaue Gefühl in meinem Magen legte sich. Es war ein warmer Sommertag, die Sonne stand hoch am Himmel und erwärmte meine angespannten Beine. Erst jetzt kam mir in den Sinn, selbst das Paddel in die Hand zu nehmen. Keiner der beiden hatte sich beschwert, aber mich von ihnen chauffieren lassen wollte ich auch nicht.

Das Kanu von Lexi, Emily und Maya war direkt neben uns. Lexi streckte uns die Zunge heraus und spritzte Wasser in unsere Richtung. Im ersten Moment zuckte ich zusammen, rief mir dann aber wieder in Erinnerung, wie lächerlich ich mich verhielt, und holte zum Gegenschlag aus. Auch Jasons und Damians Kanu blieb nicht verschont. Sie waren die Nächsten, die Lexi attackierte.

Jason stieg in den Kampf mit ein, während Damian sich nicht einmal darum scherte. Er starrte gedankenverloren auf das Wasser und betrachtete seine Spiegelung auf der Wasseroberfläche. Am liebsten hätte ich ihm die volle Ladung ins Gesicht befördert. Oder auch nicht. Eigentlich wollte ich ihn nur wieder lachen sehen. Oder mindestens nicht mehr so niedergeschlagen, wie er seit unserem Besuch bei Caden wirkte.

»Sky.« Elliot drehte sich zu mir um. »Denk nicht zu viel an ihn. Das verdirbt dir den ganzen Spaß«, sagte er, als hätte er die Gabe, Gedanken zu lesen. Er hatte recht. Ich wandte meinen Blick von Damian ab und stieg in den Rhythmus unserer Paddelbewegungen ein.

Die erste Zeit verging wie im Flug. Elliot und Aaron stimmten irgendwelche Seemannslieder an, die meine Freundinnen verrückterweise auch kannten. Ich hielt mir fast den Bauch vor Lachen.

Allerdings fand meine Gedankenlosigkeit bald ein jähes Ende. Und zwar genau in dem Moment, als Elliot sich in unserem Kanu erhob, um Lexi zu beweisen, dass er auch im Stehen in der Lage war zu paddeln. Aaron und ich schafften es nicht rechtzeitig, ihn von dieser Schnapsidee abzuhalten, und gleich in der nächsten Sekunde kippte das Kanu, in dem wir saßen, um.

Ich hörte mein eigenes Kreischen, vermischt mit dem Gelächter der anderen. Dann war alles um mich herum Wasser.

Hektisch versuchte ich, nach oben zu kommen. Das Kanu lag über uns und tauchte um uns herum alles in Dunkelheit. Ich kämpfte mich an die Wasseroberfläche, streckte das Kinn in die Höhe und kämpfte mit meinen

Beinen darum, nicht ein weiteres Mal unterzugehen. Auch wenn ich nicht mehr unter Wasser war, fühlte es sich so an, als hielte das Wasser mich immer noch umschlungen. Bereit, mich herunterzuziehen bis auf den Grund. Genauso, wie damals Matt.

»Elliot, du bist so ein Idiot«, hörte ich Lexi lachen, als es Elliot gelang, das Kanu über uns wegzubekommen. Gleißendes Licht prallte auf mein Gesicht. Mit hektischen Bewegungen ruderte ich zum Rand des Kanus, um mich daran festzuklammern. Ich war der Dunkelheit ein kleines Stück entkommen. Aber das Zittern in meinen Gliedern hörte nicht auf. Genauso wenig wie das Gewicht auf meiner Brust, als hätte das Wasser jede Kraft der Welt, mir die Lungen zu zerdrücken. Ich konnte keinen klaren Gedanken fassen. Ich musste hier raus! Um alles in der Welt musste ich sofort hier raus!

»Skyler? Alles in Ordnung?« Das Lachen der anderen verstummte, als Maya bemerkte, was für eine Panik dieses Manöver in mir ausgelöst hatte. Mit bebenden Lippen nickte ich, allerdings wohl wenig überzeugend, denn im nächsten Moment rief Jason: »Elliot, hilf ihr zurück ins Boot!«

Ich hatte gar nicht mitbekommen, dass Elliot sich bereits ins Kanu zurückgekämpft hatte. Aaron entdeckte ich direkt hinter mir, als er mit den Händen unter meine Arme fasste und mich wie ein kleines Kind anhob, damit Elliot mich ins Kanu zurückziehen konnte. All das bekam ich nur benebelt mit, das Gefühl des Wassers auf jeder Stelle meiner Haut belegte all meine Empfindungen. Alles, was ich spüren konnte, war dieses lähmende Gefühl von Angst.

»Sky, geht es dir gut?«, fragte Aaron, der direkt vor mir saß und mit geweiteten Augen auf mich herabsah. Wieder brachte ich nur ein zitterndes Nicken zustande. Ich wollte, dass es mir gut ging, verdammt! Ich wollte so gerne dieses Gefühl hinter mir lassen, welches das Wasser in mir ausgelöst hatte. Aber ich konnte nicht. Dafür befand ich mich gerade schon viel zu tief in meiner Panikattacke.

»Sie muss sofort runter vom Wasser«, rief Aaron den anderen zu.

»Ich kann sie ans Ufer bringen«, hörte ich Lexi alarmiert rufen.

»Nein«, sagte eine andere Stimme, »Es ist dein Geburtstag. Ich bringe sie ans Ufer.«

Eine Sekunde lang blieb es still. Dann sagte Lexi: »Okay. Weißt du, wo die nächste Anlegestelle ist?«

Dem Schweigen nach zu urteilen nickte Damian nur.

»Sky, wenn es dir lieber ist, dass ich dich zum Ufer bringe …«, begann Elliot, wurde jedoch von einem Räuspern Mayas unterbrochen. »Elliot, denk an Lexis Überraschung. Damian kriegt das schon hin.«

»Okay. Wir machen nur kurz am Ufer halt und kommen dann direkt zu euch, in Ordnung?«, fragte Elliot unsicher. Ich nickte schnell. Jede Sekunde, die ich weiter auf diesem See gefangen war, brannte auf meiner Seele.

Ich bekam kaum mit, wie sie unsere Kanus nahe aneinander brachten, damit Elliot und Aaron mit Damian die Plätze tauschen konnten. Als das Kanu unter mir wackelte, stieß ich ein panisches Schluchzen aus und zog die Knie näher an meinen Körper heran.

»Wir kommen später nach!«, rief Lexi. Die anderen

wünschten mir gute Besserung, als wäre ich plötzlich krank geworden. Wäre es doch nur das.

»Wir brauchen ungefähr fünfzehn Minuten, schaffst du das?«, fragte Damian und blickte sich zu mir um. Beklommen nickte ich. Dann begann sich das Wasser unter uns zu bewegen, als Damian die ersten Paddelzüge nahm. Ich hielt die Augen geschlossen, bis wir an der Anlegestelle ankamen. Damian zog das Kanu an Land. Erst dann schaffte ich es, die Augen zu öffnen.

Es war erschreckend, wie sehr man mir ansehen musste, was für eine Panik ich hatte. Sowohl meine Arme als auch meine Oberschenkel waren mit einer Gänsehaut versehen. Aber jetzt, wo das Wasser mich nicht mehr umgab, gelang es mir, wieder tief durchzuatmen.

Damian streckte mir seine Hand hin und ich ließ mir von ihm aus dem Kanu helfen. Meine Beine zitterten immer noch, jedoch gelang es mir für den Moment, aufrecht stehen zu bleiben.

»Alles in Ordnung?«, fragte er und musterte mich von Kopf bis Fuß. Ich brachte nur ein zittriges Nicken zustande. »Alles gut. Ich brauche nur einen Moment.«

»Okay«, erwiderte er. »Ich gehe ein Stück.«

Nur aus dem Augenwinkel bemerkte ich, wie er sich langsam von mir entfernte. Er lief das Ufer entlang und ließ ein gutes Stück Abstand zwischen uns.

Dankbar darüber, einen Moment zu haben, um meine Gedanken zu sammeln, versuchte ich, meinen hektischen Atem unter Kontrolle zu bringen. Meine Beine bebten immer noch so sehr, dass ich wieder zusammensackte und mich mit den Knien auf dem Boden wiederfand. Erst nach weiteren Minuten tiefen Durchatmens traute ich mich wieder aufzustehen. Das Ufer, an dem wir uns befanden, grenzte an ein Waldstück. Es ähnelte auf erschreckende Weise dem Teil des Sees in Denville, den ich seit meiner Kindheit kannte und gemieden hatte. Mit lahmen Beinen ging ich das Stück entlang, auf der Suche nach Damian. Als ich ihn entdeckte, hielt er den Blick auf das Wasser gerichtet.

»Tut mir leid, dass du mich hierherbringen musstest.« Ich blieb wenige Meter hinter ihm stehen. Er zeigte keine Regung.

Mit einem Mal stand er auf und lief mit schnellen Schritten ins Wasser, watete tiefer hinein, begann zu schwimmen und tauchte unter. Nach kurzer Zeit kam er wieder hoch, ließ sich auf dem Rücken treiben und starrte dem hellen Blau des Himmels entgegen.

»Schon gut.« Die ersten Worte, die ich von Damian nach einer Woche Schweigen zu hören bekam. »Geht es dir besser?«

Ich nickte und merkte erst im nächsten Moment, dass er mich nicht ansah. »Ja.«

Hier allein mit Damian zu sein, ersetzte die Panik in meinem Inneren wieder durch die Enttäuschung der vergangenen Tage. Denn erst jetzt wurde mir bewusst, wie sehr er mir gefehlt hatte. Und dass ich bis heute keine Erklärung dafür erhalten hatte, warum er mich so plötzlich mied, machte mich unglaublich traurig. Auch wenn die Worte auf meiner Zunge brannten, ich schluckte sie herunter. Ich war viel zu stolz, um Damian von meiner Sehnsucht nach ihm zu erzählen.

»Warum hast du solche Panik vor Wasser?« Ich hatte gar nicht registriert, dass er wieder näher ans Ufer gekommen war und mich nun direkt ansah. Wenn ich darüber nachdachte, was für einen Anblick ich eben abgegeben haben musste, nur weil ich für ein paar Sekunden unter Wasser gewesen war, hätte ich eigentlich allen Grund dazu, im Erdboden zu versinken.

»Ich habe nicht damit gerechnet, so plötzlich ins Wasser zu fallen. Mehr nicht«, rechtfertigte ich mich.

Aus Damians Kehle ertönte ein Laut, der sich annähernd nach einem Lachen anhörte. Im nächsten Moment drehte er sich weg, schüttelte den Kopf und begann tatsächlich zu lachen.

»Was ist dein Problem?«, zischte ich. Meine Hände ballten sich zu Fäusten. Erst ignorierte er mich tagelang, und jetzt fiel ihm nichts anderes ein, als mich auszulachen?

»Was mein Problem ist?«, fragte er, mit einem undurchsichtigen Blick in meine Richtung. Dann geschah alles wie im Zeitraffer. Es dauerte nur wenige Sekunden, bis Damian mich auf seinen Arm gehoben hatte. »Deine ständigen Lügen sind mein Problem.« Und dann lief er ins Wasser, ignorierte meine strampelnden Beine und mein ohrenbetäubendes Kreischen.

»Lass mich runter!«, zischte ich.

»Nicht, bevor du mir gesagt hast, was dein Problem mit Wasser ist.«

»Ich habe kein Problem!«, log ich und schlug ihm auf die Arme, als würde dies irgendetwas bewirken.

»Nicht?« Er hob eine Augenbraue. »Also, wenn das so ist.«

Er trug mich auf seinen Armen, als wäre ich leicht wie eine Feder. Als er im tieferen Wasser angekommen war, schwenkte er mich auf seinen Armen nach vorn, als hätte er vor, mich ins Wasser fallen zu lassen.

»Lass mich runter, verdammt!«, schrie ich nun so panisch, dass mein Hals schmerzte.

Damian legte seinen Kopf in den Nacken und lachte. »Das habe ich doch gerade vor.«

Wieder schwenkte er meinen Körper nach vorn, beließ seine Hände aber um meine Taille.

»Eins …«

»Damian!«

»Du musst es mir nur erzählen, Sky.« Diesmal nahm er eine Hand von meinem Körper, hielt mich mit der anderen jedoch noch über Wasser. »Zwei.«

»Ich hasse dich!« Wehrlos klammerte ich mich an seinem Hals fest und presste mich an seine Brust.

»Dr…«

»Mein bester Freund ist ertrunken!«, schrie ich, noch bevor er seine letzte Mahnung ausgesprochen hatte. Seine Hände fanden sich nun beide um meinen Rücken geschlungen wieder. Langsam bewegte er sich mit mir aus dem Wasser und setzte mich behutsam am Ufer ab. Damian ließ sich direkt neben mir nieder und warf mir einen Blick zu, der mich wohl zum Reden bringen sollte. Aber dazu war ich nicht mehr in der Lage. Nicht nur, weil er mich ein weiteres Mal mit dem Wasser konfrontiert hatte. Sondern weil ich ihm von Matt erzählt hatte. Diese berüchtigten Worte, die ich seit Jahren nicht mehr ausgesprochen hatte. Und ich konnte sie nicht wieder zurückholen.

»Ich hätte dich nicht wirklich ins Wasser geworfen, das weißt du, oder?«

Ich schluckte. Meine Kehle brannte.

»Jetzt hast du, was du wolltest. Bist du jetzt zufrieden?«, fauchte ich. Seine einzige Antwort war ein Schweigen. Ein Schweigen, das meine Wut entflammen ließ.

»Erst ignorierst du mich eine Woche lang, und dann versuchst du auf so eine Weise, diese beschissenen Infos für dein noch beschisseneres Projekt aus mir herauszubekommen?«

Aus dem Augenwinkel sah ich, wie Damian schnell den Kopf schüttelte. »Nein Skyler, so war das nie gemeint.«

»Ach nein? Dann erklär mir doch, warum du aufgehört hast, mit mir zu reden. Oder warum du eine Abmahnung riskiert hast, um mir aus dem Weg zu gehen?«

Er senkte den Kopf und vergrub die Hände in seinen Locken. Abwartend blickte ich ihn an. Diese Erklärung war er mir mehr als schuldig.

»Ich … ich wollte da nie mit dir darüber reden«, war das Erste, was er herausbrachte. »Eigentlich wollte ich niemals mit irgendjemandem darüber reden. Und der Gedanke daran, dass du nun weißt, wie kaputt ich wirklich bin, hat mich vollkommen fertiggemacht.« Er strich mit den Händen durch die Kieselsteine, auf denen wir saßen. »Und ich hab mich geschämt.«

Vorsichtig drehte ich mich in seine Richtung. Wie sehr wünschte ich mir eine Wiederholtaste, weil ich mir absolut nicht sicher war, ob er das wirklich gesagt hatte.

»Du hast dich geschämt?«, fragte ich leise.

Er schnaubte. »Natürlich habe ich das. Ich bin siebzehn, und mein Therapeut diagnostiziert bei mir den

Anfang eines Alkoholproblems. Ich habe mir so lange eingeredet, dass er nur übertreibt. Dass es in meinem Alter normal ist zu trinken und eine Sucht nur Erwachsene entwickeln. Aber als ich dann deinen Bruder gesehen habe …« Er kniff die Augen fest zusammen, als würde ihm die Erinnerung an diesen Tag Schmerzen bereiten. »Da ist mir bewusst geworden, dass ich wirklich ein Problem habe. Und dass ich meine Eltern, Abby, meine Freunde …« Er blickte mich zum ersten Mal direkt an. In seinen Augen glänzten Tränen. »… dass ich *dich* irgendwann genauso enttäuschen werde.«

Sprachlos erwiderte ich seinen Blick. Ich hörte meinen rasenden Puls in den Ohren. Und auch wenn meine Lippen zu zittern begannen, fing ich an zu erzählen: »Als ich sieben war, ist mein bester Freund in diesem See ertrunken. Eine Stunde zuvor haben wir noch gemeinsam dort gespielt, aber ich bin früher nach Hause gegangen. Als er am Abend nicht zurückgekommen war, haben seine Eltern die Polizei gerufen und Suchtrupps organisiert. Zu dem Zeitpunkt habe ich noch gar nicht richtig verstanden, was passiert war.« Ich schloss die Augen, um mich dazu zu bringen, weiterzusprechen. »Und als es dann irgendwann hieß, er sei ertrunken, da … da konnte ich mich keinem Wasser mehr nähern. Ja, ich habe immer noch Angst vor Wasser. Wahnsinnige sogar. Allein der Gedanke daran schnürt mir die Kehle zu. Und ich habe mich auch viel zu lange dafür geschämt. Ich habe mich für so unendlich vieles geschämt.« Ich öffnete meine immer noch flatternden Lider. Damian sah mir direkt in die Augen. Seine Lippen waren halb geöffnet, während er mir gebannt zuhörte. »Aber wir brauchen uns für unsere Probleme nicht zu schämen, Damian. Sie sind zwar ein Teil von uns, aber machen uns nicht zu den Menschen, die wir sind.« Er erwiderte meine Worte mit einem Lächeln, das ich so noch nie an ihm gesehen hatte. Und allein das reichte aus, um mein momentanes Gefühl von Angst loszuwerden. Stattdessen begann sich die Welt um mich herum zu drehen, und ich konnte gar nicht anders, als meinen Blick von ihm abzuwenden und ihn stattdessen auf das stehende Gewässer vor mir zu richten. Mit einem Mal fühlte ich mich nicht mehr bedroht oder erdrückt. Ein Teil meiner Last war endlich von meinen Schultern gefallen. Dieses Gefühl war so wahnsinnig, dass ich bereit war, einen weiteren Teil loszuwerden.

»Was machst du?«, fragte Damian, als ich aus meinen Sandalen schlüpfte und mit langsamen Schritten durch den Kies auf das Wasser zulief.

Anstatt ihm zu antworten, setzte ich den Fuß ins Wasser und drehte mich zu ihm um. Mit halboffenem Mund starrte er mir hinterher. Es dauerte einige Sekunden, bis er aufstand und zu mir kam. Erst als er direkt neben mir stand, wagte ich einen weiteren Schritt ins Wasser. Und noch einen und noch einen. Plötzlich reichte mir das Wasser bis zu den Knien und das unterbewusste Kribbeln, das sich bald in erdrückende Angst verwandeln würde, zog von meinen Beinen meinen Körper hinauf. Ich konzentrierte mich so sehr darauf, die aufkommende Panik wegzuatmen, dass ich erst spät registrierte, wie Damians Hand meine umschloss.

»Ganz ruhig«, flüsterte er und strich mit dem Daumen meinen Handrücken entlang.

»Es ist dämlich«, brachte ich atemlos heraus und betrachtete das verzerrte Gesicht, das mir in der Reflexion des Wassers entgegenblickte.

»Das ist es ganz und gar nicht.« So sehr ich auch spürte, dass er meinen Blick suchte, ich konnte ihn nicht ansehen. Zu sehr war ich in diesem Moment mit dem Grund meiner Furcht beschäftigt. Zu sehr fürchtete ich mich davor, diesen Grund erneut in dem Jungen, der Matt so ähnlich sah, zu sehen. Aber Damian war am Leben. Seine Finger lagen warm um meine Hand. Sein Atem prallte etwas zu schnell gegen meinen Hinterkopf. *Das hier hatte nichts mit Matt zu tun.* »Ganz langsam«, flüsterte Damian und ging mir einen Schritt voraus. Das Wasser reichte ihm immer noch nur bis zum Unterschenkel. Mit zögernden Schritten folgte ich ihm. Immer weiter, bis ich die Kälte des Wassers unterhalb meiner Brust spürte.

»Siehst du.« Auch Damians Stimme zitterte, allerdings vermutlich eher wegen des plötzlichen Temperaturunterschieds.

»Ich bin drin«, murmelte ich abwesend und blickte an mir herab. Meine Füße standen immer noch auf festem Untergrund, ich hätte jederzeit gehen können, wenn die Panik in mir hervorgekrochen wäre. Stattdessen lief ich weitere Schritte ins Wasser, ganz ohne darüber nachzudenken, dass mein Mut auch seine Grenzen hatte. Denn dieser endete abrupt in dem Moment, als meine Füße plötzlich ins Leere traten und ich mit den Armen und Beinen ruderte, um über Wasser zu bleiben. Nicht einmal kam mir der Gedanke, dass meine Rettung – das Ufer – nur einen Meter von mir entfernt lag. Meine andere Rettung war binnen weniger Sekunden an meiner Seite, griff unter meine Arme und verhinderte, dass ich unterging.

»Kannst du überhaupt schwimmen?«

»Keine Ahnung. Schätze, ich habe es einfach verlernt«, gab ich zu und biss mir auf die Unterlippe. Dad hatte mir das Schwimmen in diesem See beigebracht. Ich erinnerte mich gut an die Tage, an denen Dad, Caden und ich am frühen Morgen aufgebrochen waren, um den Tag am Wasser zu verbringen. Doch nachdem Matt gestorben war, war der See auch für meine Eltern ein wunder Punkt gewesen. Wir hatten ihn nie wieder betreten.

»Pass auf, es ist ganz einfach.« Damian drehte mich, bis ich mit dem Rücken zu ihm stand. Er ging um mich herum, ohne mich dabei loszulassen. Dann legte er eine Hand auf meinen Bauch, um mich festzuhalten, mit der anderen zog er langsam meine Beine hoch.

»Versuch es erst mit den Beinen, kreisende Bewegungen.«

Ich tat, was er mir sagte, und war überrascht, wie schnell meine Beine sich an diese Bewegung erinnerten.

»Gut, jetzt die Arme.« Er zog die eine Hand von meinen Beinen weg und legte auch diese unter meinen Bauch. Mit den Armen fuhr ich immer wieder mit kreisenden Bewegungen durch das Wasser und zog im nächsten Moment meine Beine hinterher. Ehe ich mich versah, bewegte sich mein Körper durch das Wasser. Weg von Damians schützenden Händen.

»Ich kann es«, rief ich wie benebelt und begann im nächsten Moment so erleichtert zu lachen, dass ich einen Moment lang die Bewegungen vergaß und unterging.

Doch bevor mein Kopf unter Wasser sinken konnte, hatte ich mich wieder gefangen und schwamm die nächste Runde.

»Ich kann es!«, rief ich nun überzeugter und legte den Kopf in den Nacken, um in den Himmel zu blicken. Die Bewegung meiner Beine hielt mich immer noch über Wasser. Die Sonne prickelte auf meiner Haut, und erneut nahm ich dieses neue, aufregende Kribbeln wahr. »Du kannst es«, bestätigte Damian, der nur wenige Meter von mir entfernt stand und einen überraschten Laut von sich gab, als ich so plötzlich auf ihn zuschwamm und ihm in die Arme sprang. Es dauerte einige Augenblicke, bis er sich aus seiner Starre löste und seine Arme um mich legte. Eine Weile standen wir einfach nur dort. Ich hielt mich an Damians Hals fest, um mich auch ohne Bewegung über Wasser halten zu können, während er mit seiner Körpergröße etwas über die Wasseroberfläche hinausreichte. Ich spürte seinen rasenden Puls an meiner Haut und war mir fast sicher, dass er auch meinen Herzschlag fühlen musste. Und dieses Mal war es kein Pochen aus Angst, Panik oder Wut. Nein, ich war vollkommen glücklich.

»Eines muss ich noch versuchen«, flüsterte ich. Langsam löste ich mich von Damians Hals, behielt meine Hände aber auf seinen Schultern. Mein veränderter Blick schien ihm zu zeigen, was genau ich meinte. Seine Augen glänzten, als er nickte und meine Hände in seine nahm. Und dann, nach einem letzten tiefen Atemzug, tauchte er gemeinsam mit mir unter.

Jedes Geräusch dieser Welt verstummte um mich herum. Zurück blieb nur ein Rauschen, das auf meine Ohren drückte. Meine Lungen wollten nach Luft schnappen, wurden aber von meinem Kopf dazu gezwungen, abzuwarten. Der Gedanke, nie wieder aus diesem Zustand herauskommen zu können, war mächtig und hätte mich fast das letzte Fünkchen Selbstbeherrschung gekostet. Doch in diesem Moment zog mich Damian näher an sich heran. Die Panik zog sich zurück wie ein zufriedenes Kätzchen. Ersetzt wurde sie durch eine Wärme, die ich ewig nicht mehr gespürt hatte.

Gemeinsam tauchten wir auf und rangen nach Luft. Brust an Brust hielten wir uns über Wasser, und in meiner Euphorie wurden mir zwei Dinge bewusst. Erstens: Angst war überwindbar. Und zweitens: Ich vertraute ihm.

*Ich vertraute ihm. Ich vertraute ihm.* Mehr ging mir nicht durch den Kopf, als ich mich vorbeugte und ihn küsste. Es war ein vorsichtiger, fast unschuldiger Kuss. Denn lange hielt meine Gedankenlosigkeit nicht an.

Als hätte ich mich verbrannt, löste ich mich von ihm und schlug die Augen nieder. Verständnislosigkeit schimmerte mir aus seinem Wasserspiegelbild entgegen, und ich rang nach den richtigen Worten, um mich dafür zu entschuldigen, was ich getan hatte. Doch gerade, als ich dazu ansetzen wollte, eine Entschuldigung zu murmeln, legte er seine Lippen auf meine.

Jeder einzelne Gedanke verschwand aus meinem Kopf. Ersetzt wurden sie durch einen Schwarm von Schmetterlingen, die mit den Flügeln schlugen.

Seine Lippen waren so warm, dass ich die Kälte um mich herum vergaß, meine Hände in seinen Haaren vergrub und mich für diesen Moment, nur für diesen kurzen Moment, voll und ganz diesem Jungen hingab. Er zog mich dicht zu sich heran und umschlang meinen Körper. Sein Herzschlag klopfte an meine Brust wie das Glück, das ich nun endlich in mich hereinlassen wollte.

»Da kommen wir ja passend.« Ich nahm die Stimme eines Mädchens nur von Weitem wahr. Alles in mir sträubte sich dagegen, der Stimme zu folgen. Viel zu sehr wollte ich weiter Damians warme Lippen auf meinen spüren, ohne jemals wieder an etwas anderes zu denken.

Es war schlussendlich Damian, der sich ruckartig zurückzog und sich zu der Stimme umblickte.

Sechs Augenpaare, Augenpaare, in denen nackte Ungläubigkeit geschrieben stand, starrten uns entgegen. Vertraute Augen, die mir plötzlich so fremd vorkamen.

»Hattet ihr euren Spaß?«, keifte Emily. Sie stand wenige Meter vor den anderen, die Hände zu Fäusten geballt, die Wangen rot vor Wut.

»Emily …«, war das Einzige, was ich mit gebrochener Stimme herausbrachte. Doch sie schüttelte nur den Kopf.

»Hast du es wirklich nötig, uns allen vorzugaukeln, dass du Angst vor Wasser hättest? Damit die Prinzessin sich rein zufällig von ihrem Prinzen retten lassen kann?« Sie schnaubte. »Weißt du, eigentlich überrascht es mich nicht einmal. Du nimmst dir hier ja offenbar alles, als wäre es dein Eigentum.«

»Emily«, rief Lexi mit einem mahnenden Unterton.

»Nein«, zischte Emily wütend.

Dann drehte sie sich wieder zu mir und warf mir einen so vernichtenden Blick zu, dass es mir Tränen in die

Augen trieb. »Vielleicht hättest du dir vorher überlegen sollen, was dir wichtiger ist. Deine Freunde sind es ja offenbar nicht.« Sie drehte sich um und rannte davon in Richtung Wald. Lexi blickte ihr einen Moment überfordert hinterher, bevor sie mir einen entschuldigenden Blick zuwarf und ihr nachlief.

»Shit«, zischte Damian. Mein Startsignal, um loszurennen. Nur mit Mühe schaffte ich es durch das Wasser und über den Kies, auf dem ich immer wieder wegrutschte. Doch bevor ich auch nur an meinen Freunden vorbeilaufen konnte, hielt mich Jason sanft zurück. »Hey, ich glaube, das ist gerade keine gute Idee.«

Völlig hilflos erwiderte ich seinen Blick. Wie konnte es sein, dass der schönste Moment meines Lebens so unsanft enden musste?

»Er hat recht, Sky. Wenn Emily wütend ist, sollte man sie besser in Ruhe lassen«, sagte nun auch Elliot. Meine Schultern sackten zusammen. Auch wenn ich dieses Problem so schnell wie möglich aus dem Weg schaffen wollte, fügte ich mich Elliots Rat. Im Augenwinkel bemerkte ich, wie auch Damian langsam aus dem Wasser kam. Plötzlich schaffte ich es nicht einmal mehr, ihn anzusehen. Dass ich mit meinem eigenen Glück jemand anders so verletzen konnte, hatte ich nicht geahnt.

»Kommt, wir bringen die Kanus zurück zur Station und schauen dann, wo die beiden hin sind.« Jason setzte sich in Bewegung und wartete gar nicht erst ab, dass wir anderen ihm folgten. Unsicher blickte ich in die Richtung, in der Emily und Lexi verschwunden waren, und ging Jason dann hinterher.

# KAPITEL 13

Die erste Nachricht erhielt ich, knapp zwei Stunden nachdem Aaron mich in meinen triefnassen Klamotten zu Hause abgesetzt hatte. Die zweite ungefähr eine halbe Stunde später. All die anderen, die Damian noch am gleichen Abend schickte, konnte ich gar nicht mehr zählen. Irgendwann schaltete ich mein Handy aus, legte mich unter die viel zu warme Decke und presste meinen Kopf ins Kissen. Als Dad von seiner Montage wiederkam, brachte ich nur ein halbherziges Lächeln zustande, was mein schlechtes Gewissen nur noch um einen weiteren Punkt verstärkte. Irgendwann kroch Grace unter meine Decke und versuchte mich mit heißer Schokolade zum Reden zu bringen. Mir wurde schon übel bei dem Geruch des Getränks. Er erinnerte mich an die süßliche Note, die Damian stets umgab. Den vielen Kuchen, den wir zusammen im *Teacup* gegessen hatten. Er erinnerte mich daran, dass ich meine Freunde möglicherweise für immer verloren hatte. Die ersten richtigen

Freunde in meinem Leben. Und es war allein meine Schuld.

Am Morgen darauf schaffte ich es nicht einmal, aus dem Bett zu kriechen und beschloss daher, mich krank zu stellen, um eine Ausrede für meine schlechte Laune zu haben. Grace nahm meine angebliche Migräne nur mit einem Stirnrunzeln zur Kenntnis und versorgte mich den Tag über mit Obst, Süßigkeiten und literweise Tee, von dem mein Magen jedoch rein gar nichts aufnehmen wollte.

Bis zum späten Nachmittag hatte ich mich nur einem Netflix-Marathon hingegeben, als Grace an meine Zimmertür klopfte, um mir mitzuteilen, dass »der Junge von neulich« an der Tür sei. Panisch suchte ich nach einer passenden Ausrede, fand allerdings keine, die halbwegs glaubwürdig klang, doch meine Tante hatte auch so verstanden. Ich wollte Damian nicht sehen. Er hatte nichts falsch gemacht. Gott, nein! Wenn ich diesen Kuss, diesen unglaublichen Kuss, als Fehler bezeichnen würde, müsste ich mir selbst etwas vorlügen. Aber konnte ich mich so gegen eine meiner Freunde stellen und mich weiter mit Damian treffen? Allein diese Frage brachte meinen Kopf zum Qualmen.

Es dämmerte bereits, als ich meinen Laptop zuklappte, meine Kopfhörer herauskramte und meine Lieblings-Playlist lud, um jeden Gedanken an Damians weiche Lippen zu verdrängen. Nach einer Weile spürte ich die Matratze sich unter mir bewegen. Grace. Ich seufzte, ohne aufzusehen, und drückte die Nase zurück ins Kissen, woraufhin sich Grace wieder taktvoll entfernte. Dennoch kam Grace jede Stunde erneut vorbei, um sich nach meinem Wohlergehen zu erkundigen. Sie kaufte mir nicht ab, dass ich wirklich bloß Kopfschmerzen hatte, und hegte jedes Mal die Hoffnung, etwas Neues aus mir herauszubekommen. Vergeblich.

»Na gut«, seufzte eine höhere Stimme, als ich sie von Grace gewohnt war. Ruckartig drehte ich mich um und blickte nicht in die grünen Augen, welche die Familie meiner Mutter kennzeichneten. Stattdessen leuchteten mir babyblaue Augen entgegen, betrübter, als sie es sonst waren.

»Hey«, brachte ich überrascht heraus. Mein Herz hämmerte bis in meinen Kopf. Meine Gefühle verdrängen? Das war wohl von Anfang an zum Scheitern verurteilt gewesen.

»Was machst du hier?«

Lexi presste ihre rosa bepinselten Lippen zu einem geraden Strich und betrachtete die roten Blumen auf meiner Bettdecke. »Grace schickt mich. Ich soll nachschauen, ob du nicht vielleicht doch hirntot bist.«

Ein trockenes Lachen entfuhr mir. »Sehr charmant von ihr.«

»Naja, du scheinst mir ganz lebendig zu sein, also kann ich wieder gehen, wenn ich störe.«

»Nein«, sagte ich schnell. »Es ist schön, dass du da bist.«

Endlich hoben sich ihre Mundwinkel und die Sommersprossen auf ihrer Nase begannen zu tanzen.

»Nicht der Rede wert. Also, warum glaubt deine Tante an deinen plötzlichen Tod?«

Ohne es zu merken bohrten sich meine Zähne in die Unterlippe. »Lexi, es tut mir leid, was ihr da gesehen habt.«

»Ich glaube, das solltest du Emily sagen, nicht mir. Bei mir brauchst du dich für rein gar nichts zu entschuldigen«, erklärte Lexi mit fester Stimme, ohne die Augen von meinen zu lösen. Das konnte sie wahnsinnig gut. Sie würde später eine gnadenlose Richterin abgeben.

»Aber du bist Emilys beste Freundin, ich hätte das nicht tun sollen …« Meine letzten Worte verklangen unter Lexis Hand, die sich plötzlich auf meinen Mund drückte. »Jetzt hör mir mal zu, Skyler Thomsen. Nur, weil Emily nach knapp drei Monaten immer noch einem Typen hinterherrennt, den du zufälligerweise geküsst hast, heißt das noch lange nicht, dass wir nicht mehr befreundet sein können. Weißt du, wie oft Emily die Jungs geküsst hat, die ich süß fand? Es waren unzählige Male, glaub mir. Vielleicht war es nicht deine beste Entscheidung, Damian an diesem Tag, an diesem Ort zu küssen, aber das ändert nichts an der Tatsache, dass ich dich brauche.«

Ihre letzten Worte trafen mich wie ein Pfeil, der meinen Körper mit sämtlichen Glücksgefühlen dieser Welt überflutete. »Was?«

»Ich hab dich lieb, du blöde Kuh«, murrte Lexi und stieß mir leicht die Faust gegen die Schulter, ehe ich sie in meine Arme zog. *Sie brauchte mich. Jemand brauchte mich.* »Im ersten Moment war ich nur etwas enttäuscht, weil mir bewusst geworden war, wie wenig ich über dich weiß«, flüsterte sie nahe an mein Ohr, immer noch die Arme um meinen Hals geschlungen. »Ich habe nicht gewusst, dass du Damian auf diese Weise magst. Ich wusste nicht einmal, dass ihr miteinander redet. Du bist manchmal so still, dass ich Angst habe, du würdest mir nicht vertrauen. Das ist Blödsinn, ich weiß, aber nachdem ich dir das mit meiner Mutter erzählt habe … da habe ich mir gewünscht, dass du mir auch einmal etwas anvertrauen würdest. Etwas, das niemand sonst über dich weiß.«

»Das mit deiner Mutter weiß niemand anders? Nicht einmal Emily?«, fragte ich überrascht. Ein trauriges Kopfschütteln war ihre Antwort. »Nicht im Detail. Sie weiß, dass meine Mom gestorben ist, mehr nicht.«

»Wow, das … Danke.«

Ich hatte nie in Erwägung gezogen, Lexi etwas aus meinem früheren Leben zu erzählen, da ich nicht wollte, dass sie auch begann, schlecht von mir zu denken. Aber Lexi war anders, keine Frage. Und doch war ich einfach immer noch nicht in der Lage, die richtigen Worte zu finden, um zu erklären, warum ich wirklich am Ende des Schuljahres nach Greywood gezogen war.

»Ich verspreche dir, mehr von meinem Leben zu erzählen. Irgendwann. Da sind gewisse Dinge passiert, über die ich nicht einmal mehr nachdenken will und …«

»Schon gut.« Lexi winkte ab und schickte ein verständnisvolles Lächeln hinterher, das sich kurz darauf in ein schelmisches Grinsen verwandelte. »Aber eines kannst du mir ja erzählen. Küsst Damian gut?«

Mit einem genervten Stöhnen ließ ich mich rücklings auf die Matratze fallen. »Lexi!«

»Komm schon. Ich habe mich schon immer gefragt, wie er es schafft, all diese Mädchen mit seinen Lippen zu hypnotisieren. Nicht, dass ich es je hätte ausprobieren wollen …«

Ich hinderte sie am Weiterreden, indem ich ihr ein Kissen gegen den Kopf warf. Sie fing das Kissen und stürzte sich mit einem lauten Lachen auf mich. Mein Mund war voll mit Flusen, und mein Bauch schmerzte bereits vor Lachen, aber das war nebensächlich. Ich konnte einfach nicht damit aufhören.

»Wenn Damian dir gut tut, solltest du nicht aus falscher Rücksicht auf Emily damit aufhören, ihn zu treffen. Das meine ich nicht böse, ganz und gar nicht, aber du kannst nicht immer an die anderen denken. Oder willst du Damian nur der anderen wegen wieder aufgeben?« Lexi hob prüfend die Augenbrauen. Es wunderte mich, dass sie ihre Stimmung so schnell auf ernst umstellen konnte. Und dass sie den nötigen Atem hatte, mir diese Predigt zu halten.

»Willst du das?«, wiederholte sie nun energischer.

Ich wollte es nicht. Natürlich nicht. Träge schüttelte ich den Kopf, worauf sie ein freudiges Lachen ausstieß. »Ich wusste von Anfang an, dass er die Finger nicht von dir lassen wird.«

Am Montagmorgen wachte ich bereits um fünf Uhr mit quälenden Magenschmerzen auf und verbrachte die nächsten Stunden über der Kloschüssel. Schon am Abend zuvor hatte ich gewusst, dass der erste Schultag nach den Geschehnissen an Lexis Geburtstag nicht leicht werden würde, aber dass meine Psyche so sehr rebellieren würde, hatte ich nicht erwartet.

Nachdem Grace mir Tabletten herausgelegt und ich mich unter der Dusche langsam beruhigt hatte, machte ich mich auf den Weg zur Schule. Grace hatte mir freundlicherweise ihr Auto überlassen, damit ich nach Hause fahren konnte, sollte mein Magen sich erneut querstellen. Sie hatte ja keine Ahnung, dass ich weder etwas Falsches gegessen, noch an einer Grippe erkrankt war.

Emily zu sehen war niederschmetternd. Lexi und Elliot hatten sich in der Cafeteria zu mir gesetzt und gewettet, zu wem Emily sich wohl setzen würde. Elliot gewann, denn sie hatte sich tatsächlich am Tisch von Olivia und deren Clan niedergelassen, genauso wie auch Maya.

»Habe ich es nicht gesagt? Sie gründen doch noch den Club der gebrochenen Herzen«, schmatzte Elliot und kratzte mit dem Löffel die Reste aus seinem Joghurtbecher.

»Ihre Blicke sind reif für einen Oscar«, kicherte Lexi, der es anscheinend nicht besonders viel ausmachte, dass Emily und Maya nicht mit uns an einem Tisch zu Mittag aßen.

»Da hast du Damians Blick noch nicht gesehen«, flüsterte Elliot. »Er zieht dich gerade mit seinen Blicken aus, Sky. Du bist im Moment praktisch nackt.«

Ich hievte eine Portion Pudding auf meinen Löffel und drohte Elliot, ihm die Ladung ins Gesicht zu katapultieren.

Gleichzeitig jedoch widerstand ich selbst der Versuchung, meine Augen auch nur einen Millimeter in Damians Richtung zu wenden. Vermutlich würde sich meine Gesichtsfarbe sonst in die eines Feuerwehrautos verändern. Lexis Blick sprach jedoch Bände, und sie hatte recht: Ich war eine Idiotin, Damian dafür zu ignorieren, was zwischen uns passiert war.

Kurz vor dem Geschichtsunterricht am Dienstag nahm ich mir vor, mich Damian gegenüber vollkommen normal zu verhalten. Ihn zu grüßen, ihn anzulächeln, vielleicht ihn danach zu fragen, wie es ihm gehe. Kurz bevor ich den Raum betreten wollte, rief ich mir jedoch in Erinnerung, dass sowohl Emily als auch Olivia direkt hinter mir sitzen würden, und ich drehte mich auf der Schwelle wieder um und huschte davon. Die Doppelstunde Geschichte verbrachte ich lieber mit Elliot bei seinem Aushilfsjob im Sekretariat.

Den restlichen Nachmittag über dachte ich pausenlos darüber nach, wie ich Damian am Abend gegenübertreten sollte. Schließlich musste ihm spätestens nach meiner Schwänzerei – die vollkommen unnormal für mich war – mehr als bewusst sein, dass irgendetwas nicht stimmte.

Ich entschied mich, zwanzig Minuten eher zur Therapie zu gehen, da mir zu Hause die Decke auf den Kopf fiel. Für gewöhnlich war unser Raum schon aufgeschlossen, da die Reinigungskräfte kurz vorher ihren Dienst leisteten, und ich würde, wie auch sonst immer, allein sein. Doch diesmal hörte ich schon vor dem Betreten des Raums, dass dem heute leider nicht so sein würde.

Die Putzfrau, niemand anderes, redete ich mir ein. Nach einer Reinigungskraft sah Damian allerdings nicht aus, als ich den Raum betrat und ihn hinten an einem der Fenster entdeckte.

»Du bist früh dran«, sagte ich leise und spürte, wie meine Wangen sich erwärmten. Damian drehte sich langsam zu mir um.

Er hatte sich die letzten Tage nicht rasiert, und auch seine Haare waren ein einziges Chaos. Ich suchte nach einem Anzeichen dafür, dass er wieder getrunken hatte, doch seine Augen wirkten klar. Das dunkelgrüne Shirt, das er trug, betonte deren warmes Braun nur zu gut.

Ich verschränkte die Arme vor der Brust, damit er meine zitternden Hände nicht bemerkte.

»Du auch«, sagte er trocken.

»Damian«, begann ich, doch ich brach ab, als er im selben Moment meinen Namen sagte. Ein leichtes Lächeln huschte über seine Lippen.

»Du redest wieder mit mir«, stellte er fest und presste die Lippen zu einem geraden Strich. »Ich war ein paar Mal bei dir zu Hause, deine Tante sagte, du seist krank gewesen.«

»Das war nicht ganz die Wahrheit«, gab ich zu und lehnte mich neben ihn an die Fensterbank.

»Dachte ich mir.«

»Es tut mir leid.« Das tat es wirklich. Vor allem jetzt, als ich sah, wie mitgenommen er tatsächlich war.

»Tut es das wirklich?«, fragte er und hob eine Augenbraue.

»Ja«, erwiderte ich und ging wenige Schritte auf ihn zu. »Ich hatte nie … wirklich Freunde, weißt du?« Unsicher verschränkte ich meine Finger vor dem Bauch miteinander. »Die Angst davor, meine ersten richtigen Freunde zu verlieren, war einfach …« Ich schüttelte den

Kopf, weil mir nicht das passende Wort für diesen Gedanken in den Sinn kommen wollte.

»Also wolltest du Emily zufriedenstellen und dich von mir fernhalten«, stellte er fest und schnaubte. Ich konnte nicht anders als nicken. »So ein Blödsinn.«

»Ich weiß«, murmelte ich und starrte auf meine Schuhe hinab. Ich entdeckte, dass ich den rechten meiner schwarzen Vans falsch geschnürt hatte, und war in Versuchung, dies zu korrigieren, nur um etwas zu tun zu haben. Das Schweigen, mit dem er mein Gesicht betrachtete, bereitete mir Kopfschmerzen.

»Und das ist jetzt dein Plan?«, fragte er nach einer Weile. Seine Stimme war kaum hörbar, so gebrochen klang sie. »Dass wir aufhören, uns zu sehen?«

Nachdenklich bohrte ich meine Schneidezähne in die Unterlippe. »Es wäre eine Option.«

Damian schnaubte abermals, drehte sich von mir weg und betrachtete den stillen Parkplatz der Bibliothek. Die anderen Teilnehmer würden erst in zehn Minuten hereinschneien.

»Keine besonders gute«, sagte er in die Stille hinein.

»Mach dir keine Sorgen. Wir können uns natürlich immer noch treffen, bis du dein Projekt beendet hast. Wahrscheinlich weißt du mittlerweile alles, was du wissen solltest, aber …«

»Es geht mir nicht um dieses beschissene Projekt!«, rief Damian und drehte sich mit Schwung zu mir um.

»Worum dann?«

Er schwieg so lange, dass mich die Vermutung überkam, er würde mir keine Antwort mehr geben. Doch dann kam er mir näher, ganz vorsichtig. Ich spürte seinen Atem auf meiner Stirn, als er ein so vorsichtiges: »Es geht mir um dich«, flüsterte, dass man hätte meinen können, er würde seine Worte selbst kaum glauben. Hatte ich eben noch gedacht, mein Herz würde mir aus der Brust springen? Die Art, wie es jetzt gegen meinen Brustkorb hämmerte, war nichts im Vergleich dazu.

»Warum?«

»Weil …«, begann er. »Seitdem du hier bist, seitdem wir miteinander reden, hat … hat sich etwas verändert. Wenn wir uns treffen, dann habe ich nicht das Gefühl, mich verstellen zu müssen. Nein, ich habe das Gefühl, dich schon ewig zu kennen. Mit dir zu reden verschafft mir eine Linderung, die ich mit Alkohol nie erreichen konnte.« Erst jetzt sah er mir wieder in die Augen, und ich spürte mit absoluter Sicherheit, dass keines seiner Worte gelogen war. »Sky, wenn ich weiß, dass ich dich sehen kann, dann habe ich keine Sekunde das Bedürfnis, meinen Gedanken zu entkommen. Bei dir möchte ich voll und ganz da sein und nicht nur die Hälfte von meinem Leben mitbekommen. Bei dir …« Er schüttelte den Kopf und verstummte.

»Das heißt, du versuchst, nichts mehr zu trinken?« Diesmal war ich diejenige, die ihm eindringlich in die Augen sah.

»Ich … ja, ich versuche es. Ansonsten werde ich mir Hilfe suchen«, bestätigte er unsicher. »Schließlich hast du dich ja auch dem Wasser gestellt.«

Bei dem Gedanken an diesen Tag durchströmte mich eine wohlige Wärme. »Vielleicht sind wir doch nicht unheilbar.«

»Nein, das sind wir nicht«, flüsterte Damian und strich mir eine Haarsträhne hinters Ohr. Sein Blick ging von meinen Haaren zu meinen Augen und schlussendlich zu meinem Mund. Einen Moment glaubte ich, er würde mich küssen, doch das tat er nicht. Wir schwiegen uns an, bis ich mich endlich überwinden konnte, etwas zu erwidern: »Was ist, wenn ich mich genauso fühle?«

Meine Stimme war nicht mehr als ein Flüstern, als könnte ich somit verhindern, enttäuscht zu werden. Enttäuschungen hatten mein Leben so lange beherrscht, dass es für mich nichts Neues wäre. Doch er lächelte. Ein Lächeln, das man selten auf seinem Gesicht sah und das jeden Märchenprinzen in den Schatten stellte. »Dann würde ich dich jetzt wahnsinnig gerne küssen.«

Und das tat er. Er küsste mich wie an dem Tag, an dem sich unsere Lippen das erste Mal berührt hatten. Das elektrische Gefühl, das sich in meinem ganzen Körper ausbreitete, benebelte all meine Sinne. Meine Lippen kribbelten, genauso wie meine Wange, auf die er seine warme Hand legte. Die Welt um uns herum verstummte. Zusammen waren wir nicht mehr nur diese Mängelexemplare, als die wir uns vorher empfunden hatten. Zusammen ergänzten sich all unsere kaputten Teile wie Puzzlestücke, die erst zusammen ein Bild ergaben.

Wir küssten uns so lange und so innig, dass ich die Außenwelt um uns herum erst wieder registrierte, als jemand seine Aktentasche auf den Tisch fallen ließ. Richard sah uns nicht an, vermutlich, um das peinliche Schweigen zu vermeiden, das dennoch entstand. Ich blickte mich nach anderen Kursteilnehmern um, sah aber lediglich im Fenster, wie gerade erst vereinzelt die ersten Autos der Teilnehmer vorfuhren.

»Demnächst sollte ich eine Partnervermittlung integrieren, meint ihr nicht auch?« Das leichte Lächeln, das sein Gesicht erhellte, während er sich Kaffee aus seiner Thermoskanne eingoss, brachte meine Wangen zum Erröten. Dennoch fiel es mir schwer, seinen fragenden Blick zu ignorieren, und ich lächelte Damian erleichtert zu, als im selben Moment die ersten Kursteilnehmer den Raum betraten und sowohl Damian als auch ich uns unauffällig auf unsere Plätze schleichen konnten. Normalerweise war es mir ein Leichtes, mich in Richards Aufgaben zu vertiefen und wegzuträumen. Heute gelang mir das ganz und gar nicht. Damians Strahlen zu spüren, ohne ihn dafür direkt ansehen zu müssen, machte es mir unmöglich, an irgendetwas anderes zu denken als an ihn und an seinen Mund auf meinem.

Richard schien meine abwesenden Blicke zu registrieren, er beendete die Stunde fünf Minuten früher und erlöste mich damit von meiner Qual. Ich ging Damian voraus, da ich nicht ganz sicher war, wie ich mich verhalten sollte, doch er hatte mich schnell eingeholt und legte einen Arm um meine Schulter.

»Ein sehr schönes Paar«, hörte ich Sylvia hinter uns sagen und spürte, wie ich errötete. Die Farbe von überreifen Tomaten schien momentan der Dauerzustand meiner Haut zu sein.

»Manchmal frage ich mich, wie rot du erst werden kannst, wenn ich dir ganz andere Dinge ins Ohr flüstere«, murmelte Damian ganz nah an meinem Ohr, worauf ich mich aus seinem Griff löste und ihn mit einem gespielt empörten Blick zur Seite stieß.

»Es ist warm«, rechtfertigte ich mich trotzig.

»Es ist warm«, wiederholte Damian mit einem Lachen und nickte, ehe er nach meiner Hand griff und mit seiner verschränkte. Das Lächeln, das sich automatisch auf meinem Gesicht ausbreitete, konnte ich nicht verstecken. Er konnte ruhig wissen, wie glücklich mich seine Nähe machte. Wie sehr ich mich darüber freute, dass er zum ersten Mal wirklich ehrlich zu mir war, was seine Gefühle anging.

Als wir ins Freie traten und die Sonnenstrahlen uns entgegenleuchteten, konnte ich nicht anders, als stehenzubleiben und ihn zu küssen. Es war mir egal, dass die anderen Kursteilnehmer an uns vorbeiliefen und uns mit ihren neugierigen Blicken nur so überhäuften. Das, was Damian mir heute gesagt hatte, konnte mir niemand nehmen.

»Skyler.« Eine mir nur zu gut bekannte Stimme. Langsam löste ich mich von Damian und blickte mich um. Ich hatte mich nicht geirrt, ganz und gar nicht.

»Mom?«, fragte ich ungläubig und lief die Treppenstufen zu ihr herunter, um sie in den Arm zu nehmen. »Was machst du hier?«

Meine Mutter strich mir über den Rücken, ehe sie sich von mir löste und ihre Hände auf meine Schultern legte. »Ich war gerade in der Nähe und dachte, ich schaue mal vorbei.«

»Du kommst extra hierher, damit du nicht Grace und Dad begegnest. Habe ich recht?« Ich hob die Augenbrauen und musterte meine Mutter abschätzend. Sie presste die Lippen aufeinander. Hatte ich es doch gewusst, ich kannte sie einfach zu gut. Ein Lächeln erhellte erst dann wieder ihr Gesicht, als sie Damian herkommen sah. »Du musst Damian sein.« Sie streckte ihm die Hand entgegen. »Caden hat mir viel von dir erzählt. Ich bin Skylers Mutter, Joyce Thomsen.«

»Freut mich, Sie kennenzulernen«, sagte Damian höflich und drückte ihre Hand.

»Mom, ist etwas mit Caden?« Es musste einen Grund geben, warum sie ohne einen Anruf einfach so hier auftauchte. Und zwar keinen guten.

»Was? Schätzchen, nein. Caden geht es sehr gut. Ich hole ihn morgen ab.«

»Warum kommst du dann her?« Ich hatte die Frage schon ausgesprochen, bevor ich überhaupt merkte, was ich da von mir gab. »Entschuldige, so war das nicht gemeint. Es ist schön, dich zu sehen.«

Mom lächelte und strich mir mit einer behutsamen Geste über den Arm. »Wie wäre es, wenn wir essen gehen? Du bist natürlich auch herzlich eingeladen, Damian.«

Er schenkte meiner Mutter eines der strahlendsten Lächeln, das ich je in seinem Gesicht gesehen hatte. »Vielen Dank für die Einladung, Mrs. Thomsen, aber ich muss noch meine kleine Schwester von einer Freundin abholen.«

Mom nickte verständnisvoll, und auch ich lächelte ihm zu. Damian schaute zwischen mir und meiner Mutter hin und her, ehe er unbeholfen neben mich trat und mir einen Kuss auf die Wange drückte. Es war tatsächlich das erste Mal, dass ich ihn erröten sah. Wow. Dieser

Junge kannte sich mit Mädchen besser aus als mit allem anderen. Aber mit ernsthaften Beziehungen? Da war er genauso ein Anfänger wie ich.

»Dein Freund scheint ein wirklich netter Junge zu sein«, sagte Mom und studierte die Speisekarte in meinem Lieblingslokal. Dabei wusste sowohl sie als auch ich, dass sie sich nur einen Salat bestellen würde. Das tat sie immer, wenn wir essen gingen.

»Das ist er.« Mein Magen kribbelte dabei, Damian das erste Mal offiziell als meinen Freund zu bezeichnen. Damian und ich hatten natürlich noch nicht darüber gesprochen, in was für einer Beziehung wir von nun an zueinander stehen würden, aber wir hatten uns deutlich genug gesagt, was wir füreinander empfanden.

»Du kennst ihn aus dem Kurs?« Sie stellte die Frage so beiläufig wie möglich, damit ich ihre Neugier nicht bemerkte. Am liebsten würde sie mich vermutlich fragen, was mit diesem Jungen nicht stimmte, dass er eine Therapie nötig hatte.

»Und von der Schule«, erklärte ich, bevor der Kellner an unseren Tisch kam und unsere Bestellung aufnahm. Mom fragte mich über die Schule aus, über meine Freunde, über das Schreiben. Alles wirkte so normal, dass es schon wieder unnormal war. Irgendetwas verheimlichte mir meine Mutter. »Mom, warum bist du wirklich hergekommen?«

»Ich wollte dich sehen«, sagte sie mit einem halben Lächeln und ergriff meine Hand. Ich hob meine Augenbrauen und ihr Lächeln erlosch. *Wusste ich es doch.*

»Okay, nicht nur. Ich muss dir etwas sagen, wovon du nicht besonders begeistert sein wirst.«

Mein Magen begann zu rebellieren. Es war also doch etwas mit Caden. Hatte er einen Rückfall gehabt? Würde er doch noch nicht entlassen werden? All diese Fragen spiegelten sich anscheinend in meinem Gesichtsausdruck wider, denn meine Mutter schüttelte schnell und beschwichtigend den Kopf. »Nein, keine Sorge, es ist nichts Schlimmes.« Sie presste die Lippen aufeinander und starrte verloren in das Glas Wasser vor sich. »Charlotte Williams plant ein Barbecue, als Feier für Caden.«

Mir fehlte die Spucke im Mund. Plötzlich veränderte sich meine Panik in Wut. Was zur Hölle gab dieser Frau das Recht, eine Willkommensparty für meinen Bruder zu schmeißen?

»Wieso?«

»Naja, dein Bruder war in vielen Vereinen tätig. Er war Captain des Footballteams, hat die Jüngeren trainiert und hat Charlottes Sohn, Aaron, Nachhilfe gegeben. Sie mochte Caden ja schon immer. Und jetzt will sie, dass er für seinen Entzug gefeiert wird.« Mom seufzte. Sie war genauso wenig begeistert von der Idee, das war sicher. Charlotte Williams war eine Frau, die jeden Menschen nett behandelte. Jeden. Selbst mich. Klang ganz gut, wenn man ausließ, dass sie das größte Mundwerk hatte, wenn es darum ging, hinter den Rücken anderer zu lästern. Zumindest hatte es mir zu den Zeiten, in denen mein Hass auf Aaron am größten gewesen war, mir das ein oder andere Mal ein wenig Genugtuung verschafft, dass Aaron mit so einem mütterlichen Klatschweib gestraft war. Mittlerweile tat er mir eher leid.

»Warum? Damit sie in ihrem Kirchenverband herumerzählen kann, dass sie einem hilfsbedürftigen Jungen wieder auf die Beine geholfen hat?« Ich schnaubte.

»Skyler.« Mom atmete einmal tief ein. »Ich habe alles gegeben, um sie von dieser Schnapsidee abzubringen. Es hat nicht ganz funktioniert. Zumindest hat sie sich dazu überreden lassen, nur die Nachbarn aus unserer Straße einzuladen.«

Nur? Die Nachbarn aus unserer Straße reichten schon vollkommen aus, um mich durchdrehen zu lassen. Sie waren schließlich diejenigen, die nach dem Vorfall aufgehört hatten, normal mit mir zu reden. Für sie war ich nur die Verrückte der Thomsens. Das hatten sie mir deutlich genug gezeigt.

»Schön, dann wünsche ich euch viel Spaß«, sagte ich patzig, trank den letzten Schluck meiner Cola und knallte das Glas auf den Tisch.

»Ich will, dass du dabei bist.«

Meine Hände verkrampften sich um die Lehne meines Stuhles. »Nein.«

»Skyler, bitte.« Sie schüttelte hilflos den Kopf. »Ich weiß, dass diese Menschen alles andere als nett zu dir waren, aber tu es für deinen Bruder.« Sie verstummte und starrte erneut traurig in ihr Glas. »Und tu es für mich.«

Mir war schlecht. Nein, mir war eher kotzübel, und die Pizza, die ich gegessen hatte, drohte wieder hochzukommen. Ich atmete mehrfach tief ein und wieder aus, nur um das »Nein!«, das auf meiner Zunge lag, irgendwie herunterzuschlucken.

»Okay«, sagte ich und ließ mir von Mom über den

Handrücken streichen, während ich schon jetzt überlegte, wie in Gottes Namen ich diesen Tag nur überstehen sollte.

# KAPITEL 14

Unruhig rutschte ich auf dem Beifahrersitz von Damians Mercedes hin und her. Am liebsten hätte ich meine Beine angezogen, aber das dunkelrote Kleid, das ich trug, hinderte mich daran.

»Das ist eine ganz blöde Idee. Wir sollten umkehren.« Wie oft hatte ich diesen Satz nun schon wiederholt? Es schien mir bald so, als könnte mein Mund nichts anderes, als diese Worte aussprechen. Dabei fuhren wir gerade mal seit acht Minuten.

Damian lachte leise und ergriff mit seiner freien Hand die meine. »Das ist es nicht, Sky. Warum bist du so nervös?«

Unsicher bohrte ich die Schneidezähne in die Unterlippe. Beinahe hätte ich vergessen, dass Damian nicht die leiseste Ahnung davon hatte, warum die letzten zwei Jahre in Denville die Hölle für mich waren. Er wusste zwar von meiner Kindheit und Matt, aber ihm von den Tagebüchern und meinen Begegnungen zu erzählen, kam gar nicht in Frage. Noch nicht. Daher blieb mir nichts anderes übrig, als zu hoffen, dass niemand mich in Damians Beisein darauf ansprechen würde. Aber meine Nachbarn waren trainiert, wenn es darum ging, mich zu ignorieren, woran sich auch heute vermutlich nichts ändern würde.

»Ich bin mit Denville nie so ganz warm geworden, nachdem …«

Damian warf mir einen Seitenblick zu und nickte. Offenbar verstand er auch ohne meine Worte, was genau ich zu sagen versuchte.

Die Fahrt über bemühte ich mich, mir einzureden, dass diese Menschen rein gar nichts über mich wussten. Sie würden mich neu kennenlernen, ohne irgendwelche Vorurteile, und würden mich akzeptieren, so wie ich war. Hätte ich nicht gewusst, wie sehr das gelogen war, hätte es vielleicht klappen können.

Als wir vor dem Haus meiner Mutter hielten, verkrampfte sich alles in mir. Die Welt um mich herum verlor ihre Farben und mir wäre mit Sicherheit schwarz vor Augen geworden, hätte Damian sich nicht in diesem Moment zu mir herübergebeugt und seine Lippen auf meine gelegt. »Du schaffst das schon«, flüsterte er. »Und wenn nicht, können wir immer noch abhauen. Der Fluchtwagen steht bereit.«

Ich lachte und zog ihn dann erneut zu mir, um mich so bei ihm für seine Unterstützung zu bedanken. Wir küssten uns lange und innig, und die merkwürdige Panik in meinem Magen verwandelte sich schnell in das aufgeregte Kribbeln, das Damians Nähe grundsätzlich in mir auslöste. Als wir uns voneinander lösten und er dabei war, auszusteigen, war ich in Versuchung, ihn erneut zu mir zu ziehen, nur um dieses Kribbeln noch ein letztes Mal spüren zu können. Doch die Stimme meines großen Bruders hielt mich davon ab.

»Hey, Mann«, rief Caden von der Tür aus zu uns herüber und begrüßte Damian mit einem Handschlag. Die beiden verhielten sich, als wären sie seit Jahren Freunde und nicht die einander Fremden, die sie eigentlich waren.

Langsam stieg ich aus, richtete mein Kleid und versuchte, in meinen Schuhen mit den ungewohnt hohen Absätzen Halt zu finden.

»Schwesterchen!«, rief mein Bruder und empfing mich mit ausgebreiteten Armen. »Schön, dass du hergekommen bist. Ich weiß, wie beschissen das für dich sein muss«, flüsterte er in mein Haar.

Ich drückte ihn an mich und vergrub mein Gesicht in seiner Schulter.

Mom zufolge wütete Charlotte Williams bereits seit zehn Uhr morgens in unserem Garten. Sie versuchte, die Girlanden aufeinander abzustimmen, baute die Gartenstühle auf, stellte die Getränke kalt. Immer wieder rief sie meiner Mutter über die Schulter zu, dass sie sich um nichts zu kümmern brauche. Unsere Heldin.

Bei meiner Ankunft war sie gerade dabei, die Steaks zu würzen, und hätte mich mit ihrer Umarmung fast erdrückt. »Wie hübsch du doch bist, Skyler«, kreischte sie überschwänglich und betrachtete mich mit großen Augen und einem übertrieben entzückten Gesichtsausdruck. »Und dein Freund erst.« Jetzt hatte sie Damian in ihren Fängen. Wortwörtlich. Sie umklammerte ihn, als wäre er ein lange vermisster Bekannter, und löcherte ihn mit unzähligen Fragen, nur um durchgehend begeistert zu nicken und den Mund aufzureißen, damit er auch bloß ihre perfekt aneinandergereihten weißen Zähne bewundern konnte. Zwei Minuten hielt ich das Schauspiel aus. Doch als Charlotte einfach kein Ende fand, verzog ich mich in den Garten.

Caden hatte ebenfalls längst das Weite gesucht. Ich fand ihn auf der roten Schaukel, die Dad damals für uns gebaut hatte. Irgendwie hatte es Mom nie über sich gebracht, sie abzubauen. Auch wenn sie mittlerweile in unserem Garten fehl am Platz wirkte.

»Ich habe ganz vergessen, wie nervtötend Charlottes Stimme ist.« Die Ketten der Schaukel quietschten unschön, als ich mich auf die zweite Schaukel neben Caden niederließ. Mich wunderte es, dass sie unserem Gewicht immer noch standhielt.

Caden verzog seinen Mund zu einem schiefen Lächeln. »Was meinst du, wie ich heute Morgen geweckt wurde?« Oh, ich konnte es mir vorstellen. Für Charlotte Williams war der Begriff »Ausschlafen« ein Fremdwort.

»Wie fühlst du dich?«, fragte ich und ließ meine Füße durch das frisch gemähte Gras streifen. Früher hatte eine sandige Kuhle deutlich gemacht, wie oft wir unsere Zeit hier verbracht hatten. Mittlerweile war sie komplett zugewachsen.

»Komisch, irgendwie.« Er zuckte mit den Schultern. »Es fühlt sich nicht richtig an, mich heute feiern zu lassen.«

Ich seufzte. Caden war immer ein Mensch gewesen, der wegen jeder kleinen Belanglosigkeit Partys veranstaltet hatte. Dass er jetzt anders darüber dachte, verstand ich sehr gut, nach allem, was inzwischen passiert war.

»Ich …«, begann ich, doch stockte, als ich Schritte hinter uns hörte und mein Bruder gleichzeitig ein bedrohliches Knurren von sich gab. Ich brauchte mich gar nicht umzudrehen, um zu erfahren, wer gerade gekommen war. »Verpiss dich, Williams!«, keifte mein Bruder und sprang von der Schaukel. »Ich habe deiner Mutter gesagt, dass ich dich Vollpfosten nicht in meinem Garten sehen will.« Cadens Kopf war rot vor Wut, und eine Ader an seiner Stirn trat hervor. Ich sprang auf und umklammerte den Arm meines Bruders, der anscheinend bereit war, auf Aaron einzuschlagen, falls dieser seinen Worten nicht folgen würde.

»Ganz ruhig, Caden, es ist okay«, murmelte ich. Allerdings schien das seine Wut nur zu steigern. Mit einem Ruck riss er sich aus meinem Griff und stieß Aaron gegen die Brust. »Es ist überhaupt nicht okay. Der Wichser hat hier nichts zu suchen.«

»Caden!«, rief ich und stellte mich zwischen die beiden. »Hör mir zu.« Erst jetzt richtete er seine funkelnden Augen zu mir herunter, sein Kiefer zuckte vor Hass.

»Wir sind befreundet.«

»Was?« Caden schüttelte den Kopf, als könnte er nicht glauben, was ich ihm gerade versuchte zu erklären.

»Dieses Arschloch hat dein Leben ruiniert«, rief er mir in Erinnerung. Es war bemerkenswert, wie viele verschiedene Beleidigungen ihm für Aaron einfielen.

»Ich weiß«, stimmte ich zu und richtete meinen Blick auf meine Schuhe. Aaron anzusehen, traute ich mich nicht. Viel zu sehr würde sich sein Schuldbewusstsein in seinem Blick abzeichnen. »Aber wir haben das geklärt. Es war nicht seine Schuld.«

»Nicht seine Schuld?!«, keifte Caden und wäre erneut auf Aaron losgegangen, hätte ich ihn nicht davon abgehalten.

»Doch, es ist meine Schuld«, erwiderte Aaron ruhig, ohne sich von Caden einschüchtern zu lassen.

»Aaron«, begann ich, doch da schüttelte er schon den Kopf.

»Schon okay, Sky. Er hat jedes Recht dazu, mich zu hassen.« Er blickte zu Caden, dessen Hände sich zu Fäusten ballten.

»Glaub mir, wenn ich das, was ich getan habe, irgendwie rückgängig machen könnte, würde ich es tun.«

»Kannst du nicht«, zischte Caden. »Das Einzige, was du machen kannst, ist, dich aus unserem gottverdammten Garten zu verpissen und meine Schwester in Ruhe zu lassen.«

»Du musst mich nicht verteidigen«, sagte ich und blickte zu meinem Bruder auf. »Wir haben lange darüber geredet, was passiert ist, und es ist in Ordnung. Wir können es nicht ungeschehen machen, aber es bringt auch nichts, auf ewig diese Wut mitzutragen.«

Caden sah mich lange an, als würde er gerade abwägen, ob er mir meine Worte glauben oder ob er ein weiteres Mal auf Aaron losgehen sollte. Dann schluckte er und fragte: »Ihr seid befreundet? Wie ist das möglich?«

»Ich bin mit einem Freund von Sky zusammen.« Ungläubig drehte ich mich zu ihm um. Er stand vor uns wie ein verletzter Welpe, die Hände in den Taschen vergraben, die geröteten Augen trüb auf mich gerichtet.

»Du …« Man konnte Caden förmlich dabei beobachten, wie er langsam, aber sicher begriff, was Aaron da gesagt hatte. Aaron schien das nicht zu irritieren, er nickte nur und sagte mit fester Stimme: »Ich bin schwul.«

Ich konnte nicht anders, als Aaron mit halboffenem Mund anzustarren. Was er sagte, war nichts Neues für mich, aber dass er darüber sprach, hier, in unserer konservativen Heimat, überraschte mich.

»Davon scheint deine Mutter aber noch nicht viel zu wissen. Sie hat Mom heute Morgen etwas von dir und Rachel Coleman erzählt …«

Aaron stieß ein heiseres Lachen aus. »Oh, glaub mir, sie weiß davon.«

»Du hast ihr Elliot vorgestellt?«, fragte ich atemlos.

»Ich habe es versucht.« Aaron presste die Lippen aufeinander und starrte auf seine Füße. »Ich wollte ihn mit hierherbringen. Aber um Mom nicht zu überfordern, habe ich ihn ihr vorgestern vorgestellt. Sie hat ihn rausgeschmissen und mir danach ein Date für heute organisiert.«

»Sie hat was?«, wiederholte ich ungläubig. Ich ignorierte Cadens kritischen Blick und ging auf Aaron zu, um ihn in den Arm zu nehmen. »Das tut mir so leid.«

»Schon gut. Es ist so, wie ich es dir gesagt habe. Es passt nicht in ihr Weltbild.«

Auch mein Bruder ging einen Schritt auf Aaron zu. Ich löste mich von Aaron und beobachtete Cadens Reaktion, in der Hoffnung, dass er nicht schon wieder etwas sagen würde, um Aaron seinen Fehler vorzuhalten. Doch er sagte nur: »Williams, das … das wusste ich nicht.« Dieser winkte ab. »Ist auch egal. Ich kann gehen, wenn du das willst. Mir ist heute sowieso nicht nach Party zumute.« Er zuckte die Schultern, ehe er meinem Bruder ein unsicheres Lächeln schenkte. »Aber hey, herzlichen Glückwunsch. Gut, dass du wieder da bist.«

Aaron drehte sich um, bereit, unseren Garten zu verlassen. Doch bevor er aus unserer Sichtweite verschwinden konnte, rief Caden: »Williams!« Er räusperte sich. »Bleib gerne hier. Also, … wenn du willst.«

Aaron blickte sich zu uns um, seine Mundwinkel hoben sich ganz leicht. »Danke.«

Charlottes Stimme riss uns aus unserem Gespräch: »Die ersten Gäste kommen!«

Wir seufzten alle drei gleichzeitig, und ich hätte darüber gelacht, wäre diese Situation nicht so merkwürdig gewesen. Ich entdeckte Rachel Coleman direkt neben Damian, genau dort, wo ich sie erwartet hatte. Mit ihren schmalen Katzenaugen blickte sie zu ihm auf, wickelte sich eine braune Strähne um den Finger, während die andere Hand bereits auf seinem Oberarm lag.

Von Weitem versuchte ich einzuschätzen, was Damian von ihrer Nähe hielt. Entweder war er nur höflich und redete deswegen auf eine Weise mit ihr, die mir schwitzige Hände bereitete, oder er fand sie attraktiv. Denn das war sie. Damians eigentliches Beuteschema.

»Skyler.« Es hatte gedauert, bis sie mich registrierte. Sie zupfte ihre Haare zurecht und kam auf mich zu, um mich in den Arm zu nehmen. Ich musste schlucken, um das Bedürfnis zu unterdrücken, sie von mir wegzuschieben. Versuchte sie gerade so zu tun, als wären wir beste Freunde? Nur um meinen Freund zu beeindrucken? Dabei war *sie* doch diejenige, die herumerzählt hatte, ich würde mit Drogen dealen. Der Direktor hatte davon Wind bekommen und mein Schließfach durchsuchen lassen.

»Wie geht es dir? Wie ist es auf der neuen Schule?«

»Gut«, antwortete ich knapp und wandte mich von ihr ab, um Damians Hand zu ergreifen.

»Wohin …«, begann er, doch er verstummte, da er wohl merkte, wie aufgewühlt ich war. Ich zog ihn hinter mir her, hinein in unser Haus, bis wir in meinem alten Zimmer angekommen waren. Dort ließ ich mich aufs Bett fallen. Damian legte sich direkt hinter mich und schlang seine Arme um meinen Bauch.

»Was ist los?«, murmelte er in mein Haar.

»Ich will einfach nur kurz hier bleiben«, flüsterte ich und verschränkte meine Finger mit seinen. Allein diese Berührung reichte aus, damit mein Puls für einen Moment herunterfahren konnte.

»Sky, sei bitte ehrlich. Ist wirklich alles in Ordnung?«

Nein, das war es ganz und gar nicht. Aber wie sollte ich ihm erklären, warum mich diese Konfrontation mit meinen ehemaligen Nachbarn und Mitschülern so belastete? Ich verkrampfte meine Finger in der Bettdecke, bereit, seine Frage einfach zu ignorieren. Doch dann spürte ich erneut Damians Körper an meinem Rücken und die unglaubliche Ruhe und Vertrautheit, die er auf mich ausübte. Dieses Gefühl hatte sonst nur Matty in meinen Träumen erschaffen können. Und so, wie ich Matt früher von all meinen Sorgen berichtet hatte, hatte ich plötzlich das unbändige Bedürfnis, auch Damian zu erzählen, was vor zwei Jahren wirklich vorgefallen war. Dass all die Menschen, die sich dort unten in heiliger Harmonie versammelten, jahrelang nur Lügen über mich verbreitet hatten. Dass meine eigene, persönliche Art, mit der Trauer um meinen Freund umzugehen, hier nicht akzeptiert worden war. Also begann ich zu erzählen. Die Worte verließen meinen Mund, als hätte ich sie nicht die ganzen letzten Monate fest hinter meine Mauern gesperrt. Und Damian blieb bei mir. Seine Finger fuhren durch meine Haare, seine Lippen streiften ganz leicht meinen Hinterkopf. Er unterbrach mich nicht, stellte mir keine Fragen. Er schwieg, und das war tatsächlich die schönste Reaktion, die ich mir hätte vorstellen können. Denn er war einfach nur da.

Fast eine Stunde blieben wir Arm in Arm auf meinem Bett liegen. Mittlerweile war ich mir sicher, dass alle Gäste eingetroffen sein mussten. Es war schlussendlich meine Mom, die uns darum bat, langsam dazuzustoßen, da sich einige der Anwesenden schon nach mir erkundigt hätten. Am liebsten hätte ich die Tür zugeschlossen und mich auf ewig mit Damian in meinem Kinderbett verschanzt, aber das wollte ich weder meiner Mutter noch meinem Bruder antun. Auf zitternden Beinen ging ich daher in den Garten, Damian an meiner Seite. Das Stimmengewirr betäubte meine Ohren, und ich betrachtete die Menschen, die sich hier versammelt hatten, wie in einem Stummfilm. Einige strahlten mich an, als wäre ich nicht die Außenseiterin, die ich immer gewesen war, andere musterten mich mit kritischen Blicken, wie sie es früher schon immer getan hatten, und wieder andere – bevorzugt Mädchen – hatten nur Augen für den Jungen an meiner Seite.

Ich war froh, als Damian mich auf einen freien Platz auf einer Sitzbank leitete, ansonsten wäre ich mit Sicherheit wieder umgekehrt. Ich lehnte meinen Kopf an Damians Schulter und ließ meinen Blick durch die Menge schweifen. Einige kannte ich noch von der Schule, andere nur durch die Nachbarschaft. Ich entdeckte, dass zwei Mädchen, die mit mir im selben Jahrgang gewesen waren, mir immer wieder Seitenblicke zuwarfen und gleichzeitig tuschelten. In meinem Kopf begann es sofort zu rattern: Was redeten sie über mich? Gefiel ihnen nicht, was ich trug? Wunderten sie sich gerade, warum jemand wie ich einen Freund hatte? Wo ich doch als verrückt galt? All diese Fragen verursachten einen schweren Druck auf meiner Brust, und ich gab mir Mühe, mich irgendwie davon abzulenken.

Ich sah meinen Bruder, wie er von einer Gruppe zur nächsten wanderte. Die meisten fielen ihm um den Hals oder riefen ihm aufmunternde Dinge zu.

Schließlich kam er auch bei den Jungs an, mit denen er seine High-School-Zeit verbracht hatte. Derek, sein damaliger bester Freund, warf ihn vor Freude fast um. Die anderen klopften ihm auf die Schulter oder wuschelten ihm durch die Haare. Shawn, ein breit gebauter, blonder Typ, der seine Muskeln erst durch eine Menge Training erlangt hatte, trug eine Kiste auf seinen

Schultern und stellte sie in der Mitte seiner Freunde ab. Die anderen jubelten vor Freude, als sie das Bier entdeckten. Mein Bruder wandte sich mit einem leichten Lächeln von ihnen ab und zog weiter.

»Wie geschmacklos«, zischte Damian in mein Ohr. Er hatte das Geschehen also auch beobachtet und sprach genau das aus, was ich dachte.

»Und da sagt niemand etwas? Wirklich niemand?«

Ich seufzte und beobachtete, wie die Jungs sich das Bier herüberreichten und anstießen. »Willkommen in Denville.«

»Das ist doch nicht möglich«, raunte Damian und schüttelte den Kopf, ohne den Blick von den Freunden meines Bruders abzuwenden. Sie hatten in nur wenigen Zügen ihre Flaschen ausgetrunken und sich neue geschnappt.

»Damian!«, flötete Rachel und trabte auf ihren Keilabsätzen zu uns herüber. »Ich wollte dir doch meine Freundinnen vorstellen. Ist das ein Problem für dich, Sky?« Sie verzog ihre Lippen zu einem Schmollmund.

»Das trifft sich gut, ich wollte sowieso noch mit dir reden«, sagte Damian, mit einem sarkastischen Unterton in der Stimme. Mit Sicherheit hatte Rachel ihn überhört. Aber nachdem ich Damian die ganze Geschichte über meine Zeit in Denville erzählt hatte, war zumindest mir klar geworden, worüber genau er mit Rachel sprechen wollte. Gerade war er im Begriff, sich zu erheben, da umfasste ich seinen Oberarm und zog ihn zurück. »Damian, das bringt nichts. Nicht heute, nicht jetzt. Es geht heute um Caden«, sagte ich so leise, dass nur er mich verstehen konnte.

Damians Kiefer verkrampfte sich. Er warf Rachel einen Seitenblick zu. Sie hatte sich ihrem Handy gewidmet, sah allerdings keinen Grund, uns einfach in Ruhe zu lassen.

Bevor Damian weiter protestieren konnte, schob ich ein »Sei einfach nett« hinterher und versetzte Damian einen kleinen Stoß. Zögernd bewegte er sich in Rachels Richtung, nicht ohne mir einen letzten, unsicheren Blick zuzuwerfen. Rachel grinste breit und führte meinen Freund zu ihren schon aufgeregt tuschelnden Freundinnen.

Seufzend starrte ich auf die Wiese, um nicht dem Blick irgendeines Gastes begegnen zu müssen. Ich wünschte, ich hätte mir wenigstens etwas zu trinken geholt, um nicht so tatenlos herumzusitzen, wie ich es jetzt tat. Als Aaron zu mir herüberkam, wäre ich ihm am liebsten um den Hals gefallen.

»Dein Date macht sich an mein Date ran«, sagte ich und ließ mir von ihm eine Cola in die Hand drücken.

Aaron lachte leise und kratzte sich am Hinterkopf. »Hätte ich mir mein Date selbst aussuchen dürfen, wäre das sicher nicht passiert.« Seine Worte klangen ironisch, dennoch wusste ich, wie viel Ernst darin steckte.

»Was ist denn eigentlich genau passiert, mit dir und deiner Mom?«, fragte ich sanft und beobachtete, wie sich in Aarons Gesicht jeder Muskel anspannte. Er blickte sich zu allen Seiten um, als würde er sicher gehen wollen, dass uns niemand belauschte.

»Ich habe Elliot zu uns nach Hause eingeladen. Zum

Abendessen. Erst war alles gut, Mom ist wohl davon ausgegangen, dass wir auf eine Schule gehen. Bis ich Elliot als meinen festen Freund vorgestellt habe.« Er schluckte hart. »Das Einzige, was sie gesagt hat, war ›Nein.‹«

»Nein?«, wiederholte ich geschockt.

Er nickte. »Nein. Als hätte ich sie um Erlaubnis gefragt.«

»Oh Aaron.«

Er schüttelte den Kopf. »Ist schon gut, jetzt weiß ich wenigstens zu einhundert Prozent, woran ich bei ihr bin. Und ganz ehrlich? Eigentlich ist es ja auch meine eigene Schuld, dass ich heute ohne Elliot hier bin.«

Fragend neigte ich den Kopf zur Seite, bis er weitererzählte: »Ich hätte ihn ja einfach trotzdem mitnehmen können. Ich hätte darauf scheißen können, was meine Eltern von mir erwarten. Aber was mache ich?«

Er nickte in die Richtung von Rachel und ihren Freundinnen, die sich immer noch angeregt mit Damian unterhielten.

»Ich tauche mit Rachel hier auf, um Mom zu besänftigen.«

»Was sagt Elliot dazu?«

Aaron seufzte und stützte sein Kinn auf seine Hände. »Er will es nicht zugeben, aber er ist wahnsinnig enttäuscht von mir.«

»Er hat deine Mom kennengelernt. Er weiß sicher, dass es nicht an dir liegt.«

»Nein«, brummte er, »es liegt nicht an mir. Aber ich lasse mich immer noch von ihr herumkommandieren. Ich bin nichts weiter als ein feiges Muttersöhnchen.« In seinen Worten war nichts als Verachtung. Verachtung für Denville. Verachtung für seine Familie. Verachtung für sich selber.

»Elliot weiß, wie sehr du an ihm hängst«, sagte ich so leise, dass nur er es hören konnte. »Das wissen wir alle. Wir sehen doch, wie du ihn liebst.«

Jetzt hob Aaron den Kopf und blickte mit seinen hellblauen Augen zu mir herüber. Er wirkte betrübt, aber gleichzeitig hoben sich seine Mundwinkel. »Das tue ich auch, Sky. Mehr als alles andere.«

In seinen Worten war nichts als Ehrlichkeit. Und sie berührten mich so sehr, dass es mir beinahe Tränen in die Augen trieb. Und das schaffte ausgerechnet *der* Junge, der damals meine intimsten Gedanken an der Schule veröffentlicht hatte. Vermutlich erhofften sich gerade alle Anwesenden, dass ich ihn in Stücke reißen würde. Aber Aaron ließ sich davon nicht beirren und blieb weiterhin neben mir sitzen, während er mir von den neuesten Ereignissen in unserer Heimatstadt berichtete.

»Ella Portman«, er deutete mit einem Nicken auf eine hochgewachsene Frau, die am Ende unserer Straße wohnte, »macht es regelmäßig mit Jonathan Winter.« Ich entdeckte den Mann, den Aaron erwähnt hatte, direkt neben dem Grill. Passenderweise warfen die beiden sich gerade vielsagende Blicke zu. »Das Lustige an der Geschichte ist, dass Marcus Portman auf dem letzten Straßenfest mit Louise Winter hinter der Hüpfburg gesehen wurde.«

»Die armen Kinder«, murmelte ich und schlürfte meine Cola. Immer wieder warf ich einen Blick in Richtung

Damian, den die Mädchen aus meiner alten Schule immer noch umkreisten wie ein Rudel hungriger Wölfe.

»Und dort …« Aaron verschluckte sich fast an seinen letzten Worten. Ich hingegen versuchte immer noch, meine Augen in Laserstrahlen umzufunktionieren, um Rachel aus dem Weg zu schaffen.

»Hm?«, machte ich bloß, als er nicht weiterredete.

»Skyler.« Er stieß mir mit dem Ellbogen in die Seite.

Beim Anblick des Mädchens, das gerade auf meinen Bruder zulief und ihn mit einem Strahlen in den Arm nahm, wurde auch mir ganz schwummrig. Die Menge an Menschen drehte sich zu ihr um, Gespräche verstummten. Sie schien das nicht zu stören. Sie warf ihre dunkelbraunen Locken über die Schulter und schenkte jedem, der sie anstarrte, ein zuckersüßes Lächeln.

»Was macht Sally hier?«, fragte ich Aaron leise.

»Meine Mom hielt es für eine blendende Idee, die Mayfors einzuladen. Weil sie ja immer noch Teil unserer Nachbarschaft seien, hat sie gesagt. Allerdings hat sie nicht damit gerechnet, dass wirklich einer von ihnen erscheinen würde.«

Caden schien genauso überrascht von Sallys Anblick zu sein, doch er ließ es sich weniger anmerken als die anderen Gäste. Ich wusste, dass sie nach ihrem Umzug jahrelang Kontakt zueinander gehalten hatten. Die beiden waren schon immer enge Freunde gewesen, auch wenn sich ihr Verhältnis nach all den Vorfällen langsam etwas reduziert hatte.

Ich starrte Mattys Schwester so gedankenverloren an, dass es nur eine Frage der Zeit war, bis sie mich bemerken würde. Ihr Lächeln vertiefte sich, und sie winkte mir schüchtern zu. Mit einem Mal wurde mir extrem schwindelig.

»Ich hole uns etwas zu trinken«, murmelte ich und erhob mich schwankend auf die Füße. In unserer Küche angekommen suchte ich hektisch und nur, um etwas zu tun zu haben, nach dem Eistee, den Charlotte selbst gemacht hatte. Meine Finger zitterten so sehr, dass es mir einfach nicht gelingen wollte, die restlichen Sachen in unserem Kühlschrank zur Seite zu räumen.

»Hallo, Skyler.«

Als ich ihre Stimme hörte, wäre mir die mit Eistee gefüllte Kanne beinahe aus den Fingern gerutscht. Schüchtern sah ich zu dem Mädchen auf, das mir mittlerweile wie eine Fremde vorkam, und lächelte. »Sally. Was machst du denn hier?«

Sally erwiderte mein Lächeln und nahm mir die Kanne aus der Hand, um sich selbst ein Glas einzuschenken. »Naja, ich wurde eingeladen. Außerdem wollte ich deinen Bruder unbedingt mal wiedersehen.«

Sie schob mir eines der Gläser zu, und ich umfasste es mit meinen klammen Fingern. »Er freut sich bestimmt.«

»Das hoffe ich doch«, sagte sie mit einem Lachen und lehnte sich an den Küchentresen. »Wie geht es dir? Ich habe gehört, du bist zu deinem Dad gezogen.«

»Ja, das bin ich. Und mir geht es gut.«

»Schön.« Ihr Lächeln wollte einfach nicht erlöschen. Langsam kam mir ihre Art aufgesetzt vor, und das machte mich noch nervöser.

»Dort hast du sicher auch deinen Freund kennengelernt. Wie heißt er? Damian?« Ihre braunen Augen wirkten nicht so warm, wie ich es erwartet hätte.

»Ja, Damian«, bestätigte ich knapp und ohne nachzufragen, woher sie das überhaupt wisse. Zögernd trank ich einen weiteren Schluck. Mein Hals brannte.

Sally drehte sich in die Richtung des Gartens um und suchte nach dem Gesicht meines Freundes. Ein zufriedenes Nicken zeigte, dass sie ihn entdeckt hatte.

»Hübscher Junge.« Sie nickte anerkennend. »Weiß er von deiner Krankheit?«

Mir wäre beinahe das Glas in der Hand zersprungen, so fest umklammerte ich es.

»Was?«

»Na, deine Krankheit.« Ihr Lächeln weitete sich. »Oder wie haben deine Ärzte das genannt? Der Grund, warum du meine Eltern in den Wahnsinn getrieben hast.«

Mein Herz pochte so schnell in meiner Brust, dass es schmerzte. Dieses Lächeln. Sie könnte Menschen damit umbringen.

»Hat es dir die Sprache verschlagen? Oder hast du dir einfach nie vorstellen können, was deine Spinnereien über meinen toten Bruder mit meinen Eltern angerichtet haben?«

»Sally …« Mehr brachte ich nicht heraus. Mir fehlte die Luft.

»Die Bewohner in Denville tratschen, Skyler. Das ist bekanntlich ihre Lieblingsbeschäftigung. Dachtest du wirklich, dass uns diese Info nicht erreicht, nur weil wir jetzt zwei Stunden von hier entfernt wohnen? Glaub mir, Sky, wir haben jedes beschissene Wort gelesen, und meine Mutter ist daran zerbrochen.« Erst jetzt erlosch ihre Maske, und Tränen schimmerten in ihren Augen.

Ihr Gesicht war schmerzverzerrt, als sie sich kurz von mir wegdrehte, um sich wieder zu fangen. »Sie hat begonnen, darauf zu hoffen, dass etwas von dem, was du geschrieben hast, Realität werden könnte. Sie hat ernsthaft geglaubt, ihr Sohn könnte wieder auferstehen.« Sie schüttelte hilflos mit dem Kopf. »Weißt du eigentlich, was das mit ihr gemacht hat? Sie ist eine leblose Hülle, die Gott jeden Tag aufs Neue bittet, dass Matt zurückkommen möge. All das nur wegen deiner Bücher. Du hast meinen Bruder ein zweites Mal sterben lassen, das werde ich dir nie verzeihen.« Plötzlich kam sie auf mich zu. Ihre Augen funkelten gefährlich. Ich schreckte zurück und ließ mein Glas fallen.

»Sally, es tut mir unglaublich leid, das zu hören, aber das waren nur Träume und Halluzinationen, nichts weiter. Meine Tagebücher waren nie dazu bestimmt, dass sie jemand liest. Und es war ganz sicher nicht meine Absicht, dass deine Eltern darunter leiden. Es tut mir so unglaublich leid«, krächzte ich.

Sally begann zu lachen, voller Verachtung und voller Hohn. Wie eine Furie kam sie auf mich zu und machte erst Halt, als ich fest mit dem Rücken an die Wand prallte und nur wenige Zentimeter zwischen uns blieben. »Soll ich deinem Süßen mal erzählen, was für ein Miststück du bist? Meinst du, er würde dich dann immer noch genauso ansehen?!« Sallys Stimme war nicht mehr ruhig und kontrolliert. Sie schrie, was den Nachteil hatte, dass die meisten Gäste unsere Auseinandersetzung mitbekamen und den Vorteil, dass Caden in die Küche gestürmt kam. Mit einem Ruck zog er Sally von mir weg. Sie strampelte wild. »Sally, hör auf mit dem Mist«, raunte Caden angestrengt und versuchte, sie unter Kontrolle zu bringen. Ich nutzte die Möglichkeit und rannte, stieß die Haustür auf und taumelte die Treppe herunter, bis ich mich vollkommen atemlos auf die Knie fallen ließ. Ich sog die Luft in meine Lungen wie eine Ertrinkende und schluchzte im selben Moment. Das, was Sally gesagt hatte, tat weh. Nicht, weil es unfair war, sondern weil sie recht hatte. Natürlich hatte ich immer darauf gehofft, den Mayfors wären meine Bücher erspart geblieben, aber das war nur ein bloßer Wunschgedanke. Meine Träume hatten nicht nur mein eigenes Leben ruiniert, sondern auch das von Matts Familie. Und das war ein schreckliches Gefühl.

»Sky!« Ich hörte eine Stimme nach mir rufen und zuckte im selben Moment davor zurück. Wie eine Verrückte krabbelte ich von der Tür weg und kauerte mich in dem Blumenbeet meiner Mutter zusammen. Die Stimme erreichte mich dennoch und legte ihre Hände auf meinen Rücken. »Was hat sie gesagt?« Mattys Stimme schallte in meinen Ohren wie ein Echo.

Ich nahm all meine Kraft zusammen und stieß ihn von mir, verlor aber im selben Moment das Gleichgewicht und taumelte nach vorne. Er griff nach meinem Arm, doch ich entzog ihn ihm auf die Sekunde.

»Fass mich nicht an!«, schrie ich aus vollem Hals und hielt mich an dem Geländer unserer Treppe fest, um nicht erneut wegzukippen.

»Rede mit mir, Sky. Was hat dieses Mädchen mit dir gemacht?« Er wirkte verzweifelt, behielt aber den Abstand zwischen uns, den ich brauchte. Ich schloss die

Augen, öffnete sie dann wieder. Warum war Matty immer noch da? Konnte ich nicht endlich aufwachen?

»Hau ab! Du bist nicht real!«, kreischte ich. Das Unverständnis in seinem Blick machte mich wütend. Unglaublich wütend.

»Hau ab! Hau ab! Hau ab!« Tränen füllten meinen Mund. Jetzt tat er es doch, er kam auf mich zu und wollte mich berühren, doch ich schlug seine Hand weg und rannte. Ich rannte so schnell, dass ich den Asphalt unter meinen Füßen kaum spürte. Ich rannte, bis ich den weichen Boden einer Wiese unter mir fühlte und bis ich an dem Platz angekommen war, den ich seither nie wieder betreten hatte. Warum ich so genau wusste, wo Matts Grab war, ohne je dort gewesen zu sein, war mir ein Rätsel. Ich fand es beim ersten Versuch und ließ mich direkt davor auf die Knie fallen. Ich rang nach Luft, wischte den Schleier von Tränen unter meinen Augen weg und betrachtete die steinerne Inschrift vor mir:

*Matthew Mayfor*

*Deine Reise endete viel zu früh.*
*Wir sehen dich am Sternenhimmel,*
*dort, wo die Sterne im Wasser leuchten.*

Ich las diese Zeilen immer und immer wieder. Matt war tot. Matt konnte nicht einfach so vor mir stehen. Matt würde nie wieder zu mir zurückkommen. Matt würde nie wieder zu seinen Eltern zurückkommen.

Ein erstickendes Geräusch trat aus meiner Kehle, als ich den kleinen Pandabären sah, der direkt neben dem Grab lag. Er sah neu aus, viel zu neu. Jemand musste vor Kurzem noch hier gewesen sein.

Ich griff nach dem Stofftier und betrachtete ihn von allen Seiten. Matt hatte Pandabären geliebt. Sein ganzes Zimmer war voll mit diesen Tieren gewesen.

»Ich habe deinen Bären immer noch, Matty«, flüsterte ich in die Stille hinein. Der Friedhof unserer kleinen Kirche war leer. Einzig und allein die Laute einiger Vögel waren zu hören.

»Du hast ihn mir geschenkt, als ich dir erzählt habe, dass ich nachts nicht schlafen kann. Weißt du noch?« Ein heiseres Lachen entfuhr mir. »Er hat mir geholfen, weißt du. Ich konnte so gut schlafen mit deinem Bären im Arm.« Ich streichelte das weiche Kuscheltier. »Dein Geburtstag war nur wenige Wochen nach meinem. Wir haben unsere Geburtstage immer zusammen gefeiert. An unseren sechsten kann ich mich noch genau erinnern. Wir haben mit deiner Grandma in der Küche gestanden und ihr geholfen, den Kuchen zu backen. Sie war hinterher stinksauer, weil wir fast den halben Teig ausgelöffelt haben und sie neuen dazu machen musste.«

Ich hörte gedämpfte Schritte hinter mir, und ich wusste genau, um wen es sich handelte.

»Aber es war trotzdem ein unglaublicher Geburtstag. Wir hatten eine Hüpfburg. Die anderen Kinder waren so neidisch.«

Ich spürte seine Hand auf meinem Oberarm, sie hinterließ eine beruhigende Wärme auf meiner Haut.

»An meinem achten Geburtstag haben Mom und Dad

mir auch eine Hüpfburg aufbauen lassen, aber das war nicht dasselbe. Ohne dich war nie irgendetwas wie früher.« Wann ich wieder begonnen hatte zu weinen, wusste ich nicht. Ich schluchzte und schluckte die Worte herunter, die ich meinem Kindheitsfreund so gerne noch sagen wollte. Ganz leicht spürte ich Damians Finger auf meinem Rücken, als würde er damit rechnen, dass ich ihn direkt wieder von mir stieß. Doch stattdessen lehnte ich mich in seinem Arm zurück und ließ meine Tränen auf sein Hemd tropfen. Damian vergrub sein Gesicht in meinem Haar, küsste meine Wangen, küsste mir jede einzelne Träne weg.

»Es ist okay«, murmelte er in einer Dauerschleife. Aber das war es nicht. Nicht, nachdem ich mich so vor ihm aufgeführt hatte. Ich ließ meinen Blick zu Damians Augen gleiten und blickte im nächsten Moment auf das Grab vor unseren Füßen. Matt war tot. Damian lebte. Die beiden hatten nichts gemein.

Es war mitten in der Nacht, als ich aus einem Albtraum schreckte, an den ich mich Momente später gar nicht mehr erinnern konnte. Mein Herz schlug mir bis in die Ohren, und ich rang nach Luft. Ich tastete nach dem Lichtschalter, fand ihn aber nicht an der gewohnten Stelle. Erst dann stellte ich fest, dass ich nicht in meinem Bett in Greywood lag. Ich befand mich in meinem alten Bett in unserem Haus in Denville. Das erklärte den Albtraum.

Es war spät am Abend gewesen, als Damian und ich zurück zum Haus meiner Mutter gegangen waren.

Die Party war inzwischen beendet gewesen, und meine Mutter wie auch mein Bruder hatten mich mit einem beklemmenden Schweigen empfangen. Mom war in Tränen ausgebrochen und hatte mich gebeten, über Nacht zu bleiben, da sie sich so um mich sorgen würde. Dabei sorgten Caden und ich uns eher um sie, da sie einfach nicht aufhören konnte zu weinen. Eigentlich hätte ich gern vorgeschlagen, dass Damian mit in meinem Bett schlafen könnte, doch Mom hatte Caden schon genötigt, auf die Couch zu ziehen. Hätte ich widersprochen, hätte es wieder einmal nur unnötige Diskussionen gegeben, zu denen ich an diesem Abend nicht in der Lage gewesen war.

Tatsächlich war ich in gewisser Weise sogar dankbar gewesen, ein wenig Freiraum zu haben. Die Art und Weise, wie ich mich vor Damian benommen hatte, hatte einen unschönen Druck in meinem Magen ausgelöst. Es wäre ein Wunder, wenn er mich jetzt nicht auch für bescheuert halten würde. Aber jetzt … Jetzt musste ich ihn sehen.

Auf nackten Füßen tapste ich durch das Wohnzimmer und hörte vom Sofa her das beruhigende Schnarchen meines Bruders. Ich schlich die Treppe hinauf bis zur Zimmertür meines Bruders. Meine Hand legte sich um den Türgriff, ehe ich über meine unpassende Furcht den Kopf schüttelte und das Zimmer betrat. Der Raum wurde nur durch den Mondschein, der sich durch die Gardine kämpfte, etwas erhellt. Ich schlich zum Bett, über dem ich Damians leisen Atem wahrnahm. Dann hob ich die Decke an, kroch darunter und barg meinen Kopf auf Damians Brust. Genau in diesem Moment zuckten seine Augenlider, ehe er sie öffnete und auf mich herunterblickte. »Hey.«

Seine krächzende Stimme brachte mich zum Lächeln. Ich kuschelte mich enger an ihn.

»Womit habe ich das denn verdient?« An seiner Stimme hörte ich, dass er lächelte. Anstatt zu antworten, richtete ich mich etwas auf und legte meine Lippen auf seine. Ein überraschter Laut kam aus seiner Kehle, ehe er seufzte und meinen Kuss mit so einer Hingabe erwiderte, dass mir schwindelig wurde. Unsere Zungen trafen aufeinander, und meine Hände fuhren in seine dunklen Locken. Er löste sich von mir, küsste meinen Hals entlang, mein Schlüsselbein. Ich schmolz unter seinen Berührungen und war gerade dabei, ihm das Shirt über den Kopf zu streifen, als er plötzlich innehielt. Er blickte auf mich herunter, die Schneidezähne in die Unterlippe vergraben, und strich mit seinem Daumen meine Lippen entlang. Er gab mir einen letzten, flüchtigen Kuss, bevor er sich neben mich legte und in seine Arme zog.

»Wow. Damit hätte ich nicht gerechnet«, hörte ich mich selbst sagen. Ich befand mich immer noch in diesem seltsamen Nebel aus Glücksgefühlen.

Sein leises Lachen kitzelte in meinem Nacken, und das Kribbeln in meinem Bauch verstärkte sich um ein Weiteres. »Ich mache gern das, was nicht von mir erwartet wird.«

»Das habe ich schon gemerkt«, presste ich heraus und vergrub meine Finger in dem Kissen neben mir. Ich wusste nicht, ob ich mich abgewiesen fühlen sollte oder ob ich mir etwas darauf einbilden konnte, dass ich für

Damian offenbar mehr bedeutete als das, was er mit den anderen Mädchen geteilt hatte.

»Auch wenn ich mich mehr als geehrt fühle, ich sollte deinen psychischen Zustand nicht ausnutzen.«

Mein Magen erwärmte sich, und ich suchte im Dunkeln nach seiner Hand, um sie in meine zu legen.

»Solange ich in deinen Armen schlafen kann, ist das in Ordnung«, flüsterte ich, obwohl mein Herz mir immer noch den Atem raubte. Würde es sich denn nie an Damians Nähe gewöhnen?

»Meinst du, dass das eine gute Idee ist? Dein Bruder …«

»Mein Bruder mag dich«, ergänzte ich und drehte mich zu ihm um. Wir lagen so nah aneinander, dass ich seinen Atem auf meinen Wangen spürte.

»Na ja, wir haben ja auch viel gemeinsam«, sagte er mit einem schrägen Grinsen, worauf ich ihm gegen die Schulter stieß. Seine Augen waren vor Schlaf gerötet und fielen ihm alle paar Minuten zu. Er kämpfte gegen die Müdigkeit an. Ich drehte mich auf die Seite und ließ mich von Damian in seine Arme ziehen.

»Skyler.« Mein Name war nicht mehr als ein müdes Seufzen, aber dennoch laut genug, dass ich es hören konnte. »Versprich mir, dass das niemals endet.«

Sein Herz schlug gegen meinen Rücken, immer im selben Takt, als würde es eine Melodie anstimmen. Es dauerte eine Weile, bis sich mein Herzschlag beruhigte und sich seinem anpasste.

»Das wird es nicht.«

So lagen wir da, die Herzen im selben Takt, beide in der Gewissheit, dass sich daran bis morgen früh nichts ändern würde.

## KAPITEL

# 15

Das elfte Schuljahr auf der Greywood-High fand erstaunlich schnell sein Ende. Meine Noten waren in Ordnung, und auch Dad war zufrieden mit meinen Ergebnissen.

Womit ich allerdings nicht zufrieden war, war zu hören, dass Damian die Sommerferien dieses Jahr mit einer gigantischen Party in seinem Haus eröffnen würde. Seiner Geburtstagsparty.

»Das sagst du mir erst jetzt?«, fragte ich wütend. Wir hatten an diesem Freitag die Lesestunde gemeinsam übernommen, und Abby spielte geduldig in der hinteren Sitzecke mit den Kuscheltieren.

»Weil ich wusste, dass du ausrasten würdest«, seufzte Damian und nahm mir das Buch aus der Hand, damit ich ihn nicht damit erschlagen konnte. Schnaubend verschränkte ich meine Arme vor der Brust und funkelte ihn an. »Nicht wegen der Party. Du hast morgen Geburtstag.«

»Es ist nicht wichtig.«

»Nicht wichtig?«

Damian griff nach Abbys Jacke und rief sie zu sich herüber, um sie ihr anzuziehen. »Es ist nur mein Geburtstag. Ich mache da kein großes Ding draus.«

»Außer eine riesige Party«, rief ich ihm in Erinnerung.

»Das war Jasons Idee. Außerdem fliegen meine Eltern heute Abend nach Boston, das Haus ist komplett leer.«

Abby schnappte sich ihren *Winnie-Pooh*-Rucksack und verschwand im Flur, um sich ihre Schuhe anzuziehen.

»Eine Party bedeutet jede Menge Alkohol, Damian«, flüsterte ich, damit seine kleine Schwester nichts davon mitbekam, und suchte nach meiner eigenen Jacke, die irgendwo unter den Kissen der Sitzecke liegen musste. Ich warf die Kissen nur so durch die Gegend und fluchte leise, als ich sie nicht gleich entdeckte. Damian griff nach meinem Arm und zog mich an sich, sodass meine Wange an seiner Brust landete. »Es ist nur eine Party. Ich habe seit Wochen nichts mehr getrunken.«

Er sah mich an, wie ein Welpe, der etwas von meinem Mittagessen abhaben wollte.

Für einen Moment zog mich sein Lächeln vollkommen in den Bann, doch dann fiel mir wieder ein, was das Problem an dieser Party war. »Das heißt rein gar nichts.«

»Doch.« Er beugte sich nach rechts und warf mir meine Jeansjacke, die durch meine Wut scheinbar für mich unsichtbar geworden war, über die Schultern. »Seit wir zusammen sind, habe ich nichts mehr getrunken. Keinen einzigen Schluck, und das ist gut so. Aber das ist eine Party. Meine Geburtstagsparty. Es wird nur an diesem Abend sein.« Seine Hand wanderte von meinem Nacken zu meiner Wange. Die Art und Weise, wie er mein Gesicht mit einem halben Lächeln musterte, bereitete mir weiche Knie. Seufzend legte ich den Kopf in den Nacken.

»Na gut«, murrte ich und hörte ihn gleich darauf lachen. »Sieh es als dein Geburtstagsgeschenk an.«

Es war Samstag, und mittlerweile war mein Zusammenbruch auf Cadens Party bereits zwei Wochen her. Zwei Wochen, in denen wir nicht mehr darüber gesprochen hatten, was ich ihm in meinem alten Zimmer erzählt hatte, und in denen er sich auch kein weiteres Mal zu meinem Anfall geäußert hatte. Vielleicht verstand er, dass ich dafür noch nicht bereit war. Und tatsächlich war dies die Wahrheit, denn ich hätte nicht die richtigen Worte gefunden, um das zu erklären, was ich ihm an den Kopf geworfen hatte.

Lustlos stand ich vor dem Spiegel und versuchte mir meine Wimpern zu tuschen. Lexi durchstöberte zusammen mit Grace deren Kleiderschrank, auf der Suche nach dem perfekten Outfit für den heutigen Abend. Ich hörte sie bis ins Bad diskutieren und trottete zu ihnen zurück, als ich mein Make-up für ausreichend hielt.

Lexi steckte bereits im dritten Kleid, das ihr Grace ausgesucht hatte, und musterte sich selbst im Spiegel.

»Ist das zu kurz?«, fragte sie unsicher. Ich ließ meinen Blick über das taillierte rosa Sommerkleid gleiten, das die Figur meiner Freundin zur Geltung brachte.

»Überhaupt nicht«, sagten Grace und ich gleichzeitig.

Hätte ich die beiden nicht davon abgehalten, hätten sie mich vermutlich dazu genötigt, mich ebenfalls durch Grace' Kleiderschrank zu probieren. Schlussendlich entschied ich mich allerdings für ein enganliegendes dunkelblaues Shirt und eine schwarze Jeans mit leichten Rissen an den Knien. Die beiden beurteilten mein Outfit zwar als viel zu unspektakulär für den Geburtstag meines Freundes, aber ich fand – da sowieso niemand außer unserer engen Freunde wusste, dass Damian und ich ein Paar waren –, dass das überhaupt keine Rolle spielte.

Als wir uns gegen neun Uhr dem Haus der Winstons näherten, hörten wir die Bässe der Musik schon am Anfang der Straße.

»Wow. Ich hätte nie gedacht, dass schon so viel los sein würde«, murmelte Lexi mit Blick auf den überfüllten Vorgarten der Winstons. Ein paar Mädchen kreischten, weil sie gerade einen Treffer beim Bier-Pong gelandet hatten. Andere standen im Kreis und reichten sich einen Joint herum. Erst jetzt fiel mir wieder ein, dass ich so etwas noch nie erlebt hatte. Hauspartys kannte ich bis jetzt nur aus Filmen.

»Hey, werft einfach fünf Dollar in den Eimer«, raunte Steven – ein Typ aus Damians Footballmannschaft – und hielt uns einen schwarzen Putzeimer hin, in dem schon etliche Scheine schwammen.

»Fünf Dollar? Sie ist Damians –« Ich rammte Lexi meinen Ellbogen in die Seite, bevor sie ihren Satz zu Ende bringen konnte und warf kurzerhand das Geld in den Eimer.

»Was habt ihr so ein Problem damit, zu erzählen, dass

ihr ein Paar seid?«, fragte mich Lexi und suchte einen Ort, an dem sie ihre Jacke aufhängen konnte. Wirr gestikulierend wollte sie wissen, wo sich die Garderobe der Winstons befände, und ich musste ihr peinlich berührt gestehen, dass ich keine Ahnung hätte. Die meiste Zeit verbrachten Damian und ich im *Teacup* oder bei mir zu Hause. Bei ihm waren wir noch nie gewesen, auch wenn ich ihn schon oft darum gebeten hatte, mir sein Haus zu zeigen.

»An der High-School ist das Mist, Lexi. Die meisten der Mädchen hier würden alles dafür tun, uns auseinanderzubringen.« Ich dachte an Emilys Gesichtsausdruck, mit dem sie mich jeden Morgen in der Schule begrüßte. Allein schon ihretwegen brachte ich es nicht über mich, vor aller Augen mit Damian herumzustolzieren.

»Ihr seid echt das komischste Paar aller Zeiten«, lachte Lexi und zog mich durch einen langgestreckten Flur, in dem schon einige Pärchen herumlungerten.

Ich entzog mich ihrem Griff und deutete auf die Tasche in meiner Hand. »Warte mal. Ich muss das noch in Damians Zimmer bringen.«

Lexi betrachtete die Tasche mit einem Stirnrunzeln, nickte dann aber. »Lass mich raten, du hast keine Ahnung, wo Damians Zimmer ist?«

Meine errötenden Wangen schienen ihr Antwort genug zu sein. Sie begleitete mich eine Treppe hinauf und deutete auf eine Tür, von der sie glaubte, dass es sich um Damians Zimmer handelte. Mir war schon unten aufgefallen, wie modern und kühl das Haus der Winstons gehalten war. Die Wände waren grundsätzlich weiß und wirkten rein und unbeschmutzt, allerdings auch eindeutig zu steril. Damians Zimmer hingegen war dunkelblau gestrichen und groß, aber reichlich eingerichtet. Ein großes Bett, größer als das, welches Dad mir gebaut hatte, stand hinten im Zimmer. Damians Kleiderschrank, der sich fast über die ganze Wand erstreckte, ließ mich neidisch werden. Hatte er wirklich so viele Klamotten, um dieses Ding ausreichend zu nutzen? Ich entdeckte ein *Oasis*-Plakat an der Wand und ein großes eingerahmtes Schwarz-Weiß-Foto direkt über seinem Bett, das ihn und Abby zeigte. Die beiden saßen auf einer Decke am Strand. Wind brachte das Haar der beiden zum Tanzen, und Abby drückte ihre Wange liebevoll an die ihres großen Bruders.

Am liebsten hätte ich den ganzen Abend hier verbracht und sein Zimmer erkundet, doch irgendwann hörte ich Lexi genervt rufen: »Soll ich ihn gleich zu dir hochschicken oder willst du noch mit runterkommen?«

Ich ließ meine Tasche neben seinen Kleiderschrank fallen und folgte Lexi hinein in die Partymeute. Lexi hatte recht, es war tatsächlich erschreckend, wie viele Leute bereits um neun Uhr hier waren. Und wie viele von ihnen schon reichlich Alkohol intus hatten. Die meisten Gäste kannte ich nur vom Sehen, jedoch lächelten einige mich an, als würden sie und ich uns schon länger kennen. Einige riefen mir zu, in welchen Kursen sie mit mir seien und wie schön es sei, mich hier zu sehen. So etwas hätte ich in Denville im Traum nicht erlebt.

Wir fanden Elliot und Maya auf einer Couch, zusammen mit einem Tablett voller Shots. Erst, als wir in ihre Nähe kamen, entdeckte ich auch Emily, die mit dem

Hintern an der Sofakante lehnte und mich mit unsicheren Augen musterte.

»Ihr kommt gerade richtig!«, rief Elliot freudig und reichte mir ein Schnapsglas. »Wir feiern Mayas und Emilys Besinnung.«

»Besinnung?«, fragte Lexi skeptisch und roch an ihrem Becher. Ich tat es ihr nach. Kirschschnaps.

Emily blickte unsicher auf ihr Glas hinab. Ich bemerkte, wie sich von ihren Händen ausgehend rote Flecken bis hinauf zu ihren Oberarmen bildeten.

»Sky«, begann sie vorsichtig. »Ich …«

Sie verstummte. Erst, als Elliot die Spitze seines Ellbogens ganz leicht in ihre Seite stieß, brachte sie es über sich, weiterzureden: »Ich muss mich bei dir entschuldigen. Das, was ich zu dir gesagt habe, war furchtbar und echt übertrieben.« Sie zuckte hilflos mit den Schultern. »Ich habe mich so in die Sache mit Damian reingesteigert, dass ich durchgedreht bin, als ich euch gesehen habe. Und …« Sie verzog die Lippen und blickte einen Moment nachdenklich durch den Raum, als würden die richtigen Worte irgendwo an der Wand gemalt stehen. »Und ich war wahnsinnig eifersüchtig.«

»Eifersüchtig?«, fragte ich geschockt. »Auf mich?«

Sie nickte eilig. »Nicht nur wegen Damian, auch wegen … wegen Lexi.«

Augenblicklich klappte Lexis Kinnlade herunter. »Wegen mir?«

»Naja, ihr habt plötzlich so viel unternommen und …« Sie seufzte. »Ach, keine Ahnung.«

Lexis Mundwinkel zuckten. Sie stellte ihr Glas auf dem Tisch ab und beugte sich zu Emily, die mit einem

Mal unendlich traurig aussah. »Dachtest du ernsthaft, ich will dich ersetzen?«

Die beiden starrten sich in die Augen, als hätten sie telepathische Fähigkeiten. Dabei nahm Emily diesen Gedanken deutlich ernster als Lexi. Diese schüttelte grinsend den Kopf. »Denk so etwas nie wieder. Bitte.«

Es dauerte eine Weile, bis Emily zögernd nickte und sich von Lexi einen Kuss auf die Wange drücken ließ. Dann sah sie wieder in meine Richtung und streckte mir die Hand entgegen. Ich ergriff sie und ließ mich von ihr in die Umarmung mit hineinziehen.

»Es tut mir so leid«, flüsterte sie in mein Haar.

»Und mir tut es auch leid. Ich wollte dich nie verletzen«, erwiderte ich und schenkte ihr ein tröstendes Lächeln.

»Hallo? Und was ist mit uns?«, rief Elliot mit bereits ausgebreiteten Armen.

»Kommt her«, sagte Lexi und zog sowohl Maya als auch Elliot in unsere Gruppenumarmung hinein.

»Okay, darauf trinken wir.« Elliot löste sich wieder von uns und drückte jedem erneut den Schnaps in die Hand.

»Also, Leute: auf Tisch 23!«, rief Elliot euphorisch und hielt seinen Becher hoch.

»Auf Tisch 23!«, wiederholten wir und stießen unsere Becher aneinander. Trotz der wunderbaren, versöhnlichen Stimmung ergriff mich ein leichter Widerwillen, als ich den Schnaps an meinen Mund führte, und ich blickte mich nach Damian um. Schließlich entdeckte ich ihn zusammen mit ein paar Mädchen aus der Zehnten beim Bier-Pong auf der Terrasse. Ich verdrehte die Augen und schluckte das süße Zeug herunter.

»Tja, die Mädchen denken, er wäre noch zu haben«, flüsterte mir Lexi ins Ohr. »Die Blonde sieht ganz so aus, als hätte sie heute Großes mit ihm vor.« So sah sie wirklich aus. Ständig warf sie ihr blondes Haar in den Nacken, lachte über Dinge, die ich wohl keineswegs lustig gefunden hätte, und stellte sich so dumm, dass Damian mit ihr zusammen den Pingpongball werfen musste. Ich streckte meine Hand nach dem Tablett aus, und Elliot drückte mir einen weiteren Schnaps in die Hand, den ich in einem Zug austrank.

Zunächst hatte ich es für gut befunden, die Beziehung zwischen Damian und mir nicht sofort öffentlich zu machen. Schließlich hatte ich ein schlechtes Gewissen gehabt, was Emily betraf, und zu viel Angst vor blöden Kommentaren im Hinblick auf Damians vorherige Beziehungen. Ich wusste, dass er kein Unschuldslamm war und bereits unzähligen Mädchen das Herz gebrochen hatte. Aber mir das ständig von irgendwelchen Menschen anhören zu müssen, widerstrebte mir so sehr, dass ich es für das Beste hielt, über unsere Verbindung Stillschweigen zu bewahren. Jetzt, in diesem Moment aber hasste ich mich dafür.

»Glaub mir, Süße, du kannst sie nicht mit deinen Blicken verbrennen«, sagte Elliot mitfühlend und zog mich am Arm zu sich auf die Couch. »Aber du kannst dich mit uns ablenken und ihm zeigen, dass du auch ohne ihn Spaß haben kannst.« Mit einem breiten Grinsen hielt Elliot mir den nächsten Schnaps unter die Nase, und wir stießen an.

Um zehn Uhr war das Haus der Winstons bereits so voll, dass man sich kaum noch bewegen konnte, ohne einen Arm ins Gesicht oder einen Ellbogen in die Seite zu bekommen. Elliot und ich waren gerade auf dem Weg, uns neue Getränke zu holen. Als ich Damian in der Küche zusammen mit der Blonden und ihrer brünetten Freundin entdeckte, machte ich auf dem Absatz kehrt und überließ Elliot meine Getränkewahl. Meine Beine zuckten mittlerweile aufgedreht, und auch in meinem Kopf rumorte es. Wäre ich den dreien nähergekommen, hätte ich für nichts mehr garantieren können.

Auch wenn Elliot mich wirklich wunderbar ablenkte, kam ich nicht richtig in Partystimmung. Damian hatte mich bisher nicht einmal angesehen. Natürlich, er war derjenige, der Geburtstag hatte, aber ich wollte ihm allein gratulieren. Lexi schien das zu merken, denn sie legte einen Arm um meinen Hals und drückte mir einen langen Kuss auf die Wange.

»Hast du Jason irgendwo gesehen?«, fragte sie mit einem unruhigen Blick auf die tanzenden Menschen vor uns. Ich blickte mich ebenfalls um und schüttelte dann den Kopf. Lexi seufzte und griff nach ihrem Handy, wahrscheinlich um ihm eine weitere Nachricht zu schreiben.

»Hat Damian vergessen, dass er mit meiner umwerfenden Freundin hier zusammen ist?«, fragte Elliot und drückte mir einen Becher mit Bier in die Hand. Panisch richtete ich mich auf, wurde aber von Elliot wieder zurückgezogen. »Keine Panik, er macht nichts mit ihnen. Die beiden scheinen aber diesem Gedanken gegenüber nicht ganz abgeneigt zu sein.«

»Das habe ich auch gesagt!«, quietschte Lexi und hob ihre Hand, sodass Elliot einschlagen konnte. Emily warf mir einen mitleidigen Blick zu, und Maya strich mir beruhigend über den Arm.

»Warte.« Lexi leerte ihren Becher in einem Zug und sprang dann auf. »Komm schon. Was der kann, kannst du schon lange.« Ich runzelte die Stirn, folgte ihr aber. Sie steuerte direkt auf den Billardtisch inmitten des Wohnzimmers zu, an dem eine Gruppe Jungs lehnte.

»Hey, Ryan«, sprach sie einen blonden, gutaussehenden Jungen an, der gerade die Kugeln einsammelte. »Kennst du schon Skyler?«

Der Junge richtete sich neugierig auf, lächelte und streckte mir dann seine Hand entgegen. »Oh, hey. Ich bin Ryan. Du bist in meinem Mathekurs, richtig?«

Ich schielte in Lexis Richtung und registrierte ihr wildes Nicken. »Sieht so aus, ja.«

Tatsächlich war ich mir sogar ziemlich sicher, mit Ryan einen Kurs zu besuchen, allerdings konnte ich mich beim besten Willen nicht daran erinnern, welcher genau das war.

»Sollen wir uns was zu trinken holen?«, fragte Ryan.

Auf eine Art fühlte ich mich vollkommen unwohl bei dem Gedanken, mit Ryan vor Damians Nase herumzuspazieren, aber als ich daran dachte, wie Blondie sich an meinen Freund geklammert hatte, konnte ich nicht anders als nicken, und ich folgte Ryan in die Küche, aus der ich schon das schrille Gelächter der Blonden hören konnte.

»Bier?«, fragte Ryan und suchte nach den Dosen. Ich nickte und starrte zu Damian, der sich gerade ein Video auf dem Handy von Blondies bester Freundin ansah. Als er mit einem Lachen den Blick von ihrem Handy hob, begegneten sich unsere Blicke, und sein Lachen erlosch. Wie zwei Schafe starrten wir uns an, beide nicht in der Lage, irgendetwas zu tun oder zu sagen.

»Hey, Winston! Habt ihr das ganze Bier schon beim Bier-Pong aufgebraucht?«, fragte Ryan mit Blick auf die zahlreichen Becher und Flaschen auf dem Küchentresen. Damian blinzelte, als würde er aus seiner Trance erwachen, und schüttelte den Kopf. »Die anderen Dosen sind im Keller. Ich hole gleich welche.«

Ryan seufzte und presste die Lippen aufeinander, ehe er nach einer Flasche griff und sie mit einem breiten Grinsen hochhob. »Tequila?«

Ich spürte Damians Blick auf mir brennen. »Tequila klingt super.«

Ryan durchforstete die Schränke weiter, bis er irgendwo Zitronen und Salz fand. Ich half ihm, die Zitronen in Scheiben zu schneiden, während er mir irgendwelche Geschichten über die letzte Party erzählte, auf der er zu viel Tequila getrunken hatte. Lachen, aus Versehen seinen Arm berühren und ständig zustimmend nicken. Ich hatte dieses Getue schon in so vielen Filmen gesehen, und es wirkte. Damians eifrige Verehrerinnen erzählten zwar weiterhin urkomische Geschichten und lachten sich dabei schlapp, aber Damians Zustimmung bekam ich hinter meinem Rücken nicht mehr zu hören. Fühlte es sich nur so an, oder starrte er nun wirklich durchgehend in meine Richtung? Am liebsten hätte ich mich umgedreht und nachgesehen.

Wir hatten die Zitronen fertig geschnippelt und waren bereit, unseren Shot zu trinken. Ryan versuchte mir beizubringen, wie man Tequila richtig zu trinken habe, und ich ließ ihn gewähren, obwohl mir Elliot schon vor einigen Wochen im *Sleepless* beigebracht hatte, dass man zuerst über das Salz leckte, dann den Alkohol trank und abschließend in die Zitrone biss.

»Hast du Lust zu tanzen?«, fragte Ryan, nachdem wir unseren zweiten Shot getrunken hatten und sich alles in mir schüttelte. Mittlerweile hatte ich mich nun doch dafür entschieden, Damian anzusehen, und ja, mein Gefühl hatte mich nicht getäuscht. Sein Blick fiel abwechselnd auf Ryan und auf mich, als würde er mir damit bereits die Vorlage liefern wollen, was ich ihm antworten sollte.

»Gerne«, sagte ich genau das, was Damian nicht würde hören wollen, und begleitete Ryan zurück ins Wohnzimmer, wo immer mehr Gäste schon wie wild zur Musik herumzappelten. Ich entdeckte Elliot, Maya und Lexi in der Mitte der Menge und zog Ryan hinter mir her.

»Volltreffer«, flüsterte Lexi mir ins Ohr.

Ryan griff nach meiner Taille, zog mich an sich und gab sich tatsächlich Mühe, sich irgendwie im Takt der Musik zu bewegen. Allerdings bestand der Song zu fünfzig Prozent aus elektronischem Beat und machte es uns gar nicht möglich, auch nur annähernd ansehnlich darauf zu tanzen. Das schien Ryan allerdings nicht zu stören, viel zu sehr war er damit beschäftigt, seine Hände über meinen Körper wandern zu lassen. Ich nahm mir vor, ihn spätestens dann, wenn er bei meinem Hintern angekommen sein würde, von mir zu stoßen, doch so weit kam er gar nicht, denn in der nächsten Sekunde spürte ich schon starke Arme, die sich von hinten um meine Taille legten. »Sorry, Jones, aber ich würde gern mit meinem Mädchen tanzen.«

Ryan zuckte zurück, als wäre ich eine heiße Herdplatte. »Sorry, Mann, das wusste ich nicht.« Er hob abwehrend die Hände und entfernte sich rücklings von uns. Neben ihm sah ich Lexi, die versuchte, sich ein Lachen zu verkneifen.

Damian drehte mich zu sich um und starrte mit trockener Miene zu mir herunter. Seine Augen waren leicht gerötet, er hatte also ebenfalls schon ordentlich Alkohol intus. Hätte ich selbst nicht bereits einiges getrunken gehabt, wäre ich vermutlich furchtbar wütend geworden. Aber es war nur seine Geburtstagsparty. *Es würde nichts Schlimmes passieren.* »Du willst mit deinem Mädchen tanzen, ich …«

»Pscht«, machte Damian und verzog seine Lippen zu einem schrägen Lächeln, ehe er sich zu mir herunterbeugte und mich küsste. Er küsste mich. Inmitten unseres ganzen Jahrgangs und der Stufe darüber. Wow.

Im Hintergrund hörte ich Lexi jubeln, alles andere schien plötzlich vollkommen ruhig zu sein.

Im Gegensatz zu Ryan hatte Damian keine Probleme damit, sich im Takt der Musik zu bewegen. Ganz ohne sich von mir zu lösen, bewegte er seine Hüften mit meinen und schaffte es dabei noch, mit seinen Händen durch meine Haare zu fahren. Ich errötete und war wie benebelt.

»Nehmt euch ein Zimmer«, flötete Elliot so unauffällig wie möglich und lachte, als wir uns voneinander lösten. Ich streckte ihm die Zunge heraus.

»Klingt nach gar keiner so schlechten Idee, oder?«, flüsterte Damian mit seiner Stirn an meiner. Auch seine Wangen waren errötet, und seine Augen glänzten. Hätte ich nicht Unmengen an verschiedenen Schnäpsen getrunken, wäre nun jeder Teil meines Körpers in Panik ausgebrochen. So allerdings nickte ich nur und lächelte Lexi zu, die in Elliots Armen vor Aufregung fast in Ohnmacht fiel.

Die Gänge waren voll mit betrunkenen Partygästen, die gerade dabei waren, jemanden aufzureißen, hemmungslos die gespielten Songs mitzugrölen oder am Fenster zu rauchen. Einige riefen Damian irgendwelche Dinge zu, andere klopften ihm auf die Schulter. Damian verdrehte nur die Augen und zog mich an den Menschen vorbei. Als wir in seinem Zimmer ankamen, schloss er die Tür hinter sich, presste mich gegen diese und legte seine Lippen auf meine. Ich zog ihn näher an mich, vergrub meine Hände in seinen Haaren und öffnete meinen Mund.

»Warte«, flüsterte ich an seine Lippen, als er gerade dabei war, mich hochzuheben. »Ich habe gelogen.«

Damian hob eine Augenbraue. »Du hast gelogen?«

Ich nickte und beugte mich zu meiner Tasche herunter. »Ich habe doch ein Geburtstagsgeschenk für dich.« Zögernd zog ich den Traumfänger, den ich bei meiner Mom auf dem Dachboden gefunden hatte, aus meiner Tasche und reichte ihm ihn. »Ich weiß, das ist vielleicht kitschig, aber er hat früher mir gehört und ich dachte, er könnte dir bei deinen Albträumen helfen. Zumindest metaphorisch.«

Ich verstummte, als er den Blick von dem Traumfänger hob und mit seiner Hand über meine Wange strich. »Du bist unglaublich, weißt du das?«

Träge schüttelte ich den Kopf, worauf er nur leise lachte. »Als ich meinte, dass ich das Gefühl habe, dich schon ewig zu kennen, habe ich das nicht nur so gesagt.«

Ich legte den Kopf schief und wartete auf eine Erläuterung. Plötzlich klopfte mein Herz so heftig, dass ich es bis in meine Ohren schlagen hörte.

»Ich habe von dir geträumt. Immer. Dein Gesicht war das einzige, das ich immer klar in Erinnerung hatte.« Er atmete tief durch, während ich die Luft anhielt. »Als ich dich plötzlich hier gesehen habe, dachte ich, ich würde durchdrehen. Ich war mir sicher, dich schon zu kennen.«

Ich wollte etwas erwidern, doch es kam mir nicht über die Lippen. Alles in mir brach in Panik aus. Ich spürte es an dem Druck auf meiner Brust, an dem Zittern meiner Finger. Sie verklang erst dann wieder, als er seine Lippen auf meine legte und dort weitermachte, wo wir gerade noch aufgehört hatten. Er packte mich an den Hüften, hob mich behutsam hoch und setzte mich auf seinem Bett ab. Sein Körper auf meinem fühlte sich unglaublich an, und ich hätte schwören können, dass ich seine Worte auf die Sekunde vergessen hätte, hätte ich nicht in diesem Moment meine Finger in seinen Locken vergraben und seine Narbe ertastet.

»Wann hattest du deinen Unfall?«, murmelte ich. Er küsste mich mehrfach, bevor er antwortete. »Ich war vielleicht sieben oder acht oder so.«

»Sieben oder acht«, wiederholte ich ungläubig, während Damian begann, meinen Hals abwärts zu küssen.

Damian hatte also sein Gedächtnis im selben Alter verloren, in dem meine Träume begonnen hatten. Im selben Alter, in dem Matt gestorben war!

Ich schluckte und rang nach Luft, was Damian allerdings falsch deutete.

»Alles okay?«, flüsterte er und strich mit seiner Nase über meine. Ich brachte nichts weiter als ein Nicken zustande.

Damians Zimmertür wurde aufgerissen, und Jason stürmte herein.

»Dein Ernst, Jason?«, zischte Damian.

»Sorry, Mann, ich muss mit dir reden.« Jason sah vollkommen fertig aus. Schweiß stand ihm auf der Stirn. Hätte ich nicht gewusst, dass er erst vor Kurzem auf der Party eingetroffen war, hätte ich geschworen, er hätte sich bereits unten mit den anderen betrunken.

»Siehst du nicht, dass –«

»Fünf Minuten!«, rief Jason so verzweifelt, dass selbst ich für einen Moment darüber nachdachte, ihn zu fragen, was los sei.

»Geh nur«, flüsterte ich. Damian biss sich auf die Unterlippe, drückte mir einen kurzen Kuss auf die Stirn und ging dann hinter Jason nach draußen. Fünf Minuten. Eine davon brauchte ich allein schon, um wieder Luft holen zu können und um mir klar zu machen, was ich tun sollte. Benommen krabbelte ich von Damians Bett und rannte zu dem Bücherregal, auf der Suche nach etwas, das mein Gedankenchaos wieder in Ordnung bringen konnte. In der obersten Reihe fand ich nur Schallplatten, in der Reihe darunter dann den Plattenspieler selbst. Erst in der untersten Reihe des Regals entdeckte ich schließlich einige Bücher. Wie wild zog ich willkürlich einige davon heraus. Schulbücher. Neben meinen Beinen breitete sich ein See an Büchern und Zeichenblöcken aus, bis ich das fand, was ich gesucht hatte. Ein Fotoalbum. Ich schielte auf die Tür und schlug die erste Seite auf. Dort, wo ich Babyfotos erwartet hatte, fand ich ein Bild des vielleicht neunjährigen Damian. Er stand in einem Park, der Unterschrift des Bildes nach zu urteilen in Boston.

Er glich Matt bis ins kleinste Detail.

Kein einziges Babyfoto. Ich blätterte weiter. Auf einem Foto saß er in einem Restaurant auf dem Schoß seiner Mutter, direkt daneben sein Vater. Beide hatten honigblondes Haar, genau wie das von Abby. Keiner von ihnen hatte braune Augen. Mein Herz schlug mir bis in den Kopf, doch als ich das nächste Bild betrachtete, drohte es auszusetzen. Damian saß am Strand, er war vielleicht zehn Jahre alt. An dem Bild schien alles normal zu sein. Alles, bis auf den kleinen Pandabären, den er im Arm hielt. Genau so einen wie der, den Matt immer mit sich herumgeschleppt hatte. Und genau so einen, wie der auf dem Zeitungsfoto, das über seinen Tod berichtet hatte. Über seinen Tod. Das war nicht möglich.

Gedämpfte Schritte ertönten auf dem Flur. Ich schlug das Fotoalbum zu und stopfte es zurück ins Regal. Bevor die Tür aufging, sprang ich auf und setzte mich auf die Bettkante. Damian erschien mit einem gehetzten Lächeln in der Tür und griff nach meinen Händen, um mich zu sich hochzuziehen.

»Alles okay?«, fragte ich atemlos.

»Ich denke, du solltest gleich einmal mit Lexi reden«,

sagte er und legte seine Stirn an meine. Ich wusste nicht, was mich atemloser machte: seine Nähe oder das, was mir gerade im Kopf herumschwirrte.

Er küsste meine Nasenspitze, meine Schläfen, meine Wangen, bis er schließlich an meinen Mundwinkeln verharrte. Er schien zu merken, dass irgendetwas nicht stimmte, denn er hob eine Augenbraue und sah mich eindringlich an. Doch bevor er seine Frage laut aussprechen konnte, zog ich ihn an seinem Shirt zu mir herunter und presste meinen Mund auf seinen. Meine Hände fuhren unter sein Shirt und streiften es ihm über den Kopf. Er seufzte, als meine Hände über seinen Oberkörper glitten und ich ihn noch näher an mich zog, damit er mit dem Rücken zu dem Spiegel stehen würde, der mir gegenüber an der Wand befestigt war. Ich löste meinen Mund von seinem, stellte mich auf die Zehenspitzen und küsste seinen Hals entlang, nicht ohne den Blick von seinem Spiegelbild abzuwenden. Sein Rücken war nur so von Narben bedeckt, sie stellten die eine verblasste, langgezogene Narbe auf seiner Wirbelsäule in den Hintergrund. Aber sie war da. Diese eine bestimmte Narbe.

Wir waren fünf Jahre alt gewesen, als er sich von Dads selbstgebauter Schaukel heruntergelehnt und sich die Haut oberhalb seiner Wirbelsäule aufgerissen hatte. Ich erinnerte mich noch gut an die blitzförmige Narbe, die einige Wochen nach dem Vorfall seinen Rücken geziert hatte und die durch die Entzündungen nicht verheilen wollte. Genau so eine Art von Narbe, die jetzt ganz leicht auf Damians Haut schimmerte.

»Matt …« Sein Name flog von meinen Lippen, ohne

dass ich ihn hätte aufhalten können. Es war unmöglich, meinen Blick von dieser Narbe abzuwenden, doch er brachte mich dazu, indem er nach meinen Schultern griff und mein Kinn anhob.

»Was?«, wiederholte er ungläubig und fing eine meiner Tränen mit dem Zeigefinger auf. Ich konnte ihm nicht in die Augen sehen, ohne den Jungen vor mir zu sehen, der vor so vielen Jahren für tot erklärt worden war.

»Du hast diese Narbe auf dem Rücken. Wir waren fünf, und du hast dich zu tief von unserer Schaukel heruntergelehnt. Es hat stundenlang geblutet, aber Mom hat dir Eis gekauft, um dich zu trösten.«

Damian blinzelte. »Skyler, was redest du da?«

Ich presste meine Lippen zusammen und war in Versuchung, einfach eine Ausrede zu finden. Einen Rückzieher zu machen erschien mir verführerisch bequem, doch ich schüttelte entschlossen den Kopf, um diesen Gedanken sofort wieder zu vertreiben.

»Du siehst deinen Eltern nicht ähnlich, aber Abby gleicht ihnen aufs Haar. In deinem Fotoalbum gibt es kein einziges Babyfoto von dir, und auf einem Bild hast du deinen Pandabären im Arm.«

Damians Atem verlangsamte sich, als er sich zu dem Chaos an Büchern umdrehte, das ich hinterlassen hatte. Als sein Blick meinen traf, erschrak ich. Wut und Unverständnis schimmerten in seinen Zügen, und es dauerte nicht lange, bis er sich von mir losriss. »Hast du dich mal reden gehört? Du klingst wie eine Verrückte!«

»Damian …« Weiter kam ich nicht, da hatte er sich schon von mir abgewandt und war mit schnellen Schritten in Richtung der Tür gelaufen. »Sei einfach still, Skyler. Ich hätte mich nicht auf eine Irre einlassen sollen.« Der Knall der Zimmertür schüttelte mich aus meiner Trance. So schnell es mir mit meinen zitternden Beinen möglich war, rannte ich aus dem Zimmer, durch den Flur und die Treppe herunter. »Damian!«, rief ich immer wieder panisch. Die Menschen um mich herum lachten und grölten und versperrten mir den Weg.

»Skyler!« Lexis Stimme ertönte aus dem Wohnzimmer. Nein, ich konnte nicht zu ihnen zurückgehen. Ich konnte Damian nicht einfach so losziehen lassen. Nicht in seinem Zustand.

»Er ist nach draußen«, sagte ein mir unbekannter Junge und deutete mit dem Zeigefinger auf die Haustür. Gott, nein.

Ich sprintete aus der Tür, taumelte nur so die Treppen herunter und fing mich erst wieder, als ich ihn sah. »Damian, hör mir zu!« Doch das tat er nicht. Vielmehr war er damit beschäftigt, sein Auto aufzuschließen und sich auf den Fahrersitz fallen zu lassen. *Nein. Nein. Nein.* Meine Füße flogen über die Einfahrt der Winstons, doch ich kam zu spät. Gerade, als ich nur noch wenige Meter von meinem Ziel entfernt war, blendeten mich die Lichter seines Wagens, und der Motor heulte auf. Dann war er weg.

Atemlos sackte ich auf meine Knie und rang nach Luft. Ich konnte mir keinen Zusammenbruch erlauben. Vielmehr musste ich den Jungen aufhalten, der gerade betrunken in ein Auto gestiegen war. Meine Beine drohten zwar jede Sekunde unter mir nachzugeben, doch ich schaffte es gerade so, zur Garage der Winstons zu taumeln.

»Skyler!« Jemand rief nach mir. Ich riss an den Türgriffen, doch sie waren natürlich alle abgeschlossen.

»Sky.« Die Stimme war jetzt ganz nah, ich spürte Hände auf meinen Armen. »Wenn du das tust, bringst du dich nur selbst in Gefahr.« Aaron. Aarons blaue Augen funkelten mir besorgt entgegen. Aaron war auch derjenige, der nach meiner Hand griff und mich bis zu seinem Auto hinter sich herzog. »Ich bin gerade erst gekommen, wir suchen nach ihm.« Irgendwie brachte ich es zustande, zu nicken, und war danach schon so erschöpft, dass ich am liebsten auf der Stelle stehen geblieben wäre, um in Tränen auszubrechen. Er schob mich förmlich auf seinen Beifahrersitz, ehe er selbst ins Auto stieg und den Motor startete. »Hast du irgendeine Ahnung, wo er hingefahren sein könnte?«

Meine Hände zitterten, und ich klemmte sie zwischen meine Knie.

»Skyler?«

Ich schüttelte den Kopf. Nein, ich hatte keine Ahnung. Dafür kannte ich Greywood zu wenig.

Aaron fuhr die Stadt zweimal ab, bog in jede kleine Gasse ein und hielt an den verschiedensten Diners, um nach Damian oder seinem Wagen zu fragen. Jedes Mal kam er mit einem enttäuschten Kopfschütteln zurück ins Auto und fuhr weiter.

»Er könnte überall hin sein«, seufzte Aaron und wischte sich übers Gesicht. Ja, das könnte er. Damian könnte schon auf dem Weg zum Flughafen sein, bereit, seinen Eltern nach Boston nachzureisen und ihnen von meinen Vorwürfen zu erzählen. Er könnte den Flughafen aber auch gar nicht erst erreicht haben und …

»Bieg die nächste Kreuzung links ab«, flüsterte ich heiser. Mein Hals fühlte sich an, als hätte ich Scherben geschluckt. Aaron folgte meiner Bitte, ohne nachzufragen.

Es war der einzige Ort, der mir in diesem Augenblick noch einfiel. Und auch wenn mich Damian nur ein einziges Mal zu ihm geführt hatte, der Weg erschien vor meinen Augen, als hätte sich die Karte in meinen Kopf eingeprägt.

Wenn es einen Ort gab, zu dem Damian ging um nachzudenken, dann war es dieser.

Wie gebannt blieb mein Blick auf der dunklen Straße haften. Aaron flüsterte immer wieder Worte, die mich beruhigen sollten, es aber keineswegs taten. Dann waren vor uns Sirenen. Aarons Auto erhellte sich in blauem Licht, als ein Krankenwagen an uns vorbeizog.

»Damian«, keuchte ich, »fahr schneller!«

»Es heißt nicht, dass der Krankenwagen wegen ihm –«

»Fahr einfach weiter!«, schrie ich.

»Fahr! Fahr! Fahr!« Ich rüttelte an seiner Schulter, wollte ihn dazu bewegen, stärker aufs Gas zu treten, doch er drückte meinen Arm weg, um mich daran zu hindern, ihn weiter zu bedrängen. Das blaue Licht leuchtete aus der Ferne wie ein Glühwürmchen. Ich war nass geschwitzt, und ein tonnenschwerer Stein lag auf meiner Brust. Als Aaron einige Meter von der Unfallstelle entfernt hielt, wartete ich nicht lange und riss die Autotür auf. Warum ich schon vorher wusste, dass es Damians Wagen war, der mit der Unterseite nach oben auf der Straße lag, die Scheiben zersplittert, die Motorhaube eingedellt, war mir ein Rätsel. Aber ich wusste es. Und als ich die Sanitäter um ihn herumstehen sah, als ich das Blut sah, das den Boden bedeckte, begann ich zu schreien. Ich schrie und schrie, bis eine Sanitäterin mich bat, den Unfallort zu verlassen. Sie zog mich weg und barg mich sanft auf den Boden, wo ich kauerte und einfach nur noch weiter schrie. Weitere Sirenen erklangen, keine von ihnen war so laut wie meine Schreie.

»Sky, sieh dir das nicht an.« Wann Aaron sich zu mir auf den Boden gekauert und damit begonnen hatte, in einer Dauerschleife auf mich einzureden, wusste ich nicht. Er legte seine Hand über meine Augen, doch ich schlug sie weg. Alles, was ich sah, war Blut, Unmengen an Blut, verteilt um den Jungen, den ich schon mein Leben lang gekannt und geliebt hatte. Ich hatte nur noch diesen einen Gedanken im Kopf: Das hier war ganz allein meine Schuld.

# KAPITEL 16

Das Weiß des Fußbodens wirkte mit der Zeit heller, je länger ich darauf starrte. Mittlerweile war es knapp eine Stunde her, seitdem Aaron mich in seinen Wagen gehievt hatte und wir dem Krankenwagen auf seinem Weg in die Notaufnahme gefolgt waren. In meinem linken Ohr piepte es unaufhörlich. Ich wusste nicht, ob die Sirenen oder mein eigenes Geschrei schuld daran gewesen waren. Auf dem rechten Ohr hörte ich Aaron telefonieren, stets mit ruhiger Stimme, vielleicht, damit er nicht selbst durchdrehte. Irgendwann nahm ich auch Lexis Stimme wahr, irgendwo in der Ferne auch Jasons, aber ich registrierte sie erst, als Lexi sich vor mir auf den Boden kauerte und mein Gesicht mit beiden Händen umfasste. »Was ist passiert?« In ihren Augen schimmerten Tränen. Tränen, die *ich* hätte vergießen müssen, doch mein Kopf war wie leergefegt, mein Körper wie betäubt.

Aaron begann, die Geschichte erneut zu erzählen,

und wie die letzten Male, als er den Polizisten davon erzählt hatte, schlug ich mir die Hände über die Ohren.

Die Geräuschkulisse des Krankenhauses war das Einzige, das sich mit der Zeit veränderte. Der weiße Boden vor meinen Augen blieb immer noch weiß, auch wenn das Bild von Damian, umgeben von seinem eigenen Blut, nicht verschwinden wollte. Immer, wenn ich die Augen schloss, war es wieder da.

Ich hörte Lexi und Jason streiten, hörte Jason mit jemandem telefonieren, dann Lexi. Die Stunden vergingen, und niemand sagte mir das, was ich wirklich hören wollte: dass Damian lebte. Keiner der Ärzte gab uns Auskunft über seinen Zustand.

»Wie konnte das nur passieren?«, hörte ich eine mir bisher unbekannte Stimme. Offenbar war das Mädchen, das so plötzlich in Jasons Armen lag, schon länger hier. Ich hatte es nicht einmal mitbekommen. Mit verquollenen Augen musterte ich sie. Ihre Haare waren dunkel und glatt, die Augen im Gegensatz erschreckend hell. Ihr Gesicht kam mir bekannt vor, und doch war ich mir sicher, sie noch nie gesehen zu haben.

»Ich weiß es nicht, Beth«, erwiderte Jason mit krächzender Stimme. Auch wenn er seinen Arm um sie gelegt hatte, wirkte er nicht so, als würde er ihre Nähe genießen. Und dann nahm mein benebelter Kopf die Information auf. Bethany. Jasons Freundin. Unwillkürlich drehte ich mich zu Lexi, die links neben mir saß und ausdruckslos auf den Boden starrte.

Die ersten Morgenstunden waren bereits vergangen, als ich die nächsten Stimmen wahrnahm, die plötzlich unseren Gang füllten. Sie waren mir ebenso wie die Stimme Bethanys bisher unbekannt. Aus dem Mund einer Frau drangen undeutliche Schluchzer, während ein Mann immer wieder ruhig auf sie einredete und beteuerte, dass alles gut werden würde. Ich sah nicht auf, denn viel zu sehr ahnte ich, wer die Leute waren, die sich uns näherten. Mein Verdacht bestätigte sich, als sich Abby in meine Arme warf und ihren kleinen Kopf an meinen Hals drückte. Sie schlang die Hände um meinen Nacken, als wäre ich diejenige, die gerade um ihr Leben kämpfte.

»Abigail«, sagte Mrs. Winston mahnend, und Abby löste zögerlich ihre Ärmchen von mir. Sie lehnte ihre Stirn gegen meine, und ich strich ihr eine Strähne ihres feinen, hellen Haares zur Seite.

»Alles wird gut«, flüsterte ich.

Langsam ging sie zurück zu ihren Eltern, die mich anstarrten, als wäre ich eine Außerirdische. Ich blickte emotionslos zurück. Erst jetzt bemerkte ich, dass ich Mrs. Winston bereits kannte. Sie hatte damals ein Gespräch mit Richard geführt, kurz vor meiner Sitzung. Damals hatte ich jedoch keine Ahnung gehabt, dass diese Frau, die Damian kein Stück ähnlich sah, seine Mutter sein könnte. Oder als was auch immer ich diese Frau gerade bezeichnen sollte.

Sie wandten ihren Blick erst wieder von mir ab, als sie Jason für die schnelle Auskunft dankten und im nächsten Moment einer der Ärzte den Gang betrat. Alle, selbst ich, richteten ihre Blicke auf den Mann, der uns die schlimmste Nachricht meines Lebens überbringen konnte. Er stellte sich zu den Winstons und redete so leise, dass es uns übrigen unmöglich war, etwas davon mitzubekommen. Mrs. Winston hielt sich die Hand vor den Mund, um ihr Schluchzen zu unterdrücken, und Mr. Winston hob Abby auf den Arm.

»Jeff, ich kann das nicht noch einmal durchstehen«, sagte Mrs. Winston und vergrub ihr Gesicht in den Händen.

Der Arzt wies die drei in einen Gang, und als sie an uns vorbeigingen, sagte ich mit piepsiger Stimme: »Kann ich ihn sehen?«

Mrs. Winston schien ernsthaft schockiert über meine Frage zu sein. Sie kniff ihre schmalen Lippen zusammen und sah mit geröteten Augen zu ihrem Mann hinauf, der mich mit einem Blick betrachtete, der mich wohl einschüchtern sollte.

»Nur die Familie sollte in diesen Stunden bei unserem Sohn sein. Ich denke, du verstehst das.« Dann verschwanden sie und ließen uns in einer Stille zurück, die mir die Kehle zuschnürte. Die Familie. Diese Überzeugung in ihrer Stimme. *Vielleicht hatte ich mich doch geirrt.* »Der Arzt hat eben gesagt, dass Damian noch nicht über den Berg ist. Die nächsten Tage werden entscheiden, ob …« Jason verstummte und schüttelte den Kopf. Einen Moment später stand er auf und ging aus der Tür, gefolgt von Bethany.

Stunden vergingen. Stunden, in denen ich keine Ahnung hatte, was gerade mit Damian passierte. Stunden, in denen ich nichts anderes tat, als auf den Arzt zu hoffen, der mir sagen könnte, dass alles wieder gut werden würde. Stunden, in denen meine Freunde langsam verschwanden, um sich zu Hause auszuruhen, und mich darum baten, sie zu begleiten. Auch wenn ich vollkommen ausgelaugt war, weigerte ich mich, mitzugehen, bevor ich nicht Antworten auf meine Fragen bekommen hätte.

Doch Antworten bekam ich keine. Der Einzige, der sich irgendwann zu mir setzte, war ein Polizist. Er sah auf mich herunter, als wartete er darauf, dass ich ihn anflehen würde, irgendetwas zu tun, damit ich Damian sehen konnte, doch ich war viel zu erschöpft, um auch nur ein Wort herauszubekommen.

Der Polizist räusperte sich, zog etwas aus seiner Jackentasche und reichte es mir. Mit müden Augen musterte ich das kleine Notizbuch und blickte dann zu dem Polizisten auf. Dieser lächelte traurig, ehe er sagte: »Skyler, richtig?«

Beklommen nickte ich.

»Das haben wir in seinem Wagen gefunden. Ich dachte, bei dir wäre es gut aufgehoben.« Dann stand er auf und ging. Ich wusste, was das für ein Notizbuch war, ohne es aufschlagen zu müssen. Dennoch tat ich es.

Mehrere Seiten waren herausgerissen, andere waren so sehr bekritzelt, dass ich das Geschriebene nicht lesen konnte. Ich hielt es gegen das Licht, doch auch das brachte nichts. Erschöpft seufzte ich. Damian wusste tatsächlich, wie man etwas durchstreichen musste, damit niemand es mehr lesen konnte.

Ich blätterte durch die Seiten, auf der Suche nach

etwas, das überhaupt noch lesbar war. Das Einzige, was ich fand, waren unendlich viele Zeichnungen. Zeichnungen von Landschaften, von Abby, von einem Mädchen, von dem ich mir nicht einreden wollte, dass es mich darstellte. Erst auf den letzten Seiten seines Buches fand ich Worte, die nicht vollkommen unleserlich gemacht wurden.

*Skyler Rosalie Thomsen*

- *Wird schnell nervös. Anzeichen: Knoten in die Haare ziehen, an ihren Ketten oder Armbändern herumspielen.*

- *Wird schnell rot, wenn man etwas Schmutziges sagt.*

- *Schafft es, drei Stück Torte auf einmal zu verputzen.*

- *Hasst es, wenn ich sie fotografiere. (Obwohl es die wahrscheinlich schönsten Fotos auf meiner Kamera sind.)*

- *Liebt ihre Familie bedingungslos.*

- ~~*Hat aufgrund eines traumatischen Erlebnisses Angst ins Wasser zu gehen.*~~

- *Schreibt Gedichte, die einen zum Heulen bringen können. (Mich natürlich nicht.)*

- *Ist wunderschön, will es aber nicht einsehen.*

- *Bekommt eine kleine Zornesfalte zwischen beiden Augenbrauen, wenn sie wütend ist.*

- *Kann einen mit ihren grünen Augen vergessen lassen, in was für einer beschissenen Welt wir leben.*

- *Bringt mich dazu, das Gute im Leben zu sehen.*

- *Sie wird nie auch nur die leiseste Ahnung haben, wie sehr ich sie liebe.*

Erst nahm ich nur das Geräusch des Windes wahr, der das Wasser in Bewegung brachte. Dann kamen langsam die ersten Bilder hinzu. Bäume, überall um mich herum. Das Ufer direkt vor meinen Füßen. Und ... Er. In direkter Nähe des Wassers, als würde er überlegen, hineinzutreten.

Ich brauchte keine Sekunde, um mich aufzurappeln und loszulaufen. Der hektische Atem kam in rasselnden Stößen aus meiner Lunge. Damian. Sein Name lag mir auf den Lippen, als ich rannte. Er trug das graue Shirt wie auf seiner Party, dazu die schwarze Hose. Seine Haut war bleich, und ich erschrak, als ich in seine fast schwarzen Augen blickte. Er sagte nichts, starrte mir einfach nur entgegen und rührte sich auch nicht, als ich in seine Arme fiel.

»Damian«, schluchzte ich. Ich spürte seine kalte Hand auf meiner Schulter, als er mich von sich wegdrückte. Er musterte mein Gesicht mit solch einem Unverständnis, dass mich ein kalter Schauer überlief.

»Warum nennst du mich so?« Seine Stimme war die, die ich so liebte. Vielleicht ein wenig rauer, gebrochener, aber ohne Zweifel erkannte ich sie wieder.

»Damian, ich …«

»Nein«, sagte er ruhig. »Wer ist Damian?« Sein Gesichtsausdruck war so ernst, dass es mir wie Schuppen von den Augen fiel. In meinen Träumen war er nicht Damian. Er konnte sich nicht an ein Leben erinnern, in dem er je diesen Namen getragen hatte. Hier war er nur Matt.

»Matty, du musst gehen.« Ich umfasste mit beiden Händen sein bleiches Gesicht und sah ihm tief in die Augen, auch wenn das Schwarz mir furchtbare Angst bereitete.

»Das kann ich nicht, Sky. Ich habe geschworen, immer bei dir zu sein.« Er streckte einen Finger aus und ließ eine meiner Tränen darauf tropfen, ehe er sie betrachtete wie eine kostbare Perle.

»Du bist immer bei mir, Matty. Aber du musst nun gehen. Ich verspreche dir, dass wir uns wiedersehen werden.« Mein Herz brach Stück für Stück auseinander bei dem Gedanken, dass ich ihm etwas versprach, was ich möglicherweise nicht halten konnte. Doch ich wollte nicht, dass er einfach so ging, mit dem Gedanken, dass wir uns möglicherweise nie wiedersehen würden. Denn es gab noch einen anderen Weg, um für immer zu gehen. Einen Weg, an den ich nicht einmal denken wollte, während ich seine kalte Haut berührte.

»Skyler, ich kann nicht gehen. Du brauchst …«

Bevor er aussprechen konnte, stellte ich mich auf die

Zehenspitzen und legte meinen Mund auf seine kalten Lippen. Ich küsste ihn, auch wenn er meinen Kuss nicht erwiderte. Ich versuchte, all die Trauer, die Verzweiflung und Liebe, die ich in mir trug, in diesen Kuss zu verwandeln.

»Matty, ich liebe dich«, flüsterte ich an seine Lippen. »Ich habe dich mein ganzes Leben lang geliebt.« Jetzt war er derjenige, der mich sprachlos anblickte. Seine Miene wirkte vollkommen emotionslos. Aber seine folgenden Worte überraschten mich so sehr, dass mir schwindlig wurde.

»Ich glaube, ich liebe dich auch.« Er blinzelte ungläubig, völlig fasziniert von dem, was er gesagt hatte. Bevor ich irgendetwas erwidern konnte, war er derjenige, der mich küsste. Er küsste mich so, wie Damian es getan hatte, und die Kälte seiner Lippen verschwand mit jedem neuen Kuss. Mein Mund kribbelte und irgendwann griff meine Hand, die sich eben noch in seinen Nacken gelegt hatte, ins Leere.

Matt war verschwunden.

Mit einem lauten Japsen schreckte ich aus meinem Traum, das Herz schlug mir bis in den Kopf. Ich brauchte einige Sekunden, bis ich bemerkte, dass ich im Wartebereich des Krankenhauses eingeschlafen war. Mein Nacken schmerzte, als ich mich aufrichtete und versuchen wollte, einen klaren Gedanken zu fassen. Doch noch im selben Moment ertönten hektische Schritte auf dem Gang. Sie kamen näher, und irgendwann konnte ich ausmachen, zu wem diese Schritte gehörten. Jason sprintete in meine Richtung, ließ sich auf die Knie fallen und kauerte sich direkt vor mich. »Sky, er ist aufgewacht.«

»Er ist …«

Jason nickte wild, bevor ich überhaupt den nächsten Gedanken fassen konnte. Und dann verstand ich: Damian. Er war aufgewacht. Ich hatte Matt gebeten, zu gehen, und Damian … war aufgewacht.

Ich ergriff Jasons Hand und ließ mich von ihm den Gang entlang ziehen, bis wir uns Damians Zimmer näherten. Für einen Moment stoppte ich in meiner Bewegung, als ich Mr. Winston vor der Tür entdeckte, wie er sich das Handy ans Ohr hielt und energisch auf jemanden einredete. Doch er war so sehr in seine Diskussion vertieft, dass er gar nicht mitbekam, wie Jason und ich Damians Zimmer betraten.

Es waren nicht mehr als zehn Sekunden, während derer ich einen Blick auf Damian erhaschen konnte. Aber allein diese kurze Zeit reichte aus, um mir eine Gänsehaut am ganzen Körper zu bereiten. Platzwunden bedeckten sein Gesicht, die Hälfte seines Schädels war mit einem Verband versehen. Seine Augen waren nur halb geöffnet, aber er kämpfte darum, wach zu bleiben. Nur für einen kurzen Moment begegneten sich unsere Blicke, als ich wie angewurzelt im Türrahmen stand. Seine Lippen zuckten, als würde er versuchen, etwas zu sagen, doch so weit kam er gar nicht, da legte sich schon eine Hand auf meinen Rücken.

»Was hast du hier zu suchen?«, erklang die eiskalte Stimme von Mr. Winston. Er blickte auf mich herunter, als hätte er mich bei einer schlimmen Straftat erwischt.

Dabei wollte ich doch nur Damian sehen. Aber Mr. Winstons Gesichtsausdruck machte mir klar, dass es nicht dazu kommen sollte.

»Bitte …«, begann ich, doch da schnitt mir eine andere Stimme schon das Wort ab: »Was hast du daran nicht verstanden, dass nur die Familie bei unserem Sohn sein soll?« Mrs. Winstons Stimme war zynisch, als wäre *ich* ihre größte Sorge und nicht der Zustand ihres Sohnes.

»Bitte, Sarah, sie ist seine Freundin«, sagte Jason, der es geschafft hatte, zu Damians Bett vorzudringen. Sie hatten ihn keine Sekunde aufgehalten.

»Nein!«, war das Einzige, was Mrs. Winston in schrillem Ton herausbrachte. »Du kannst bleiben, Jason. Aber du …« Feindselig starrte sie mich an, die Augen zu schmalen Schlitzen verzogen. »Du musst gehen.«

Meine Finger ballten sich zu Fäusten. Wäre ich nicht so kraftlos gewesen, hätte ich vermutlich das Krankenhaus zusammengeschrien. Aber weil die Gedanken in meinem Kopf Karussell fuhren und meine Glieder schon vor Erschöpfung zitterten, begannen nur meine Augen zu brennen. Und damit würde ich sicher nicht gegen Menschen wie die Winstons ankommen.

Jason kam auf mich zu und legte sanft die Hände auf meine Schultern. »Hör zu«, sagte er leise, »ich bleibe hier und werde mich regelmäßig bei dir melden, okay?«

»Aber …«, begann ich und schüttelte hilflos den Kopf. Nein, das war nicht genug. Ich musste bei ihm bleiben, darauf aufpassen, dass er nicht ging. Ich würde es kein weiteres Mal ertragen, ihn zu verlieren.

»Sky …« Jason schielte leicht in die Richtung von Damians Eltern. Die Winstons gingen mit einem vernichtenden Blick an mir vorbei und ließen sich am Bett ihres Sohnes nieder. Sarah Winston behielt mich genau im Auge, als sie Damians Hand ergriff.

»Okay.« Ich nickte vorsichtig, auch wenn sich alles in mir dagegen sträubte, jetzt zu gehen. Doch allein Mr. und Mrs. Winstons Blicke ließen mich schließlich aus diesem Raum weichen.

Einen letzten Augenblick lang betrachtete ich Damian, der mich durch halbgeöffnete Lider ansah. Mir war es, als wollte er etwas sagen, als wäre sein Körper aber noch nicht bereit dazu. Und bevor ich herausfinden konnte, was es war, stand Mrs. Winston schon auf, kam auf mich zu, bis ich rücklings den Raum verließ, und sperrte mich damit aus dem Zimmer aus.

Ich saß auf den gepolsterten Stühlen in der Eingangshalle des Bibliotheksgebäudes. Richards Büro war abgeschlossen, und mir blieb nichts anderes übrig, als in der Eingangshalle auf ihn zu warten. Dabei wusste ich nicht einmal, ob er donnerstags überhaupt im Haus war. Aber selbst wenn ich den ganzen Tag hier verbringen sollte: Es wäre mir recht. Ich umfasste das Notizbuch in meiner Hand, als würde ich es verlieren, sobald meine Finger auch nur etwas an Kraft nachließen. Es war das Einzige, was mir in diesen Tagen von Damian blieb. Alles andere wurde mir verwehrt.

Es dauerte eine geschlagene Stunde, bis Richard durch die Eingangstür des Bibliotheksgebäudes trat und fragte:

»Skyler?« Auch wenn ich mit Richards Erscheinen

gerechnet hatte, schreckte ich kurz zusammen. »Was machst du hier?«

Ich antwortete nicht und wartete ab, bis er die Tür zu unserem Sitzungsraum aufgeschlossen hatte und mir vorausging.

»Ich habe gehört, was passiert ist.«

Ich kniff die Lippen zusammen und hoffte, dass er es nicht erneut aussprechen würde.

»Wie geht es ihm?« Er sah mich nicht an, was wohl zeigte, dass auch er Angst vor meiner Antwort hatte. Er lehnte sich gegen das Pult und starrte auf einen der Tische vor sich. Auf Damians Tisch, um genau zu sein.

»Er ist seit Sonntagnacht wieder ansprechbar, aber die Ärzte sagen, dass sie abwarten müssen, wie sich sein Zustand entwickelt. Er hat eine schwere Gehirnerschütterung und mehrere Platzwunden«, krächzte ich und umklammerte das Buch in meiner Hand noch fester, sodass meine Fingerknöchel weiß hervortraten.

»Aber er ist stabil?«

»Das sagen zumindest die Ärzte.« Ich zuckte mit den Schultern und legte Damians Buch auf Richards Tisch. Er betrachtete es erst mit schmalen Augen, ehe er es in die Hand nahm und den Kopf schüttelte.

»Einige Seiten wurden herausgerissen. Ich weiß nicht, ob er überhaupt je etwas angefertigt hat, aber er hat sich zumindest ein paar Notizen über mich gemacht, die stehen hinten im Buch, aber …«

»Skyler«, unterbrach Richard mich leise. »Du musst mir das nicht geben. Ehrlich nicht.«

»Ich will aber«, sagte ich energisch. »Ich will, dass Sie

wissen, dass er sich ändern wollte. Dass er Fortschritte gemacht hat und …«

Richards Hand legte sich beruhigend auf meinen Arm. Mein Hals brannte, dabei hatte ich die letzten Tage kaum gesprochen. Nicht mit Dad, nicht mit Grace – ausschließlich Jasons Anrufe nahm ich an.

»Ich weiß, dass er Fortschritte gemacht hat. Du hättest ihn erleben müssen, bevor du selbst an den Gruppensitzungen teilgenommen hast, er war …« Richard neigte nachdenklich den Kopf zur Seite, bis ihm ein passendes Wort in den Sinn kam: »Unausstehlich.«

Meine Mundwinkel hoben sich ganz leicht. Das wäre vermutlich auch das erste Wort gewesen, mit dem ich Damian nach unserem ersten richtigen Kennenlernen in der Therapie beschrieben hätte.

»Er hatte Probleme, zu denen er nicht stand. Und wenn ich ihn darauf angesprochen habe, hat er mich ausgelacht und behauptet, ich würde übertreiben …« Richard schüttelte den Kopf. »Dabei war er mit seinen siebzehn Jahren einer der unglücklichsten Menschen, die ich in meiner beruflichen Laufbahn kennengelernt habe«, sagte Richard mit gesenkter Stimme und fuhr mit den Fingerspitzen über den Einband von Damians Notizbuch.

Ich kniff die Augen zusammen, um mir in Erinnerung zu rufen, warum ich eigentlich hier war. Die Worte lagen schon auf meiner Zunge, aber sie auszusprechen würde bedeuten, immer noch an den Vorwürfen, die ich gegen Damians Eltern erhoben hatte, festzuhalten. Und wenn Richard dann zu ihnen Kontakt aufnehmen sollte, oder noch schlimmer …

»Worüber denkst du nach?«, unterbrach Richard meine Gedanken. Und dann begann ich zu reden, ganz ohne mir weiter über die Konsequenzen den Kopf zu zerbrechen: »Meine Begegnungen. Ich habe Ihnen nicht alles darüber erzählt.«

Obwohl ich erwartet hätte, dass Richard überrascht sein würde, sah er mich mit neutralem Gesichtsausdruck an.

»Matt. Er sah aus wie Damian. Und Damian sah aus wie er … Ich konnte mir das nie erklären. Anfangs war ich mir nicht einmal sicher, ob ich nicht immer noch halluzinieren würde. Schließlich glaubte ich, einen Jungen zu kennen, der mir eigentlich vollkommen fremd war. Doch das hat sich mit der Zeit gelegt. Ich konnte mir diese Ähnlichkeit zwar immer noch nicht erklären, aber ich habe es akzeptiert, ich kannte es schließlich schon, dass mein Geist mir Streiche spielt. Aber dann hat Damian mir erzählt, dass er ebenfalls von mir geträumt hat. Er teilt dieses Gefühl mit mir, mich bereits zu kennen. Ich hätte ihm nicht von meiner Vermutung erzählen sollen, aber ich konnte nicht anders. Daraufhin ist er abgehauen und dann …« Ich schluckte. Den Rest brauchte ich Richard nicht mehr zu erzählen.

»Was ist deine Vermutung, Skyler?« Mich wunderte es, dass Richard nach dem, was ich ihm eben erzählt hatte, so ruhig bleiben konnte. Ich hingegen drohte wieder den Boden unter den Füßen zu verlieren und klammerte mich an Richards Pult fest.

Einatmen, ausatmen. »Damian wurde von den Winstons entführt.«

Richard presste die Lippen aufeinander, als würde er

versuchen, eine neutrale Haltung zu bewahren, damit ich nicht komplett ausrastete. »Du willst damit sagen, dass Damian eigentlich Matthew ist?«

»Ich weiß, es klingt verrückt. Schließlich war ich auf Matts Trauerfeier. Aber Sonntagnacht habe ich wieder von ihm geträumt, und ich habe Damian gesehen. Beziehungsweise Matt. Aber da gab es keinen Unterschied zwischen den beiden, verstehen Sie? Er wusste nicht einmal, dass er ein Leben als Damian führt. Und ja, natürlich können das auch alles nur dumme Träume sein, waren es wahrscheinlich auch, aber es hat sich so echt angefühlt und dann … dann habe ich ihn gebeten zu gehen und … und Damian ist aufgewacht.«

Richard verzog keine Miene. Beim besten Willen konnte ich nicht erkennen, was in ihm vorging und wie er das, was ich ihm erzählt hatte, aufnahm. Also redete ich weiter. Ich schilderte ihm Matts Narben, die den Narben Damians aufs Haar glichen, erzählte ihm von den Kinderfotos, dem Pandabären … Ich ließ nichts aus und ich konnte beobachten, wie die Denkfalte auf Richards Stirn mit jedem meiner Sätze tiefer und tiefer wurde.

Schließlich machte sich ein Gefühl von Erschöpfung in mir breit und ich atmete tief durch. Es kam mir so vor, als hätte ich gerade einen Zwei-Meilen-Sprint abgelegt, dabei redete ich mich eigentlich nur um Kopf und Kragen und wusste nicht einmal, ob Richard auch nur annähernd verstand, was ich ihm zu erklären versuchte. Ich wollte schon erneut ansetzen, da unterbrach er mich.

»Du glaubst also, Matt könnte in Wahrheit gar nicht

gestorben sein, und deine Träume sind nicht bloß Träume? Okay, ich denke, ich habe verstanden.«

Ich konnte nicht anders als ihn halb staunend, halb verärgert anzusehen. Hielt er mich jetzt tatsächlich für so verrückt, dass er mich nicht einmal zu Ende erklären lassen wollte? Oder hatte ich es geschafft, ihn davon zu überzeugen, dass die zwei Menschen, die in den letzten Wochen mein Innerstes aufgewühlt hatten, wie ich es nie zuvor für möglich gehalten hätte, ein und dieselbe Person waren? Ein Matt, ein Damian? Doch als Richard von Damians Notizbuch aufblickte, wirkte sein Gesicht erneut so neutral, so professionell, so undurchdringlich wie zuvor. Der Blick, den er mir zuwarf, war so rätselhaft, so vielsagend, dass ich nicht verstand, was er mir damit sagen wollte.

KAPITEL

# 17

Regentropfen prasselten an die Fensterscheibe. Ganz leicht, so als könnten sich die Wolken nicht entscheiden, ob sie den Regenguss loslassen sollten oder nicht.

Mein Handy klebte mittlerweile in meiner Hand fest. Ich hatte Jason vor einer Stunde darum gebeten, mir Auskunft über Damians Zustand zu geben, aber seitdem nichts mehr von ihm gehört. Zum hundertsten Mal öffnete ich den Messenger, um Jasons vorherige Nachrichten zu überfliegen.

> Die Ärzte sind zufrieden mit seinen Werten.

> Sie haben getestet, ob er seine Beine spüren kann, es ist alles gut.

Aber … er spricht nicht. Kein einziges Wort. Mrs. Winston hat ihn vor Verzweiflung schon angeschrien.

Die Ärzte wissen nicht, ob es etwas Neurologisches ist, was ihn da blockiert. Der Chefarzt kommt gerade zu einer Visite. Ich melde mich gleich bei dir.

Doch das hatte er nicht getan. Und seitdem saß ich auf dieser Fensterbank und sah den dunklen Wolken dabei zu, wie sie über Greywood zogen. Meine Augen brannten. Ich konnte nicht einmal mehr richtig auseinanderhalten, ob Tränen der Grund dafür waren oder die lähmende Müdigkeit, die ich den schlaflosen Nächten zu verdanken hatte. Ich hatte pro Nacht vielleicht zwei Stunden geschlafen, ohne auch nur annähernd in die Tiefschlafphase zu gelangen. Was auch gut so war. Ich wollte ihn nicht in meinen Träumen sehen. Allein der Gedanke daran machte mir Angst.

Mein Kopf knallte gegen die Fensterscheibe. Mir waren die Augen zugefallen. Und ich wusste nicht, ob es das schmerzhafte Stechen in meiner Schläfe war, das Donnern, das draußen Greywood zum Beben brachte, oder doch die plötzliche Vibration in meiner Hand, was mich aufschrecken ließ. Hektisch drückte ich den grünen Hörer und hielt mir das Handy ans Ohr.

»Jason?«

»Sky … Ich …«

»Geht es ihm gut?«, unterbrach ich ihn panisch. Die Unsicherheit in seiner Stimme war mir nicht entgangen.

»Ich … Ehrlich gesagt weiß ich es nicht.«

Mein Herz setzte aus.

»Nein, nicht so, wie du denkst«, rief er, als ich auf seine Worte nichts mehr erwiderte. »Ich war gerade eben allein mit ihm in seinem Zimmer, weil die Winstons nach Abby sehen wollten. Und auf einmal hat er begonnen zu reden, das meiste davon … wirres Zeug. Dann hat er sich plötzlich die Kabel vom Leib gerissen und seine Kleidung angezogen.«

Plötzlich spürte ich meinen Herzschlag in meinem ganzen Körper.

»Er wollte abhauen, ich konnte ihn nicht aufhalten.«

»Was? Jason, wo ist er jetzt?«

»Wir sind in Denville, an dem See dort. Ich habe ihn gerade noch dazu überreden können, dass ich ihn herfahre, ansonsten wäre er mit Sicherheit gelaufen. Aber ich stehe oben an der Straße, er hat mir quasi verboten, mit hinunter zu gehen.«

Damian war in Denville? Am See? Ganz langsam sickerte dieser Gedanke in meinen Kopf ein, bis ich dessen Bedeutung in Gänze verstand. Meine Finger verkrampften sich um das Handy.

»Jason, du musst runter und nach ihm sehen, nicht …«

»Ich habe es versucht, Sky, er ist komplett durch den Wind. Komm bitte her, vielleicht kannst du ihn beruhigen. Die Winstons haben sicher bereits die Polizei …«

»Ich komme«. Bevor Jason noch aussprechen konnte,

hatte ich aufgelegt. So schnell es mir möglich war, griff ich nach Grace' Autoschlüssel und fuhr los, ohne mich bei irgendjemandem abzumelden.

Ich kannte die Strecke nach Denville mittlerweile so gut, dass ich genau wusste, wo ich Gas geben konnte, ohne in eine gefährliche Situation zu geraten. Jede Meile, die ich noch vom See entfernt war, brannte auf meiner Seele. Meine alte Heimat durchquerte ich, ohne mich umzusehen, und schaffte es so binnen weniger Minuten, an den See zu gelangen. Grace' Auto parkte ich vorbildlich auf einem der Parkplätze, genau dort, wo ich auch Jasons Wagen entdeckte.

Er stieß die Tür auf und kam auf mich zu. »Er ist …«

»Ich weiß, wo er ist«, unterbrach ich ihn und rannte los.

Ohne mich um die abfallende Steigung zu kümmern, rannte ich zwischen den Bäumen hindurch, stolperte über ihre Wurzeln und spürte kaum, wie ihre Zweige mir ins Gesicht peitschten. Wie eine Verrückte hechtete ich weiter, bis ich Kies unter meinen Füßen spürte.

Die Wolken ergossen sich über mir, und auf meine Ohren drückte der Donner, doch ich rannte weiter. Ich rannte und rief nach ihm, bis ich ihn sah. Ich rannte, bis ich mich vor ihm auf die Knie fallen ließ, ihn umklammerte, bis ich mir wirklich sicher war, dass er lebendig vor mir stand. Mein Traum war lebendig.

»Damian«, schluchzte ich an sein Ohr. Sein Körper zitterte, und ich war mir sicher, dass er eigentlich viel zu schwach wäre, um hier zu sein.

»Nenn mich nicht so. Dieser Name ist nichts als eine Lüge.« Seine Stimme war kaum hörbar, und doch bereitete sie mir eine Gänsehaut.

»Was sagst du da?«, fragte ich, obwohl ich ihn genau verstand. Ich musste es nur einmal aus seinem Mund hören und mir klarmachen, dass ich diesmal nicht die Verrückte war. Dass ich mir das alles doch nicht nur eingebildet hatte.

»Du hattest recht«, war das einzige, was er von sich gab.

Meine Hände fuhren durch sein nasses Haar, zeichneten jede Kontur seines Gesichts nach. Er war hier. Er lebte. Und er war der Junge, den ich mein Leben lang vermisst hatte. Ich suchte seinen Blick, doch er wagte es nicht, mich anzusehen.

Allein, dass er hier an diesem Ort war, bestätigte mir, dass er sich erinnern konnte. Er erinnerte sich an seine Kindheit, an mich. Und es zerbrach ihn.

Die tiefblauen Ringe unter seinen Augen erinnerten mich an seinen derzeitigen Zustand, und die Nervosität holte mich erneut ein, und mit ihr auch die Angst, ihm könnte doch noch etwas zustoßen. Um nichts auf der Welt würde ich diesen Jungen noch einmal gehen lassen.

»Komm. Ich bringe dich nach Hause.«

»Nach Hause? Wo soll das sein?« Erst jetzt sah er mir in die Augen. Sie waren dunkel, fast matt, aber es sprühte wieder ein Funken Leben in ihnen. »Du bist das einzige Zuhause, das ich habe, Rosie.«

# KAPITEL 18

Ich bog gerade in Richtung Greywood ab, als mein Handy in der Halterung vibrierte. Jason. Ich hatte ihn darum gebeten, zurück nach Hause zu fahren, damit er nicht in Ärger geriet, während Damian und ich so lange am See geblieben waren, bis Damian sich in der Lage gefühlt hatte, zurückzufahren. Mit zitternden Fingern nahm ich den Anruf an und stellte auf Lautsprecher.

»Sky? Wo seid ihr?«

»Auf dem Weg zurück nach Greywood.«

»Die Winstons sind am Durchdrehen, die Polizei sucht bereits nach ihm. Ich habe ihnen nichts gesagt, aber bitte, fahr ihn zurück ins Krankenhaus. Oder zu den Winstons, keine Ahnung.«

»Okay«, sagte ich, auch wenn die zweite Option absolut nicht zur Debatte stand. Ich legte auf und warf einen unsicheren Blick auf den Beifahrersitz. Damian hatte sich zusammengekauert, das Gesicht schmerzhaft verzogen. Und dieser Schmerz hatte mit Sicherheit nichts mit den Wunden zu tun, die sein Gesicht bedeckten.

»Ich fahre dich ins Krankenhaus«, sagte ich leise, doch da schüttelte er schon den Kopf.

»Damian, bitte.«

Er richtete sich auf und krallte die Finger in den Sitz. »Fahr mich zum Haus.« Seine Stimme war furchtbar leise, und doch löste sie ein Ziehen in meiner Brust aus.

»Was?«

»Ich will es von ihnen hören. Jetzt gleich.«

Auch wenn sich in diesem Moment alles in mir verkrampfte, nickte ich und steuerte auf das Viertel zu, in dem die Winstons lebten. Ich stellte das Auto an der Straße ab und half Damian, aus dem Wagen auszusteigen.

Seine Hand zitterte so sehr, dass ich sie fester umklammerte. Der Anblick des Hauses, in dem die Menschen lebten, die nicht nur sein Leben, sondern auch das seiner eigentlichen Familie zerstört hatten, musste unerträglich für ihn sein. Am liebsten hätte ich mir Steine zur Hand genommen und auf die etlichen Fenster geworfen, die das Haus zierten.

»Du musst da nicht rein«, flüsterte ich vorsichtig. Dennoch zuckte er unter meiner Stimme zusammen und schloss die Augen für einen langen Moment, ehe er den Kopf schüttelte. »Ich muss.«

Damian ging mit wackeligen Schritten die Einfahrt der Winstons entlang. Sein Bein hinkte, doch sein Blick war fest auf das Haus gerichtet, in dem seine angeblichen Eltern lebten. Erst vor knapp einer Woche hatte hier die Party stattgefunden, die alles verändert hatte.

Ich ging neben Damian her und stützte ihn, als er begann, wieder stärker zu schwanken. Sein Blick richtete sich auf nichts anderes als auf die riesige Haustür.

Damian zögerte keine Sekunde und betrat das Haus, in dem er bisher die längste Zeit seines Lebens verbracht hatte. Schritte ertönten, hektisch und laut, und es dauerte nicht lange, bis Mrs. Winstons verheultes Gesicht im Flur erschien. Beinahe fielen ihr die Augen aus dem Kopf, als sie ihren vermeintlichen Sohn entdeckte und ihm um den Hals fiel. Damian ließ die Umarmung über sich ergehen, erwiderte sie aber keineswegs.

Mrs. Winston löste sich von ihm und legte ihre zitternden Hände auf seine Wangen. Damians Augen wurden schmal, und er trat einen Schritt zurück. Das Entsetzen in den blauen Augen seiner Ersatzmutter war auf einen Blick zu erkennen. Dennoch begann sie zu reden, schnell und wirr, sodass es selbst mir nicht leichtfiel, ihr zu folgen. »Damian, wo bist du gewesen? Wieso bist du aus dem Krankenhaus geflohen? Die ganze Stadt sucht nach dir. Wir müssen zurück ins Krankenhaus und dich untersuchen lassen!«

Damians Gesichtszüge verkrampften, als er Mrs. Winston von Kopf bis Fuß musterte. Sie blickte unsicher zu ihm auf, dann drehte sie sich von ihm weg und entdeckte mich in der Haustür stehen. Ihr Augen wurden schmal, als sie sagte: »Ich hätte wissen müssen, dass du etwas damit zu tun hast.« Nun wandte sie sich wieder an Damian: »Hat *sie* dich gezwungen, das zu tun?«

Mit jedem ihrer Worte verkrampfte sich Damians Kiefer stärker, bis er schluckte und die ersten Worte herausbrachte: »Wie heiße ich, Mutter? Wie ist mein Name?« Er sprach das Wort *Mutter* wie die schlimmste Beleidigung aus, die er wohl jemals selbst in den Mund genommen hatte.

»Damian Winston«, sagte Mrs. Winston voller Verwirrung.

Damian legte den Kopf schief, die Augenbrauen vor Wut zusammengezogen. »Bist du dir da ganz sicher?«

Diese Frage brachte Mrs. Winston völlig aus dem Konzept. Ihre Mundwinkel verrutschten. Zurück blieb nur der Schock, der sich in ihren hellen Augen abzeichnete. Dann schüttelte sie beinahe unmerklich den Kopf, als hätte sie sich wieder gefangen.

»Schatz, was redest du da?« Sie ging einen Schritt auf Damian zu und strich ihm durchs Haar. »Du hast sehr viele Schmerzmittel bekommen. Ich kann verstehen, dass du ein wenig durcheinander bist, deswegen müssen wir …«

»Matthew Mayfor«, schrie Damian, und die Frau vor ihm schüttelte sich vor Schrecken. »Sagt dir der Name etwas, *Mutter?*«

Wieder setzte sie zu Worten an, drehte sich dann aber um und verschwand durch die Küchentür. Damian rannte hinter ihr her, und ich tat es ihm nach einem kurzen Zögern nach. Mrs. Winston stand an der Küchenzeile und umklammerte die Marmorplatte. Tränen liefen ihr über das Gesicht.

»Ich will es dich sagen hören. Bin ich euer Sohn?« Damian stand wenige Schritte von ihr entfernt. Sie hingegen ging wieder einen Schritt auf ihn zu, worauf er bedrohlich knurrte und ich mich hinter ihn stellte, um ihn festhalten zu können, falls es notwendig werden würde.

»Du bist immer unser Sohn gewesen, mein Schatz. Du warst viel mehr als das.« Es schien mir, als würde sie sich immer fester an ihr Kartenhaus aus Lügen klammern, um gleichzeitig immer deutlicher zu sehen, wie es einzustürzen drohte. Ihre Tränen waren dafür das deutlichste Zeichen.

»Bin ich euer biologischer Sohn?«

Jetzt begann sie richtig zu weinen. Sie schluchzte und presste sich die Hand vor den Mund, um es zu verbergen.

»Sag es!«

Sie kehrte uns den Rücken zu. Ich ergriff Damians Hand, und er drückte sie so fest, dass es schmerzte. Er wollte auf sie zugehen, doch ich hielt ihn mit aller Kraft davon ab. »Ich will es dich sagen hören!«, schrie er.

Mit Schwung drehte sie sich zu uns um und kreischte beinahe lauter, als er es tat: »Du hast ein perfektes Leben. Du hast keinen Grund, dich zu beschweren!«

Damian schlug mit der flachen Hand auf die Theke. »Ihr habt einer Familie ihren Sohn geraubt. Habt ihnen versucht weiszumachen, dass ich tot wäre. Suchst du immer noch nach Entschuldigungen für das, was du getan hast? Es gibt nämlich keine.«

Mrs. Winston hielt sich die Hände über die Ohren. Sie weinte, schluchzte und schniefte, ehe sie wieder zu sprechen begann: »Hast du eine Ahnung, wie das für eine Mutter ist, ihr Kind zu verlieren? Welche unbeschreiblichen Schmerzen dabei durch den gesamten Körper jagen? Als unser leiblicher Sohn ums Leben gekommen ist, war ich mir sicher, nie wieder glücklich zu werden. Ich war davon überzeugt, dass dieser Schmerz niemals enden würde. Das dachte ich zumindest, bis wir dich gefunden haben.« Sie blickte Damian direkt in die Augen. »Es war ein Unfall. Du … Du bist aus der Richtung des Badesees auf die Straße gelaufen, ohne zu zögern. Ohne dich auch nur umzuschauen. Jeff hat versucht zu bremsen, aber da war es schon zu spät.« Wieder schniefte sie. »Wir dachten, du wärst tot, dein Puls war nicht mehr zu spüren. Und weil wir so unter Schock standen, haben wir dich auf den Rücksitz gelegt. Wir sind gefahren, ohne überhaupt zu wissen, wohin. Ohne einen Plan zu haben, was wir mit dir tun sollten. Und als wir bereits an Seattle vorbeigefahren waren, haben wir dich plötzlich reden hören. Du fragtest nur ›Mom?‹, immer und immer wieder. Das war das erste Mal, dass du mich als deine Mutter bezeichnet hast.« Mrs. Winstons Mundwinkel hoben sich ganz leicht, und ich bemerkte, wie sich jeder Muskel in Damians Körper verkrampfte. Dass er es schaffte, dieser Frau so ruhig zuzuhören, während sie ihm von seiner Entführung erzählte, war unglaublich.

»Wir haben dich zu einem Kollegen deines Vaters gebracht, er arbeitete in einem Krankenhaus in der Nähe von Seattle. Er hat sich so gut um dich gekümmert. Wir wollten nichts anderes, als für dich sorgen, bis es dir wieder gut ginge, und dich dann zurückbringen.« Sie blickte zu Boden und sprach weiter, als würde sie eher zu sich selbst als zu uns reden: »Aber als du aufgewacht bist, hast du mich direkt angesehen und wieder nur gefragt: ›Mom?‹. Ich erinnere mich daran, als wäre es gestern gewesen.« Damians Griff um meine Hand verstärkte sich, bis ich vor Schmerz stöhnte. Mrs. Winston strich sich eine Träne von der Wange, und dieses Mal deutete sie ein Lächeln nicht nur an. Vielmehr besaß sie die Frechheit, förmlich zu strahlen. »Und daraufhin sagte ich dir, dass alles gut werden würde und ich jetzt bei dir wäre. Du warst so beruhigt. Und von da an wollte ich für dich sorgen. Diesmal wollte ich es besser machen, dir eine gute Mutter sein.«

»Euer Sohn ist bei diesem Autounfall mit Grandma und Grandpa gestorben, habe ich recht? Und ihr wolltet mich, um ihn zu ersetzen.«

»Nein, so war das nicht!«, rief Mrs. Winston und ging einen Schritt auf Damian zu, mit der Absicht, ihre Hand auf seine Wange zu legen. Er wich vor ihr zurück, bevor es auch nur zur kleinsten Berührung kommen konnte. Sie ließ ihre Hand sinken, die Finger zitternd, der Mund vor Schock verkrampft, als wäre ihr erst in diesem Moment bewusst geworden, dass Damian nicht mehr länger ihr Sohn war.

»Du warst kein Ersatz, Damian. Du warst unsere Chance. Es war wie ein Ruf des Schicksals. Als hättest du dein Gedächtnis verloren, damit du bei uns bleiben kannst.«

Damian schluckte hart. »Wie kann es sein, dass ihr damit nie aufgeflogen seid?«

Nun war es an ihr, zu schlucken. »Nun, als wir das erste Mal nach Zeitungsartikeln über dein Verschwinden gesucht haben, wurde bereits von deinem Tod gesprochen. Und du warst genau in Damians Alter, du hast auch sein Geburtsdatum und seine Geburtsurkunde bekommen …« Ein erschrockener Laut verließ ihren Mund, als ihr bewusst wurde, was sie gerade gesagt hatte.

»Ich verstehe«, begann Damian heiser, »ich hatte die passenden Verletzungen für einen Autounfall, ich war in seinem Alter. Ihr habt mich quasi zu ihm gemacht. Deswegen haben wir auch die ersten Jahre in Boston gelebt, richtig? Damit die Welt den toten Matthew vergessen konnte?«

Mrs. Winston fuhr sich mit beiden Händen durch ihr Gesicht. Mittlerweile hatte ihr Weinen ein Ausmaß erreicht, mit dem sich ihre blauen Augen förmlich in einen Wasserfall verwandelten. »Damian, mein Schatz, du verstehst das falsch. Du warst von der ersten Sekunde an mein Sohn, genauso, wie ich deine Mutter war.«

Mrs. Winston nickte durchgehend, als wäre sie wirklich überzeugt von dem, was sie sagte.

Damian fehlten offenbar die Worte. Er betrachtete diese Frau mit einem Blick, den ich noch nie an einem Menschen gesehen hatte. Er biss sich auf die Unterlippe, fuhr sich durch die Haare und ging einen langsamen Schritt auf sie zu, bis er auf sie heruntersehen musste. »Du und dein Mann, ihr werdet jetzt zur Polizei gehen und gestehen, was ihr getan habt.« Mrs. Winston schüttelte schon den Kopf, als er noch nicht ausgesprochen hatte. Sie heulte auf und griff nach einem großen Küchenmesser.

»War dir dein Leben nicht gut genug? Du hast alles von uns bekommen. Alles. Dein Gedächtnisverlust war ein Zeichen. Du gehörst zu uns!«

»Mrs. Winston«, begann ich, während ich versuchte, nach ihrem Arm zu greifen, um sie daran zu hindern, das Messer anzuheben. Doch mit einer schnellen Bewegung ließ sie die Klinge fest über meinen Handrücken gleiten und richtete dann das Messer auf meinen Hals. Damian griff um meine Taille und zog mich ruckartig von ihr zurück. Mein Blut tropfte auf die weißen Fliesen, und ich unterdrückte ein schmerzhaftes Stöhnen.

»Du!«, zischte sie und musterte mich mit gefährlich schmalen Augen. »Du bist an all dem schuld! Wir hätten unseren Sohn von Anfang an von dir fernhalten sollen.«

»Er ist nicht Ihr Sohn«, zischte ich, ohne mich von der glänzenden Klinge einschüchtern zu lassen. »Er ist ein Opfer Ihrer kranken Machenschaften.«

Damian schob mich ein weiteres Stück von ihr weg, als hätte er erkannt, dass meine Worte sie nur weiter provozieren würden. Sie zischte gefährlich und wollte gerade auf mich losgehen, als die Küchentür mit einem Ruck aufging und gegen die Wand prallte. Ein Mann in Uniform erschien in der Tür und schaffte es wie in Lichtgeschwindigkeit, Mrs. Winston zu packen und ihr das Messer zu entreißen, ehe er rief: »Mrs. Winston, Sie und Ihr Mann sind wegen des Verdachts auf Kindesentführung festgenommen.«

Die Tür zu Damians Zimmer ging mit einem leisen Quietschen auf. Diesmal war es kein Krankenpfleger, so wie während der letzten zwei Stunden, wenn sich die Zimmertür geöffnet hatte. Der Polizist betrat den Raum und begrüßte uns mit einem Nicken. Ich blickte zu Damian, der jedoch nicht reagierte. Sein Blick richtete sich starr auf die hellgelbe Wand gegenüber seines Bettes, als könnte er dort die Antworten auf all seine Fragen lesen.

»Henry Smith«, stellte sich der Polizist vor und reichte mir seine Hand. Auch Damian hielt er sie entgegen, doch erneut schien dieser den Polizisten nicht einmal zu bemerken.

»Geht es ihm gut?«, fragte Henry vorsichtig, als er Damians abwesenden Blick wahrnahm.

Ich zuckte mit den Schultern. »Er ist schon seit einer Stunde so.«

»Ich kann euch hören«, brummte Damian, ohne eine Miene zu verziehen. Es war tatsächlich das Erste, was ich seit seiner erneuten Aufnahme ins Krankenhaus von ihm zu hören bekam. Lediglich die Fragen nach seinem Wohlergehen, die der Arzt ihm gestellt hatte, hatte er einsilbig beantwortet.

Henry räusperte sich und nahm sich einen Stuhl, der an dem Tisch am Fenster stand, und schob ihn an Damians Bett.

»Mr. Winston«, begann Henry eindringlich. Damian schnaubte.

Henry kreuzte die Hände vor seiner Brust und seufzte.

»Wo sind die Winstons jetzt?«, fragte ich vorsichtig.

»In Untersuchungshaft. Ich habe ein sehr … nun ja, interessantes Gespräch mit Richard Wright geführt. Er hat mich über das, was du ihm erzählt hast, informiert, Skyler. Ich wollte mir ein Bild von den Winstons machen und bin offenbar gerade im richtigen Moment gekommen. Als ich Schreie gehört habe, bin ich reingegangen.« Er nickte vorsichtig. »Damian? Kannst du mir erzählen, wie du so plötzlich auf den Gedanken gekommen bist, dass du entführt worden sein könntest?«

Ich beobachtete, wie sich Damians Brustkorb krampfhaft hob und senkte. Immer noch starrte er auf den Fixpunkt an der Wand ihm gegenüber, als hätte er Henrys Bitte überhört. Vorsichtig legte ich meine Hand auf seine und strich ihm sanft über den Handrücken. Sein Blick zuckte in meine Richtung, und ich nickte, um ihm zu zeigen, dass es besser war, Henry davon zu erzählen.

»Als ich klein war, hatte ich einen Unfall, der bei mir einen vollständigen Gedächtnisverlust ausgelöst hat. Aber das wissen Sie bereits, habe ich recht?« Henry nickte.

»Aber trotzdem gab es da immer wieder Momente, in denen ich plötzlich glaubte, mich an etwas erinnern zu können. Das waren Bilder, die nicht zu meinem Leben passten und die mir eine wahnsinnige Angst bereitet haben. Um sie zu unterdrücken, habe ich damit begonnen, zu trinken. Und das immer häufiger.« Er räusperte sich beschämt. »Und als ich dann Skyler kennengelernt habe, wäre ich fast durchgedreht. Ich war mir sicher, sie bereits zu kennen. Unzählige Male habe ich von ihr geträumt. Ich weiß, wie bescheuert sich das anhört. Aber sie war die Einzige, an die ich mich erinnern konnte. Wenn auch nur an ihr Gesicht.« Auch wenn er zu Henry sprach, fühlte ich mich von seinen Worten so ergriffen, dass es mir Tränen in die Augen trieb. »Ich habe versucht, das alles zu ignorieren. Aber irgendwann konnte ich es nicht mehr. Sie … sie hat mir dann von Matthew erzählt, und ich hatte das Gefühl, sie würde mir von einer Geschichte berichten, die ich bereits kenne.« Er schnappte hörbar nach Luft und schüttelte den Kopf, als würde er das, was er sagte, komplett in Frage stellen.

»Sie hat mir gesagt, dass sie denke, ich sei er. Am Abend meines Geburtstags. Und auch wenn sich das alles so wahnsinnig unwirklich angehört hat, habe ich gespürt, dass da was dran sein muss. Aber ich wollte nicht wahrhaben, dass mein bisheriges Leben eine Lüge war.« Er drehte sich in meine Richtung und drückte währenddessen meine Finger. »Als ich am Morgen danach im Krankenhaus aufgewacht bin, da … da war ich nicht mehr Damian. Da waren meine Eltern nicht mehr meine Eltern. Ich erinnere mich, dass meine Mutter an meinem Bett saß und meine Hand gehalten hat. Aber da war keine … Liebe, als ich sie gesehen habe. Da waren Hass und Wut und Angst in mir. Angst, dass sie mich immer noch festhalten und dass diese Lüge weitergehen soll. Und als ich dann endlich aufstehen konnte, wollte ich einfach nur noch weg. Und es hat mich so sehr an diesen See in Denville gezogen, an dem Matthew und Skyler ihre Kindheit verbracht hatten. Obwohl ich selbst doch eigentlich nichts damit verbinden konnte. Doch als ich dann dort saß, da war alles wieder da. Dieses Gefühl, nach Hause zu wollen und es nicht zu können. Und immer dieser Name in meinem Kopf … Matthew. Ich … Ich habe es nicht verstanden. Nicht im Geringsten. Die Erinnerungen kamen schleichend, sie sind immer noch viel zu verschleiert. Doch ab diesem Zeitpunkt wusste ich es. Da wusste ich, dass Skyler mit jedem ihrer Worte die Wahrheit gesagt hatte.«

Damians Worte ließen uns in einem Schweigen zurück, das mir die Kehle zuschnürte. Henry saß neben Damians Bett, als wäre er plötzlich in Beton gegossen. Nicht die kleinste Regung entdeckte ich in seinem Gesicht, bis er irgendwann ungläubig blinzelte und seine Finger vor der Brust miteinander verschränkte.

»Okay, das …« Er schüttelte den Kopf. »Das muss ich erst einmal verdauen.«

Henry stand auf und lief im Raum umher. Irgendwann blieb er direkt hinter seinem Stuhl stehen und sah auf Damian herab, der sein Gesicht ermüdet unter seinen Händen verbarg.

Meine Füße tippten nervös auf den Linoleumboden, während ich mit einer Frage rang, die ich schlussendlich doch aussprach: »Wie kann das sein? Ich war auf Matts Trauerfeier.« Meine Stimme war nicht mehr als ein Fiepsen, und es bereitete mir eine Gänsehaut, über Matts Tod zu reden, obwohl ich mittlerweile eines Besseren belehrt worden war. Zu wissen, dass ich mich in genau den Jungen verliebt hatte, der schon damals mein Held gewesen war, bereitete mir ein flaues Gefühl im Magen. Und immer wieder kämpfte ich auch die Stimme in mir nieder, die mir ins Bewusstsein rief, wie vieler gemeinsamer Jahre und welch glücklicher Zeit wir letztlich doch beraubt worden waren.

»Das ist ein sehr komplizierter Fall. Ich war zu dem Zeitpunkt zwar auf der Wache in Denville, allerdings war ich nicht der leitende Ermittler.« Er seufzte. »Ich kann euch also nur von dem erzählen, was ich weiß.«

Ich nickte eindringlich. Alles war besser, als mit diesem permanenten Fragezeichen zu leben.

»Okay.« Er drehte den Stuhl und setzte sich mit dem Bauch zur Lehne hin. »Als der Junge in Denville als vermisst gemeldet worden war, haben wir die ganze Stadt auf den Kopf gestellt. Dabei hatten wir einen festen Anhaltspunkt: Den See. Mrs. Mayfor war sich sicher, dass ihr Sohn dort gewesen sein musste. Und nach der Aussage von Mrs. Thomsen, also deiner Mutter, wussten wir, dass du mit dem Mayfor-Jungen dort gespielt hattest. Uns war also klar, dass wir genau dort suchen mussten.« Er atmete tief durch. »Wir haben den Jungen nicht gefunden. Nicht nach einer Woche, nicht nach einem Monat. Das Einzige, was wir gefunden hatten, war ein Floß auf dem Grund des Wassers. Ganz einfach hergestellt. Die Familie Mayfor konnte uns bestätigen, dass das Floß ihnen gehörte. Und unsere Ermittlungen haben ergeben, dass es am selben Tag gesunken war, an dem Matthew als vermisst gemeldet wurde. Durch Mrs. Thomsen haben wir erfahren, dass ihr zwei das Floß auf dem Wasser hattet ausprobieren wollen. Von diesem Moment an sind wir nicht mehr davon ausgegangen, dass der Junge noch leben könnte. Aber was mit seiner Leiche passiert war … nun, das konnten wir uns nicht ganz erklären. Der See in Denville ist umgeben von Wäldern, wir sind daher davon ausgegangen, dass Tiere …« Er presste die Lippen zusammen und verstummte für einen Augenblick, bevor er schließlich fortfuhr: »Wir haben Mr. und Mrs. Mayfor mitteilen müssen, dass wir davon ausgehen würden, dass Matthew Mayfor ertrunken war. Wir hatten keine anderen Anhaltspunkte. Das hat ihnen den Boden unter den Füßen weggezogen.«

Henrys Kiefer verkrampfte. Ich sah ihm sofort an, wie sehr er bei diesem Fall mitgefühlt hatte.

»Langsam jedoch sind die Medien auf diesen Fall aufmerksam geworden und haben die Schuld für den Tod des Jungen auf die eigenen Eltern geschoben. Die

Mayfors mussten sich die skurrilsten Mordtheorien und schmerzhaftesten Vorwürfe anhören. Also kamen sie eines Tages auf unsere Wache und baten uns, nun auch der Öffentlichkeit vom Tod des kleinen Matthew zu berichten. Die beiden hatten wasserfeste Alibis. Wir hatten sie schon lange von einer Täterschaft ausgeschlossen. Aber das Gerede der Außenwelt setzte ihnen stark zu. Sie wollten in Ruhe trauern.«

»Also haben Sie öffentlich erklärt, Matt sei ertrunken?«, fragte ich leise. Diese Worte auszusprechen, brachte meine Hände zum Zittern.

»Ganz genau. Wir haben monatelang weiter ermittelt, aber wir sind auf nichts gestoßen. Weder haben wir die Leiche gefunden, noch war etwas anderes Auffälliges im Zusammenhang mit einem kleinen Jungen gemeldet worden. Sein Ertrinken war das mit Abstand wahrscheinlichste Szenario und war es fortan auch geblieben. Und so wurde der Fall Matthew Mayfor zum Cold Case, den die Öffentlichkeit ziemlich schnell danach wieder vergessen hatte.«

Ich beobachtete Damians Reaktion. Auch wenn Henry ihm soeben seine eigene mutmaßliche Todesgeschichte erzählt hatte, wirkte er doch wahnsinnig gefasst. Da waren keine Tränen, keine Wut auf die unzureichenden Polizeiarbeiten, welche die Winstons hätten überführen können.

Henry seufzte. Er presste die Lippen aufeinander, nickte, als würde er gedanklich mit sich selbst reden, und sagte dann: »Wir werden in den kommenden Tagen die Familie Mayfor benachrichtigen und einen DNA-Test anfordern, danach …«

»Nein«, sagte Damian forsch und schüttelte den Kopf, »ich muss selber mit ihnen reden.«

Nicht nur meine Augen weiteten sich bei Damians Worten. Henry betrachtete ihn mit halboffenem Mund, als könnte er gar nicht glauben, was er gehört hatte. »Wenn ich dir etwas ans Herz legen darf, Junge, dann tritt ihnen erst unter die Augen, wenn wir die rechtliche Bestätigung haben. Es ist nicht gesagt, dass sie dich mit offenen Armen empfangen werden, bevor sie nicht wissen, dass die Sache stimmt.«

»Nein. Ich werde mit ihnen reden, bevor sie es von irgendjemand anderem erfahren«, sagte Damian schroff und verkrampfte seine Finger in der Bettdecke. Ich legte meine Hand auf seine und drückte sie. Auch Henry schien mit sich zu ringen. Er presste die Finger gegen seine Stirn, ehe er langsam nickte. »Ich werde das mit meinen Kollegen besprechen. Sie überprüfen gerade das Anwesen der Winstons.«

Bei seinen Worten spannte sich jeder Muskel in Damians Körper. Er umklammerte meine Hand und streifte dabei die Wunde, die Mrs. Winston auf meiner Haut hinterlassen hatte. Ich stöhnte vor Schmerz.

»Was passiert mit Abby?«

»Das können …«

»Wo ist sie?!« Damian richtete sich so abrupt auf, als würde er darüber nachdenken, aufzuspringen.

Henry hob eine Hand und bedeutete Damian, sich zu beruhigen. Ich zog an seinem Arm, was ihn zu meiner Verwunderung tatsächlich dazu brachte, sich wieder tiefer in sein Bett sinken zu lassen. Seine zornig funkelnden Augen richteten sich allerdings immer noch auf Henry.

»Sie befindet sich zurzeit in der Obhut des Jugendamtes. Nach dem Verfahren wird dann darüber entschieden, was mit ihr passieren wird.«

»Sie bleibt bei mir«, sagte Damian mit fester Stimme. Henry lächelte bekümmert und wischte sich über die Stirn.

»So einfach ist das nicht. Du und Abigail Winston, ihr seid nicht blutsverwandt.«

»Abby ist trotzdem meine Schwester«, zischte Damian und ballte seine freie Hand zu einer Faust. Mein Herz schlug mir bis zum Hals. Abby war Damians Ein und Alles. Wenn ihm auch noch seine kleine Schwester genommen werden würde, hätte er alles verloren, woran er so lange geglaubt hatte.

Auch Henry schien nicht entgangen zu sein, wie nahe Damian daran war, komplett die Nerven zu verlieren.

Er beugte sich zu Damian herüber und sagte beruhigend: »Wir werden prüfen, ob du dazu in der Lage bist, die Vormundschaft einer Siebenjährigen zu übernehmen.«

Damian öffnete zwar den Mund, verkniff sich seine weiteren Worte aber. Er schien selbst zu merken, dass Henry auf seiner Seite stand.

Die Beine des Stuhls quietschten unschön, als Henry aufstand. Er lief um das Bett herum und kam zu uns herüber. Er legte abwechselnd seine Hand auf Damians Schulter und auf meine. »Das wird eine harte Zeit, aber ich bin mir sicher, dass ihr sie durchstehen werdet.«

Ich spürte Damians Daumen über meine Fingerknöchel streichen und wusste, was er mir zu sagen versuchte: »Das werden wir. Aber nur gemeinsam.«

Henry nickte uns ein letztes Mal aufmunternd zu, bevor er den Raum verließ. Für einen kurzen Moment traute sich keiner von uns, auch nur ein Wort zu sagen. Doch nach einer Weile murmelte Damian: »Kommst du zu mir?«

Ich setzte mich auf sein Bett, ließ mich von ihm in seine Arme nehmen und vergrub mein Gesicht an seiner Brust, ohne mich dagegen wehren zu können, dass ich im selben Moment zu schluchzen begann.

»Hey«, flüsterte er, während er mir die Haare aus dem Gesicht strich. »Es gibt keinen Grund zum Weinen.«

Ich blickte auf, und er erwiderte meinen Blick so ruhig, so sanft, dass ich fragend wiederholte: »Es gibt keinen Grund zum Weinen?« Tränen rollten an meinen Mundwinkeln entlang. »Bedauerst du nicht, was uns genommen wurde?«

Er senkte die Lider. »Das tue ich.« Seine Mundwinkel hoben sich ganz leicht. »Aber ich denke auch an den Teil, der uns jetzt noch bleibt. Und das ist der wichtigere. Okay?«

Ich spürte Damians Herzschlag an meinem Ohr, roch den Geruch seiner Haut und fühlte seine Wärme, die mich tröstend umgab. »Okay«, bestätigte ich und zog ihn so nah an mich heran, dass kein Blatt Papier mehr zwischen uns gepasst hätte. Und auch wenn mein Herz in tausend Teile zerspringen wollte beim Gedanken daran, was diese Familie uns gestohlen hatte, war es dieser Moment, den uns keiner nehmen konnte. Denn in meinen Armen hielt ich den Beweis, dass aus einem Traum Realität werden konnte.

# EPILOG

Es war ein warmer Sommertag, anders, als wir es die letzten Wochen erlebt hatten. Die grünen Felder und Wiesen rauschten an uns vorbei wie in einem Zeitraffer. Wenn es möglich wäre, die Zeit für einen kurzen Moment anzuhalten, dann würde ich es genau jetzt tun.

Skyler saß neben mir am Steuer und grölte irgendeinen Song mit. Sie traf nicht einen einzigen Ton, aber das war völlig nebensächlich. So wie die Musik ihre Nerven beruhigte, war ihre Freude Balsam für meine Seele.

Ich lehnte meinen Kopf gegen die kühle Fensterscheibe und atmete tief ein. Langsam wünschte ich mir, in einen Stau zu geraten oder eine Nachricht zu erhalten, die uns mitteilen würde, dass wir schleunigst nach Greywood zurückkehren sollten. Die Fahrt ging jedoch so schnell vorbei, dass ich mir für einen kurzen Moment eine Betäubung für meine Gefühle ersehnte.

Sky schien meine Anspannung zu bemerken, denn sie legte eine Hand auf mein Knie und linste mit einem leichten Lächeln zu mir herüber. »Abby geht es gut. Mom und Caden vergöttern sie.«

Damit hatte sie recht. Egal, wo Abby auftauchte, sie war der Sonnenschein. Der Gedanke daran, sie zu verlieren, übertraf all die Albträume, die seit Jahren meine Nächte beherrschten. Sie hatten noch immer nicht aufgehört, auch jetzt nicht, da ich die Wahrheit über mein Leben wusste. *Dass es eine einzige beschissene Lüge gewesen war.* Nur der Gedanke daran, mit Skyler in meinen Armen aufzuwachen, ließ mich nachts ruhiger einschlafen.

Das Navi zeigte an, dass wir unser Ziel in weniger als fünf Minuten erreicht haben würden. Wie von selbst begannen meine Beine zu zucken, und meine Finger wurden schwitzig. Meine Fäuste verspürten den Drang, auf irgendetwas einzuschlagen. Auf einem Ohr hörte ich Skylers Gesang und auf dem anderen die Stimme von *Liam Gallagher*, dem *Oasis*-Leadsänger.

Tausend Gedanken schossen mir durch den Kopf. Würden sie mich verstoßen? Mich als Betrüger darstellen? Wie sollte ich *ihnen* erklären, was ich nicht einmal mir selbst erklären konnte? Es war schwachsinnig, darauf zu hoffen, jemals wieder eine Familie haben zu können. Meine leiblichen Eltern waren Fremde für mich. Und die Menschen, die ich jahrelang für meine Eltern gehalten hatte, saßen hinter Gittern, dort, wo sie auch hingehörten. Meine Familie bestand aus Abby und aus Skyler, das reichte.

Das Bild von Sally erschien vor meinem inneren Auge. Meine richtige Schwester. Ich hatte sie an dem Tag in Denville nur kurz gesehen, aber sie sah eindeutig aus wie eine Mayfor. Ich erinnerte mich daran, dass wir alle braune Locken und dunkle Augen hatten. Eines der wenigen Dinge, an die ich mich mittlerweile ganz klar erinnerte.

Als das Auto zum Stehen gekommen war, kam es mir vor, als würde mir die Luft fehlen. Sky umfasste meine Hand und strich mit der anderen Hand über meine Wange. Ich konnte sie nicht einmal ansehen. Zu sehr würde sie bemerken, wie panisch ich war, und so sehr ich mich ihr öffnen wollte, hatte sie doch bereits zu viel von meinen dunklen Seiten gesehen. Es gab Tage, an denen ich kein Wort herausbrachte, und Tage, an dem mein Bedürfnis, nach einer Flasche zu greifen, beängstigend groß war. Doch es reichte aus, in ihre Augen sehen zu können und die Wärme ihrer Haut auf meiner zu spüren, um zu wissen, dass ich nicht allein war. Sie war mein Licht am Ende des Tunnels. Sie war einfach alles.

»Wir müssen aussteigen«, flüsterte sie. Liam Gallagher sang gerade, dass ich nicht voller Wut zurückblicken sollte. Wie passend.

»Ich weiß.« Ich umfasste ihre Hand an meiner Wange und hauchte einen Kuss auf ihre Finger. Dass sie mich immer noch mit denselben Augen ansah wie damals bei unserem ersten Kuss, war ein unglaubliches Gefühl. Dabei hatte ich vor ihr meine Gefühle herausgelassen, war mehrfach zusammengebrochen oder hatte mich einfach im Zimmer eingesperrt, immer in der Hoffnung, am nächsten Tag aufzuwachen und zu wissen, dass dieser Albtraum endlich vorbei sein würde. Und doch liebte sie mich. Sie liebte mich so sehr, dass sie jeden Tag mit mir litt.

Als könnte sie meine Gedanken lesen, fing sie an

zu lächeln, und die Sommersprossen auf ihrer Nase begannen zu tanzen. Fuck, wenn sie nur wüsste, was dieses Lächeln jedes Mal aufs Neue in mir anrichtete.

»Wir werden das schaffen.« *Wir*. Es gab kein *Allein* mehr. Wir waren ein Team, das den ganzen Mist gemeinsam durchstand. Ich nickte, drückte ihr einen langen Kuss auf die Lippen, auch wenn ihr dieser nicht im Geringsten zeigen konnte, wie sehr ich sie in diesem Moment begehrte. Aber es war ein Anfang.

Das Haus, vor dem wir hielten, war klein, überwuchert von wildem Wein und umgeben von bunten Blumen. Meine echte Mutter hatte ihren Garten geliebt. Auch das wusste ich jetzt wieder.

Wir traten durch ein Tor, das uns mit einem Quietschen ankündigte, und ich wäre nach jedem Schritt stehen geblieben, hätte Sky mich nicht dazu ermutigt, weiterzugehen. Ich wollte, dass sie es von mir erfuhren. Nicht von irgendwelchen unbekannten Beamten und schon gar nicht aus den Nachrichten.

Das Klingelschild direkt neben der verschnörkelten Holztür zeigte uns, dass wir richtig waren. *Familie Mayfor.* Mein Herzschlag erhöhte sich, und meine Knie wurden weich. Fuck. Was würden diese Menschen von mir halten? Wären sie enttäuscht? Würden sie sich wünschen, mich lieber als den Menschen in Erinnerung zu behalten, der ich früher gewesen war? Naiv, unschuldig und tot?

Bevor sich der Knoten aus Gedanken in meinem Kopf verstärken konnte, spürte ich, wie Skyler ihre Hand in meine legte.

Aus ihren grünen Augen sah sie mich an, und auch

ihre Lippen zitterten, als sie sagte: »Ich bin immer bei dir, Matty.«

Zusammen legten wir unsere miteinander verschränkten Finger auf die Klingel und hielten den Atem an.

Ende

# DANKSAGUNG

Puh. Als ich mit achtzehn damit begonnen habe, diese Geschichte aufzuschreiben, hätte ich niemals daran gedacht, dass ich drei Jahre später hier sitze und eine Danksagung verfasse.

Mama, Papa: Ihr habt immer alles darangesetzt, mir jede erdenkliche Tür dieser Welt offenzuhalten. Ihr habt meine Wünsche und Träume nie kleingeredet und das ist so viel wert. Danke! (Und Mama, du gibst das beste Fangirl der Welt ab. Deine Whatsapp-Stories sind der beste Support, den ich mir vorstellen kann!<3)

Als die Geschichte fertig geschrieben war, fehlte es mir wahnsinnig an Mut, sie loszuschicken. Felix, ohne dich hätte ich mein Manuskript vermutlich nie beim Wettbewerb eingereicht. Ehrlich gesagt würde ich heute noch hier sitzen und abwägen, ob ich meine Geschichten überhaupt jemals veröffentlichen soll. Danke, dass du mir den Mut gegeben hast, den ich brauchte. Danke, dass du mich in allem unterstützt, mich überall hinbegleitest und meine Hand hältst.

Anka, Toni, Anna - meine wundervollen WG-Mädels. Ich danke euch für jeden Tag, den ich gemeinsam mit euch erleben darf. Für die Ablenkung, wenn ich sie brauchte, den Kaffee, der mir ungefragt reingereicht wurde und wortwörtlich mein Lebensretter war. Danke für die vielen Mittagessen, die ihr für mich mitgekocht habt, weil ich in meinem Schreibwahn mal wieder vergessen habe, einkaufen zu gehen. (Ich mache es wieder gut, ich schwöre es!) - Ihr seid Gold wert.

Ein großes Dankeschön geht auch an meine Stefanie Rose, für deine aufmunternden Worte, wenn ich sie brauchte, und deinen Support in Sachen Instagram – das hat mich nämlich einiges an Mut gekostet.

Michelle. Eigentlich müsste ich dir eine ganz private Danksagung schreiben, denn wenn ich einmal damit anfange aufzuzählen, was du für mich getan hast, wird diese Danksagung länger als der Roman selbst. Du warst quasi von der ersten Seite an dabei. Bist mit mir durch die Höhen und Tiefen gegangen und hast mich besonders in den Tiefen daran erinnert, wie viel in der Geschichte wirklich steckt. Und dann dieses Cover. Dieses wunderschöne Cover, das ich mir nicht besser hätte vorstellen können. Du bist eine Künstlerin, ehrlich. Ohne dich wäre die Geschichte nicht dort, wo sie jetzt ist.

Ich danke jedem meiner tollen Freunde, die mich unterstützt haben. Jedem, der die Geschichte gelesen hat, lange bevor von einer Veröffentlichung gesprochen wurde. Und jedem, der mir bei neuen Geistesblitzen zugehört hat, ohne je einen Schimmer zu haben, wovon ich da eigentlich rede.

Danke dir, Gesa, für dein immer offenes Ohr und deine tollen Ratschläge. Dir und Ralf danke ich für eure Ideen und Vorschläge, die erst richtig Leben in die Geschichte gebracht haben.

Ein großer Dank gilt auch dem Team von QualiFiction und dem Kirschbuch Verlag. Danke, dass ihr solch einen Wettbewerb veranstaltet habt. Danke, dass Neuautoren wie ich die Chance bekommen, unsere Geschichte zu erzählen.

Und schlussendlich danke ich auch euch: Jedem Leser, der zu dieser Geschichte gefunden hat. Sie ist schon so viele Jahre tief in meinem Herzen – dass ich sie jetzt mit euch teilen darf, ist ein wahnsinniges Gefühl. Danke, dass auch ihr dem Buch einer Debütautorin eine Chance gegeben habt. Ihr seid wundervoll!

Clara Blais, Oktober 2020

# Der Kirschbuch Verlag

Außerdem im Kirschbuch Verlag erschienen

Jana Taysen

## Wir Verlorenen

ISBN: 9783948736064

*Dein Verstand weiß, dass du niemandem mehr trauen kannst – aber was tust du, wenn dein Herz etwas anderes verlangt?*

Die Welt, wie wir sie kannten, existiert seit einer verheerenden Pandemie nicht mehr. Die junge Smilla weiß, dass es keinen Platz für Liebe und Glück geben kann. Bis sie ihren einstigen Nachbarn Falk wiedertrifft ...

Doch dann überschlagen sich die Ereignisse und Smilla befindet sich mitten in einer Spirale aus Verrat und Lügen. Wem kann sie noch trauen? Und welche zwielichtige Rolle spielt Falk bei alledem?

*»Spannungsgeladen, philosophisch, leidenschaftlich – und aktueller denn je.«*